集英社文庫

クッキング・ママの鎮魂歌

ダイアン・デヴィッドソン
加藤洋子・訳

クッキング・ママの鎮魂歌

すばらしい作家で頼りになる友人
ジャズミン・クレスウェルに

しかし、もしだれかが人を悲しませたとすれば、それはわたしを悲しませたのではなく、控え目に言うが……あなたがた一同を悲しませたのである。

コリント人への第二の手紙第二章第五節

川のほとりに長いこと座っていれば、やがてすべての敵の死体が流れてくるであろう。

中国の諺

登場人物

わたし、ゴルディ・シュルツ……〈ゴルディロックス・ケータリング〉の女主人
アーチ……ゴルディのひとり息子
トム・シュルツ……ゴルディの二番目の夫、ファーマン郡警察の刑事
マーラ・コーマン……ゴルディの親友
ジョン・リチャード・コーマン……ゴルディの前夫、元産婦人科医
サンディー・ブルー……ジョンの恋人
ジュリアン・テラー……ゴルディの助手、コロラド州立大学の学生
リズ・フューリー……ゴルディの助手
セシリア・ブリスベーン……コラムニスト
アルバート・カー……元産婦人科医
ホリー・カー……アルバートの妻
テッド・ヴィカリオス……元産婦人科医
ジンジャー・ヴィカリオス……テッドの妻
タリタ・ヴィカリオス……テッドとジンジャーの娘
コートニー・マキューアン……ジョンの前の恋人
ブルースター・モトリー……刑事弁護士
ボビー・カルフーン……カントリー・バンドのボーカル

プロローグ

あなたはその人たちを知っていると思っている。
昔のスナップを見る――十五、六年前のスナップ。思い出が甦《よみがえ》る。あなたは思う。ああ、そう、この人たちのことは昔からよく知ってる。親切だった人もいる。そうではなかった人も。それに、ほとんど記憶にない人もいる。写真をじっと見つめる。**ほんとうにこの人たちを憶えている？**
記憶の定義とは。
それから、あなたは、献身的な贈り物や個人的な親切を受けている、と言い聞かされる。奇妙なことに、そういうものを贈られたせいで、あなたは闇に閉じ込められる。善意の受け手となるのは、つねにありがたいことなのだろうか？
善意の定義とは。
スナップはもうひとつの現実を明らかにはしない――隠された闇、非道な仕打ち。わたしたち日曜学校の教師は、それを〝罪〟と呼ぶ。スナップが撮られたとき、遠くから銃弾が発射された。ほんものの銃弾ではなく、比喩としての銃弾。悪はなされた。残酷な行為が行われた。線が交わった。しかし、秘密にされた。否定された。忘れられた。

忘却の定義とは。

なかには、けっして忘れない人がいる。

その人たちを犠牲者と呼ぶ。

医学博士アルバート・カーを偲ぶ会

開場：ラウンドハウス
日時：6月7日火曜日、午前11時より

アスパラガスの冷製スープ

ラディアトーレ・パスタ・サラダ

ルッコラとクレソンとヤシの新芽のサラダ、
シャンパン・ヴィネグレット・ソース添え

よく冷えたハーブ風味のグリルド・サーモン

ポテトアンナ

ホウレンソウのスフレ

ミニバゲット

テネシー・チェス・タルト
フレッシュ・ピーチ・パイ
自家製バニラ・ビーン・アイスクリーム

1

頭を殴られるのは、おかしな経験だ。後から考えてみても、なにが起きたのか思い出せない。わかっているのは、なにかが起きた、ということだけ。

六月七日午前五時、わたしはデザートを満載した古いワゴンを押して、ラウンドハウスに通じる歩道を歩いていた。ラウンドハウスは廃業になったレストランで、わたしが借り受けてケータリング・イベント・センターに改装した。

五時半、わたしは草の上に横たわり、考えていた。あたしはいったいここでなにしてるの、どうしてこんなに痛いの、と。

なにが起きたのか頭の中で再現してみて、と自分に命じながら、口の中の砂利を拭い取った。卒倒したのではない。殴られて気絶したのだ。頭が割れるように痛くて、膝がズキズキしてて、うなじの痛さときたら、なまくらな刃のギロチンにかけられたみたい。うめきながら脚を動かそうとしたら、吐き気に襲われた。目を揉んで考えをまとめようとしたけど、記憶に手が届かない。

警官である夫は、証人によくこう言う。犯罪を目撃した日の朝、起きた時から順を追って話してください。そうすることで、事件が起きる前はごくあたりまえに過ごしていたことを思い出し、証人は落ち着くことができる。

だから、わたしもそうしてみた。

目を閉じて、四時に起床したときのことを思い出す。コガラやステラーカラスや、ほかにもありとあらゆる鳥たちがいっせいにさえずり出して、〝ロッキーの夏〟コンサートの幕が開く。シャワーを浴び、ヨガをやって、二年前に結婚したトムに〝行ってきます〟のキスをしたら、きょうはずっと署にいるから、と寝ぼけ声が返ってきた。

息子のアーチの様子を見にいくと、ダークブルーの寝具の繭《まゆ》にくるまって熟睡していた。きょうのケータリングを手伝ってくれることになっているけど、きっとぎりぎりまで寝てるのだろう。それでも手伝ってくれるだけありがたい。ケータリングの手伝いなんて、十五歳の少年が夏休みの初日にやりたいことではぜったいにないもの。イベントで出す料理をヴァンに積み込み、アスペン・メドウのメイン・ストリートから湖畔の道を通り、アッパー・コットンウッド・クリーク・ドライヴを四百メートルほど進んで、ラウンドハウスの駐車場にヴァンを乗り入れ荷物を降ろした。

そこまでは、すべてこともなし。わたしは上機嫌でワゴンを押し、改装したての業務用キッチンに通じる裏口へと砂利道を登っていった。サクサクのパイ生地の格子のあいだから、つやつやの桃が顔を覗かせるピーチ・パイ。黄金色のテネシー・チェス・タルト百個が、箱のなかで揺れている。二百メートルほど先では、早朝の陽光がアスペン・メドウ湖の水面を煌《きら》めかせ、カモの群れがギャーギャーと啼き声をあげ、羽ばたいて水を掻き、飛び立ってゆく。

そういったことを思い出したら、目の奥がチクチクしてきた。横向きになろうと体を捻ったとたん、脇に激痛が走ってうめき声をあげた。デザートに湖にカモ、それから？ ワゴンを押して裏口のスロープを登っていくと、なんだか様子がおかしいことに気づいた。キッチンに通じるドアがわずかに開いている。

恐怖が筋になってうなじを這う。体が冷たくなり、ワゴンを止めると車輪のきしむ音が静寂を破る。キッチンからドシンという音がした。それから、バリッという音。わたしがスロープのうえで後退をはじめたとき、キッチンのドアから誰かが飛び出してきた。男？ 女？ いずれにしても、そいつは黒い上着に黒いパンツ、スキーマスクを被っていた。スロープを駆け下りてきて、ワゴンを摑んで押した。わたしはよろめきつつも懸命に後じさった。彼——男だった？——は、ワゴンを横に払った。ワゴンが倒れる。ペストリーが草の上に飛び散る。そいつが襲いかかってきて、わたしのうなじに空手チョップを見舞った。激しい一撃に悲鳴が洩れた。

銀色の点々に視界を覆われ、膝ががくっとなって倒れた。舌を嚙み、血の味がした。それから激痛に襲われ、あたりが真っ暗になった。

オーケー、これでなにが起きたかわかった。でも、スキーマスクを被った人間が、わたしのキッチンにいたのはいったいどういうこと？ わからない。わたしにわかっているのは、花崗岩のかけらと日照りで枯れた草の葉が胸に突き刺さっていること。もう一度体を動かそうとしてみたけど、苦痛の波に全身をさらわれた。**六時間したらイベントのケータリングをしなきゃならないのよ**。そう思ったら涙が込み上げてきた。わたしをこんな目に遭わせるなんて、いったい誰のしわざ？　よりによってなぜきょうなの？　**ゴルディロックス・ケータリング、まかせて安心プロの味！**　がラウンドハウスで、二度目のイベントを催そうという日なのよ。葬儀の後の盛大な昼食会——それがわたしの葬儀になっていてもおかしくなかった。

ちかくで川の流れる音がする。コットンウッド・クリークが三十センチほど下をいつもどおりに流れている。車が走りすぎてゆく——川の上流に立ち並ぶ、石と化粧漆喰の邸宅の住人が、職場に向かう朝のラッシュのはじまりだ。わたしがいるのはラウンドハウスの裏手だから、弁護士や会計士や医者が、デンバーに向かう途中でわたしに気づき、助けを呼んでくれる可能性はまずない。必死の思いで肘を突いて上体を起こし、めまいと闘いながらなんとか立ち上がった。二メートルほど先にワゴンがひっくり返っている。まばらな草の上に、パイや桃《ピーチ》のスライスが散らばっていた。タルトは泥まみれだ。

頭に浮かんだ言葉が、すてき《ピーチー》！　駄洒落を考えてる場合じゃないでしょ。

ふらつく足でヴァンに戻り、運転席に座った。ドアをロックしてグローブボックスを開き、三八口径の拳銃を取り出す。四月二十二日以来、拳銃をここにしのばせてあるのは、前夫のドクター・ジョン・リチャード・コーマンが、コロラド州知事によって減刑され、その日に出所したからだ。

彼は加重暴行と保護観察条件違反で四年の実刑判決を受けていた。七年前にわたしが家から叩き出すまで、彼はなにかというとわたしを殴っていたけど、彼が収監されたのは、当時の恋人にふるった暴力で——ついに——有罪になったからだ。残念なことに、刑務所にいた期間は一年足らずだった。

ため息をつき、犯人がまだちかくに潜んでいないかとフロントガラスの向こうに目を凝らした。もしかして、ジョン・リチャード・コーマンの仕業？　もう一人の前妻とわたしに〝げす野郎〟と呼ばれている彼なら、どんなことでもやる。でも、今回のこれは彼のいつもの手口とは違う。彼が暴力をふるうのは、力があるのは自分のほうだということを、相手にきっぱりとわからせるためだ。それに、彼はきょうの葬儀に出席することになっている。亡くなったドクターが彼のかつての同僚だったから。彼が来ることになってるんだけど、あなた、大丈夫、と未亡人がすまなさそうに尋ねるので、わたしは、ええ、と答えた。げす野郎は、人前ではそりゃもう魅力的な人だから。身の危険を感じるのは、二人きりになったときだけ。

不気味なグレーの拳銃をダッシュボードの上に置き、怪我の具合を調べた。肉体的苦痛の部門では、息もできないほどではない。うなじは痛むし、膝から血が出ているし、サポートストッキング——わたしは〝ケータラーの強い味方〟と呼んでいる——は破れていたけど、もうめまいはしないし、見当識を失ってもいない。〝家庭の医学〟から得た知識と照らし合わせても、脳震盪を起こしてはいない。片手で救急箱の蓋を開けつつ、もう一方の手で携帯電話の短縮番号を押す。トムの携帯電話にかけてみたけど圏外なので伝言を残し、つぎに警察署の番号を押した。

トムはまだ出署していなかったから、ボイスメールに短い伝言を残し、署のオペレーターに電話をつないで、これまでの出来事を話した。ええ、パトカーをまわしてください。いいえ、身の危険は感じていません。いいえ、ラウンドハウスにまだ誰かいるということはないと思います。いいえ、襲撃者がキッチンでなにをしていたのかわかりませんし、仕事上の被害を蒙《こうむ》ったかどうかもわかりません。犯人に心当たりはありますか、とオペレーターは尋ねた。

「いいえ、まるっきり」わたしは答えた。ほんとうにそうだから。「わたしの前夫はたしかに前科がありますけど、でも、彼なら、マスクを被るなんて面倒なことはしませんよ。商売敵《がたき》はいますけど、ほとんどがデンバーを拠点にしてます」大きく息を吸う。早く電話を切りたかった。

四十五分以内に警官を差し向けますけど、それまで大丈夫ですか、とオペレーターが訊くので、なるべく早くよこしてください、仕事にかからなくちゃならないので、と応えた。

抗炎症薬のイブプロフェン四錠をボトルの水で呑み、数時間もすれば痛みも和らぐだろうと思ったらちょっとほっとした。破れたストッキングを脱いで、膝の血を拭い、消毒薬を塗った。傷口に大型の絆創膏を貼ってから、痛みを堪《こら》えて新しいストッキングを穿いた。ケータリング用の制服——黒いズボンに白いシャツ——も新しいのに着替えて腕時計に目をやった。六時をまわったところだ。急がなくちゃ。

重要なものから片付けよう。警察には通報したけど、昼食会はなんとしてもやり遂げなくちゃ。タルトとパイが駄目になったから、別のデザートを用意しなければならない。

救急箱を片付け、また携帯電話の番号を押す。今度の相手はマーラ・コーマン、げす野郎の元妻でわたしの親友。視線はラウンドハウスに向けたまま——誰かが物陰に潜んでいるかもしれないし、わたしを襲った人間が引き返してこないともかぎらない。

呼び出し音が十回鳴って留守番電話につながった。一度切ってかけ直すのを二度繰り返したけど、聞こえるのは録音された彼女の声だけ。彼女が家にいるのはわかっている。ただ電話をとらないだけ。朝の六時だもの、とるわけがない。それでもしぶとくかけつづけると、ようやく受話器がはずれる音がして、かすかにうめき声が聞こえた。

「おとといおいで」マーラが言う。いつも以上にハスキーな声だ。

「あたしよ。ラウンドハウスに来てほしいの。おねがい」

「だってまだ……ラウンドハウス？　ゴルディ？　朝のコーヒーの時間にだって早すぎるじゃない！」マーラがあくびする。「ああ、そうか、あなたはもう行ってるのね。ちょっと待って」なにかが擦《こす》れる音がする。ウルトラリッチなマーラのことだから、サクラ材の四柱式寝台の上で、ロイヤルブルーのチンツのカバーがかかった掛け布団や羽根枕の位置を直しているのだろう。

「朝早くから電話してごめんなさい」また込み上げてきた涙をぐっと堪える。「その……トムと連絡がとれなくて。ひどいことになってるの」

「どうしたの?」マーラの声が急にしゃきっとした。

「殴られたの。襲われたのよ。犯人は見てない」

「911に電話しなくちゃ」

「した。パトカーがこっちに向かってる。トムは署に着いてなくて、犯人は逃げたわ。こっちに来てくれない、マーラ? それから、あなたのために焼いたケーキを持ってきてくれないかな。ほら、ガーデンクラブの分裂グループ主催の手作りケーキ即売会用に作ってあげたやつ。きょうの昼食会用に作ったデザート、泥まみれで使いものにならないの」

「あなた、殴られたうえに、あたしにケーキを持ってこいって、そう言ってるわけ?」

「ええ、おねがい」

マーラは悪態をつき、すぐに行く、と言って電話を切った。

湖を巡る道には、ジョギングやウォーキングをする人がちらほら現れはじめた。向こう岸では数人の子供たちが、レイクトラウト（大型のイワナ）やカワカマスを狙って湖面に釣り糸を垂らしていた。殴られてから一時間ちかく経つけど、襲撃者がわたしを殺そうと戻ってくる気配はない。

それでひとまず安心してヴァンを降り、襲われた場所へ戻ってみた。残念ながら、犯人のものらしき足跡はなく、身元を特定できるような手掛かりも落ちていなかった。マーラが一緒でなければ中には入れない。五時間半後には六十人の弔問客を迎えることになっているのだから、散らかったデザートぐらい片付けておかなくちゃ。慎重に体を屈めて倒れたワゴンを起こし、パイ生地や桃のかけらをその上に載せて、駐車場のはずれにある大型ゴミ容器まで押していった。

十五分後、クラクションを鳴らし、ライトを点滅させながら、マーラが轟音《ごうおん》もろとも駐車場に突っ込んでくると、大きなキャンバス地の袋を抱え、買い換えたばかりの金色のメルセデス・セダンから降りてきた。

「あいつの仕業にちがいない」マーラは大声で言い、かたわらにやってきた。「ヴァンの中でしゃべりましょ」

マーラは袋を助手席の床に放り、乗り込んできた。ふくよかな美女のきょうの装いは、ホットピンクの地にゴールドの筋の入ったシルクのカフタン（ゆったりとした襟なしのガウン）。茶色の髪をまとめているのは、ピンクダイヤと小さな養殖真珠がちりばめられたバレッタ。全身を見回せば、まるで日の出だ。

わたしは言った。「あたしのチョコレート・ケーキを、まさかその袋に入れてないわよね」

「カッカしないで。車のトランクの中よ」マーラは袋をごそごそやる。「さあ、どうぞ」手渡された魔法瓶の中身は彼女のスペシャル・ドリンク、つまり氷とエスプレッソとホイップクリームだ。〝心臓発作のオンザロック〟だわ、と思ったけど、ありがたくいただいた。

マーラが吼《ほ》える。「げす野郎の仕業、ぜったいにね。おおかた州知事が言ったのよ。『これできみは自由の身だ！　かまうものか、せいぜい悪さをするといい』」

「誰の仕業かわからない。わかってるのはあちこち痛いってこと」甘美でクリーミーな液体を飲み込む。「でも、これ、ものすごいおいしい。ありがと」

「それでも、あたしたちの元亭がけさどこにいたか知りたいわよ、あたしは」

わたしはもう一度フロントガラス越しにあたりを窺った。「サンディー・ブルーとベッドでくんずほぐれつじゃない？」

「半分の歳の子よ」打てば響くとはこのこと。「あたしよりあいつが心臓発作を起こさないことが不思議。あら、それも悪くないわね。セシリアが書く見出しが目に浮かぶ。『地元で浮名を流す既決重罪犯のドクター、五十四人目の情人と性交中、心臓発作で死亡か？』」

笑みが洩れる。セシリア・ブリスベーンは、わが町の情け無用のゴシップ・コラムニストだ。アスペン・メドウでは、セシリアが毎週〈マウンテン・ジャーナル〉に書くコラムが、全国版のタブロイド新聞よりはるかに恐れられているし、貪《むさぼ》るように読まれている。

「ちょっと待って」マーラが言う。「『ろくでなしの心臓、持ち堪えられず』のほうがいい？」

「意味がわかりづらい。サンディーが五十四番目の彼女だって、どうして断言できるの？」

マーラは、ジョン・リチャードの恋人やフィアンセや法律上の問題を執拗に調べまくることを生き甲斐にしている。

「あたしが言うんだからたしかなのよ。サンディーは五十四番目。コートニー・マキューアンが五十三番目だった。ルビー・ドレークが五十二番目。それからヴィヴがいたわね」ちょっと考え込む。「五十一番目。あなたを狙ったのは、あいつの昔の恋人の一人ってことはないかしら?」

わたしは肩をすくめた。「ちょっぴり太めで三十代半ばで、十五歳の息子と警官の旦那がいる元妻を? 狙いたい相手じゃないでしょ」

「かもしれない。でも、あたしにはどうしても知りたいことがあるの。げす野郎は出獄した。それで、いったいどこから金が出ているの? 見た目のよさだけじゃ、若い恋人をはべらせて、カントリー・クラブ地区に家は借りられないでしょ」マーラがわたしをしげしげと見る。「見た目って言えば、あなた、ひどい顔ね。間違いない、ゴルディにはチョコレート入りクロワッサンが必要」そう言って袋をまたごそごそやった。

クロワッサンを断り、ラテを飲み干す。「ねえ、会場の準備を手伝ってくれない? 一人でラウンドハウスに入りたくないの」

「いいわよ。でも、拳銃は持っていくこと」助手席のドアを開け、大声で叫ぶ。「ゴルディのキッチンにいるあんた、イチモツを撃たれても知らないからね!」

「拳銃は持っていきたくない」

マーラがにやりとする。「げす野郎が中にいたら、殺《や》っちまえるのよ」

「おもしろくない」

「だったら、あたしに銃をよこして。二人の身はあたしが守る」

「とんでもない」

「ゴルディ、拳銃を持っていかなかったら、警官がやってきたときに問い詰められるわよ。『丸腰で中に入るなんて、いったいなに考えてるんですか?』」

ため息をつき、マーラに玄関の鍵を渡し——警察はキッチンのドアを写真に撮るだろうから——ヴァンを降り、三八口径を摑んだ。安全装置はかけたまま銃口を下にして持ち、ラウンドハウスの玄関のフレンチドアに向かった。またもや不意打ちを食らうことになる。ありがたくない不意打ちを。

「なに、これ!」鍵穴から鍵を抜き、ドアを開けたとたん、マーラが叫んだ。

おもわず後じさる。気持ちがぐんと沈む。

腐った料理の臭いはすさまじいものだった。**わたしは呪われている。**

2

「死体の臭いよ」マーラが声をひそめる。「犯人はここで人を殺して、あなたに見られたくないから殴ったのよ」

「食べ物が腐った臭いよ」わたしは言った。銃を床に向けたまま、よろよろと中に入った。腐敗臭に胃がでんぐり返る。無意識に深く息を吸い込んだらしく、鼻孔を塞ぐ臭気にむせた。ハーハーと口で息をする――嗅腺を使わずにすむように。

優雅に鼻をつまんだマーラが、わたしの後からラウンドハウスのダイニング・ルームに入ってきた。黒く塗られたパインログの六辺形のこの建物は、五十年前に建てられたものだけど、機関車庫《ラウンドハウス》として実際に使われたことはない。中央に巨大な石造りの暖炉がでーんと構えるダイニング・ルームは、まるで石のティーピー（北米アメリカ先住民が住まいとした皮や布張りの円錐形テント小屋）だ。ステーキを焼く煙の香ばしい匂いが、ログの壁に染み付いている。早朝、誰もいないときにその香りを楽しもうと思ってきたのに、皮肉な展開になってしまった。

「それでどうするの？」マーラが鼻を摘《つま》んだまま尋ねた。

「キッチンにあるものすべてを調べてみる。臭気の出所を探し出すの――ゴミ容器を片っ端から。それに冷蔵庫も」

わたしは頰の内側を嚙んだ。「単純な暴行未遂と器物損壊だから、警察もいちいち指紋はとらないでしょうね。建物の横を回っていきましょ。あたしを襲った犯人は裏口から出て来たんだから、侵入したのも裏口でしょ、たぶん」

「しっかり銃を構えててよ」マーラが命令する。

「銃なんて必要ないわよ」頭の中は昼食会のことでいっぱいだった。「いま必要なのは料理。それもすぐに用意しなくちゃ」

木のデッキに足音を響かせながら、もとはレストランだった建物をゆっくりと回り込む。襲撃者が駆け下りてきたスロープを目にしたとたん、鳥肌がたった。

百メートルほど先では、アスペン・メドウ湖の湖面が朝日に煌めいている。四月の終わりにラウンドハウスの賃貸借契約を結んだときには、広いデッキと壮大な湖の眺めがセールスポイントになると思った。コロラドで開かれるイベントでは、建物の外も重要な役割を果たす。戸外で食事ができないようなケータリング・センターは、いずれ廃《すた》れる。ラウンドハウスにあんなに夢中になった自分を思い出し、ちょっとやるせなくなった。内部を改装中、ここを訪れるたびに、湖の雪解け水が現金に見えたものだ。いまだって眺めは充分に美しい。心を鎮めてくれる。いまわたしに必要なのはそれ、気持ちを落ち着かせることだ。

裏口にちかづくと悪臭はいっそうひどくなった。ドアの鍵が壊された部分をじっくりと眺める。蝶番《ちょうつがい》がもぎ取られ、黄色い木部が剝き出しになっている。マーラとわたしは忍び足で中に入った。マーラがライトのスイッチを入れる――停電ではなかった――と、塗り替えたばかりの広々としたキッチンが浮かび上がった。意外にもキッチンはきれいなままだ。

「待って。安全装置をはずして」マーラがささやく。「なにか聞こえた」

どうしよう。ヴァンの中で待ってるべきだった。マーラが指差す。奥の床の上に食料品の袋がひとつ。口をきっちりと折り畳んだ袋が、暗がりにひっそりと置かれてあった。でも、それが……動いている?

「ここにいて」わたしは言い、拳銃を構えてキッチンを奥へと進んだ。

不意に袋の口が開いて、十数匹のネズミが飛び出してきた。わたしは驚愕《きょうがく》のあまり拳銃の引き金を引いた。

マーラが悲鳴をあげ、一目散に逃げ出した。ネズミが四方に散ってゆく。わたしは悪態をつき、安全装置をかけてから拳銃をカウンターに置いた。悪臭はますます強くなった。ゴミの腐敗臭に火薬の臭いが加わったのだもの。銃声を聞いて、近隣の誰かが警察に通報するにちがいない。そうなればパトカーも早くやってくるだろう。そんなことを考えながら、鍵を壊されたドアを開けたままにしておく重し代わりに、折り畳み椅子を何脚か立てかけた。襲撃者がほかの場所にも〝ネズミ爆弾〟を仕掛けているとしたら、毛むくじゃらの小動物の逃げ道を確保しておかなくちゃ。それに空気の入れ替えも必要だ。

「やめなさいよ!」マーラがデッキから叫ぶ。「警察がそのドアから手掛かりを見つけるかもしれないじゃない」

「警察はそこまでやらないわよ、ぜったいにね」

　イブプロフェンが効いてきたのか、楽に動けるようになってきたので、いまは空《から》になった袋のほうに歩いていった。燻蒸消毒《くんじょう》にいくらぐらいかかるだろう。ああ、それに、どうしよう。拳銃の暴発で真新しいキッチンの床に穴を開けてしまった。オーク材の床の修理にもお金がかかる。

　ヨガで言う〝浄化の呼吸〟をした。腐敗臭のする空気を吸い込んでも、浄化できるの？　たぶんできない。気持ちを集中しなさい、と自分に言い聞かす。勇敢で頼りになるはずのマーラは、デッキで泣き声をあげている。

なによりもまず、腐った食べ物を探し出さなきゃ。ゴミ容器をひとつずつ開けてみる。すべて空だった。

「どうして撃たなかったのよ」マーラがぐずぐず言っている。「銃を持ってたんでしょ、だのになぜ撃ちまくらなかったの？　もう信じらんない、ネズミよ！　きっとドブネズミだわ」とかなんとか。

　キッチンに据え付けた二台の業務用冷蔵庫を覗いてみた。レストランのオークションで買ったウォークイン式の大型冷蔵庫だ。ゆうべ、千百ドル相当の料理を運んできて、ここに入れておいた。ハーブをまぶしてグリルしたサーモンを冷蔵したもの、ポテトアンナ、ラディアトーレ・パスタ・サラダ、ホウレンソウのスフレ。デザートは、けさ、ワゴンに載せて運んできたけど、もう使いものにならない。スープは、ボールダーに住むアシスタントのジュリアン・テラーが、得意のアスパラガスの冷製スープを作って持ってきてくれることになっている。サラダ用のルッコラとクレソンは、もう一人の助っ人、四十二歳のシングルマザーのリズ・フューリーが、早くから開いている農作物直売場で調達する予定だ。この二種の青菜にマリネしたヤシの新芽を混ぜ合わせ、彼女特製のシャンパン・ヴィネグレット・ソースを添えればサラダの出来上がり。

片方の冷蔵庫のドアをゆっくりと開き、それからもう一台のドアを開いた。

熱く腐敗した空気の直撃を受け、わたしはのけぞった。気を取り直し、口で浅い息をしながら中を覗き込む。

冷蔵庫の中は暗く温かかった。腐った料理の臭いがする。腐敗のメカニズムは、ケータラーなら誰でも知っている。マヨネーズなど腐りやすい材料を使った料理は、摂氏十八度を超える場所に置かれた場合、毒素の繁殖が急激に進む。わたしを襲った犯人のしわざだとしたら、ゆうべのうちにやったのだろう。でも、いったいなんのために？

痛めつけられた体が動くかぎり急いでおもてに出た。マーラはあいかわらずデッキでめそめそしている。コンプレッサーを調べてみると、二台の冷蔵庫とも安全スイッチが切ってあった。思わずうめき声をあげ、スイッチを入れ直してキッチンに戻った。

冷蔵庫がジージーと息を吹き返した。ドアを開け、中を覗き込む。目に映っているのがなんなのか、すぐにはわからなかった。

サーモンやポテトやパスタやホウレンソウを入れたバットやトレーが、悪臭を発している。

つまり何者かがゆうべ、料理を駄目にするためにコンプレッサーのスイッチを切ったってこと？　そいつはけさ、またここに押し入ってネズミの入った袋を置いていったの？　ほかにもなにかやったんじゃない？

その答が目に飛び込んできた。片方の冷蔵庫の棚にマスの死骸が横たわっていた。もう一台の冷蔵庫の床には、またもや袋が置いてあり、しかも動いている……なんなのよ。

六匹ほどのネズミ——前より数は少ない——が走り回る。足を交互に踏みつつ跳ね回ったおかげで、全身が痛みに悲鳴をあげた。

「またネズミが出たわよ！」マーラに向かって叫ぶ。

「役立たずの銃をぶっ放したらどう？」マーラがデッキの端から絶叫する。

「やらないってば」わたしは叫び返した。よろよろとヴァンに戻り、拳銃をグローブボックスにしまった。

これが失敗の元だとわかるのは、後になってから。

十分後、リズとジュリアンの携帯にかけて用件を伝え終わっていた。殺鼠剤一トンにネズミ捕り最低でも一ダース、車一杯の空気清浄スプレーが必要なの、と。

「オーケー、ボス」ジュリアンが受話器の向こうで言う。弱冠二十一歳にしてこれほど冷静な若者を、わたしはほかに知らない。「でも、料理のほうはどうするつもり？」

「ハムやソーセージの盛り合わせ《アシエット・ドゥ・シャルキトゥリ》」わたしはきっぱりと言った。「輸入サラミとウェストフアーレン・ハム、それにポールサリュ・チーズを盛り合わせたもの。それに焼きたてのバゲットを添える。ボールダーでいまの時間から開いてるデリカテッセン見つけられる？　それにパン屋さん」

「任せて」

「それに、無塩バターもね、それから……瓶詰めのガーキンが手に入ったらなおありがたい。あなたのスープとリズのサラダ、それにガーデンクラブ用のケーキがあれば、なんとか格好がつくでしょ」

「ガーデンクラブ用のケーキ？」

「小麦粉を使わないチョコレート・ケーキ。マーラの注文で作ったのよ。ガーデンクラブの分裂グループ主催、手作りケーキ即売会で彼女が売るためにね。それをこっちに回してもらうことにしたの」

「ゴルディ、もしロジャー・マニスが現れたらどうするんだ？」

「ああ、神よわれらを助けたまえ」

ロジャー・マニスはこの地区の新任衛生検査官。わたしたちケータラーを苦しめるために任命されたとしか思えない。ディケンズの『デイヴィッド・コパフィールド』に出てくる悪漢ユーライア・ヒープと、切り裂きジャックを足して二で割ったような人でなしのうえに、生物学博士ときている。わたしがラウンドハウスで最初に受け持ったイベントに——これぞ特権とばかり、予告なしに——現れた。そのときはデッキで、紅茶とサンドイッチとプチフール、それにフルーツ・サラダを出した。困ったことに、ガーデンクラブのレディたちは、わが町の植樹キャンペーンを巡って、レディらしさをかなぐり捨て、料理そっちのけでののしりあいの真っ最中だった。ロジャー・マニス——三十代、長身、黒髪、落ち窪んだ目、豚の腰肉も切り裂けそうな尖った顎——は、目にした条例違反を片っ端から書き出していった。設置しなおした配管設備に苦い顔で頭を振り、フルーツ・サラダに小型温度計を突き刺して、充分に冷えていないと指摘し、デッキの床に昆虫の死骸があるとのたまった。ジュリアンとわたしは、検査が早く終わってほしいばかりに、なにを言われても忍の一字だった。二派に分かれ一触即発の情勢にあるガーデンクラブのメンバーたちを、なんとか宥めることのほうが大事だったからだ。

でも、リズ・フューリーはおとなしく引き下がっていなかった。銀白色の髪を振り立て、長い指をロジャー・マニスの顔に突き立て、ゴルディロックス・ケータリングのスタッフは衛生条例をすべて守っている、と言ったのだ。そのうえに、ロジャーをろくでなし呼ばわりした。ガーデンクラブのレディたちは言い争いを中断し、クスクス笑い出した。リズはさらに追い討ちをかけた。ラウンドハウスからとっととうせろ、さもないと、あんたの上司、つまりファーマン郡の衛生検査官である、あたしのおじさんに電話して、あんたをクビにしてやるからね。「よく言った！」メンバーの一人が叫び、笑い声がどっとあがった。

ロジャー・マニスは、ケータラーを震え上がらせる底なしの淵のような目を細めてこれに対抗した。尖った顎を震わせながらわたしにちかづいてくると、クリップボードを握り締めたまま、わたしの上空に不気味に停滞した。アフターシェーブ・ローションの匂いがするぐらい間近にこられて、わたしは竦《すく》みあがった。やがてロジャー・マニスは踵《きびす》を返し、去っていった。

不運なことに、マニスとのこのやりとりのあいだじゅう、わたしのすぐ横に座っていたのが、よりによってセシリア・ブリスベーンだった。血も涙もないゴシップ・コラムニストは、ガーデンクラブのミーティングを取材にきて、汚れた分厚い眼鏡レンズの奥から一部始終を眺めていたのだ。後から聞いた話では、植樹キャンペーンを巡る熱い戦いを期待して、やってきていたそうだ。けっきょくセシリアが情け容赦なく紙面で叩いたのは、このわたし。わたしと地区衛生検査官の一戦だった。「**つい最近の集まりで、わが町のケータラーが一喝？　チェーンソーの顎にニオイネズミの目、原爆査察官みたいな服の役人を、**」〈マウンテン・ジャーナル〉に抗議の電話をしてもしょうがない。前に一度やってひどい目に遭ったから、抗議しようと考える気にもなれない。

さて……それで、ジュリアンの質問、ロジャー・マニスがまた予告なしでやってきて……腐った料理を目にしたりしたら、さてどうする？　やっぱり、考える気にもなれない。

マーラと二人で、粘つくパスタや悪臭を放つサーモンや腐ったホウレンソウをゴミ袋に放り込みながら、〝マニス台風〟をどうやりすごしたらいいか考えてみた。マーラのほうは、ネズミの姿が見えなくなって昂《たか》ぶった神経がおさまると、犯人を推理することに夢中になった――といっても、彼女は、はなからげす野郎を疑っている。

「あいつ、服役中にあなたを脅迫したじゃない」ゴミ袋を大型ゴミ容器まで引き摺《ず》ってゆきながら、マーラがきっぱりと言う。「面と向かって脅迫したこともあるし、陰でいろいろ言ってたでしょ。アーチにも弁護士にも、耳を傾けてくれる人間なら誰にだって、あなたの悪口を言いまくってた。毎朝〈デンバー・ポスト〉と〈ロッキー・マウンテン・ニュース〉を読んで、女房を殴ったり殺したりした男の記事を見つけると、切り抜いてあなたに送りつけてきたじゃない、ゴルディ。なんて奴だろう！」駐車場のはずれで彼女は立ち止まった。

「きょうの昼食会に来ることになってるんでしょ」

「ホリー・カーが招待したから。ホリーって憶えてるでしょ？　亡くなったアルバートの奥さん。サウスウェスト病院でご主人の同僚だった人はすべて招待したいって」ウンウン言いながら、大型ゴミ容器の口までゴミ袋を持ち上げる。

マーラもうなりながら、やっとこさゴミ袋を捨てた。わたしは顔をしかめた。彼女の美しいピンクとゴールドの服が、汗と腐った料理でしみになっている。申し訳ない気分。それなのに、わたしはまだ頼み事をしようとしている。

「もつべきものは女の友人って、ね？」

マーラは顎を突き出し、警戒するような顔でわたしを見た。光り物のバレッタから茶色の髪がこぼれ落ち、顔には汗が筋を引いている。

「今度はなに？」

「申し訳ないんだけど、警察がやってきたら、あなたにもうひとつやってほしいことがあるの」

「ここまできたら、なんでもこいよ」

「だったら家に帰って、ゆっくりシャワーを浴びて、思いっきりセクシーなドレスに着替えて、ロジャー・マニスって名の郡の役人を摑まえておいてくれない？　勤務先の電話番号と住所を教える。弄《もてあそ》ぶなり誘惑するなり、好きにしていいから。数時間、彼の関心をつなぎ留めておいてほしいの」

「ロジャー・マニスって、ガーデンクラブのランチであんたに喧嘩をふっかけてきた衛生検査官？　セシリアがコラムで取り上げた、ニオイネズミの目をした？　あのマニス？」

「つまり、やってくれるってこと？」わたしがそう尋ねたところに、郡警察のパトカーがようやくやってきた。

「ねえ、わかってる、ゴルディ？」マーラは額を拭い、パトカーのほうを見てから腰に手を当てた。「あなたという友達がいなかったら、あたしの人生、さぞ刺激に乏しいものだったでしょうね」

3

もうもうと砂塵を巻き上げてマーラが去ってゆくと、わたしは、ブロンドの髪の屈強な警官、ソーヤーの事情聴取を受け、犯罪現場を案内した。彼はわたしが倒れていた場所に顔をしかめ、裂けたドア枠に指を這わせ、床の弾痕に目を細めた。それから、医者に行ったほうがいい、と言った。この騒ぎがおさまったら行きます、とわたしは答えた。

「だったらミセス・シュルツ、あなたの助手がやってくるまでここにいますよ」

「ゴミ袋を運ぶ手伝いをしてくれる気ある？」

彼が屈託のない笑顔を見せた。「もちろん」

ソーヤーを引き連れてキッチンに戻った。二人で残りのゴミ袋を運び出し――ソーヤーが三袋持つと言い張るので、わたしは一袋ですんだ――駐車場を横切って大型ゴミ容器に捨てた。

「キッチンで使った拳銃を見せてもらえますか」ラウンドハウスへ戻る途中で、ソーヤー巡査がのんびりと言った。

わたしはヴァンに戻り、ドアのロックを開け、グローブボックスから拳銃を取り出し、弾を抜いてから彼に手渡した。彼は拳銃をざっと見ただけで返してくれた。なにを考えているのか表情からは読み取れない。

拳銃をグローブボックスに戻して蓋を閉める。「所持許可証はキッチンにあります。バッグの中」

「いいんですよ」彼は言い、わたしがヴァンのドアを閉めるのを待って、一緒にラウンドハウスに戻った。

湖面を波立たせていた風はおさまっていた。八百メートルほど先にある貸しボート屋に人気《ひとけ》はない。ペダルボートや小型帆船《スキフ》の貸し出しは十時からだ。ウォーキングやランニングをしていた人たちも、日々の営みへと戻っていった。朝のラッシュもおさまり、アッパー・コットンウッド・クリーク・ドライヴの交通量もめっきり減った。

わたしはゆっくりと歩いた。肩が痛む。背中がズキズキする。聞こえるのは砂利を踏むわたしたちの足音だけ。あまりに静かすぎて薄気味が悪いぐらいだ。

「ソーヤー巡査?」思いついて声をかけた。「このあたりで最近、この手の襲撃事件は起きてませんか? スキーマスクの犯人が商店を荒らしたというような事件、起きてませんか?」

ソーヤーは頭を振った。「なんにでもはじめはあります。医者に診《み》せたほうがいいですよ」

わかってるわよ、でもその前に、扇風機を見つけて空気を入れ替え、漂白剤を手に入れてウォークイン式の冷蔵庫を消毒し、それからランチの準備にかかって……

「わたしたちはみな、アルバート・カーに深く感謝しています」まわりからは、ドクター・Vと縮めて呼ばれるドクター・テッド・ヴィカリオスが弔辞を述べる。その威厳たるや、十戒を授けられ、シナイ山を降りてくるモーゼさながらだ。マイクの前に立つ百九十五センチの長身は、六十代に入ったいまも背筋がすっと伸びている。造作の大きな顔はあいかわらず印象的だけど、漆黒の髪は染めているにちがいない。前髪を立ち上げた髪型は、まるで打ち寄せる波頭だ。「胸は痛むけれど、喜びも感じています!」轟きわたる彼の声に、弔問客たちは椅子の上で飛び上がった。

〝痛む〟なんて言葉、聞かせないで。背中もうなじも膝も、痛みの世界にどっぷり浸ったまま。わたしは体重を左右の足に交互にかけながら、追悼の昼食会に集まった人たちを見回した。六十人の客の大半は、十六年前、サウスウェスト病院の産婦人科に勤務していた人たちだ。当時、ドクター・カーとドクター・ヴィカリオスは、ともに産婦人科の部長だった。ドクター・Vがそのことを二十五分にもわたってくどくど述べているということは、たがいに相手を目障りだと思っていたにちがいない。

ジョン・リチャード・コーマンは、弔辞などどこ吹く風といった顔でフレンチドアの脇に座っている。あいかわらずのハンサムぶりは目を奪うばかり。ピンクのオックスフォードのシャツに金と緑の縞柄のシルクタイ、カーキのズボン。シャワーを浴びたばかりに見えない? つまり、朝っぱらから元妻を襲ったりすれば、念を入れて身支度するだろうってこと。

だいいちスキーマスクを被れば、ブロンドの髪はぺたんこになるだろうし。そんなこと考えちゃだめ、と自分に言い聞かす。ジョン・リチャードが犯人ときまったわけじゃないんだから。

ランチに意識を向ける。このイベントを無事にやり終える唯一の方法は、彼の存在を気にかけないことだ。というより、できるだけ気にかけないこと。なにしろ、彼が茶目っ気のある笑みとウィンクと、あくまでも〝さりげなく〟垂らした前髪をときおり払うしぐさで、おなじテーブルの女たちを魅了するのに、ついつい目がいってしまうのだから。彼が意識してわたしを無視しているように思えてならない。そうであるほうにサラミのスライスを賭けるつもりはないけど……でも、彼がわたしを襲った犯人かどうかわかるまでは、気が抜けない。どっちにしても、彼と対決するつもりはなかった。いま、ここでは。

「大事なのは感謝の念です！」ドクター・Vが叫ぶ。細長い腕をいっぱいに広げる。その姿は、コロラドの高峰から飛び立つのをよく見かけるハンググライダーにそっくり。

オーケー、感謝の念を大事にね。水のグラスを摑み、隅の暗がりにいってイブプロフェンをまた四錠口に含んだ。感謝の念なら、テッド・ヴィカリオスには負けない。錠剤が喉につかえていなかったら、全能の神に熱烈な祈りを捧げていただろう。ジュリアンとリズとわたしが、まがりなりにもこのランチを用意できたことに感謝して。

「わたしたちはアルバートの死を悼《いた》みます！」ドクター・Vが悲痛な声で言うと、弔問客たちからうめき声が洩れた。

錠剤を呑みくだしながら考えた。あたしはアルバート・カーの死を悼んでいるかしら。先月、妻のホリーがアルバートの遺灰を携えてアスペン・メドウに戻ってくるまでの十四年間、この夫婦と行き来はいっさいしていなかった。でも二人は、乳飲み子だったアーチをそれはかわいがってくれた。長く会わないでいるのは悲しいことだ。カー夫妻を好きだった。アルバートは晩年、なんとカタールの英国国教会の小さな教会で司祭をしており、かの地で癌で亡くなった。その話を聞いたときには胸が痛んだ。アルバートの愛らしい妻――未亡人――のホリーは、この昼食会をわざわざわたしにやらせてくれた。

げす野郎がおなじ病院に勤務していたので、カー夫妻とヴィカリオス夫妻とは家族ぐるみの付き合いをしていた。ホリーがそのことを思い出させてくれた。

わたしは苦い思い出に歯を食いしばりつつ、きっとすてきな昼食会にします、と彼女に約束した。だから、正体不明の人物に襲われようが、ネズミの襲来をうけようが、数万ドルの赤字を出そうが、この昼食会を無事に終えなければ。大きく息を吸い込んだとたん、しまったと思った。

ラウンドハウスが松の森みたいな匂いがすることに、気づいた人いる？　新しい恋人の肩に腕を回すげす野郎を見ないようにしつつ、隅の暗がりから出る。彼の恋人だろうがなんだろうが、わたしにとって問題なのは、鼻をくんくんさせて顔をしかめる人がいないかどうか。有機栽培で作られた松の精油の芳香剤は、商標名〝二度と出られない森〟のとおり、ヘンゼルとグレーテルが迷い込んだ深い森のような香りがする。リズとアーチが夢中になってスプレーしまくったおかげ。二人はキッチンをこの香りで覆いつくし、冷蔵庫一台に一本使いきり、建物の隅から隅まで香りを吹き付けて回った。

すぐちかくの席にセシリア・ブリスベーンがいた。巨大な体を椅子からはみ出させ、テーブルに背を丸め、分厚いレンズの眼鏡を団子鼻の先にひっかけ、なんとまあ、せっせとメモをとっている！　つぎのコラムでラウンドハウスの松の香りをからかったりしたら、ぜったいに言ってやらなくちゃ。それ以前に漂っていた臭いを嗅《か》がずにすんだんだから、感謝されてしかるべきって。

ほかの弔問客たちに目を配る。髪に白いものが目立ち、リスみたいな顔をしたナン・ワトキンズは、長年にわたりサウスウェスト病院の産婦人科の看護師だった。わたしに気づくとうなずき、親指を立ててみせた。今週、彼女の退職を祝うパーティーをやることになっているから、彼女が料理を楽しんでくれたのならありがたい。実を言えば、列席者全員が満足しているようにみえた――少なくとも料理には。テッド・ヴィカリオスの長ったらしい弔辞は別にして。ジュリアン作のハーブを散らしたアスパラガスの冷製スープに、みなが舌鼓を打つのを見てほっと胸を撫で下ろした。大慌てで用意したアシエット・ドゥ・シャルキトゥリも、あっという間になくなった。教会での長々しい葬儀は、よほど食欲を刺激するものらしい。

教会と言えば感謝の祈り。わたしが頼んだ時間よりも早く、リズがうちに寄ってアーチを連れてきてくれたことに、わたしは心から感謝している。アーチはいま、奥のテーブルでグラスに水を注いでいた。その姿を見て、誇らしい気持ちになる。十五歳にしてようやく背が伸びだし、肩幅もがっちりしてきた。トーストブラウンの髪を短く切り、眼鏡の縁を鼈甲《べっこう》まがいの太いのから細いワイヤーリムに変えた。

でも、ほかにも変わったことがある。学年末にちかづくころ、わたしは息子の自分本位と物欲にほとほと嫌気がさしていた。エレキギターにハイテクの携帯電話、新しいコンピュータと、つぎからつぎに欲しいものを挙げられたって、そうそう応じられるわけがない。生意気な態度は増長の一途を辿り、言葉の暴力となってわたしを直撃した。げす野郎と家庭内別居状態だった最後の数年、わたしは彼を拒絶することでかろうじて生活していた。アーチともおなじことになるのだろうかと、ある晩、ベッドの中で悶々としながら思った。

そうしてはならない。彼の態度の〝原因〟が誰にあるにせよ――わたしはエルク・パーク・プレップの悪い友達のせいにし、アーチはわたしのせいにしていた――転校させるしかないと心を決めた。困ったことに、デンバー近郊には監督教会派の高校はない。だからアーチに言い渡した。士官学校（これはわたしのはったり）へ行くか、ファーマン郡警察からそう遠くない場所にある、クリスチャン・ブラザーズ・カトリック・ハイスクールに行くか自分で決めなさい、と。怒鳴ったりドアをバタンと叩き付けたりを繰り返した挙句、彼はブラザーズを選んだ。

願書を出すとじきに学校から電話があり、修養のクラスに招待された。アーチはそこですばらしい時間を過ごした。たくさんの友達ができ、スケートに行こうとか、ギターを弾きにおいでとか誘いがかかるようになった。集まってただぶらぶらすることもあるらしい。エルク・パーク・プレップの生徒たちから、そういう若者らしいあたりまえの遊びに誘われたことは一度もなかった。

やがて、学校の必須科目である地域奉仕活動に精出すようになり、カトリック・ワーカーズの給食施設《スープキッチン》で働きはじめた。土曜の朝になると、シチューにするタマネギ七キロを刻み、二百人以上のホームレスの人たちに食事を出す手伝いをしている——これが彼に物質偏重主義を捨てさせた。変化はいささか急激すぎたけれど。いまではお小遣いの半分をカトリック・ワーカーズに寄付し、一人でも多くの人に食事を出してあげたいと、わたしの手伝いをするときには報酬を要求するようになった。

わたしだって、人に食事を出すことには大賛成だ。この昼食会を見てよ！　これだけの人に自腹を切って食事をさせてるんだから。もっともこれは成り行きでそうなったんだけど。

準備に取り掛かるなり、リズとジュリアンはアーチを流れ作業のラインに組み込んだ。フォードの自動車組立工場も霞むほどの効率のよさで作業は進んだ。バラの花びらの形に盛り付けたスパイシーなサラミのかたわらに、クリーミーなポールサリュ・チーズが並べられてゆく。傷を負ったわたしに割り当てられたのは、風味豊かなウェストファーレン・ハムをせっせと筒形に巻く軽い作業だった。このハムと一緒に並ぶのが、リズが農産物直売場で調達してきた手作りの山羊のチーズだ。大皿の真ん中にリズのサラダ——シャキシャキの青物野菜にサクサクのヤシの新芽を混ぜ合わせ、美味なヴィネグレット・ソースを纏《まと》わせた逸品——

をピラミッド形に盛り付けている最中に、弔問客の最初の一団が到着した。昼食会がはじまる直前、最後の皿の盛り付けにおおわらわというところに、ドクター・テッド・ヴィカリオスが飛び込んできた。宗教心を持ち合わせているのは、アーチだけではないようだ。

「ジーザス・ゴッド・オールマイティ！」テッド・ヴィカリオスは叫んだ。

わたしたち四人は飛び上がった。わたしは気を取り直し、彼に自己紹介した。ゴルディです、昔お世話になった、憶えてらっしゃいませんか？　それから痛む足を引き摺り、彼をダイニング・ルームに連れ出し、なにかお困りですか、と尋ねた。マイクがどうの演壇がどうのと、彼がぶつぶつ言うので、食事の後に彼が弔辞を読むことになっている場所に案内した。心ここにあらずという様子で、彼はその場から離れていった。

不幸な始まり方をしたものの、昼食会そのものはすばらしくうまくいった。弔問客はバゲットもバターも――ガーキンにいたるまで――すべてを平らげた。テーブルを回ってみると、客のなかに料理の残りでサンドイッチを作り、バッグや袋にしまい込む人が何人か目についた――お行儀は悪いけど、成功の証《あかし》だ。

いま客たちは、卒倒しそうなほどおいしい小麦粉抜きのチョコレート・ケーキをむさぼっている。マーラのために焼いたこのケーキに、ジュリアンが急いで買ってきたハーゲンダッツのバニラ・アイスクリームを載せた。せっかく用意した自家製のアイスクリームは、コンプレッサーのスイッチが切られたせいで融けてしまったからだ。ジュリアンからポータブルマイク――わたしが前日に用意しておいた――を受け取ると、アルバートの未亡人、小柄で白髪交じりで、五十五歳のいまも四十代のころと変わらず快活でエネルギッシュなホリーは、心からの謝辞を述べ、弔辞をおねがいしたのはただお一人、アルバートの古い友人、テッド・ヴィカリオスです、と言い添えた。

そんなわけで、テッドは延々と弔辞を述べていて、彼の妻のジンジャー・ヴィカリオスは、恐縮した笑みを浮かべている。痩《や》せぎすで厚化粧のジンジャーは、ご主人と同様、歳より若く見せようと奮闘努力しているが、無駄骨に終わっている。髪をオレンジ色に染め、口角がさがった口にはオレンジ色の口紅、頬には鮮やかなオレンジの頬紅。脆《もろ》くて不幸な感じは、泣きべそをかいた道化みたい。わたしとしては、カールしたオレンジの髪がおばさんくさいオレンジのタフタのドレスにぴったりね、という無神経なささやき声を、ジンジャーが耳にしないことを祈るだけ。お葬式には黒を着るのが常識だったのに、いったいどうなってるの、と意地悪なささやきはさらにつづく。さあ、いったいどうなってるんでしょうね。

ジョン・リチャード・コーマンが、新しい恋人、セクシーなブロンドのサンディー・ブルーと一緒に遅れて到着すると、会場がざわめいた。プラチナブロンドの前髪をこれみよがしに垂らしたサンディーは、テッド・ヴィカリオスの弔辞を無視し、ジョン・リチャードの耳に鼻を擦り付けてクスクス笑った。ジョン・リチャードは笑みを浮かべて顔を離し、長い髪を指で梳《す》き、サンディーに意味深なウィンクを送った。自分の娘ほどの年齢の子を相手によくやるわよ、とわたしは思った。

二週間前、マーラと一緒にアーチをジョン・リチャードの家に送り届けたとき、サンディーと対面した。彼女はビキニ姿で（わたしの知る限り、げす野郎がカントリー・クラブ地区に借りている家にはインドア・プールはないはずだ）重たいドアを開けると、わたしたちを上から下まで眺め回してから自己紹介した。

「あたし、サンディー・ブルー。終わりに〝e〟がふたつ付くサンディー」

アーチは見とれそうになるのを懸命に堪えていた。わたしは身震いし、一瞬言葉に詰まった。

サンディーが困惑の体《てい》で尋ねた。「お金を持ってきたの？」

マーラが間髪を入れずに言う。「いいえ、でも、あたしたちだってスカンピンだと憂鬱になるわね」サンディーはますますきょとんとして一歩さがった。そこへ、家の中からげす野郎の怒鳴り声がして、ようやく本人が姿を現し、ひと言の挨拶もなくアーチを引っ張り込んだ。ゴルフを教えるという約束だったから。フランスの諺にあるでしょ――物事は変化すればするほど不変である。つまり、外見は変わっても中身は変わらないってこと。げす野郎はいつまでたってもげす野郎。

マーラの情報では、サンディーはカントリー・クラブのゴルフ・ショップで働いていて、ジョン・リチャードはそこで彼女と会うなり、ものにすることに決めたそうだ。これもマーラの情報では、サンディーと出会うなり、ジョン・リチャードは当時の恋人、すらりと優雅で、金持ちで、ゴージャスなブルネットのコートニー・マキューアンを捨てたとか。コートニーはテニスが上手なセレブで、試合に負けると、相手にラケットと蛍光ピンクのボールを投げつける――しかも見事に命中させる――ことで有名だとか。こういう女は敵にまわしたくないと思うけど、ジョン・リチャードは――マーラに言わせると――〝危険な女とのベッドイン術〟で名人の域に達している。

いまジョン・リチャードは身を乗り出してサンディーに耳打ちした。わたしの視線は、フレンチドアの反対側に立つ、ブルネット美人のコートニー・マキューアンへと吸い寄せられた。ジンジャー・ヴィカリオスのオレンジのドレスとは違って、コートニーのドレスは黒だけど、襟ぐりが大きく開いていて体にぴったり――わたしの体にはとうていついていると思えない場所の筋肉が剝き出し――なので、ジンジャーのド派手なドレスもかすんで見える。コートニーがなぜここにいるの？ 灰色の脳細胞を働かせてみたら思い出した。彼女の前夫――フライト・アテンダントとベッドにいる現場をコートニーにおさえられ、ショックのあまり心臓発作で亡くなった――は、サウスウェスト病院の最高経営責任者だった。

コートニーがジョン・リチャードの恋人だったのはいつまでだった――ええと、四月、それとも五月のはじめ？ そうして、ジョン・リチャードは、サンディーという〝もっと青々とした牧草地〟へ移ってゆき、二人は別れた。いま、コートニーは彼を見つめている。苦々しい表情がこう叫んでいる。「この男はあたしのもの、誰にも渡すもんですか！」 中身がぎっしり詰まって見えるルイ・ヴィトンのバッグに、テニスボールの二個や三個入っていそうだ。

列席者はケーキとアイスクリームを平らげると、腕時計をちらっと見てもぞもぞしはじめた。テッド・ヴィカリオスはまわりの迷惑も顧みず、アルバート・カーの業績を並べ上げていた。アルバートは財産をすべて売り払い、ホリーを伴ってイギリスに渡り、神学校に入った。カタールの小さな伝道区への赴任要請を受け入れ——実はイギリスの寒さに辟易して——十二年間をその地で過ごした。ついには彼の命を奪うことになった病と、雄々しく闘いつづけた、などなど、テッドの弔辞は終わる気配をみせない。

疲労と痛みの波が押し寄せてきた。襲撃者に殴られた部分が痛くてたまらない。後片付けはひとまず待ってて、とジュリアンとリズに指示を出したときには、テッド・ヴィカリオスの弔辞がこれほど長引くとは思ってもいなかった。アルバートの人生のこんなことも、あんなことも、すべて主の思《おぼ》し召しであります、とかなんとか、しつこいしつこい。カントリー・クラブ地区に住む金持ちの無宗教者たちは、いかにも居心地悪そうだ。彼らが〝変換《コンヴァージョン》〟と聞いて思い浮かべるのは、〝宗教的な回心〟ではなく、ドルからユーロへの〝換金〟だもの。

しびれを切らした人が二、三人、椅子を引いて席を立つと、ドクター・Vはマイクに向かったまま咳払いした。バリバリと雷鳴のような音が響き、列席者から忍び笑いが起こった。さらに数人が立ち上がって会場を後にした。ホリー・カーはと見ると、背筋をぴんと伸ばし、元気を失うことなく、同情を寄せる人たちに受け答えしていた。

わたしの忍耐も限界にきていた。よくも殴ったわね、とわれを忘れてげす野郎に摑みかかることなく、後片付けを終えることができたら表彰状ものだ。列席者の様子を再度窺ってみる。テッド・ヴィカリオスはしゃべりつづけている。音をたてることになっても、後片付けはしなくちゃならない。

ホリー・カーがわたしを見て、うなずき、ほほえんだ。それから、ちかくにいる若者に封筒を手渡し、わたしに渡せと指示した。わたしはついついコートニー・マキューアンに目をやった。彼女の憤怒《ふんぬ》の眼差しはジョン・リチャード――サンディーとまたいちゃついている――の上に留まったままだ。腕を組んでいるので逞《たくま》しい筋肉が盛り上がっている。ジョン・リチャードと〝e〟がふたつのサンディーは、傍目《はため》もかまわずキスを交わした。わたしは顔をそむけ、汚れたグラスが並ぶトレーを取り上げながら、ちかづいてくる足音を聞くともなく聞いていた。

「ねえ、あなた、わかる?」コートニー・マキューアンが耳元でささやいた。「お葬式に出ると無性にセックスしたくなるの、どうしてだと思う?」

わたしはトレーを落としそうになった。グラスの一個が揺れて倒れ、床に落ちた。それを見た客の一人、ライオンのたてがみみたいにふさふさの茶色がかったブロンドの髪をした、ボディービルダー・タイプの男性が、素早く手を伸ばし、外野手顔負けのナイスキャッチをしてくれた。彼が満面の笑みを浮かべてグラスを高く掲げると、おなじテーブルの客たちから拍手が起きた。

「コートニー」わたしは歯を食いしばりつつ――作り笑いを浮かべて――言った。「セックスの話をしたかったら、キッチンでしてちょうだい」

コートニーは煌めく瞼《まぶた》と藤紫色《モーブ》の爪をひらひらさせ、わたしの先にたって滑るように歩いていった。紅海が分かれるごとく列席者が左右によけてくれるのは、襟ぐりの深いドレスのおかげ。

「そして、いとも美しき、親愛なるホリー」テッドの言葉はつづく。

「わざと落としたんじゃないの?」中年の女がわたしに尋ねた。大きな顔が賞賛の笑みで輝いている。「グラスを二個放《ほう》ったとしても、このダニーボーイなら受け止めてたわよ」テーブルを囲む人たちがクスクス笑って身を乗り出した。皿のあいだにワインのボトルが数本。わたしが用意したものではない。それに、このテーブルの面々はサウスウェスト病院とは無関係だ。賭けてもいい。顔ぶれは悪党面の男が二人(そのうちの一人がライオンのたてがみのダニーボーイ)、若い女が二人、それにわたしに話しかけてきた中年女。濃い化粧といい黒く染めた髪といい、見るからに〝薹《とう》が立った売春婦〟だ。でも、その顔に見覚えがある。思い出そうにも、ダニーボーイが酔っ払って声を張り上げるので気持ちを集中できない。

「グラスを三個放ってくれたら、それでお手玉をしてやるぜ!」

「そして、いとも美しき、親愛なるホリーは」テッド・ヴィカリオスがマイクに向かって叫ぶ。「つねに献身的に尽くしてきたのであります」騒ぎ――調子に乗ったダニーボーイがわたしに絡《から》むのをやめない――に気づいたテッドが、こっちを睨《にら》んでいる。「病床にあるアルバートを看病しつづけました。そのアルバートのことを思い出すために、けっして忘れないために、われわれはきょうここに集い」――またしても睨む――「思い起こせば、十代のころ、彼が病気で学校を休んだときに……」

「ジョン・リチャードは、あなたのことも裏切ってたの?」コートニーが前を向いたまま、聞こえよがしに言った。「それで、あなた、彼の愛人たちになにしたの?」わたしはトレーを握り締めた。誰が答えるもんですか。

「ヘイ、ケータラー」ダニーボーイがわたしのエプロンを引っ張った。テーブルの面々はゲラゲラ笑っている。「いいだろ、一緒に楽しもうぜ。グラスを使ってって意味」

わたしはなんとかその場を離れ、痛む足を引き摺ってキッチンに向かった。ようやくキッチンに逃げ込み、流しのわきにトレーを置き、引き返してダイニング・ルームに通じるドアをそっと閉めた。深呼吸してからコートニーと向き合う。〝すでにしくじりかけている〟昼食会を、彼女はもう少しでぶち壊すところだった。

「いいかげんにしてよ、コートニー、いったいどうしたの? あたしがジョン・リチャードと離婚して十年以上経つのよ! もちろん彼はあたしを裏切った。でも、愛人たちになにもしなかった。相手が誰であれ気の毒に思う以外、なんにもしてないわよ。それから、お葬式とセックスのことだけど、あたしにわかるわけないでしょ。告別式のケータリングをした後であたしがするのは食器洗いだもの」

彼女はわたしをじろっと見て、唇を引き結んだ。でも遅かった。涙が彼女の頬を伝った。肩を回し腕の筋肉を収縮させ、せいいっぱい強がってみせている。

「くそったれ」彼女が言う。「誰のおかげだと思ってるのよ」涙を振り払う。わたしはエプロンのポケットからティッシュを取り出し、彼女に渡した。「いまはただ憎らしいだけ」ティッシュで鼻をかむ。「結婚するつもりだった。一緒に暮らしたのは一ヵ月足らず。あいつったら、わたしの荷物をゴルフ・ショップの箱に詰めて送り返してきたのよ。なんでゴルフ・ショップの箱なのよ?」

彼女は泣き出した。わたしは皿を洗いながら思った。いつまで泣いてるつもり。**ゴルフ・ショップの箱よ**、と彼女は繰り返す。**なんでゴルフ・ショップの箱なのよ?**

「サンディーが彼に渡したんじゃないの」わたしは言った。「だって、彼女はゴルフの専門家みたいなもんなんでしょ?」

驚いたことに、コートニーが笑い出した。「そう、そう。サンディーはゴルフの専門家、まさにそう!　ボールを穴に入れる名人!」

彼女の顔の筋肉が引き攣《つ》る。あらあら、まだ未練たっぷりなのね。おあいにくさま。ジョン・リチャードは、捨てた女と縒《よ》りを戻したりしない。

「いったいどうなってるの?」マーラがキッチンのドアをバタンと開けて入ってきた。手に持った封筒をわたしに差し出す。「ホリー・カーから。若い子があなたに渡そうとそこで待ってたわよ。ドアが閉まってるので入るに入れなかったって。まあ、おいしそう、ケーキが残ってる」お上品にチョコレート・ケーキの端っこを切り分けたところで、コートニー・マキューアンに気づいた。「おやおや、コートニー、なにをそんなに取り乱してるの?　つまり、二十一歳の子のせいで捨てられたこと以外にって意味」

コートニーがマーラを睨み付けた。マーラはコートニーの胸もあらわなドレスに頭を振る。「とってもセクシーじゃない、C。いくらでも後釜《あとがま》を見つけられるでしょうに、この昼食会でだって」

コートニーは顎を突き出し、マーラの黒い麻のドレスを眺め回した。「あなただって男心をそそるわよ、マーラ。お葬式の前にホットなデートをしてたんでしょ?」

「あら、わかる?」マーラは目をくるっと回してみせた。

「あなたはなんでここにいるの?」ホリーの小切手をしまってから、マーラに尋ねた。グリルド・サーモンを出せなかったのだから、このお金は返すつもりだ。

マーラがわたしに視線をよこす。「その言い方はないんじゃない」

「だって、例のことはどうなったの?」乱暴にドアを開けて出てゆくコートニーを横目で見ながら、わたしは声をひそめた。ジョン・リチャードの様子を探りに戻ったのだろう。マーラとわたしの話をコートニーが立ち聞きするとは思わなかったけど、用心に越したことはない。なにしろ彼女は、自分がジョン・リチャードと付き合っていることを、わたしがよく思っていなかったと勝手に決め込んでいるのだから。むろんそんなことはまったくない。ジョン・リチャードが別れる口実にわたしを引っ張り出したにすぎない。マーラから聞いた話では、げす野郎め、コートニーに言ったそうだ。「きみとこの家で同棲してることを彼女が知ったら、まっすぐ家庭裁判所に駆け込んで、アーチとの面会権を無効にする手続きをとるにきまってる」

「いまこの瞬間に」マーラはケーキの端っこを摘み上げ、新しいダイアモンド入りロレックスに目をやった。「うちの弁護士が、あなたのお気に入りの衛生検査官のオフィスに怒鳴り込んでるわよ。食中毒に罹った依頼人の代理で、彼とその部下全員を訴えてやるってね」

「よくもそんな――」

コートニーが騒々しく舞い戻ってきた。その後ろから顔を覗かせたのは、誰あろうげす野郎その人。キッチンをぐるっと見回し、にたっと笑う。

「なんとまあ！」わざとらしく驚いた声をあげた。「おれの昔の女たち三人。集まってなにしてるんだ？　なにか企んでるのか？　ゴルディ、おまえに話がある。いますぐだ」

「あたしはここを動きませんからね」

彼はキッチンに入ってきて両手を腰に当て、凄みをきかせて言った。「おまえに、話が、ある、いますぐ」

「おあいにくさま」と撥ね付けようと思った矢先、コートニーが絶叫した。「くそったれ！　よくもわたしを――」大股で彼にちかづく。ジョン・リチャードは肩を回し、応戦の構えだ。するとマーラが素早い身のこなしで、残り物のケーキが載ったクリスタルの皿を摑み、コートニーの前に進み出て皿を楯にした。ケーキの大半が、コートニーの胸の盛り上がりに着地した。

「なにすんのよ！」コートニーが叫び、わたしの皿は床に落ちて粉々に砕けた。

ジョン・リチャードがわたしを指差す。「駐車場に来い」そう言うとさっさと退散した。

コートニーはもてるエネルギーのすべてをげす野郎に注ぐつもりなのだろう。足音も荒くキッチンを出て行った。胸にチョコレートを纏ったまま。

ジュリアンが汚れ物のトレーを手にキッチンに入ってきた。クリスタルの破片が散らばる床に目をやる。「なにがあった?」

「後で話すわ。ねえ、あたし、げす野郎と二人きりになりたくない。警察は引き揚げてしまったし。二人とも一緒に来てくれない?」ジュリアンとマーラに低い声で頼んだ。

「もちろん」二人が声を揃えた。そこへリズがやってきて、アーチは友達とその母親と一緒に帰ったわよ、あなたの了解を得てるって言ってた、と教えてくれた。わたしはうなずいたものの、けさはあんなことがあったから、アーチとそんな話をしたかどうかも憶えていない。リズが後片付けを引き受けてくれると言うので、マーラとジュリアンが先にたち、裏口の壊れたドアを抜け、砂利道を下る途中で思わず足を止めた。

追悼演説をようやく終えたテッド・ヴィカリオスが、げす野郎の行く手に立ちふさがり、その顔の前で人差し指を振っているのだ。ジョン・リチャードは柄にもなく、低い声で宥めにかかっている。テッドは顔を赤くし、歯を剝きだしてがなっている。意味がとれたのはこの二つだけ。「大事な質問をしてるんだ」と「恥を知れ」。

「戻ったほうがよさそう」わたしはマーラとジュリアンにささやいた。

「かまうもんですか」マーラが言う。わたしの腕に手を置いて、二人のほうにじりじりとちかづいてゆく。「もうちょっとちかづかないと話が聞こえない。スーパークリスチャンのテッドのことだから、げす野郎が重罪で服役したことが許せないんでしょ」

ジョン・リチャードがいつもの無礼さを取り戻し、「うせろ」だの「親父面するな」だの言い返した。あっけにとられたテッドを尻目に、ジョン・リチャードは足早に駐車場へ向かった。数分後、新車のアウディTTのエンジンをふかし、砂利を蹴散らして駐車場を一周し、通路脇に停止した。助手席では、サンディーがバックミラーで口紅をチェックしている。ジュリアンとマーラとわたしは、いきりたつドクター・Vを遠巻きにして進み、エンジンを空ぶかしするアウディの三メートルほど手前で立ち止まった。

「三時間後にアーチを連れてこい」ジョン・リチャードがわたしに怒鳴る。「ゴルフのスタート時間を変更したから」

わたしを突き飛ばしてうなじを殴打し、昼食会をめちゃめちゃにした張本人はジョン・リチャードだったとして、そのうえ、ラウンドハウスの窓の下でわたしに命令するなんて、ぜったいに許せない。ジュリアンとマーラがわたしの前に出ると、腕を組んでいかめしく突っ立った。

「ジョン・リチャード、あなた、ラウンドハウスに押し入ったりしたんじゃない？」マーラが陽気な声で言った。「料理を腐らせた？　ネズミは？」そこで口調が一変、鋭くなる。「ゴルディをぶん殴ったでしょ、白状したらどう？」

「ゴルディ！」ジョン・リチャードはマーラを無視し、声をさらに張り上げた。「四時だ！いいな？」

耳が熱くなる。考えたくもないけど、ダイニング・ルームにいる人たちはもちろん、半径八百メートル以内にいる人たち全員が、ジョン・リチャードの怒鳴り声を耳にしているのだ。朝方に元妻を襲っておいて、午後になったら息子を連れてこいとその元妻に命じるなんて、よほどの鉄面皮《てつめんぴ》でなければできない。

「あたしは忙しいの。それにアーチも――」

ジョン・リチャードが車から飛び出してきて、ドアを叩き付け、マーラとジュリアンの脇を回り込んでわたしの前に立った。「はっきり言っとくが、おまえのことなんてどうだっていい！　おまえが忙しかろうと知ったこっちゃない！　おまえの予定なんて聞いちゃいないんだ！　おれには関係ない、わかったか？」

ジュリアンがすかさず動いてジョン・リチャードと向かい合った。背は五センチほど高くても、げす野郎は刑務所暮らしで体がなまっているから、ジュリアンの筋肉質で引き締まった二十一歳の体に太刀打ちできるわけがない。アウディのほうへ後退する。

お馴染みのパニックに襲われた。パイクス山ほどの大きな塊が喉を塞ぐ。肩越しに振り返ると、案の定、ラウンドハウスの窓から十幾つもの顔が覗いていた。

「出てゆけ！」ジュリアンが怒鳴る。「いますぐ立ち去れ。さもないと警察を呼ぶ。きょうはこれで二度目だ」

ジョン・リチャードは、わたしたちをしばし見つめてから車に乗り込んだ。〝e〟がふたつのサンディーと並んで運転席におさまり、シートベルトを締めるとアクセルを踏み込んだ。

振り向かずに去っていった。

4

「ワオ！」マーラがジュリアンの背中を叩いた。「やるじゃない、きみ！」ジュリアンはにっこりしてうなずき、無言でキッチンへ戻った。マーラがわたしに尋ねる。「それで、アーチを連れていくつもり？」

「仕方ない。いまこの瞬間にも、ジョン・リチャードは携帯電話から弁護士に電話してるわ、きっと。ジュリアンのことや、あたしがいかに非協力的だったかを並べ立ててる」

「一緒に送っていってほしい？　ポステリツリーの資金集め即売会は抜けられるから。それはそうと、チョコレート・ケーキを提供した埋め合わせはしてくれるんでしょ？」

「もちろんよ。冷凍庫にブラウニーが入ってる。それから、アーチを送り届けるのはあたし一人で大丈夫よ、ありがと」アウディが巻き上げた砂ぼこりに目をやる。「アーチには別に予定があるかもしれないし。げす野郎って、そういう配慮がいっさいないのよね。あまりにも彼らしくて、もう信じられない」

「だって、げす野郎だもの」

ラウンドハウスから弔問客がぞろぞろと出て来た。わたしはマーラをぎゅっと抱き締めて礼を言い、痛む足を引き摺ってキッチンに戻った。ダイニング・ルームから椅子のきしる音や足音やほっとした話し声がして、昼食会がお開きになったことがわかる。やれやれ、テッド・ヴィカリオスがようやく演壇を降りてくれたよ、と人びとがささやき交わす声が聞こえたような気がしたけど、わたしの空耳だろうか。テッドが怒りまくっていた訳を知りたくてヴィカリオス夫妻の姿を探したけど、すでに帰った後だった。

キッチンでは、ジュリアンとリズが汚れた食器を業務用の食器洗い機に入れている最中だった。優秀な助手二人がいなかったらどうなっていたことか。

ジュリアンが手を止めて声をかけてきた。「大丈夫、ボス?」

「いいえ、でも心配しないで」

「ジョン・リチャードの怒鳴り声、聞こえたわよ」リズの目には同情心が溢れていた。「あなたも気の毒。疫病神が舞い戻ってきたんだものね」

「ええ、まあね」

「ボス?」と、ジュリアン。「面倒なことになりそうだね。ドラックマンの親子と一緒に帰りぎわ、アーチがおれに言ったんだ。きょうの予定をあんたにちゃんと伝えてなかったって。家に帰ったらメモを書いて残しておくって」わたしはうなった。ああ、もう。「なあ」ジュリアンが話をつづける。「ここの後片付けはリズとおれに任せたらどうだ? たいしたことないもの。裏口の壊れたドアは板で塞いでおく。その方法も考えてあるんだ」

「それなら、二人が買ってきてくれたチーズとハムとサラダの材料の金額を教えてちょうだい。あなたたちがいなかったら、きょうの会はとてもやれなかったと思う。領収書を渡してくれるまで帰れないわ」

二人が返事をする前に、わたしの携帯電話が鳴った。あらあら、ジョン・リチャードの弁護士からもうかかってきたの？　**ミセス・シュルツ、あなたは前夫に息子を会わせると約束したはず……**

弁護士からではなかった。トムから。やっと。

「署長とミーティングだったんだ。きみの伝言、いま聞いた」彼がやさしい声で言う。「元気にしてるか？」

トムの声を耳にしたとたん、胸の中でなにかが捩《よじ》れた。いいえ、元気にはほど遠いわ。トムにそばにいてほしい。グリーンの目のハンサムな顔や、大きな体を身近に感じていたい。

「あの――」わたしは口ごもった。

「ゴルディ？　なぜ電話をよこしたんだ？」彼がこんなふうによそよそしいしゃべり方をするようになったのは、一ヵ月ほど前からだ。彼が逮捕した犯人が、裁判で無罪になったのが五月のこと。罪を犯した人間が解き放たれたのだ。署内に衝撃が走り、重苦しい空気が垂れこめた。トムはすっかり落ち込み、まるで人が変わってしまった。わたしが結婚した、陽気で愛情たっぷりの人とは別人のように。

「こっちで問題が起きたの」殴られた部分がずきずき痛み出した。でも、いまここでトムに話をする気にはなれなかった。

「発砲騒ぎがあったという報告書を読んだ。きみがいる場所のちかくで、朝の六時すぎに」

「あたしよ。発砲したのはあたし」うまく説明できないような気がした。以前だったら、彼はすぐに連絡をくれた。署長とのミーティングがあろうとなかろうと。それに、わたしからの電話をそれは喜んでくれた。**ミス・G、いまなにしてる？　ミス・ゴルディ、うまくやってるか？**　二人のあいだで沈黙がつづく。彼のこの態度はあなたのせいじゃないんだから、と自分に言い聞かせた。無罪判決が出たことへの怒りを、彼はうちへうちへと溜《た》め込んだ。それをなんとか吐き出させなくちゃ。

ようやくトムが口を開いた。「どういうことか話してくれないか？」

「ああ、トム。何者かがラウンドハウスに押し入ったの。中にいるそいつは、わたしに驚いた。それで……わたしを突き飛ばしてうなじを強打したもんだから、わたしは気を失って――」

「待て、待て。これからそっちに行こうか？　大丈夫なのか？」

「大丈夫よ。ほんとに。警察に通報して、やってきたパトロール警官にそのことを話したわ。でも、それだけじゃないの。襲撃者はわたしの仕事を妨害したのよ。ゆうべここにやってきて、冷蔵庫と冷凍庫のコンプレッサーの安全スイッチを切って、料理をすべて駄目にした。けさまたやってきて、裏口のドアを壊して入り、冷蔵庫にマスの死骸を置いて、床にネズミ入りの袋を置いていった。犯人の顔は見てないわ」

「でも、きみは犯人を撃とうとしたんだろ？」

「いいえ。ネズミに驚いて銃を暴発したの。床に穴を開けたけど、でも――」

「ゴルディ。誰のしわざか心当たりは？」

「ジョン・リチャード？　あるいはあたしの知らない商売敵？　わからない。でも、ねえ、あたしなら大丈夫だから。ジュリアンとリズが後片付けを買って出てくれたの。そうそう、ジョン・リチャードは昼食会に来てた。アーチにゴルフを教えるから四時に連れてこいって、大声であたしに命令した」

「それじゃ、奴の家で待ち合わせしよう。いいだろ？」

「マーラもそう言ってくれたけど断ったわ。ねえ、トム、アーチがゴルフクラブを引き摺って、げす野郎の家の玄関に向かうあいだ、あたしはヴァンから一歩も出ないわ、約束する」

トムはため息をつき、それじゃ話は帰ってから、と言った。携帯電話を閉じて腕時計に目をやる。一時十五分。痛む体がシャワーと昼寝を熱望している。残念ながら、眠れるのはずっと先のこと……それに、わが家に戻っても、夫とは気持ちがすっかりすれ違っている。

リズとジュリアンに小切手を切って渡し、ヴァンに乗ってラウンドハウスの駐車場を後にした。窓を開けると、乾燥した松の香りの風が入ってきた。けさ早く、わたしを襲った犯人は、向こう岸の木立の陰から様子を窺っていたのだろうか？　ケータラーの料理を腐らせてなんになるの？　それより問題なのは、そいつがまた襲ってくる――このわたしを襲う――かどうか。

湖畔の道からメイン・ストリートに出る。深刻な旱魃《かんばつ》とそれにつづく給水制限のせいで、アスペン・メドウはすっかり埃っぽくなり、まるで昔の西部の村のようだ。商店は景気づけに店先を造花で飾っている。アスペン・メドウ宝石店の窓辺のプランターからは偽のゼラニウムが顔を覗かせ、グリズリー・ベア・サルーンからダーリーンの骨董屋まで、メイン・ストリートの街灯柱には偽の蔦が絡まっている。地元の子供たちや観光客に人気なのが、タウン・タフィーズの大きなウィンドウで、機械仕掛けの銀色の腕がキャンディを引っ張って伸ばすところを見物できる。アスペン・メドウは収入を観光業に依存しており、夏の数ヵ月が書き入れ時だ。観光客がお金を落としていくのは無論のこと、地元の人たちもこの時季は財布の紐がゆるむから、商店主は例年どおりお祭り気分を盛り上げようと必死だ。コロラドの山火事をニュースにしないでくれ、と地元の商工会議所がCNNに捻じ込んだという話を耳にした。そんな報道をされたら商売あがったり！

ヴァンを家の前に駐めた。うちの芝生もやはり瀕死の状態だけど、見て見ぬふりをするしかない。トムが三年前から丹精込めて育てた花々も、必死で生きている。アルペンローゼもチョークチェリーもライラックも、ポプラや松でさえ水不足で萎《しお》れてしまった。でも、庭に水を撒くことを禁じられているので、なにもしてやれない。

家に入ると、ブラッドハウンドのジェイクが飛びついてきて、顔にキスの雨を降らした。茶色と白の長毛の猫、スカウトが階段の上から恨めしそうにそれを見ている。気位が高いから、自分から愛情を求めはしない。どこの猫もそうだろうけど、こっちがすり寄っていくまでじっと待っている。

犬と猫に餌と水をやり、留守番電話をチェックする。アーチが電話をよこして、親切なメッセージを残していないともかぎらない。たとえば、三時までにもどる、とか。期待は裏切られた。

いつもの習慣でコンピュータを立ち上げ、今後の予定をチェックした。ケータリング業に奇跡は起こらず、山の草木同様、萎《しぼ》む一方。今週請け負っている仕事はあと二件だけ。あさっては、アスペン・メドウ・カントリー・クラブで、マーラが属しているガーデンクラブの分裂グループ、ポステリツリーの朝食会。きょうの手作りケーキ即売会の売り上げについて話し合うのだろう。おなじ日の午後、ジュリアンとリズとわたしは、レンタルのテントの下でピクニックの食事を提供する。サウスウェスト病院婦人支援団体主催で、長く看護師として勤めたナン・ワトキンズの退職を祝うパーティーが開かれるのだ。あすは一日休みだから、ラウンドハウスの壊れたドアの修理や、コンプレッサーを囲う柵の手配をすることができる。それに、超強力な燻蒸消毒器を持ち込んで……

カウンターの上にアーチの殴り書きのメモがあった。

忘れ物をした。アイスホッケーの道具（それでうちに戻ってこれを書いてるんだ）。トッドのママがぼくたちをレイクウッドのリンクに連れて行ってくれるって。クリスチャン・ブラザーズの子たちと一緒にホッケーをやるんだ。終わったらトッドのママに電話して迎えに来てもらうから心配しないで。きょうの昼食会はよかったと思う。後片付けを手伝わずに帰ったけど、大丈夫だったよね。つぎはちゃんとやるから。A．K．

なんともありがたいメモだこと。レイクウッドはデンバーの西にあり、ここから四十五分かかる。しかも、アーチを帰るよう説得し、シャワーを浴びさせてゴルフの格好をさせなければならない。それに、おそらくトッドを家に送ることになるだろう。もう一時半なのに、どうやればアーチを四時までにげす野郎の家に送り届けられる？　どうしてこういつもいつも、人の生活をめちゃくちゃにするのよ。

冷凍庫を覗いて冷凍したブラウニーの袋を四つ取り出し、傷めた膝が許す範囲の急ぎ足でヴァンに戻った。インターステートを飛ばしながら、アイリーン・ドラックマンに電話をいれ、男の子たちを迎えに行っていいかどうか尋ねた。もちろんよ、助かるわ、と彼女は答えた。四十分でサミット・リンクに着いたときには、ヴァンはすっかり息切れしていた。

リンクに入ってはじめて——これだけの広さの空間を氷点下に保つにはいったいいくらかかるのか見当もつかない——アーチとトッドを見つけるのがいかに大変かわかった。アイスホッケーのゲームの真似事をやっている子供たちは、マスク以外にも山ほどのプロテクターをつけている。恥ずかしがりの息子の名前を叫ぶようなことはしない——誰がやるもんですか。アーチが九歳のとき、食料品店で名前を呼んだら、一週間、口をきいてくれなかったという過去がある。

ようやくそれらしい子供を見つけ、動きをじっくり観察した。そう、アーチにちがいない。

合図を出すこと三度、ようやく気づき、しぶしぶゲートにやってきた。

「ママ！　どうしたの？」アーチがマスクをあげると、汗びっしょりの紅潮した顔があらわになった。別の男の子もちかづいてきて、マスクを引きあげた。現れたのは、やはり汗びっしょりのトッドの赤い顔だった。

「あなたをお父さんの所に連れて行かなきゃならないの。ゴルフを一緒にするの」

「そんな、ママ。いまは勘弁してよ。おねがい！」アーチはマスクをさげ、ゲートを手で押して離れていった。後ろ向きに滑る姿にほれぼれする。「いつまでに来いって？」彼がマスク越しに尋ねる。

「いますぐよ。悪いけど」

アーチが肩を落とす。「練習試合の最中なんだ」

トッドが叫ぶ。「そりゃないだろ、アーチ。親父さんとゴルフしてやれよ。刑務所から出たばかりなんだから」

それを聞いた数人のプレーヤーが急停止した。なんだって、親父が刑務所に入ってた？　そういう親父を持つと、息子は優秀なプレーヤーになるもんさ！　相手チームがここぞとばかり、パックをゴールに打ち込み、止まって立ち聞きしていた連中から不平の声があがった。わたしは、姿を消し去れるものならそうしていた。

それでも、アーチはゲートにもどってきた。ありがたい。エルク・パーク・プレップ時代だったら、これから長い口論がはじまるところだ——しかも負けるのはわたし。

「ゴルフのボールをホッケーのパックにみたてて、力いっぱい叩いてやれよ」トッドが声をかけてきた。「それがプロのやることさ」

　アーチはマスクを額まで押しあげ、頭を振った。それでも二人ともリンクからあがり、スケート靴のままドシドシ歩いた。

　練習試合を途中で抜けさせた後ろめたさから、わたしは気前よくソフトドリンクにポテトチップにキャンディバーをおごり、二人は口々にありがとうと言った。袋を破る音やポテトチップを噛み砕く音を乗せて、ヴァンはバタバタとエンジン音を鳴り響かせて山を登った。三時には家に着き、アーチに大急ぎでシャワーを浴びなさいと言いつけ、トッドにはテレビゲームをさせておいた。そのあいだにまずまずきれいなポロシャツとカーキのズボンを探し出し、ジョン・リチャードがアーチのために買ったゴルフクラブを引っ張り出した。驚いたことにクラブはまっさら、泥も草もついていない。三時十五分、家を後にした。

　まずトッドを家に送り、文句を言わずに一緒に帰ってくれたことを感謝した。三時半、アーチと二人、ほぼ解凍状態になったブラウニーの袋を持って、アスペン・メドウ・カントリー・クラブの通用口へ向かっていた。マーラとわたしはここを、〝なんちゃってカントリー・クラブ〟と呼んでいる。アスペン・メドウには正真正銘のハイソサエティは存在しないし、東部の名士が集まる豪勢なコロニアル・クラブも存在しない。でも、アスペン・メドウ・カントリー・クラブ、略してＡＭＣＣの大きなモーテルみたいな本館は、新しいロッカールームにゴルフとテニスのショップ、ウェイトトレーニング・ルーム、それに会議室を備えた贅《ぜい》沢《たく》な施設へと生まれ変わったばかりだ。その会議室で三時から五時まで、ポステリッツリーと名乗るガーデンクラブから分裂したグループが、手作りのケーキを持ち寄り、即売会を開いている。

混み合う部屋を囲むように置かれた三つのビュッフェ・テーブルのひとつに、仲間数人と並んで立つマーラの姿があった。わたしに気づくとせかせかとやってきた。またもや衣装替えをしていて、きょう三着目のこれはジャングルをモチーフにしたカジュアルなスーツだ。

「セシリアが来てるのよ」マーラが声をひそめる。わたしの視線は〈マウンテン・ジャーナル〉のゴシップ・コラムニストへと引き寄せられた。大柄な洋梨体形をいっそう無様《ぶざま》に見せる、くたっとした白い男物のシャツにだぶだぶの黒いズボンという格好だ。眼鏡をかけたシャベル形の顔を突っ込んで、ジンジャー・ヴィカリオスとコートニー・マキューアンの会話の邪魔をしている。ジンジャーが急にうつむき、踵を返して歩み去った。一方、長身でゴージャスなコートニーは、無言でセシリアに軽蔑の眼差しを向けた。

「おやおや、きっとセシリアがジンジャーを侮辱するようなことを言ったんだわ」マーラにしては控えめな言い方だ。「これがはじめてじゃないけど」

「はい、あなたのブラウニー」わたしは早口で言った。アーチはわたしに袋を押し付けて、さっさと離れていった。いま彼は、女性たちが持ち寄ったケーキやクッキーやマフィンを眺めるのに忙しい。すぐにも連れ出さないと、ゴルフ用に着せたシャツにレモンカードのしみをつけるにきまっている。

ところが、セシリア・ブリスベーンという邪魔が入った。セシリアがにじり寄ってきてわたしの肘を摑んだのだ。眼鏡の分厚いレンズを通すと、突き出た目が余計に大きく見える。

セシリアが言う。「聞いたわよ。おたくの元亭主がいつもの手口を使ったって」

マーラが咳払いした。わたしはそ知らぬ顔で、セシリアの幅広でしわしわの顔と、色といい硬さといい鋼綿そっくりのグレーの髪を見つめた。「あら、そう？ そんな話、どこで聞いてきたの？」

セシリアは先天的ににやりと笑うことができない。脂じみた不揃いな前髪が額を覆い、眼鏡の縁を擦っている。唇を横に引いてしかめっ面をした。「けさ、ラウンドハウスでちょっとした事故に遭遇したそうじゃない」

わたしはほほえんだ。「〝ちょっとした事故〟って具体的にはどういうことかしら？」

「誰に殴られたと思う？」セシリアが詰め寄る。

「ちょっと！」マーラが口を挟んだ。「どうしてあなたが知ってるのよ――」

わたしは手を挙げてマーラを制した。「実のところは、セシリア、あたしよりあなたのほうが詳しいんじゃないの」

「おたくの元亭主を訴える書類を握ってるの」

「それは警察もおなじでしょ、セシリア」

「おなじ書類じゃないと思うわよ」

わたしは首を傾げた。興味を惹かれる。「ちゃんと説明してくれない？」

セシリアは眼鏡を直し、目を細めてわたしを見た。感情のない声で言う。「ここじゃだめ。でも、話してあげてもいいわよ。こっちの訊きたいことに答えてくれたらね」

アーチがブラウニーを頬張りながらやってきた。「ママ！　パパのところに急いで行くとこだったんじゃないの？」

「そうよ」わたしはセシリアに丁寧《ていねい》に別れを告げ、アーチを急きたてて通用口からヴァンに戻った。狭い駐車スペースからバックでヴァンを出す際、セシリアのポンコツのステーションワゴンにぶつかりそうになった。慌ててブレーキを踏み、何度か切り返しをして事故を回避した。セシリアを敵に回したくないもの。

邸宅が並ぶカントリー・クラブ地区をジョン・リチャードの借家へと向かいながらも、セシリアの言葉が頭から離れない。マーラはよくこんな疑問を口にする。**げす野郎は出獄した。それで、いったいどこから金が出ているの？**　彼は無職だ。わたしの知るかぎり、というか、マーラが知るかぎり。つまり、ほんとうに無職だってこと。それなのに、大々的に宣伝しているゴルフ・トーナメントのスポンサーになったり——二万五千ドル出資——新型のアウディを買ったり——こっちは四万ドル——家を借りたりしたお金の出所は、コートニーにちがいない、とマーラは考えている。金持ちの未亡人になりたてのコートニーは、げす野郎に大金を貢《みつ》いだ。

ところが、ジョン・リチャードはコートニーを捨て、マーラによると、いまの借家は大邸宅を購入するまでの仮住まいなのだそう。でもそれは実現しそうにないわね、とマーラは嬉々として結論づけた。わたしたちの前夫は、刑務所暮らしのあいだ〈マウンテン・ジャーナル〉に目を通せなかったろうから、アスペン・メドウでは家の売買が事実上できなくなっていることを知らないのだろう。保険会社が、新たに家を購入した人の火災保険を引き受けることを拒否しているからだ。おかげで町民の不安レベルはいっこうに下がらない。セシリアが知りたがっているのは、ジョン・リチャードの家探しのことだろうか？　さあ、おそらくちがうだろう。

特別に大きな屋敷が立ち並ぶ地区にさしかかった。広壮なコロニアル様式の屋敷があるかと思えば、スイス風の山荘《シャレー》があり、その角を曲がった先には現代風の屋敷が四方に棟を張り出しているといった具合だ。数軒に一軒はジョン・リチャード好みの屋敷がある。漆喰の壁に十字の梁《はり》が浮き出しになったチューダー様式の家だ。カントリー・クラブ地区の邸宅に共通するものがひとつ。どこの芝生も青々としていること。不法な水撒きを、この地区の住民たちがいかにして行っているのか、いろいろな噂が飛び交っている。真夜中になると、ホースが芝生の上をヒューヒューと動き回るんだ、と言う人もいれば、夜中の三時に、地下のスプリンクラー・システムが稼動するようになってるんだ、と言う人もいる。共産主義国家と同様に、隣近所で法律違反をする者がいれば訴えでることになってはいるが、そこはそれ、もちつもたれつ――あなたが言わなきゃ、わたしも言わない。共同体意識とはそういうものでしょ。

げす野郎のチューダー様式まがいの家のある袋小路にヴァンを進めると、家の前には車が駐まっていた。ため息がでる。また別の恋人の車でないことを祈るだけ。ジョン・リチャードがチューダー様式の屋敷を好むのはそのせい？　現代版ヘンリー八世のつもり？　大勢の妻に大勢の愛人。

その車の背後にヴァンを停める。シボレーの古いブルーのセダンで、人が乗っているようだ。

「さあ、着いた」アーチに言う。まずまずさっぱりと見える。シャワーの後、濡れた髪には櫛を入れてきっちり分けてあるし、口のまわりのチョコレートは舐《な》め取っている。「ゴルフクラブを出して玄関に向かいなさい、いいわね？　あなたが中に入るのを見届けてから帰るから」

アーチは眼鏡を鼻の上に押し上げた。「オーケー、ママ。いろいろと面倒をかけてごめんね」

「そんなことといいのよ。さあ、急ぎなさい」もう四時十分前。アーチと父親がスタート時間に間に合うためには、のんびりしてられないということ。

アーチは苛立たしげにフーッと息を吐き、ヴァンを降り、ゴルフバッグのストラップを肩に担いだ。重い足取りでドライヴウェイを進み、左に折れて玄関の階段をのぼった。

ボンネットを叩く音にぎょっとした。五十代半ばぐらいの男が、わたしに話があるらしい。生え際が後退したグレーの髪はオールバックで、皮膚の薄い骸骨のような顔をしている。シボレーのドアが開いたままなので、そこから出て来たのだろう。

「ミセス・コーマン？」男が声をかけてきた。

わたしはウィンドウをさげた。「なんですか？」

「パパ！」アーチが声を張り上げた。「パパ！　ドアを開けてよ！」

「ミセス・コーマン、わたしの金を持ってるんでしょ？」男が言う。格子柄のコットンのシャツに茶色いポリエステルのズボン、泥色の革靴。ぜったいにカントリー・クラブ地区の住人ではない。

「申し訳ないけど、あたしは――」

「たのみますよ。わたしの金を持ってるって言ってください、ミセス・コーマン」男が哀願する。「ここに来いって言うから来たんです」

ヴァンのサイドドアが開いて、ドサッと音がした。アーチがゴルフバッグを荷台に投げ込んだのだ。ドアをバタンと閉め、助手席のドアを開けて乗り込んできた。

「パパ一人で先に行ったんだ！　帰ろう！」

「あの」わたしは男に言った。「どなたですか？　お金って？　あたしがあなたにお金を渡すって、どうしてそんなこと思ったんですか？」

〝骸骨顔〟はそれだけ聞けば充分だったらしく、セダンに戻っていった。

「コロラドGPG521、ブルーのシボレー・ノーヴァ」声に出さずに言い、バッグからボールペンとメモ用紙を取り出して書き留めた。ジョン・リチャードは借金してるの？　あの男は債権者？

「ママ、パパはここにいないよ。何度も何度もノックしたんだ。さあ、行こうよ」

チューダー様式まがいの屋敷を見上げる。携帯電話に手を伸ばし、ドクター・〝籠城《ろうじょう》〟の番号を押した。応答なし。無理もない。わたしの番号は非通知だから。留守番電話に切り替わったので、息子に会いたいならすぐに出てきなさい、とメッセージを残した。なにも起きない。

風が吹いて砂ぼこりを舞い上げる。さて、どうしよう。家に帰って、げす野郎の弁護士の怒りの電話を受ける？　それとも自分で玄関のドアを叩き、不愉快な遭遇という危険を冒す？　けさの襲撃とおなじぐらい、いいえ、あれ以上にいやな思いをするだろうけど。

ダッシュボードに目をやったが、銃を振り回すという案は即座に却下した。もし彼に脅かされ、三八口径の銃がまた暴発したら？

「ゴルフクラブを持ってきなさい、アーチ。もう一度、一緒に試してみるから」

アーチがゴルフバッグのある荷台にまわるあいだ、わたしはシートの下に手を突っ込んでスイス製のアーミーナイフを取り出した。開いて刃を出してから、着たままだったケータラーのエプロンのポケットに滑り込ませ、アーチを連れて玄関の階段をのぼった。ノックして、呼びかけた。彼のことだから、債権者が立ち去ったかどうか、舞い戻ってこないかどうか、こっそり覗いているにちがいない。

「ここで待ってて。アウディがあるかどうかガレージを調べてくるわ」ナイフを握り締めて階段をおりた。ジョン・リチャードの庭のゼラニウムとデルフィニュームは生き生きと咲き誇っている。不法な水撒きをやっている証拠。まだ少し足を引き摺りながら、裏手の車三台がおさまるガレージへと向かった。

仕切りふたつは閉じていた。裏口に隣接する三つ目の仕切りはドアがわずかに開いていた。ナイフの柄を握ったまま、隙間から中を覗き込んだ。アウディの外装のクロム合金に顔が映っている。つまり彼は家にいる。あん畜生。

痛む背中と脚でドアの狭い隙間を潜《くぐ》り抜けるのは容易ではない。それに、これからどうするか計画を練る必要がある。もしもの用心に、携帯電話をエプロンのもう一方のポケットに入れてきた。

ガレージは油と排気ガスと、それにほかにも臭いが……なんの臭い？　コンクリートの床を踏みしめながらアウディの後部を回った。母屋《おもや》に通じるドアの前で決心した。マーラに電話しよう。一人で入るわけにはいかないから、彼女に電話してこっちに来てもらおう。なんとしてもげす野郎にドアを開けさせなきゃ、もし彼が――

足が止まった。信じられない思いで見つめていた。動けなかった。目で見ているものを脳が理解できない。でも、それはそこにあった。彼がそこにいた。ジョン・リチャードがそこに。頭をおかしな角度に曲げて、運転席に体を投げ出している。胸は血で覆われている。ひどい有様《ありさま》だった。それに、彼は死んでいた。

5

一度は彼を愛した。そして憎んだ。アーチが生まれたとき、彼はかたわらに立ってにっこり笑っていた。毎晩のように、彼はわたしを鞭打った。わたしの腕や背中にみみずばれができるまで鞭打った。彼の胸には邪悪なものが棲み付いているにちがいないと思った。いまその胸に穴が開き、皮膚と骨と血がぐちゃぐちゃになっている。

心臓は脈打っていない。

彼を、というより、彼だったものを、見ることができなかった。なんの臭いかわかった。コルダイト。弾を撃ち出すための無煙火薬だ。じっとりと汗ばむ手は携帯電話を握っていた。9 1 1に電話し、震える声で告げた。わたしの前夫、ドクター・ジョン・リチャード・コーマンが撃たれました。ええ、死んでいると思います。場所を尋ねられ、きょとんとした。「アスペン・メドウ・カントリー・クラブ地区」声が震えていた。「借家です。袋小路にあるチューダー様式の家。新しい場所で、彼はガレージに倒れています。待って。たしかストーンベリー四四〇二。それ以外は思い出せない――」

ほかに思い出したことがあった。アーチ。ああ、どうしよう、アーチ。玄関で待っている。

父親が出てくるのを待っている。ガレージにわたしを探しに来たら？　あの子に見せるわけにはいかない。

「奥さん？」緊急電話のオペレーターの声が耳の中で渦巻く。「新しい場所ってどういうことですか？」

「あの、あたし、行かなくちゃ。パトカーが来るのを外で待ちます。わたしのヴァン、ゴルディロックス・ケータリングって書かれたヴァンが駐まってますから。おねがい、行かなくちゃ。十五歳の息子もここにいるんです。彼は父親が死んだことを知らないのよ」

オペレーターがくどくどとしゃべりつづけている。**現場を動かないで、落ち着いてください、じっとしてて、電話を切らないで。**彼女が実際にそう言ったのか、それとも、こういう場合にどんなことを言うかわかっているからそれを脳が再現していたのか、わたしにはわからない。屈み込んでガレージのドアを潜り、電話を切った。

突風が吹いて、袋小路の家々を囲むポプラや松の枝を揺らした。吹き上げられたちりが陽射しに煌めいている。風がジョン・リチャードの屋敷を叩く。ちりが入らないよう目を閉じ、めまいと闘った。

主はわれらの造られたさまを知り、われらのちりであることを覚えていられるからである。

アーチになんて言えばいい？　どう話せばいいかまるでわからない。「あなたのお父さんは撃たれたの。亡くなったわ」

ヴァンのラジオからジャズ・ギターの反復楽句《リフ》が流れている。アーチは待つことにうんざりしている。時間が刻々と過ぎてゆく。彼に話さなければ。

息ができない。吸って、と自分に言い聞かせた。吐いて。携帯電話を取り出し、トムにかけた。

「何者かがジョン・リチャードを撃ったの」ボイスメールにメッセージを残す。「彼は死んだわ。ねえ、トム、彼の家まで来てちょうだい」風がまた吹いて、わたしにちりを浴びせた。「そばにいてちょうだい、おねがい」

電話を切る。こんなヒステリックな声でアーチに話すことはできない。落ち着かなきゃ。ジョン・リチャードの胸には穴がぽっかり開いていた。思い出すと頭がくらくらした。ジョン・リチャードのピンクのシャツは血でべっとり濡れていた。それにズボン……カーキのズボンも血まみれだった。ああ、だめ、思い出しちゃだめ。

マーラの携帯電話にかけた。

「げす野郎の新居にいますぐ来てちょうだい」彼女のボイスメールに向かって言う。「何者かが撃ったのよ。彼は死んだ」

膝ががくがくして、ドライヴウェイに座り込んだ。風が輝くちりを巻き上げて袋小路に撒き散らす。ジョン・リチャードの家の青々とした芝生が、風で頭を垂れたり起こしたりしている。屋敷を取り囲むブルーのデルフィニュームが、茎を大きく揺らしている。

人は、そのよわいは草のごとく、その栄《さか》えは野の花にひとしい。

わたしは祈った。どうかお助けください。神はすでに答を与えてくださっていた。詩篇の

第一〇三篇の言葉を通して。日曜学校で暗誦させられた字句が甦る。その栄えは野の花にひとしい。それで、その先は?

風がその上を過ぎると、うせて跡なく、その場所にきいても、もはやそれを知らない。

ジョン・リチャードは、もはやこの世にいない。いまさらそんなことがありうるの? たくさんの人間を傷つけてきたこの男は、ほんとうに逝ってしまったの? 唾を呑み込み、立ち上がった。気持ちを落ち着ける。アーチに話すときがきた。

「あのね、とっても悪いことが起きたの」ヴァンの運転席に座り、ラジオを切った。

アーチは眉をひそめた。「なに? パパは大丈夫なの?」

「アーチ、残念だけど、とっても残念だけど、あなたのパパは大丈夫じゃない」アーチはわたしをじっと見つめたまま顔をしかめた。「悪い知らせがあるのよ。どうか気をしっかりもってね。あなたのお父さんは亡くなったの。撃たれたのだと思う。警察がじきに来るわ」

「なに言ってるの、ママ? パパが撃ち合いに巻き込まれたの? いつ? いまどこにいるの?」

「ガレージにいるわ。たいへんなことになったの。だから警察を呼んだのよ」

「携帯電話はどこ?」アーチが大声をあげた。否定している。当然だ。「救急車を呼んでよ。生き返らすことできるかもしれないじゃないか!」

「ああ、アーチ――」

フロントガラスにちりが舞い落ちる。遠くからサイレンが聞こえた。アスペン・メドウを巡回中のパトカーがいたのだろう。署から無線連絡を受けてこっちに向かっているのだ。

「ママ！」アーチが叫ぶ。目が血走っている。

アーチがわたしに抱かせてくれた。体を激しく震わせている。

いまは素直に抱き締められることを嫌がるようになって、もうずいぶんになる。でも、

「ママ――」声が掠《かす》れる。「おねがい！」体を引き離す。「なにが起きたの？ どうして話してくれないの？」

「あたしにもわからないのよ。わかってたら話してる」

アーチは両手に顔を埋めた。泣き出した。悲痛なすすり泣きに、胸を切り裂かれる思いがした。しばらくして、わたしが手を伸ばすと、彼は両手で振り払った。涙で濡れた顔には怒りの表情が浮かんでいた。

「なにが起きたのか話してよ、ママ！ ここにいたあの男はいったい誰なの？ あいつがパパを撃ったの？」

「わからない！ だからそれを警察が――」ミセス・コーマン、わたしの金を持ってるんでしょ？ ジョン・リチャードはどんな金銭問題を抱えていたの？ 借金地獄に陥ってた？ とても抜け出せないほどの？ わたしがあれこれ考えめぐらしているあいだ、アーチは泣きつづけていた。

不意にヴァンの後部座席のドアが開き、二人ともぎょっとした。アーチはシャツで顔を拭

い、眼鏡をかけ直した。

「おれだ」トムの低く威厳のある声がした。彼は乗り込んでくると、わたしたちに無言で手製のキルトを差し出した。厚手のキルトは、暴力犯罪の被害者や生存者のために、ボランティアの人たちが作っているものだ。わたしがくるまったのは、皮肉なことに、ハート形をモチーフにした赤と白の美しいキルトだった。アーチは渡された黒と金色の模様のキルトを床に落とした。

携帯電話が鳴った。発信者番号を見てマーラだとわかった。トムがわたしの手からそっと携帯電話を取り、〝通話〟ボタンを押した。

「ああ、マーラ。ほんとうだ。ゴルディとアーチはおれと一緒だ。ヴァンにいる。ああ、ストーンベリーに駆けつけたところだ。いや、来なくていい。言ったとおりだ。そこにいてくれ。携帯電話を手元に置いて、こっちからかけ直すから。ああ、すぐにかける」彼は〝切る〟のボタンを押す。

ウィンドウを叩く音がして、わたしは飛び上がった。〝骸骨顔〟がお金のことを尋ねたときとおなじ音だった。そのことをトムに話したかったけど、アーチをこれ以上動揺させるわけにはいかない。

息子の顔は真っ青だった。体を震わせ、下唇を噛んでいる。キルトを取り上げて肩にかけてやった。

「シュルツ」制服警官が言った。「ドライヴウェイに来てほしいと言っています。本件とあなたの関係を知りたがっています」

トムがヴァンを降りる。威厳に満ちた足取りで、彼は警官と一緒にドライヴウェイを歩いていった。行き止まりに三台のパトカーが環状に駐まっていた。息子に顔を向ける。キルトの端で顔を隠していた。

「ああ、アーチ」やさしく話しかける。「あたしにできることない? トッドに電話しようか? こっちに来てくれるようにたのんでみる? 警官に事情を説明しなきゃならない……あなたのパパを見つけたのはあたしだから。あなたも話を聞かれることになると思う。それから、あたしは警察署に出向くことになるでしょう。そのあいだ、トッドの家に行ってる? それともあたしと一緒にいる?」そこで間を置いた。「あたしはずっとそばにいてほしいけど」

アーチはためらっていた。やがてキルトから顔を突き出した。顔をしかめ、感情に蓋をしようとしている。「どうしよう。わかった、トッドと一緒にいる」目をあげてわたしを見る。

「ママはどうなの、大丈夫?」

「大丈夫よ」できるだけ穏やかな声で言った。

トッドの家に電話をいれると留守番電話につながったので、母親のアイリーン宛にメッセージを吹き込んだ。家族の一大事なので、アーチを迎えにストーンベリーの袋小路に来てもらえたらほんとうに助かるの。電話を切ってふと思った。聖ルカ監督教会にも電話しておくべきじゃないかしら。ジョン・リチャードは一時期、あそこの教区民だったのだから。でも、どんなふうに伝えればいいのか。考えがまとまらず、フロントガラス越しに外を見た。汚れたガラスに照りつける太陽がまぶしすぎる。

警官が慌しく行き来している。アーチはまたしてもすすり泣くように息を喘《あえ》がせた。抱き締める。肩を激しく上下させながら、彼はわたしの抱擁《ほうよう》を受け入れた。

トムがまた後部ドアを開けてわたしたちをびくつかせ、厳しい顔で乗り込んできた。それでも、手を伸ばしてアーチの背中をやさしく叩く。

「やあ、坊主。大変なことになったな。おまえのことは、おれたちで面倒みるから」

アーチが咳払いした。一度、二度。それから三人とも黙り込んだ。もし警察が、アーチも署に出向いてほしいと言ったら？　なにも考えられない。

アイリーン・ドラックマンの黒のＢＭＷのワゴンが袋小路に入ってきた。ああ、よかった。アイリーンが車を降りてヴァンに駆け寄ってきた。グレーのスウェットスーツ姿だ。黒い髪は濡れたまま。シャワーから出たばかりなのだろうか。わたしの必死の電話に即座に応えてくれた彼女に、感謝の気持ちでいっぱいになる。

アイリーンが警官に引き止められたので、わたしはヴァンから飛び降りた。警官は彼女の説明に納得し、手を離した。彼女に向かって歩きながら、気づいたことがあった。ジョン・リチャードの死体を発見して噴出したアドレナリンのおかげで、体の痛みは消え去っていたのだ。なんとも皮肉な話だ。

「ジョン・リチャードが撃たれたの」わたしは小声で告げた。「亡くなったわ」

アイリーンの細面《ほそおもて》の美しい顔が引きつった。「なんですって」

トムの手を借りて、アーチがゆっくりとヴァンを降りた。黒と金色のキルトを頭から被ったままだ。風のある埃っぽい六月の午後だから、身を守るものが必要だ。ところが、さっきの警官がまたしても邪魔をした。

「息子さんから話を聞きたいのですが、奥さん」警官がわたしに言った。がっくりくる。「後にしていただけませんか?」

警官は頭を振ったが、口調は和らげた。「刑事はまだ到着していません。それじゃこうしましょう。代わりにわたしが話を聞くことにします。あなたにもいていただかないと」

わたしはうなずいた。むろんそうだ。未成年者が尋問を受ける場合、親が同席しなければならない。でも、とてもそんな気分ではなかった。

わたしたちはパトカーに向かった。車内はツナサンドと古いビニールの臭いがした。アーチは早口で、警官に見たことをすべて語った。ブルーのセダンに乗った男のことから（玄関のドアをノックしているときに、男は金のことを尋ねていた）、応答がなかったことまで。彼を玄関に待たせて、わたしがガレージを調べに行ったくだりにさしかかると、警官はちらりとわたしを見た。わたしはぼうっとしたまま、唇をぎゅっと閉じ、肩をすくめた。アーチが泣き崩れたので、もう帰っていいよ、と警官は言った。

アイリーンがちかづいてきてアーチを抱きかかえた。「トッドが家で待ってるわ。ああ、かわいそうに、なんてことでしょ」

「アーチ！」トムがアーチの背中に声をかけた。「こっちが片付きしだい、ママと一緒に迎えに行くから。いいな？」

アーチは振り向いてうなずいた。黒と金色のキルトの奥の顔は淡い銀色に見えた。

アイリーンのワゴンがエンジンをふかして去ってゆくと、すぐ戻る、とトムがわたしに耳打ちし、ドライヴウェイをあがっていった。なにをすればいいのかわからなかった。警官からは、刑事が来るまで待っていてください、と言われていた。袋小路に駐まるパトカーは六台に増えていた。

長い午後になりそうだ。

警官がやって来ては去ってゆく。一人が犯罪現場を示す黄色いテープを、屋敷の周りにぐるっと張り巡らせた。検死官が到着した。

どれだけ時間が経ったのかわからなかった。やっと、やっと、トムがドライヴウェイをおりてきた。助手席に乗り込んできた彼の顔に、いつもの血色はなかった。

「それで、どうなった――」

彼が手を挙げてわたしを黙らせた。その手をグローブボックスに伸ばし、蓋を開けた。いつもは鍵をかけてある。

空っぽだ。わたしはぽかんとして、空っぽの空間を見つめた。

「なんてこった！」トムは蓋をバタンと閉じた。彼らしくない乱暴な行為が、わたしを不安にさせた。耳鳴りがしはじめた。

「トム。ガレージでわたしの銃が見つかったなんて言わないでよ」

彼は頭を振った。「きみも知ってのとおり、おれはこの事件の捜査に加われない。だが……三八口径がドライヴウェイの端に落ちているのを見た。誰かがそこに放ったみたいに。信じたくなかった」

「あたしは撃ってないわよ。ぜったいに」

彼がわたしの両手を握った。「わかってる」そこで言葉を切る。「けさ、ネズミに向けて銃を暴発した後、グローブボックスに戻して鍵をかけたんじゃないのか?」

記憶を辿ってみる。頭の中がごちゃごちゃだった。グローブボックスに鍵をかけたはずだ。襲撃のことで取調べにきた警官に銃を見せるので、鍵を開けた覚えがある。ジュリアンとリズがやってきて、警官は引き揚げた。それからは料理の準備でてんやわんやだったし、殴られたせいで体のあちこちがひどく痛んだし、ロジャー・マニスが現れはしないか戦々恐々としていたし……ああ、思い出した。銃をグローブボックスに戻したけど、鍵はかけなかった。でも、ヴァンに拳銃が置いてあることを知っているのは、警官を除けばトムとマーラだけでしょ? マーラがこんなことするわけがない。彼女は手作りケーキ即売会にいた。それに彼女のことだから、げす野郎を撃つより、即売会でケーキを売ることのほうがずっと大事よ、と言い放つだろう。

トムがわたしの携帯電話からマーラに電話した。呼び出し音を待つこともなく、トムが話しはじめた。

「面倒なことになった、マーラ。ゴルディのために刑事専門の弁護士を見つけ、できるだけ早く署に寄越してくれ」そこで間を置く。「どうしてって、どういう意味だ？　むろん、彼女はやっちゃいない。だが、事態はあまり芳《かんば》しくない。詳しいことは後で話す」そう言うと〝切る〟のボタンを押した。マーラが携帯電話を手近な壁に投げつける姿が目に浮かぶ。相手から先に電話を切られるのが大嫌いな人だ。

トムが携帯電話を返してくれた。「ポケットに入れとけ。ゆっくり話をしてる時間はない――」

「ああ、どうしよう、トム。気分が悪くなってきた」

「よく聞くんだ。おれを見ろ」

グリーンの目を見つめた。いつもは愛情たっぷりの目が、いまは容赦なくわたしを押さえつける。胃がますます縮まる。「必要最小限のことしか言うな、いいな？　それで疑わしく見えたとしても気にするな」わたしの頬に触れる。それで口調の厳しさを和らげようとするかのように。「けさ襲われたことは話すな。銃が暴発したことも言うな。**銃を持っていることも、言ってはならない**。話は出来るだけ簡潔に。署に着いたら、まず弁護士と相談させてくれ、と言うんだ」彼の目がやさしくなった。「このことではおれを信じろ」

「どんなことだって、あなたを信じてるわ」わたしは弱々しく言った。

二人の刑事がドライヴウェイをぶらぶらとやってきた。ダークスーツに地味なネクタイをしているから、刑事だとわかる。一人はクリップボードを持っている。もう一人が、わたしに話がある、とトムに目顔で示した。パニックが喉元にせりあがってきた。ジョン・リチャードが怒鳴って暴れ回り、物を投げつけると、いつもこうなったものだ。恐怖の記憶がわたしを動けなくする。

逃げ出したかった。

ついさっきまでまっ白だった頭の中が、ぐるぐる回っていた。けさ、わたしは殴られ、営業を妨害された。当然、げす野郎を疑った。三八口径の銃を手にラウンドハウスに入り、ネズミに驚いて誤って引き金を引き、床に穴を開けた。だから、**わたしの両手には硝煙反応が残っている**。ジョン・リチャードはわたしの銃で撃たれた。うっかり鍵をかけ忘れたグローブボックスから盗まれた銃だ。ラウンドハウスで彼を最後に見たときから四時までの三時間のあいだに、彼は殺された。ラウンドハウスで彼を最後に見たとき、わたしたちが怒鳴り合っていたことは、六十人以上の人が目撃している。

「ミセス・コーマン？　いや、ええと、ミセス・シュルツ？」赤毛の若い刑事が言った。胸の名札には〝ライリー〟と書いてある。手に持つクリップボードには、まっ白な紙が挟んである。もう一人の刑事にも見覚えがなかった。背が高く年かさで、黒髪に赤ら顔。名札には〝ブラックリッジ〟とある。「車から降りてきて、ちょっと話を聞かせてもらえませんか？」

わたしはおとなしくヴァンを降りた。見つかった拳銃がわたしのものかどうか確認するため、グローブボックスを調べたことで、トムは仕事を棒に振るかもしれない。最愛の夫。いまガレージに横たわっている男とはまるで違う。

すべてうまくいくわよ、と自分に言い聞かせた。でも、そうは思っていなかった。

6

「あなたの車の中を調べることを許可してもらえますか?」ライリーがあらたまった口調で尋ねた。

「ええ、もちろん」わたしは機械的に返事をし、不意に恐ろしくなった。わたしの銃を盗んだ殺人者が、ヴァンの車内になにかを仕掛けておいたら? 刑事たちが鑑識官二人にうなずくと、一人が車に乗り込んだ。トムがわたしに向かって親指を立ててみせた。自信をもちたいけど無理だった。

大きく息を吸い込み、刑事たちについて袋小路を半周し、ようやくパトカーまで辿りついた。

「ここへ来たのは何時ごろですか、ミセス・シュルツ?」ライリーが尋ねる。ブルーの目は無表情だ。

「四時ちょっと前です。五分か十分前」

彼がクリップボードに書き込む。「それで、どうしてここに?」

「ジョン・リチャード・コーマン、その……撃たれた男は、あたしの別れた夫です。けさ、というか、実際にはきょうの午後、彼が……」不意に耐え切れなくなった。文字どおり立っていられない。「座りたいんですけど」

二人の刑事がパトカーのドアを開け、わたしたちは車内に入った。ブラックリッジが運転席に座り、ライリーはわたしと並んで後部座席に座り、事情聴取をつづけた。

「彼が、ジョン・リチャードが、アーチとゴルフをするのにスタート時間を遅くしたって言ったんです。アーチは十五になる息子で、さっき帰っていきました」二人の刑事は無言のままだ。ライリーが先を促《うなが》した。「ジョン・リチャードがわたしに、アーチを四時に連れてこいって言ったので、そうしました」

ライリーは、短くて青白くてそばかすの浮いた指をそれは素早く動かして書き取ってゆく。そのあいだ、ブラックリッジは無表情なままだった。わたしがついうめき声を洩らすと、二人は目配せした。

「ここに着いたとき」ブラックリッジが尋ねた。「誰かいましたか？」

「ええ、いました」骸骨みたいな顔のみすぼらしい男のことを話した。男の車について尋ねられ、車のナンバーを書き留めたことを言うと、びっくりされた。ポケットから出したメモ用紙を、ライリーが受け取り、クリップボードにまた書き込んだ。

「どうしてそんなことを？」ブラックリッジが尋ねた。「その男の車のナンバーを書き留めたことですが」

「彼はわたしに〝ミセス・コーマン〟と呼びかけました。わたしをジョン・リチャードの妻だと思ったからでしょう。アーチが玄関先で『パパ！パパ！ドアを開けてよ！』って叫んでましたから。それで、わたしの金を持ってるんでしょって、あたしに尋ねたんです」

「わたしの金、ね」と、ブラックリッジ。「なんの金です?」

「それは、たぶん、げす——ああ、ジョン・リチャードが彼に借りた金でしょ!」アーチならこう言ってるところだ。ヤバッ。ライリーは一語も洩らさず書き留める。

「それからなにをしました?」ブラックリッジが尋ねる。

「なにも。男はそわそわしてるようでした。去ってゆきました。それで、あたしはアーチと一緒に玄関へ向かったんです。二人で玄関のドアを叩き、呼び鈴を鳴らしました」

「ドアを叩いた?」ブラックリッジの黒い目がわたしを射貫く。「なぜ?」

ため息が出る。「ジョン・リチャードが中にいるにちがいないと思ったからです」自分に言い聞かせた。怒りを声に出しちゃだめよ。前より落ち着いた声で話をつづけた。「事情をわかってください。ジョン・リチャードは四時きっかりにアーチを連れて来いと、何度も念を押したんです。あの男は債権者の一人で、金を返せと言ってきて、ジョン・リチャードは隠れているにちがいないと思ったんです。男は車で去りましたけど、ジョン・リチャードはまだそのことを知らないかもしれない。それで玄関に出て来ないんだろうから、アーチに言ったんです。『もう一度、一緒に試してみよう』って」言葉を切り、それからなにが起きたのか思い出そうとした。正確にはそれからなにが起きた?

「それで?」ブラックリッジが先を促した。

「わたしはガレージに回りました」

「息子さんは？」

「玄関で待つよう言いました」

「あなたは、『もう一度、一緒に試してみよう』と言った。だったら、なぜ息子さんを一緒に連れていかなかったんですか？」

「わかりません」どうして真実がこうも嘘っぽく聞こえるの？　ちょっとここで待っててよ、ハニー、そのあいだにあたしは、パパが死んでるのを見つけたふりをするから。頬が赤くなるのがわかった。「息子に言いました。アウディがあるかどうかガレージを調べてくるからって」

　刑事二人はまた目配せした。

　ブラックリッジが言う。「つづけて」

「ガレージのドアはわずかに開いてました。おかしなことです。というか、ジョン・リチャードにしては珍しいことです」

「それはどうして？」

「ジョン・リチャードは車をとても大事にしてましたから、新車のアウディを。自分の所有物には異常な執着をもってたんです。だからガレージを開けっ放しにするなんてこと、ぜったいにしません」ブラックリッジがうなずいて先を促した。「屈み込んで中を覗いてみたら、アウディはそこにありました。それで、ガレージのドアの隙間から潜り込んで――」

「その時点でなぜアーチを呼ばなかったんですか？　玄関までは一緒に来て、父親を呼び出そうとしてたんでしょ」

わたしは大きく息を吐いた。「わかりません」きょうはこの台詞《せりふ》ばかり繰り返している。「それはそれとして」どうせ署でまた最初から繰り返させられるのだから、さっさと終わらせてしまいたかった。「中に入って、車の後ろを回って、そこで……」ジョン・リチャードの捻じ曲がった恐ろしい死体を思い出し、言葉がつづかなくなった。「そこで彼を見つけました。車の中にいる彼を。撃たれて死んでいるのがわかりました。だから、トムに電話して、ボイスメールにメッセージを残しました。いま見たことを告げて、すぐ来てくれとたのみました。それから警察に通報しました」

「ガレージの中の物に触れましたか？　なにか動かしましたか？　なにか持ち出していませんか？」

「いいえ、いいえ、もちろんそんなことしてません」

ライリーがクリップボードをペンで叩きながら言った。「あなたの911通報のテープを分析します」

「どうぞご勝手に」わたしは言い返した。怒りが燃え上がるのを感じた。途中で電話を切ったからってそれがなに？　玄関にいるアーチのことが心配だったんだから。ガレージにやってきて、父親のむごたらしい死体を見たらどうしようと、そればかり考えていたんだから。

ブラックリッジがライリーに向かって眉を吊り上げた。余計なことは言うなと釘をさしたのだろう。「それからどうしましたか、ミセス・シュルツ?」やさしく尋ねる。

わたしは頰の内側を嚙んだ。殺人事件の場合、警察はかけた電話をすべて調べるから、マーラに電話したことを抜かすのはまずい。「親友のマーラ・コーマンに電話しました。彼女もジョン・リチャードと結婚していたことがあります。やはりボイスメールにつながりました」大きく息を吸い込む。

「死んでいるのを見つけた男の前妻に、どうして電話をかけたんですか?」

「わかりません。なにも考えなかった。彼女は友達だから、それでだと思います。ジョン・リチャードが亡くなったとメッセージを残しました。それから、息子のところに行って、ひどいことが起きたと告げました。父親が亡くなった、と。息子のそばにいてやらなければと思いました。警察がやってくるのを、二人で待ちました」

ブラックリッジは座席の背もたれに太い腕を載せて、こちらを向いた。「こういうことをする人物に心当たりは、ミセス・シュルツ? ドクター・コーマンに敵はいましたか? たとえば、特別に彼を嫌っていた人物とか」

けさ目にしたコートニー・マキューアンの冷ややかな目と険しい顔を思い出す。**誰のおかげだと思ってるのよ**。でも、彼女はあまたいる女たち——現在の彼女も含めて——の一人にすぎない。ジョン・リチャードが、つぎの女に移るまでのほんのいっとき、熱烈に愛した女の一人。

「別れた恋人たちとか」わたしは力なく言った。「たくさんいました。五十数人」

「五十数人？　ごく最近の人たちの名前を挙げられますか？」

コートニーを名指しするのは申し訳ない気がしたけど、警察には正直に話さなくちゃ、でしょ？「いちばん最近別れた恋人の名前は、コートニー・マキューアンです」

「スペルを言ってください」ライリーの声にはっとなった。自分が卑劣漢になった気がした。それでもコートニーのスペルを言った。

「ほかには？」ブラックリッジが尋ねた。

「いまの恋人の名前はサンディー・ブルー。カントリー・クラブのゴルフ・ショップで働いているそうです」

「ほかには？」

「そうそう。昼食会の席で、彼はテッド・ヴィカリオスという男性と口論してました。テッドがどこに住んでいるのか知らないし、口論になにか意味があるかどうかもわからない」テッドの名前のスペルを言い添えた。ほかにジョン・リチャードの敵と思われる人物に心当たりは？「お金を要求した男性以外に、ジョン・リチャードが最近どんな人と付き合っているのか、いたのか、あたしは知りません」いつもならこう付け加えるところだ。彼とはできるだけ距離を置くようにしてましたから。

「わかりました、ミセス・シュルツ」ブラックリッジが言った。ようやく。「捜査の手順はおわかりですね。あなたは第一発見者ですので署までご同行ねがい、調書をとらせていただきます。記録はテープに録《と》ります」ライリーがそう言うと、とったメモを閉じクリップボードを腋に挟んだ。ブラックリッジが車のエンジンをかけ、わたしたちはファーマン郡警察へと向かった。署ではもっと面倒な手続きが行われることになる。

わたしの刑事弁護士が待っているはずだ。そのことで、わたしはますます疑わしく見えるだろうけど、仕方ない。テープに録られる取調べは、けっしてちょろいものではない。

ブルースター・モトリーは、がっしりした体格といい、日曝《ざら》しで色が落ちたブロンドの長髪に日焼けした少年っぽい顔といい、だめ押しのいたずらっぽい笑みといい、陸《おか》にあがったサーファーそのもの。高価なグレーのイタリア製スーツも濃いグレーの革のローファーも、間違って身につけてきちゃいました、という感じだ。もっとも、刑事弁護士の何人かと付き合わざるをえなくなった経験から、彼らにほんとうのことを話すと、薄ら笑いを浮かべられることはわかっていた。それに、警官の前に二人で出るときには、弁護士はかならずこう言う。口を閉じててくださいよ。どうしてこんなことになったのか、完璧によい説明ができる場合でも、なにも言ってはならないのだ。いずれにしても、見たところ極楽トンボのブルースター・モトリーにすべてを任せるしかない。彼はわたしの無実を信じている。いるんでしょ？

まず弁護士と相談させてくれ、と言うんだ、とトムから言われていたので、署の駐車場に入るとすぐ、弁護士が先に来て待ってるはずです、と告げ、ライリーとブラックリッジを仰天させた。わたしは重ねて言った。テープ録音がはじまる前に、弁護士と相談させてください。ブラックリッジがバックミラーでわたしの表情を読み取ろうとするから、目を閉じた。

お役所的責任逃れと、ミセス・シュルツが面会を求めている人物を探すことに十分間が費やされた後、満面の笑みを浮かべるブルースター・モトリーが待つ部屋に案内された。いい波がきたぜ！

「面倒なことになって」ドアが閉まるとわたしは切り出した。ブルースターは笑顔を控え、同情するようにうなずいた。

「話してください」まるでカスタード・ソースのようなあたたかで気持ちが和む声だ。「座りましょう」高そうな革のブリーフケースをパチンと開けて、メモ用紙を取り出した。「リラックス」

言われたとおりにした。弁護士をカウンセラーとも呼ぶ意味がわかる。

「なによりもまずこれだけは言っておきます、ミスター・モトリー、わたしは前夫を撃っていません」

「ブルースターと呼んでください。それはそうと、あなたは警察の捜査に何度も協力してますよね。新聞で読みました」

「それはどうも。でも、正直に言って、ブルースター、今度ばかりは、あたしに不利になるようなことがたくさんあるんです」ジョン・リチャードとわたしの悲惨な歴史をかいつまんで語り、ジョン・リチャードの暴力はあらたまることなく、ついには恋人の一人を半殺しの目に遭わせ、加重暴行罪で服役することになった、と結んだ。六週間前の四月二十二日に出獄したばかりなのに、すでに恋人を一人捨ててひどい恨みを買った。ブルースターに名前を訊かれたので、コートニー・マキューアンのスペルを教えた。きょうこれで二度目。げす野郎がテッド・ヴィカリオスと言い争っていたことも話し、名前のスペルを言う。それから債権者とトラブルを起こしていたらしいことも。これといった生活の手段をもたないのに、贅沢なライフスタイルを維持していた背景には多額の借金があったにちがいない。出所はわからないけど。彼がゴルフ・トーナメントのスポンサーになったり、チューダー様式まがいのお屋敷を借りたり、アウディの新車を借りるのではなく買ったりできた訳は、それ以外に考えられない。かつてそうだった野心家の金持ち医者のライフスタイルに、彼はなんとかしがみつこうとしてきた。もっとも医療行為をすることはもうできなかったけど。刑務所に入ったとき、医師免許停止になった。

「彼がアウディを買ったことを、どうして知ってるんですか?」

「彼のもう一人の前妻のマーラ・コーマンとは親友なんです。彼女が話してくれました」

「ああ、ぼくを雇ったミセス・マーラ・コーマンですね」

「そうです。マーラは調べるのが大好きで……ジョン・リチャードの私生活や経済状態を。それで、わかったことはすべて教えてくれるんです」頰が火照《ほて》る。「気晴らしに彼の噂をしてましたから」

ブルースターはデスクをペンでトントン叩く。「あなたとドクター・コーマンのあいだにお子さんは?」

アーチのこと、それに、わたしがジョン・リチャードの死体を発見したとき、息子が一緒だったことを話した。正確には一緒ではなかった、そこが問題だ。

ブルースターが手を挙げて、例のチャーミングな笑みを浮かべた。「まあそう先を急がないで。ドクター・コーマンが収監中、養育費は支払われていましたか?」

「ええ。弁護士が、げす――じゃなくて、ジョン・リチャードの家を売る手配をして、養育費はたぶんそこから出たんだと思います」

「〝たぶん〟ってどういう意味ですか? コーマンの弁護士に金の出所を尋ねなかったんですか?」

「尋ねましたよ。失礼ったらないんです。金を受け取ってるんだから文句はないだろう。どこから出てるかなんてあんたの知ったこっちゃない。そう言われました。こうも言ってたわ。マーラがいくら嗅ぎ回ったってわかるわけがない」

ドアにノックがあった。ブルースター・モトリーがぱっと立ち上がって応対に出た。低いけど自信たっぷりな声でしゃべっている。

「いいえ」彼が最後に言った。「依頼人とわたしの準備ができたら、こちらからそう言います」返事を待たずにドアを閉めた。

「それじゃ、きょうのことに話を移しましょう」席に戻ると、ブルースターが軽い口調で言った。「直接関係があると思われることをすべて話してください」

昼食会の準備に出かけて正体不明の襲撃者に襲われ、うなじを強打されたことから話した。

いいえ、スキーマスクの人物が誰なのかわかりません。ええ、げす野郎《Jerk》じゃないかと疑いました。マーラとわたしは十年前から、ジョン・リチャードのことをそう呼んでるんです。名前とおなじ〝J〟からはじまるし、彼の性格を言い表しているから。ブルースターは苦笑いを浮かべて頭を振った。

　残りの部分は手短に語った――マーラがやってきたこと、中が荒らされているのを発見したこと、ネズミのこと、わたしが銃を暴発したこと。ブルースターが日焼けした顔をしかめた。

「銃はどこにしまってましたか？」

「車のグローブボックスに。ジョン・リチャードが減刑になったので、そこに置くようにしたんです」

　ブルースターのブロンドのカールが揺れる。気持ちがドスンと落ち込む。

「どうして減刑になったんですか？」

　ため息が出た。「刑務所の看守が心臓発作を起こして、ジョン・リチャードが心肺蘇生術を施し、命を救ったんです。それを見ていた人がたくさんいて。看守本人と、彼がかかっていた心臓病専門医と、看守の家族が州知事に嘆願書を送りました。ジョン・リチャードの出所をねがってね」

　ブルースターが難しい顔をする。「それできょうまで、誰もあなたを襲ったり、待ち伏せしたりしなかったんですね？」

「ええ」

「それできょう、あなたは銃を撃った」

「そうです。でも、あの、二年前に結婚した主人のトム・シュルツは、郡警察の刑事なんです」慌てて言い添えた。「わたしが銃を持つのはいいことだと、彼は思ってました。グローブボックスに鍵をかけてしまっておくかぎりは。それで、言いにくいんですけど、その、誤ってネズミを撃った後、たぶん鍵をかけなかった」ブルースターはメモをとる手を止め、困惑の表情でわたしを見た。「警官がやってきて事情聴取しました。そのとき警官に銃を見せて、それからグローブボックスにしまったんだけど、鍵をかけ忘れたんです」

「かけ忘れたとどうしてわかるんですか、ミセス・シュルツ?」

「誰かがわたしの銃を盗んだから」

彼は無理に表情を消していた。「それからなにがあったのか正確に話してください」

「助手たちと一緒になんとか別の料理を用意しました。出来合いのものでね。昼食会の後、ジョン・リチャードがあたしを怒鳴りつけました。ラウンドハウスのおもてで。一緒にゴルフをやるから、アーチを四時までに家に連れてこいって。和やかなやりとりとはとても言えない。しかも、客たちはまだ大勢残っていて――」

ちょっと待って。ジョン・リチャードとわたしが言い争っていたとき、客は帰りはじめていた。駐車場には人が大勢いて、車に乗り込んで去っていった。そのうちの一人がわたしのヴァンから拳銃を盗んだ。でも、なぜ？　それに、誰が？　わたしのヴァンから盗むとしたら、料理でしょう？　犯人は料理が見つからなかったから、代わりに銃を盗んで、ついでにジョン・リチャードを撃ち殺した？

「客たちはまだ大勢残っていた、それで？」

「駐車場にも大勢いました。あたしたちの言い争いを、みんなが見てました。それはいいとして、あたしはアーチを迎えに行きました。友達とレイクウッドのアイスリンクにいたんです。家に連れて帰って、アーチにシャワーを浴びさせて、手作りケーキ即売会にブラウニーを届けて、アーチの友達を家に送って、ジョン・リチャードの家に四時ちょっと前に着きました」

「それぞれの時間を教えてください。正確な時間をね」

さらに、ブルースターはわたしにお金のことを尋ね、わたしは、車で走り去った男のことも話した。それから死体を見つけたこと——わたし一人で。ブルースターはうなずき、メモをとりつづけた。

「最悪の部分はこれからなんです。ミスター・モト——いえ、ブルースター」

「彼はあなたの銃で撃たれた？」

「あたしの銃は現場に落ちてました。でも、どうしてそれを？」

「それより大事なのは、あなたがどうしてそれを知っているかですよ、ミセス・シュルツ」

フーッと息を吐いた。どう説明すればいい？　うまく話さないと、警官である夫と共謀したように聞こえてしまう。「捜査からはずされてはいますけど、主人は捜査班と一緒にいたんです。それで、ガレージから出て、ドライヴウェイのかたわらにあたしの三八口径があるのを見つけました。それから彼は、あたしのヴァンに戻ってきてグローブボックスを開いたんです。銃はそこになくて、だから、ジョン・リチャードの死体のそばにあったのは、あたしの銃だとわかったんです」

またドアにノックがあった。ブルースターはメモ用紙を革のブリーフケースにしまい、立ち上がった。

彼が言う。「なにか質問されたら、答える前にかならずぼくを見てください」ちょっとためらってから、〃ビーチボーイ風〃の笑みを浮かべた。取調べを楽しみにしてると言いたげに。笑みを浮かべたまま彼は言った。「いっちょやるか」

ドアをノックした警官は、ブルースターとわたしを取調室に案内した。部屋にはブラックリッジとライリーのほかに二人の警官がいた。驚いたことに、警官二人が進み出て、わたしの手にそれぞれ茶色の紙袋をかぶせ、口をテープで留めた。そのあいだ、ブラックリッジがしゃべっていた。

「ミセス・シュルツ、あなたには黙秘する権利があります。弁護士の立会いを求める権利があります。弁護士を依頼する資力がなければ……」

ちょっと待ってよ、これってミランダ警告? この袋は硝煙反応を調べるためのもの? 拳銃の製造番号を、こんなに早く調べられるわけないじゃない。

「わたしの依頼人に袋をかぶせることには強く異議を申し立てます」ブルースターの口調は冷たく高圧的で、怒りを滲《にじ》ませていた。「彼女がここに来たのは証人としてであって、被疑者としてではない。彼女を逮捕するか、さもなくば袋をはずしてください」

「座ってください、弁護士さん」ブラックリッジが言う。「彼女は被疑者です」わたしにも座れと手を振った。鏡張りの壁に目をやる。その向こうでビデオカメラが回っているのだ。おそらく刑事課の課長もいて、弁護士と刑事たちが演じるささやかなドラマを見物しているのだろう。せいぜい楽しんでくださいな。「お二人が話し合いをもたれていたあいだに」ブラックリッジが話をつづけた。「記録を調べました。あなたから出された被害届はかなりの量ですね、ミセス・シュルツ」問いかけるように黒い眉を吊り上げ、黒い目でわたしを探るように見つめた。「あなたは前夫から暴力をふるわれていましたね？　仕返しするならいまだと思ったんじゃありませんか？」

「聞き捨てならない質問だ」ブルースターが即座に応じた。「わたしの依頼人は答えません。それから、記録を丹念に調べたなら、ミセス・シュルツが数度にわたり、あなたがた警察の殺人事件捜査に協力していることがおわかりのはずだ」

　ライリーが鼻を鳴らした。

　ブラックリッジは平気な顔でつづけた。「われわれはさらに、きょうあなたがケータリングをした昼食会の客数人から話を聞きました。会がそろそろお開きというころ、あなたは会場の外で、前夫と激しい言い争いをしていたそうですね」

ブルースターが話に割り込む。「ドクター・コーマンがわたしの依頼人に怒鳴ったのです。彼女に息子をきょうの四時までに連れてこいと命じた。これは予定されていた訪問ではなかった。記録を読めばおわかりのように、彼は暴力的で危険な男です。すぐにかっとなる。彼の要求は、わたしの依頼人にとってははなはだしく不都合なものだったから、そう彼に告げた。証人に訊いてもらえばわかるように、声を荒らげたのはドクター・コーマンのほうです。わたしの依頼人ではない」

わたしはため息をつき、袋をかぶせられた手をテーブルに置いた。なにかの間違いだ。

「その腕の傷はどうされたんですか?」ブラックリッジが尋ねた。

わたしはきょとんとして腕に目をやった。けさ、突き飛ばされたとき、地面にぶつけた部分がいまごろ腫れて赤くなっていたのだ。すでに紫色に変色している部分もあった。

「わたしの依頼人は、外観にまつわる質問に答えることを拒否します」ブルースターが憤慨して言った。

ブラックリッジはかまわずにつづけた。「あなた自身の行動を説明できますか、ミセス・シュルツ? ドクター・コーマンと口論してから、彼の死体を発見するまでのあいだ、どこでなにをしていたか」

ブルースターを見るとうなずいたので、ビデオカメラをまっすぐに見据え、時間を追ってできるだけ簡潔に述べた。

「現場に男がいたと、さきほどあなたは言いましたね?」ブラックリッジがすかさず質問する。

ブルースターから話していいと許可がでたので、みすぼらしい男が金を要求したことを手短に語った。

ブラックリッジが身を乗り出してきた。「あなたは拳銃を持っていますね、ミセス・シュルツ？」

「わたしは依頼人に答えないよう助言します」ブルースターが割り込んだ。「それから、袋をはずしていただきたい」

「いいですか、弁護士さん、いまここで硝煙反応の検査を受けなければ、こちらとしては、裁判所命令を即刻とるまでです」

「わたしの依頼人の手からは硝煙反応がでるでしょう」ブルースターが当然のことのように言った。「簡単に説明がつきます」

「そうでしょうね」ブラックリッジがつぶやく。

「けさ、彼女の仕事場にネズミが出没しました。彼女は護身のために拳銃を携帯しており、ネズミに驚き、誤って発砲した。この暴発には証人がいるばかりか、通報を受けたファーマン郡警察のパトロール警官が、ラウンドハウスのキッチンの床の弾痕を見ています。さらに、警官は、拳銃が彼女のヴァンのグローブボックスに入っていたことも確認している」

「たしかに」ブラックリッジはそう言うと、わたしを睨み付けた。「つまりあなたは銃を持っている。きょう、前夫に殴られたんでしょ？　あるいはゆうべか。それで計画を練った。

レストランにネズミを放ち、友人とそこで待ち合わせをし、それから小さな毛むくじゃらの生き物を撃った。硝煙反応が出ても、それで説明がつきますからね。ケータリングをすることになっている昼食会で、ドクター・コーマンと顔を合わせるのはわかっていた。そのとき、彼はなにか要求してくるだろう。彼はいつだってそうだったんじゃないんですか？ あなたは彼の要求を呑まざるをえない。彼の家になにか持っていかざるをえなくなる。要求されなくても、なにか理由をつけて家を訪ねればいい」

「いいえ——」

「機会を狙っていて、ついにそのときがきたんじゃありませんか、ミセス・シュルツ？」

「いいえ！」わたしは叫んだ。怒りにまかせ大声になったが、かまうものか。「そんなことしてなんになるの！ 失うものばかりで、得るものはなにもないじゃない！」テーブルの下で、ブルースターのローファーがスニーカーを履いたわたしの左足を突いた。わたしは唇を引き結んだ。

「それじゃ、ミセス・シュルツ、あなたとおなじぐらいドクター・コーマンを嫌っている人物を、ほかにご存じですか？」

「わたしの依頼人は答えることを拒否します。そちらが質問を言い換えないかぎり」ブルースター・モトリーは、サーファー野郎にしては仕事ができる。

「落ち着いて、弁護士さん、まだ裁判ははじまってませんよ」ブラックリッジが幅広で肉のついた顔をわたしのほうに傾げた。「ドクター・コーマンに敵がいたかどうか、ご存じありませんか、ミセス・シュルツ」

　マキューアンのスペルを教えるのは、きょうこれで三度目。ヴィカリオスの名を挙げることにはちょっと抵抗があった。ジョン・リチャードは職についておらず、おそらく借金で生活していたと思います、それ以上のことはわかりません、とわたしは言った。

「もう一人の前妻は？　マーラ・コーマンですか？　彼女とドクター・コーマンは憎み合ってたのでは？」

　ブルースターが頭を振り、言った。「ドクター・コーマンのもう一人の前妻に関する質問に、わたしの依頼人は答えることを拒否します。マーラ・コーマンのことは、そちらで調べるべきでしょう」

　彼女が調べられることには賛成しかねるけど、ブルースターはわたしに話す許可を与えてくれなかった。

「あなたの拳銃はいまどこにありますか、ミセス・シュルツ？」ブラックリッジが尋ねた。

「わたしの依頼人は答えることを拒否します」ブルースターはその声に、うんざりした気分を滲ませた。「わかった、いいでしょう、硝煙反応検査をやってください。それで帰らせてもらいます。わたしの依頼人を逮捕するつもりがないのならね」

　ブラックリッジはいやな顔をしたが、ほかの二人の警官のほうをちらっと見てうなずいた。二人は蒸留水と綿棒を持ってきて、わたしの手から袋をはずし、まず両手の薬指の先端から両側、つぎに指と指の付け根、最後に親指の先端から両側を綿棒で拭いた。発砲のあと手などに残る亜硝酸による化学反応を調べるものだ。反応は出るにきまっている。ネズミに驚いて銃を暴発しているのだから。

警官たちは綿棒を持って退出した。刑事二人は目顔で語り合い、わたしたちに待つよう言うと、慌しく部屋を出て行った。蝶番がきしむほどの勢いで、ドアがバタンと閉まった。

わたしは手で口を隠し、ブルースターのほうに身を乗り出した。「あの二人、なにをするつもり? どこへ行ったのかしら?」

ブルースターも手で口を隠し、ささやいた。「鏡の向こうにいる人物に相談に行ったんですよ。立件にもちこめるだけの証拠が集まっているかどうか、判断をつけようとしているんです。あなたが逃亡する危険があるかどうかもね。わたしの予想では、どちらも答はノーだから、帰してもらえますよ」

永遠にも感じられたが、実際には十分ほど経って、ライリーが戻ってきた。アーチのことを思うと胃が捩れた。どうか、神さま、わたしを刑務所に送らないでください。

「ミセス・シュルツ?」厳しい口調だった。「お引取りいただいてけっこうです。ただし、ファーマン郡を離れないでください。いいですね?」

いいですねって? あたしを誰だと思ってるの?

声は弱々しく、体はふらふらしていたけど、それでも「むろんです」と言い、椅子を引いて立ち上がり、ブルースター・モトリーにつづいて取調室を出た。

7

足音の響く金属製の階段をおりているとき、めまいにおそわれた。金属の手摺りに摑まると、あまりの冷たさにぎょっとした。それとも、ほんとうは熱い？　わからない。

熱い物を握った感触から連想するのは……おいしい料理、オーブンから出したばかりの熱々のもの、サクサクの生地から湯気があがり、なかに詰めた果物はジュージューいって……立ち止まり、目を閉じた。

このまえ火傷《やけど》したのは、タルトタタン（カラメル味のアップルパイ）を焼いたときだった。銅製のケーキ型を取り出そうとして鍋つかみが滑り、指がじかに触れてしまった。オーブンから出したばかりのタルトは、薄片が何層にも重なった丸いパイ生地の隙間から、飴《あめ》色に焼けた甘い香りのリンゴが顔を覗かせていた。火傷は指だけに留まらなかった。沸騰したカラメル状の汁がケーキ型から噴き出して掌《てのひら》を直撃し、思わず悲鳴をあげた。アイスパックを手に巻きつけてから、かわいそうな自分を慰めるために、タルトをたっぷり切り分け、その上にシナモンアイスを山盛りにして……

「ゴルディ？」

目を開け、縦に四つ並んだ窓を見上げた。波打つガラスに拡散された陽射しのまぶしさに目をしばたたいた。

なにを考えていたの？　そう、そう、カラメルで覆われたリンゴ……

わたしがおりていかないので、ブルースターが振り向いて怪訝《けげん》な表情を浮かべている。

「手を貸しましょうか？」

「ありがとう、あたしなら大丈夫」わたしは言い、足音が響く階段を見下ろした。それから、また立ち止まった。家に帰ろうにも足がない。ここにはパトカーで連れて来られた。トムはドラックマンの家かわが家にいるはずだ――いずれにしてもアーチと一緒だから、迎えに来てもらえない。

「実はひとつおねがいが、ブルースター。さしつかえなければ、ヴァンまで乗せていっていただけませんか」ヴァンは事件現場にある。鑑識の捜索が終わっていれば、ヴァンを返してもらって家に帰れる。

「かまいませんよ」彼が陽気に応えた。「いくつか質問したいこともありますし。ぼくのオフィスまでご足労いただく手間が省ける」

おやまあ、もううんざり。ブルースターは車をとりに行った。また質問。ジョン・リチャードの屋敷とここで、都合三時間も事情聴取を受けてきたのよ。いいかげんにして。

ブルースターがゴールドのメルセデス――マーラのとおなじようなピカピカのセダン――を運転してきた。リアウィンドウに弁護士らしからぬステッカーが貼ってある。右側のはスノーボードのブランド〝バートン〟のステッカーで、左側のは〝ホビー・サーフボード〟。勘が見事的中。趣味がなんだろうと、弁護士として優秀ならかまわない。実際、彼はすごくできる。

まばゆい陽射しと埃っぽい風に視界を奪われながらも、助手席のドアへと向かった。豪華な革製のシートにわたしが腰を沈めると、ブルースターは巧みなハンドルさばきでメルセデスを駐車場から出した。マーラの運転とは大違いだ。彼女の場合、始終ブレーキを踏み、アクセルをふかし、悪態を吐《つ》くので、会話はそのたび中断される。

「それはそうと」わたしの考えを見透かすように、ブルースターが言った。「弁護料はあなたの友達のマーラが支払ってくれます。だから費用のことはご心配なく、なにかあったらいつでも電話してください」

「ありがたいわ」そこではっと気づいた。「でも、あなたの立場は大丈夫なんですか？　だって、刑事たちは彼女のことも疑っているみたいだったから」

「弁護士が必要になれば、彼女は別の人間を雇うでしょう。ぼくの依頼人はあなたです」車はインターステートに入った。「ゴルディ、ドクター・コーマンとの結婚生活から離婚にいたるまでのことを、かいつまんで話してもらえますか？」

わたしは語った。はじまりは大学時代。魅力的でカリスマ性のある医学生と、その魅力の虜になったわたし。まだ十九だったから人を見る目がなかった。ええ、警察にはわたしの訴えがいまも記録に残っているわ、と苦々しく言った。いくら助けを求めても、事態はいっこうによくならなかった。警察が介入するには、配偶者を告発しなければならず、わたしにはそこまでの勇気はなかった。ジョン・リチャードの暴力癖は離婚後もやむことはなく、ついに刑務所送りとなった。キャノン・シティの刑務所は満杯だったため、ファーマン郡刑務所に収監された。それでも彼の女を惹き付ける能力は、いっこうに衰えなかった。

「彼がコートニー・マキューアンを知ったのはいつごろですか？」

「たぶん八、九年前から知っていたと思います。わたしが聞いた話では、彼は釈放されるなり彼女に電話して、お茶に誘ったそうです。それがランチになり、テニスを一緒にやるようになり、あっという間に恋愛に発展したというわけ」

ブルースターはうなずいた。「彼女のご主人の遺言を扱った法律事務所に知り合いがいます。彼女は二千万ドルを受け取った」

「ジョン・リチャードがそのことを知らないわけがない」マーラから聞いた話をすっかり披露した。ジョン・リチャードは、できるだけ早く結婚しよう、とコートニーに約束した。でも、なかなか踏み切らなかった——言い訳にアーチを引っ張り出して。ジョン・リチャードがふたたび社会の仲間入りをするための金はコートニーから出ていた。マーラとわたしはそう睨んでいる。彼女を捨てるまでは。借金をするようになったのはそれからのことだろう。コートニーはむろん激怒した。

「その話は〈マウンテン・ジャーナル〉のセシリア・ブリスベーンのゴシップ・コラムで読みましたよ」ブルースターが言う。

なんとまあ。五月六日金曜日付けのセシリアのコラムはわたしも読み、アーチの目に留まる前にゴミ箱に突っ込んだ。コラムにはこう書かれてあった。「囚人服の上からゴルフウェアを着込んで、キュートなドクターがゴルフコースに戻ってきたら？　テニス好きの裕福な未亡人が秋波を送り（魚心あれば水心というわけで、ね？）、二人はクラブを後に愛の巣へまっしぐら」

くだらないことを、よくも考えるものだ。聞いたわよ、おたくの元亭主がいつもの手口を使ったって、とセシリアは言ったけど、つまり女を口説くのにってこと？　さあ、どうだろう。学年末試験の勉強中だったアーチが、〝キュートなドクター〟コラムを読んだのかどうか。読んだとしたら、気にしないわけがない。

「彼がコートニーと別れたのはいつごろ？」ブルースターが尋ねた。

「いつだったか土曜日に、アーチから電話があったんです。ジョン・リチャードの家まで迎えにきてくれ、パパは荷造りで忙しいからって。つぎにあたしが知ったのは、コートニーが出てゆき、新しい恋人が後釜におさまったってこと」

「新しい恋人？　警察に話した彼女のことですね」

「本人いわく、〝e〟がふたつのサンディー。名字はブルー。ジョン・リチャードは彼女とカントリー・クラブのゴルフ・ショップで出会ったんだと思います。でも、彼女はどう見てもレディ・ゴルファーってタイプじゃないわ」ブルースターが問いかけるようにわたしを見る。「たいていほっそりした体つきで、すらっとして痩せてるでしょ。でも、サンディーは小柄で豊満で、体の線を強調するようなドレスを着ている。あれをドレスと呼ぶとしてね。それにどう見ても二十五を超えてはいない」

ブルースターが言う。「それで、コートニーはきょうの昼食会に現れた。ジョン・リチャードもそこにいた。サンディーと一緒に?」

「ええ」

「ジョン・リチャードがサンディーを捨てた可能性は? あるいは、サンディーが別の男に鞍替えしたとか」

「彼女を捨てたとはまず考えられません。サンディーにほかに付き合ってる人がいるかどうかはわからない。でも、これだけはわかってます。昼食会のとき、ジョン・リチャードとサンディーは人目もはばからずいちゃついてました。嫉妬に駆られたコートニーの目の前でね」その様子を見ていた人がほかにもいた? さあ、どうだったか。昼食会で誰か写真を撮っていなかった? 一、二度フラッシュがたかれたのは憶えているけど、誰がいつ写真を撮っていたかまでは記憶にない。でも、ほかに思い出したことがあった。「ブルースター、コートニーがキッチンにやってきて言ったんです。『誰のおかげだと思ってるのよ』広い意味でそう言ったんだと思ったけど、でも、マーラの言ってたとおりかも。コートニーは彼に金銭的援助をしていたんです、おそらく」

ブルースターはうなずいた。車はインターステートの頂上にさしかかり〝おぉ＝あぁ〟橋の下を潜った。ロッキー山脈の景観を一望できることから橋はこう呼ばれている。今年は早魅のせいで、にぶい茶色の峰々の雪冠はごく小さい。西のほうから好ましい兆しが浮上しつつあった。重なり合った雲がこちらへと向かってきているのだ。雷雲から斜め下に尾を引いたように伸びる尾流雲でないことを願う。尾流雲から落ちてくる雨は、地面に達する前に蒸発してしまうから。

「オーケー」ブルースターが言った。「それじゃ、ふたつばかり簡単な質問をします。ヴィカリオスというのは何者ですか？」

わたしはテッド・ヴィカリオスのことを話した。サウスウェスト病院で部長を務めていたテッドは、おなじく部長だったアルバート・カーとともに医者を辞め、もっとその……なんて言ったらいい？「もっと宗教的な道を志したんです。アルバートは司祭になり、テッドはテープを制作した」

「『罪の克服』っていうあれ？　憶えてますよ。彼はコロラド・スプリングズに移ったんでしょ？　ぼくが聞いた話じゃ、巨万の富を得たけどスキャンダルに巻き込まれてすべて失ったとか」

「ええ、そう、その人。でも、ジョン・リチャードはめったにスプリングズに行かなかったし、あたしの知るかぎりでは、二人はかれこれ十四年ほど会ってなかったはずです」

ブルースターがうなずく。「警察はコーマンの友人知人すべてを調べるでしょう。刑務所で付き合った連中も含めてね。オーケー。あなたがドクター・コーマンの死体を発見したとき、アーチと一緒でなかったことが問題にされてたけど、どういうことですか？」

わたしがうっかり言った言葉、「もう一度、一緒に試してみよう」の〞一緒に〞という部分が問題にされたことを、ブルースターに語った。わたしはその後、アーチに待つように言い残し、ガレージを調べに行った。そのほうがいいと、とっさに思ったからだ。ジョン・リチャードの家でそのあたりのことを警官に話した。それで、わたしが前夫を殺しておいて、息子に父親の死体を見せてはならないと気づき、そういう行動に出たように受け取られてしまった。

ブルースターが正面を向いたまま、にやりとした。「呼び名のことでひと言。あなたもマーラも〞げす野郎〞というあだ名を使うのはやめないと。考えるのもやめたほうがいい。でないとうっかり口に出ますからね」

ため息が出た。「これからどうなるんですか?」

ブルースターは下唇を噛んだ。「けさ、あなたを襲った人物に心当たりは? 前のご主人以外に。彼には刑務所に敵がいましたか? 親しくしていた仲間は?」

「知りません。彼にはあたしを宿敵と考えていたことはたしかだけど。彼の人生をめちゃめちゃにした張本人だって。彼は……アーチの監護権を自分だけが持つようにしてやるって、ことあるごとにあたしを脅してましたけど、いつものことで。養育費を払いたくないからそう言うだけ。なんにでも文句をつけるのが好きな人だったんです」

「誰かれかまわず喧嘩していた?」

「たいていそうなりましたね」

「けさですが……警察が来て話をしたときのこと。襲われた後で」わたしがうなずくと、ブルースターは先をつづけた。「こうは考えられませんか。何者かがコーマン殺しの罪をあなたに着せようとして、あなたを襲い営業を妨害した。あなたはコーマンの仕業じゃないかと疑い、頭にくる。彼はあいかわらず意地が悪い。昼食会で顔を合わせれば、当然のことながら激しくぶつかる。犯人はうまくあなたの銃を手に入れ、コーマンを撃つ。あなたがアーチを連れてくることを承知のうえでね。死体の発見者は、たいていの場合、重要容疑者です」

「ええ、わかってます」窓の外を見ながら考えた。「拳銃がわたしのものだと警察が突き止めたら?」

「家にやってきて、揺さぶりをかけるでしょう。なにも言わず、ぼくに電話してください。ぼくが行くまで待つこと」一陣の風がメルセデスを揺らした。「ドクター・コーマンの死体から検出された銃弾の弾道検査が行われる。それから、銃声を聞いた者がいないか、近所の聞き込みもやる。なにか見たり聞いたりしていないか、したとしたらいつだったか。金を要求した男のことも忘れてはならない。ありとあらゆる証拠を集める必要があるんです」

「わかりました」

ブルースターはしばらくのあいだ道路に意識を向けていた。「あなたが午後二時にレイクウッドのサミット・リンクにいたことを証言できる人間はいますか?」

「アーチの友達のトッド・ドラックマン。家まで送りましたから。駐車場でもたくさんの人があたしを見ているはずです。それに、自動販売機でキャンディバーを買ったときにも」頬の内側を嚙みながら考える。「襲撃のことですけど。セシリア・ブリスベーンがそのことを知ってました。早い時期に。手作りケーキ即売会で、彼女のほうから声をかけてきたんです」

ブルースターが心得顔でうなずいた。「被害妄想になるのはまずいけど、電話の会話を聞かれたのかもしれませんね。本件について電話で話すのは控えたほうがいいでしょう。うちの保安係に電話回線をチェックさせましょう」

「それはありがたいです。でも、マーラが最新のゴシップを知らせようとかけてよこしたら」

「こちらからかけ直すと言えばいい。それで、公衆電話からかけるんです。とりあえず今夜はそうして」ブルースターが得意の笑顔を浮かべた。「ゴルディ、こいつは大事件です。警察は大人数を捜査にあたらせるでしょうし、新聞もです。あなたがこれまで殺人事件の捜査に関わってきているからなおさらね。くれぐれも慎重に行動してくださいよ」

「わかりました」深呼吸して気持ちを落ち着かせた。「ほかには?」

ブルースターは頭を振った。また風が吹いていて、路上に埃を舞い散らせた。隣の車線の大型のSUV車が危なっかしく揺れたが、ブルースターもメルセデスもびくともしない。アスペン・メドウ・パークウェイでインターステートをおりると、ブルースターは、わたしのヴァンのある場所、つまりジョン・リチャードの家の場所を尋ねた。

「ストーンベリーの四四〇二。カントリー・クラブ地区へ入ったら道案内します」

「現場のいたるところに警官がいるでしょう。ヴァンを引き取っていいかどうか、誰かが教えてくれるはずです。だめだと言われたら、ぼくが家まで送りますよ。けっして会話に加わらないこと、長居はしないこと。オーケーが出たらすぐにヴァンに飛び乗り、現場を後にしてください。いいですね？」

「ええ、わかりました」とてつもなく疲れていた。あちこちが痛くて、腫れた傷口がズキンズキンしていた。脚がむくむのは毎度のこと。厄介な仕事を終えるといつもこうだ。脳味噌も使いすぎでショート寸前だ。うちに帰りたい。涙が込み上げるのを抑えられなかった。でも、泣き声は洩らさなかった。うつむいてバッグを掻き回し、ティッシュを取り出してそっと顔を拭いた。ブルースターは気づかぬふりをしていた。

ジョン・リチャードの屋敷にも風は吹き荒れていた。ドライヴウェイを、犯罪現場を示すテープを、忙しく動き回る捜査官たちを、風が叩く。二ヵ所でテープがはずれ、パーティーを飾る鮮やかなリボンのようにはためいていた。メルセデスから降りようとすると、ブルースターがこちらを向いた。

「うちの保安係を電話のチェックに伺わせます。なにか進展がありしだい連絡しますから。あなたのほうも、なにか耳にしたら電話すると約束してください」

そうします、ありがとう、と彼に告げた。警官が声をかけてきた。ヴァンの捜索はすんだので運転して帰っていいですよ、と。早速運転席に乗り込み、エンジンをふかし、ジョン・リチャードの屋敷を後にした。後ろを振り向かなかった。

砂埃をかぶったトムのクライスラーがドライヴウェイにあった。ほっとした。家の前の通りには見かけない車が駐まっていた。バンパーに〝監督教会はあなたを歓迎します〟と書かれたステッカーが貼ってある。聖ルカ監督教会から人が来ているのだ。それもまたほっとすることだった。

玄関を入ると、トムが待ちかまえていてしっかり抱き締めてくれた。

「アーチは?」涙声で尋ねた。

「ファーザー・ピートと二階にいる。アイリーンのところから教会に電話した。おれたちが帰るのを待っていてくれた」なにも考えられず、トムの肩に顔を埋めた。「なにがしたい?」トムがささやく。「腹へってるか? アーチとファーザー・ピートのためにステーキを焼いた。きみの分も焼いてとってある。冷たくなってもうまいぜ」

「アーチは食べたの?」

「少しな。二口三口。教会の婦人会の連中からぞくぞくと電話が入っている。話したい気分じゃないのはわかっている」

「そのとおりよ」彼から体を離す。「あたしがほんとうはなにがしたいかわかる? お料理。気持ちを落ち着かせるには料理するのがいちばん」

「そりゃどうかな」トムがわたしの傷ついた腕や脚に目をやった。「傷に障《さわ》るんじゃないのか」

「ゆっくり動くから心配しないで」

両手を洗ってエプロンをつけた。タルトタタンの材料のリンゴはないから、無塩バターと卵と薄切りにしたアーモンドを取り出し、カウンターに並べた。アーチのことが心配でいてもたってもいられない。カウンターの縁を摑んで寄りかかる。それから、忍び足でキッチンを出て階段を見上げた。アーチの部屋のドアは閉まっている。ファーザー・ピートの低い声がかすかに聞こえるが、アーチの声はまったく聞こえなかった。

キッチンに戻り、もう一度手を洗い、安心して、とトムに言った。彼はオークのキッチン・テーブルに向かって腰掛け、疑わしい目でわたしを見守っていた。ゆっくりと動き回って小麦粉と砂糖、バニラエッセンス、ほかにもサクサクのクッキーを作るための材料を集めた。アーモンドを炒《い》りながら、新しい弁護士のことも含め、署での一部始終を話した。彼は目をくるっと回し、頭を振った。彼が唯一口にしたのは、予想どおりこの事件の捜査からはずされた、ということだった。正式に蚊帳《かや》の外に置かれることになったのだ。古くからの友人のボイド巡査部長が、なにかわかったら逐一知らせると約束してくれたそうだ。

小麦粉の分量を量っていたわたしは、ボイド巡査部長を思い浮かべ、ほほえんだ。黒い髪は流行遅れのクルーカット、太鼓腹、短くて太くてニンジンみたいな指。トムと同様、事件の捜査となると妥協を許さない。ボイドのことだから、捜査チームの誰かを脅してでも情報を引き出してくれるだろう。

アーモンドを弱火で炒り、香ばしい匂いがたちのぼったところでペーパータオルに空けて冷ます。小麦粉をふるいにかけ、バターのやわらかさをチェックし、キラキラの砂糖を適量量りながら、クッキーをなんと名づけようか考えた。ナッツには〝クレージー〟という意味もあるから、〝ゴルディのナットハウス・クッキー〟なんてどう？　いまの状況にぴったり。材料をよく混ぜ合わせ、砂糖を加えて金糸のようにキラキラでクリーミーな生地を作った。それを棒状に丸めて冷凍庫に寝かせる。

もうこれ以上耐えられない。アーチの様子を見てこなくちゃ。階段を忍び足であがり、彼の部屋のドアの前で聞き耳をたてた。ジュリアンは大学に入ってここを出るまで、この部屋をアーチと共有していた。アーチの張り詰めた泣き声に、ファーザー・ピートの低いささやきが混じる。いまは邪魔しないほうがよさそうだ。またそっと階段をおりた。

一緒にキッチンを片付け終わって、そばにいて、とトムに頼んだ。トムは新しいキルトを取ってきてわたしをくるみこみ、椅子を引き摺ってきてわたしの椅子に並べ、腕を回して抱き寄せてくれた。

耳元で彼がささやく。「無理に話さなくていいんだ」

「話さなきゃならない」声が詰まった。キルトにくるまれていても激しく震えた。堰《せき》を切ったように言葉が溢れた。「教えて。いったい誰がジョン・リチャードを殺したの」

トムがため息をついた。「ゴルディ、やめろ」

「おねがい。あたし、疑われてるのよ。そのことにアーチがどう反応するか、心配でたまらない」きまりが悪いことに、空腹でお腹が鳴った。ラテとトーストの朝食ははるか昔のことだ。

トムが腕を離し、冷蔵庫へ向かった。「署の連中が襲撃事件をじっくり調べてくれるといいんだが。昼食会の出席者たちのことも。あの昼食会がうまくいかないことを願う奴がいて、そのうえきみを陥《おとし》れようとした……動機も手口も不明だがな」ラップした皿を取り出し、ラップをとり、ステーキを切り分け、フォークで刺してわたしの口元に運んでくれた。「食べなきゃだめだ」

おとなしく食べた。グリルした肉はジューシーでやわらかかった。「ありがと」ひと口食べ終わると腕を組んだ。「昼食会の出席者を調べるってどうして？　何者かがあたしを殴って、料理を腐らせたから？　あたしの銃が盗まれたのはあの場所だったから？」

「ああ、そういうこと。だが、嗅ぎ回るのはもっと後にしてくれよ。きみは傷を負ったうえにくたびれ果てている」わたしは肩をすくめた。トムがつづける。「あるいは、そいつがここできみが戻ってくるのを待っていたことも考えられる。犯人は目的があってきみのヴァンの車内を漁《あさ》った。彼あるいは彼女は、金を探していたのかもしれない。〝骸骨顔〟の男が欲しがっていたのとおなじ金を。それで、代わりに銃を見つけた。銃がヴァンから盗まれたのがここだったとしたら、ジョン・リチャードの家に行って彼を殺す時間はあまり残されていない。だが、できないことはない」ステーキをまた切り分ける。従順な雛鳥《ひなどり》のように、わたしはステーキを呑み込んだ。「この推理は、ガレージのドアがわずかに開いていたことや、きみの前夫がアウディの車内にいたことと合致しない」

「どうして？」

「ジョン・リチャードはちょうど帰宅したか、外出するところだった、だろ？　犯人はガレージで彼を仕留めた」わたしはきょとんとした。「いつなにが起きたかをはっきりさせることが大事だ。検死報告書が出ればもっとはっきりする。それに、近所の人がなにか見たか聞いたかしているかもしれない。おそらく死亡時刻を絞り込めるだろう。それに、きみがレイクウッドのリンクに到着した時間もな」

キルトを脱ぎ、ほぼ凍ったクッキー生地を取り出した。「ボイドが情報を集めてくれるといいけど」

オーブンを予熱するあいだに、シルクの滑らかさのクッキー生地を切り分けた。天板をオーヴンに入れたとき、電話が鳴った。発信者の番号からマーラだとわかった。

「あ、しまった」トムが言う。「きみが帰りしだい電話させるって言ってあった。出たほうがいい。頭を食いちぎられたらかなわない」

トムが人を怖がるなんて、いままでなかったことだ。しぶしぶ受話器を取ってがなる。

「やあ、親友！」

「なに言ってるの、ゴルディ」マーラがハスキーな声を喘がせている。「まるで階段を何階分もあがってきたみたいに。「たったいまブルースターと話したところ。一時間も前にあなたを降ろしたって言ってたわよ！　すっかり話して聞かせてちょうだい。それに、こっちにも話すことが――」

本件について電話で話すのは控えたほうがいいでしょう。ブルースターの高価な忠告には従ったほうがいい。

「マーラ、いま手が離せないの！　タイマーが鳴ってて、クッキーをオーブンから出さなくちゃ！」

「なに言ってんの！　いままでそんなことなかったじゃない。さっさとオーブンから出して！　ねえ、いいこと、ジョン・リチャードと――」

「どうしよう！　煙が！」わたしは叫んだ。「クッキーが燃えてる！　ほら、トム、消火器、消火器！」

実際にオーブンから出てきたのは、芳《かぐわ》しく焼きあがった黄金色のクッキーだった。とまってはいてもそこはトム、消火器を持ってわたしと並び、いつでもクッキーに向かって噴射できる態勢だ。天板をラックのうえに置き、片手で受話器を覆った。

「そんなことしなくていいの」わたしはささやいた。

「いったいどういうことだ？」彼もささやき返す。

「ゴルディ！」受話器からマーラの叫び声が聞こえる。

「十分以内にかけ直すから、マーラ。約束する」

受話器を架台に戻すあいだも、マーラの声が聞こえていた。「うちの電話機にコードがついてたら、それであなたの首を絞めてるとこよ！　切ってごらんなさい――」

ああ、静かになった。ホイルを広げ、そこに熱々のクッキーを十個――一個が小さいからこれぐらいいいでしょ――並べて包み、残りはどうぞめしあがれ、とトムに言った。

「残りのクッキー生地は後で焼くから」急いで言い、ジャケットを摑んだ。

「ゴルディ、なにしてるんだ！　八時過ぎだぞ。どこに行くつもりだ？」

「公衆電話からマーラにかけるの」彼は〝ファーマン郡警察ソフトボール〟のスウェットシャツを頭から被った。わたしは言った。「だめよ、ねえ。来なくていい。アーチのそばにいてやって。じきに戻るから」

「なに言ってる。きみはけさ襲われたんだぞ。一人で外出しちゃいけない。それはそうと、どこの公衆電話を使うつもりだ？」

「グリズリー・ベア・サルーン」玄関のドアを開ける。

「冗談だろ！」トムはアーチ宛に走り書きのメモを残し、わたしについてきた。「グリズリーじゃ、ひと晩に一度は酔っ払いの喧嘩が起きる」

「心配いらないって。酔っ払い同士で喧嘩するだけで、電話をかけにきたケータラーなんて相手にしないわよ。たぶん」

8

通りに出ると煙が充満していた。思わず咳き込み、浅い呼吸をする。バーベキューの煙ではない。日が沈んだばかりの麗《うら》らかな宵だから、暖をとるための焚き火とも思えない。山火事のニュースも耳にしていない。トムも聞いていないそうだ。情報を入手するならグリズリー・ベア・サルーンにかぎる。

庇《ひさし》からさがる看板にはこう書いてある。『一八七〇年より変わることなく営業中』内装も変わることなくよね。そんなことを考えながら、アーチ形で鎧《よろい》張りのハーフドアを押し、床に本物のおが屑が撒かれた店内に入った。客は七十人ほど。銀行員に電気技術者に弁護士、それにあぶれ者の姿もちらほら。むろん全員がカウボーイハットにベスト、それにブーツできめている。それも一八七〇年から変わることがなかった。

ステージではバンドが『監獄ロック』を演奏していた。背が低いことさえのぞけばあとはエルヴィスのそっくりさん——オールバックにした黒髪、ピタピタのラメ入りスーツ、エネルギッシュに動く腰——が、吼えている。「アーアー、アー!」横に立つきらびやかな看板から、バンドの名前『ナッシュヴィル・ボビー・アンド・ザ・ボーイズ』と、アスペン・メドウであと四日公演することがわかった。それからスチームボート・スプリングズのロンリー・ハーツ・カフェで二日間公演して、翌週にはアスペン・メドウに戻ってくるそうだ。大真面目にプレスリーを熱演している。わたしは大きく息を吸ったとたん、また咳き込んだ。

「煙の臭いの出所を誰か知らないか?」トムが客たちに尋ねた。

「山火事だよ」屈強な男が答えた。フリンジのついた革のズボンにテンガロンハット、シャツには『テックス』と名前が縫い取りしてある。テックスがビールをぐいっと呷《あお》る。「保護区で起きてる。ここから二十五キロほど。千エーカー(東京ドーム百個分)、六割がた鎮火した」

「ちょっと!」鮮やかなブロンドで丸々とした女に腰で押されて、わたしは椅子の背もたれに倒れ込んだ。まわりでワッと笑い声が起きる。

「ちょっと、なにするの?」わたしは声を荒らげ、痛手を負った脇腹を手で押さえた。弱り目に祟《たた》り目。トムが笑いを噛み殺している。

女はわたしより十は年上だろう。フリンジ付きのベージュの革のジャケットが光ってるのは……もしかして偽のライムストーン? そんなものがあるかどうか考える前に、ライムストーンに目が吸い寄せられていた。だって、名前になってるんだもの。『ブロンディ』

「ちょっと!」女はまた叫び、深紅の長い爪でわたしの胸を突いた。わたしはまじまじと女の顔を見た。松明《たいまつ》型のシャンデリアに照らされて、厚塗りのファンデーションが光っている。深紅に塗られた唇が言葉を発する。「男が欲しけりゃよそに行きな!」バーボンの臭いにくらくらっとなった。ブロンディは二重顎をわたしのほうに突き出す。「聞こえてるんだろ?」

酒臭い息を吐きかける。「出て行きなっての。テックスはあたしのもんだからね」

わたしはよろけてさらに椅子二脚にぶつかった。「お生憎《あいにく》さま、あたしにはちゃんと夫がいるわよ」またもやドッと笑い声。

テックスは小柄なブロンド女二人にもててすっかり気をよくし、ビールを呷り、わたしに流し目を送ってよこした。トムはと見ると、わたしにウィンクした。テックスがおおげさに咳払いした。

「山火事は朝までにおさまるはずだ」テックスは顎を突き出し、片方の眉を吊り上げた。**旦那がいたっておれはかまわないぜ！　おれに気があるんだろ？**

わたしは強く頭を振り、よろよろとその場を去った。ナッシュヴィル・ボビー・アンド・ザ・ボーイズのつぎの曲は『ハウンドドッグ』だ。テックスなんてどうでもいい。ナッシュヴィル・ボビーも彼の仲間たちもどうでもいい。気になるのは山火事だ。ラウンドハウスは保護区からほんの十二キロしか離れていない。消火栓はちかくにあるの？　もしものときは湖から水を汲み上げるの？　**千エーカー、六割がた鎮火。**山火事には慣れっこになっていて、みんながてんでに予想をたてて——場所はどこで、火勢はどこまで抑えられたか、完全に鎮火するのはいつごろか——何事もなかったかのように日常生活をつづける。いまのわたしに必要なのはそのことだ。ナッシュヴィル・ボビーが音量をあげたので、思わず飛び上がった。

紫煙の向こうにステージがぼんやり浮かんでいる。コロラド人は意地でもカリフォルニア人種の真似はしない。だから、みんな室内で煙草を吸う。なかには一度に二本ふかす人もいるぐらい。ナッシュヴィル・ボビーが声を震わせ、腰をくねらせ、歌い終わってお辞儀した。拍手喝采《かっさい》のなか、それではここで新曲『ゴミ《トラッシュ》』を披露します、とボビーが告げた。悲しげなギターのつまびきにつづいて、ボビーの歌がはじまった。

「おれは台所の生ゴミだ、
おまえに捨てられ、忘れられ
いまでは腐って臭い出す
それでもおまえは知らん顔、ウィンクひとつもよこさない」

ビールでも飲むか、とトムに訊かれ、いいえ、と答えた。混み合う店内を奥へと進み、電話のある薄暗い場所にたどり着いた。ベージュの普通の電話機は垢《あか》まみれで、コードが伸び切っている。ふたつあるトイレの重たいドアのあいだに、わずかに傾いて置かれてあった。壁には、長距離電話お断り、と、電話代は横の木箱に入れてください、と書いた張り紙がしてある。木箱に二十五セント硬貨を入れ、受話器をはずして番号を押す。電話はつながったものの雑音がひどかった。

「マーラ？　あたしよ。マーラ？」

「『トラッシュ！』」バンドが叫ぶ。「『トラッシュ！　それがおれさ！』」

「ゴルディ？」

「マーラ！」

「『トラッシュ！』」

「ゴルディ、いったいどこからかけてるの？」

「『トラッシュ！』」

「事件のこと、うちの電話では話せないのよ！」わたしは怒鳴った。カウボーイ三人がじろりとこちらを睨む。ばつが悪くて壁のほうを向いた。鼻先に広大なアスペン・メドウ防火区域の地図があった。ラクーン・クリーク、チェロキー・パス、カウボーイ・クリフ。こういった観光スポットをつないで、防火道やハイキング道路が延びている。ものは考えようだ、とそのとき思った。いまも山火事と懸命に闘っている人たちがいる。

まだエプロンをつけたままだった。ポケットが膨らんでいるのは、焼きたてのクッキーが入っているから。人込みを掻き分けてくるあいだに砕けてしまっただろう。それでも、まさかのときに糖分と炭水化物は補給できる。

「もう、おねがいだから、ゴルディ！」マーラが叫んでいる。「警察でなにがあったか、話してちょうだい！　げす野郎を殺した犯人はわかったの？　あなたを襲ったのと同一犯人？」

「なにもわからないの――」

「あたしに教えないつもりね！」

電話のコードをいっぱいに伸ばし、婦人用トイレのスウィング・ドアを押して入った。個室がふたつ、巨大なセメントの柱で仕切られている。壁は板張りで、天井から裸電球が一個ぶらさがり、汚れた洗面台がふたつと、ひびが入った大きな鏡、それに巨大な黒のゴミ箱があった。

「なに言い出すのよ、マーラ！　きょうはあたしの人生最悪の日だったのよ！」なんとか楽な姿勢をとろうとしたけど、これが難しい。受話器を摑む手の指関節が、ざらざらの壁に擦れて痛い。口調を和らげる。「そうそう、ブルースターのこと、感謝してるわ。彼はよくやってくれた」

「だったらそのあたりのことを話してちょうだいよ、ね？　なんの情報も入ってこないから、もう死にそう。トムはなにもしゃべってくれないし、ブルースターもよ、まったくあん畜生」

「ああ、マーラ、詳しいことは話せないのよ。ようするに、新しい情報はなにもないの。これ以上話してられないわ。アーチが家で待ってるもの。精神的にまいってるのよ、あの子」それでも彼女が食い下がるので、ジョン・リチャードの死体のそばからわたしの銃が見つかったことも含め、その日の出来事を手短に語った。「昼食会で様子が変な人を見なかった？　あたしのヴァンのまわりで」

「いいえ。役に立てなくてごめん。でも、ちょっとした情報を摑んだわよ。意味があるかもしれない」心臓が躍り上がる。それとも、胃がまたグーグー鳴ったの？　わからない。マーラの話はつづく。「〝e〟がふたつのサンディーは、ゴルフ・ショップで働いてなかった。一度も働いてたことはない。彼女はデンバーのレインボウ・メンズクラブのストリッパーなのよ」

「なんですって？　ジョン・リチャードとどうやって知り合ったの？」

「あとは想像にお任せします、ってやつよ。でも、あたしはしなかった。想像してる暇なんてないもの。ずばりコートニーに訊いてみた。ジョン・リチャードはレインボウでサンディーと出会った。げす野郎も落ちたものよ。ストリップ・クラブで女を漁るなんてね！」

「コートニーに訊いてみた？　でも、彼女……」

言葉が尻つぼみになり、胃袋がまた抗議の声をあげた。コートニーのことなんてどうだっていい。げす野郎が地獄に堕ちようとかまわない。ステーキを摘んだのに飢えていた。エプロンから生温かいクッキーを取り出し、口に放り込んだ。炒ったアーモンドとバターたっぷりの風味豊かな味わいに頭がくらくらしてきた。もう一枚放り込む。

「もちろんコートニーに電話したわよ」と、マーラ。「なに食べてるのか知らないけど、弁護士費用を出す代わりにちょうだいよね。ゴルディ？」

「ウーム」口いっぱいに頬張っていた。マーラに悪いとも思わなかった。それにしても、いったいどうなってるの？　何者かに襲われて、料理を台無しにされて、飛び出してきたネズミに驚いて発砲した。クッキーをさらに二枚口に押し込み、マーラの呼びかけに返事しなかった。わたしたちの前夫が殺された。現時点で、わたしは最重要容疑者だ。さらに数枚、クッキーを貪り食ったら気分が少しよくなっていることに気づいた。なんてことだろ！　ここまで落ち込んでるなんて。サルーンの臭いトイレに入り込み、ねばつく受話器を握ってストリッパーの話をしながら、ナッツ・クッキーを口に押し込んでいる。すぐそばでは、ボビーと彼の仲間たちが『アイム・ジャスト・ロードキル・オン・ザ・ハイウェイ・オブ・ラヴ』を演奏しはじめた。

「コートニーに電話したのはね、げす野郎が死んだことを知らせるため。どんな反応を示すか知りたかったから」

わたしはクッキーをすべて平らげた。「ブルースターが言ってた。前夫のことをげす野郎って呼んではいけないって。死んでも呼ぶなって」

マーラが高価な電話の受話器で、キッチンのタイルの壁をコンコン叩くことに文句を言うつもりはない。耳が痛かったけど。

「ゴルディ？　ブルースターはあたしの命令を受ける立場の人間。逆じゃない。それより、あたしの話をちゃんと聞いてる？　コートニーはげす野郎が死んだと聞いてびっくり仰天したわよ。まるっきり信じられなかったのか、たいした役者なのか。それで、爆発した。まあ、しゃべるしゃべる、これでもかって感じでね。あなたが結婚を妨害したってわめいてた。監護権問題が絡んでいるとかなんとか。それから、彼女、ジョン・リチャードに十万ドル貸したんですって。付き合いはじめてすぐにね。それから二週間後に、彼は〝e〟がふたつのサンディーに乗り換えた。どうやってお金を取り返せばいいの？　そうわめいてた。つまり、そういうこと！　げす野郎は彼女からお金を借りていた。彼の家にいた男からも借りていた」マーラが勝ち誇った声で話を終えた。

「ちょっと待ってよ。コートニーは彼にそんな大金を貸したの？　どこまで馬鹿なの、彼女」

「でしょ」

「それから、ジョン・リチャードの家にいた男だけど、人にお金を貸せそうには見えなかった――」

「あした、ストリップ・クラブに行ってみようよ！」マーラが叫ぶ。「サンディーから話を聞くの。あたしたち二人だけで」

汚れた壁にもたれかかった。「できないわよ。ポステリツリーのミーティングとナンの退職記念ピクニックの準備をしなくちゃ。警察からも、ブルースターからも、動き回るなって言われてるし――」

彼女がまた受話器で壁を叩く。「なに言ってるの！　トムは捜査からはずされてる。彼抜きで、郡警察がげす野郎を殺した犯人を見つけ出せるわけがない。あたしたちは必要とされてるの！　十一時に迎えに行くから――」

突然、手首に痛みが走った。ブロンディがトイレのドアをバンと開けたからだ。電話のコードが弓の弦のようにいっぱいに引き伸ばされる。受話器を落としそうになり、慌てて摑んだら、代わりにブロンディを摑んでしまった。酒臭いあたたかな息が吹きかかる。「なにすんのよ？」と彼女は叫び、倒れそうになった。彼女を支えつつ、受話器を摑み、揺れるドアも押さえようとして、すべて失敗した。

ブロンディは不意の抱擁を予期していなかったから、ハイヒールのブーツで思いきりよろけた。革のフリンジに包まれた腕を振り回してわたしの手から離れ、滑る床の上でなんとかバランスをとろうとしている。電話のコードが裸電球を吊るしているワイヤーに絡みつき、受話器が弧を描いて天井に向かって飛んでゆく。わたしは悲鳴をあげ、ブロンディのカウガール・スカートに包まれた尻が個室を隔てるセメントの柱に激突した。遠くからマーラの叫び声が聞こえた。「ゴルディ？」ブロンディは物理学の法則に従い、今度は口を開いたゴミ箱にぶち当たり、それをひっくり返した。おなじく物理学の法則に従い、揺れ戻ってきたドアがわたしの顔を直撃、電話のコードは下方軌道を通過し終え、受話器がマーラの絶叫を振り撒きつつ便器に沈んだ。

わたしは鼻を押さえた。血が噴き出しているにちがいない。目の前に黒い点が浮かんで視界を遮《さえぎ》る。空いた手を突き出し、手探りしながらトイレを後にした。誰かにぶつかった。男だ。どうかケータリングのお得意さんじゃありませんように。

「サンディー・ブルーはおれの女だ」耳元に男のささやき声がして、体の向きを変えさせられ、両肩を掴まれた。「忘れんなよ」

「わかったわよ」急に恐ろしくなった。もしかして、けさ殴りかかってきた犯人？「誰なの？」万力のように締め付ける手から逃れようと身をよじった。「手を放してよ」

「ああ、とっととうせろ」男が力任せに押したものだから、わたしは汚れた床に突っ伏した。

振り向いたときには、男の姿はなかった。

目をしばたたきなんとか起き上がると、出口を示す赤い標識が目に入った。声に出さずに毒づきながらトムのいるテーブルへと戻った。

「ゴルディ！」心安らぐトムの声が聞こえた。「大丈夫か？　その鼻はどうしたんだ？　血だらけじゃないか」ざらざらのペーパーナプキンを握らされたので、鼻に押し当てた。喘ぎながらトムにたのんだ。外に連れ出して、新鮮な空気を吸いたい。観光客がバーテンダーに、タクシーを呼んでくれ、と言っている。アスペン・メドウにはタクシー会社はないよ、とバーテンダーが応える。

トムに抱きかかえられ、やっとのことでサルーンを出ることができた。背後からテックスの声が聞こえた。「そんなに酔っ払ってるようにゃ見えなかったのにな」

9

「ああ、かわいそうに」わたしを抱えて玄関を入ると、トムがやさしく言った。「元気はつらつにはとうてい見えない」

「あたりまえじゃない」ゆっくりと廊下を進む。めまいがして、まぶしい光に目をしばたいた。トムの強い手が伸びてきて支えてくれた。「たいへんだったんだから、トム。グリズリー・ベア・サルーンで。奥の電話のところで、男にぶつかったの。そしたらそいつが、サンディー・ブルーはおれの女だ、忘れるな、って言ったのよ」

「心当たりは？　もしかして、朝、襲いかかってきた奴か？」

「わからない」トムの手を握り締める。

「それじゃ、どんな風体だった？」

「それがわからないの。そいつはあたしを後ろ向きにして、突き飛ばした。起き上がったときには、姿を消していた」

トムは黙ってわたしを抱き寄せた。

やさしく体をほどき、夫のハンサムな顔を見上げる。「トム？」

「ゴルディ、きみは自分から災難を招き寄せるのか？　それとも、災難のほうから寄ってくる？」

「どうも。グリズリーの電話は二度と使わない。約束する」

「マーラとは話ができたのか？」

「ちゃんとはできなかった」目を閉じて痛む額を揉んだ。いま何時ごろだろう。時間の見当がつかない。アーチはどこ？　いまなにをしているの？「アーチは？」

　トムがまた抱き寄せてくれた。「ファーザー・ピートの車がおもてにまだある。いまも一緒にいてくれてるんだろう」

　二階から静かにドアを閉める音がして、足音がつづいた。階段がきしみ、巨漢のファーザー・ピート・ズカーキの巨体がおりてきた。ファーザー・ピートはどう見ても監督教会の司祭には見えない。映画『ゴッドファーザー』の司祭にこそぴったりだ。巨体に似合わぬ小さな黒い靴が視界に入り、短い箸のような脚がつづく。一段おりるごとにゆっくりとバランスをとるので、黒に包まれたカルツォーネ（チーズとハムを詰めて半円形に折り重ねたピザ）みたいな体が、なんとか転がり落ちずにすんでいる。踊り場までくると、まるでゲートに向かうジャンボジェットのように、ゆっくりと体の向きを変えた。

「アーチは眠っています」牧師にぴったりの低くあたたかな声だ。最後の三段をおり、額の汗を拭い、厳粛な顔でうなずいた。漆黒の髪も顎ひげもクルクルにカールしている。肌はオリーブ油の色。エスプレッソ色の目に慈しみを湛え、わたしに手を差し伸べた。「ゴルディ」

わたしはトムの腕から離れ、ファーザー・ピートのソーセージみたいな腕に身を預け、背中をやさしく叩かれた。「じきにすべて片づくでしょう」

じきにすべて片づくでしょう？　じきにって、正確に言っていつごろ？　ファーザー・ピートがアーチの悩みを何度も聞いた後？　警察が犯人を捕まえたとき？　げす野郎がアスペン・メドウ墓地に埋葬されたとき？　気持ちを抑え、なんとか落ち着こうとした。

「来てくださってありがとうございます」わたしは静かに言った。

「どういたしまして」ファーザー・ピートの自信に満ちた声に元気づけられた。その黒い目でわたしをじっと見つめる。「お加減がよくないようですね。休まれたほうがいい」

わたしは歯を食いしばった。「加減が悪く見えることはわかってます」気詰まりな沈黙がつづく。思い切って尋ねた。「それで、どういうことに……あの……？」落ち着こうと咳払いし、顔を撫でた。トムがやさしくわたしの手を握り、問いかけるような視線をよこした。助け舟を出したいけど、きみがなにを尋ねようとしているのかわからない、と言いたいのだ。

「その、ちょっと気になっているので……」そりゃ、なにもかも気になっている。ファーザー・ピートもトムも、黙って待っている。トイレのドアにぶつけた鼻がズキズキ痛んだ。ファーザー・ピートは薄い唇を一文字に結び、わたしのあざになった腕をちらりと見て顔をしかめた。

「その、つまり」――咳払いする――「葬儀のことは」

ファーザー・ピートがうなずいた。「ドクター・コーマンには、アーチ以外に近親者は？」

わたしは頭を振った。

「わかりました、それなら」ファーザー・ピートが心を慰められる深い声で言う。「わたしから検死官に連絡して、葬儀の手配は誰がやることになるのか訊いてみましょう」彼が額にしわを寄せると、ふさふさの真っ黒な眉毛がいかにも不吉に見えた。「詳しいことは教会の者からご連絡させましょう。アーチのためには――」

「あたしたちで彼を連れてゆきます」わたしは慌てて言った。

ファーザー・ピートがまたうなずき、〝彼女をいたわってあげて〟の視線をトムに送り、ゆっくりと玄関を出て行った。

「とんでもなく惨《みじ》めな一日のことを、ほんのひとときでもきみの心から締め出すことはできないかな?」トムが耳元でささやいた。

「できるものならそうしたい」

「やってみよう」

よろよろと階段をのぼり、服を脱ぎ、熱いシャワーをたっぷりと浴びた。鏡を覗き込むと、真っ赤になった鼻と腕の紫のあざふたつが目に入った。背中は部分的にただれて鮮やかなピンク色だ。目を閉じ、バスローブをそっと羽織った。

冷たいシーツのあいだに体を滑り込ませ、トムのあたたかな体に手を伸ばす。彼が両手でわたしの頰を包み、どこか痛いところがあったら言ってくれよ、とささやいた。やさしさが身に沁《し》みて涙がこみあげた。うなずくと、彼がわたしの涙を拭って抱き寄せ、長いキスをくれた。いつまでもつづくキス。情熱的で執拗で、言葉にならないやさしさがこめられたキス。このまま溺《おぼ》れてしまいそう――ほんとうに溺れたかった。大きくて筋肉質の体に包み込まれて。彼の大きくてやさしい手が、ただれた首筋からあざになった腕へと滑ってゆく。

「きみは世界でいちばん美しい女だ。愛している。いまも、これからもずっと。ごめん……このところのおれは、あまりいい亭主ではなかった」

「シーッ。あなたはいい亭主だったわ。最高のね」

「きみを傷つけた野郎を、見つけ出して殺してやる」

「うれしい。いつ？」

「今度はきみが黙る番だ」

さて。終わった後も、トムはわたしを抱き締め、なかなか眠らせてくれなかった。彼のやわらかないびきと、広い胸のなかの心臓の鼓動に耳を傾けた。その日はじめて、安心することができた。

コートニー・マキューアンの言うとおりだ。お葬式に出ると、セックスしたくなる。

雷鳴が深い眠りからわたしを引き摺り出した。恐怖に胸を摑まれ上掛けをはねのけた。全身のあちこちが抗議の叫びをあげた。

トムが手を差し伸べる。「雨だ、ゴルディ。雨が降るぞ。アーチが大丈夫かどうか、様子を見てくる」トムが静かにベッドを出てゆく。

アーチは大丈夫どころか、ひどく感情的になり、大声で泣きわめいていた。トムが宥めているが、なんと言っているのか聞き取れない。バスローブを羽織って廊下を進み、アーチの部屋を覗き込んだ。

「アーチ？　どうしたの？」声をかけてみた。不意の稲光が部屋を浮かび上がらせた。ジュリアンが使っていたツインベッドは空っぽだ。アーチは黒と金色のキルトにくるまり、自分のベッドにうつぶせに横たわっていた。身をよじり、大声で叫んでいる。ぼくのせいだ、ぼくが悪いんだ……

もう一度声をかけた。彼は応えない。

トムはベッドに腰掛け、やさしい声で宥めている。「アーチ。おまえなら乗り越えられる。いまがいちばん辛いときだ。アーチ、おまえのせいじゃないんぞ」

でも、アーチはなにも聞いていなかった。

「ぼくのせいだ」アーチが大声で叫ぶ。ベッドを拳《こぶし》で叩く。ベッドが揺れる。わたしはためらいながらも部屋に入った。「ホッケーをやりにいかなきゃよかった。ぼくたちがもっと早くに行ってれば、こんなことにならなかった！　どうしよう！　ぼくのせいだ！　**ぼくのせいなんだから、そうじゃないなんて言わないでよ！**」

トムがわたしを招き寄せ、寝袋をとってくる、と言った。キルトのうえからあたたかなアーチの体に触れ、慰めの言葉をかけた。アーチは体を震わせて泣いている。

「ねえ、やめて。おねがいだから、泣くのはやめてちょうだいな。そんなことしてたら病気になっちゃう」穏やかな声で繰り返し語りかけ、アーチが落ち着いてくれることを願った。「おねがいよ、アーチ。あなたのお父さんが亡くなったのは、あなたのせいでもなんでもないの。あたしたちが家を訪ねたことも関係ないわ。ほんとうよ」

手を伸ばし、背中を撫でてやろうとすると、するりとかわされた。片脚をベッドから出し、床を蹴る。ベッドの脚がきしみ、ベッドが横に傾いだ。彼は慰めを必要としていない。そういうこと。

わたしが途方に暮れていると、暗い窓を小石が叩いた。心臓が喉元までせり上がる。石礫《いしつぶて》がまたガラスを叩く。つぎからつぎへと。ひとつかみの小石が窓に投げつけられたように。アーチのデジタル時計のわきのランプをつける。また稲妻が光って室内と窓の外の松の木を浮かび上がらせた。窓台に雹《ひょう》が積み重なっている。雷鳴が轟く。これぞコロラドの四季を彩《いろど》る最後の自然現象。猛吹雪《ブリザード》、洪水、山火事ときて、しめは雹。やったね。

トムが赤い寝袋をふたつ抱えて戻ってきた。ナイロンが擦れる音と雷鳴、それに窓を叩く雹の音に、アーチが驚いて泣き叫ぶのをやめた。手で顔を擦りながら、ランプの隣に置いた眼鏡に手を伸ばした。

「どういうこと?」

トムが確固たる足取りで歩いてきた。「きみのおかあさんとおれは、ここで夜明かしをする。今夜は三人一緒のほうがいいと思う。おかあさんはジュリアンのベッドで寝る」スベスベの寝袋を窓辺の空のマットレスの上に広げた。「おれは床で寝る。なにか欲しいものがあれば、見下ろして叫べ」

「だれか……」アーチが声を詰まらせた。「だれか、ジュリアンに電話した？　このこと、伝えた？」

わたしは雹の音に負けじと声を張り上げた。「あすの朝いちばんに電話する」

寝袋に潜《もぐ》り込む。たしかにわたしたちにはジュリアンが必要だ。彼はきょうの昼食会を手伝ってくれていたから、ジョン・リチャードのことを警官から聞いているかもしれない。ジュリアンは、週に二日、わたしの仕事を手伝ってくれている以外にも、ボールダーのビストロでアルバイトしている。警察もいずれわかるだろうが、彼の居所はかんたんには突き止められない。それでも法執行官は、殺人事件の被害者の要望に応えることが自分たちの務めだと自覚してはいるようだ。

雹が屋根を叩く。**ラッタッタ！　拳銃を所有していますか、ミセス・シュルツ？　ラッタッタ！**

ところで、雹の音は、銃を連射する音にそっくりなのはどうして？

六時二十二分、電話が鳴り出した。執拗なベルの音は頭のなかで響いているようだ。目をしばたたき、アーチのデジタル時計に目をやる。六時二十二分。野球のバットが手元にあれば。電話という電話を叩き壊してやるのに。

頭痛がひどい。体も痛む。必要なのは静寂。癒《いや》し。寝袋に潜り込むと髪に静電気が起きた。ベルがやんだのでまた顔を出す。

山間部に特有の六月の朝の冷え込みだ。窓台に積もって融けかかった雹の隙間から、朝日がまぶしく輝いている。アーチの部屋の壁で虹が揺れていた。

隣のベッドで黒と金色のキルトに埋もれた動かぬ塊はアーチだろう。トムの寝袋はもぬけの殻だ。電話がまた鳴り出した。**こんな時間にいったいだれ？**　前日の出来事が重たいマントのように脳味噌に覆いかぶさってきた。ぜがひでもわたしと話をしたがるのは？　**たとえば警察。地元紙。新しく雇った刑事弁護士。悪いニュースを伝えるために。**

起き上がる。窓を擦る松の枝には水滴が絡まって輝いている。前日の埃っぽい大風に乗って、嵐雲がやってきてロッキー山脈にかかったのだ。夜に降った雹のおかげで、保護区で起きた山火事は鎮火したかも。少なくともひとつは抑えられたわけだ。歓迎すべき変化だ。

トムが戸口から顔を覗かせ、わたしを手招きした。フランネルとナイロンの繭から抜け出し、忍び足で廊下を進み、彼の後からわたしたちの部屋に入った。洗いたてのスウェットシャツとパンツに着替える。

「しつこく電話してきたの、いったいだれ？」

「下で話す」

キッチンに向かって階段をおりると、きしむ音がいつもよりおおきく感じられた。耳を澄ましてみたけど、アーチの部屋からはなにも聞こえない。

「新聞社だった」オークのテーブルに向かって腰をおろすと、トムがうんざりした顔で言い、エスプレッソ・マシーンのスイッチを入れた。「最初がフランシス・マーケイジアン、おつぎが〈マウンテン・ジャーナル〉のだれか。二人とも用件はおなじ。いつになったらきみから声明文をとれるのか知りたがっていた。フランシス・マーケイジアンはその後も二度かけてきた」

堪えきれずに噴き出した。フランシス・マーケイジアンは、〈マウンテン・ジャーナル〉の、本人いわく、伝説の調査報道記者だ。彼女が情報を求めているときだけ、わたしたちは〝お友達〟になる。つまり、友達でもなんでもないってこと。

もううんざり、という気分になった。笑いながら腕を大きく払った。外の世界すべてを示したつもりだ。ポプラやロッジポール松やブンゲンストウヒの枝では融けかかった雹が煌いている。乾ききった草は白く染まっている。多年草の若芽が珍しく湿り気を帯び、輝いていた。

「ついに地獄が凍りついた」わたしは言った。「でも、かまうもんですか。〈マウンテン・ジャーナル〉に話すつもりはないもの」

トムはエスプレッソ・マシーンに水を注いだ。「けさのきみはちょっぴりご機嫌ななめらしい。いい知らせもあるんだぜ。雹のおかげで保護区の火事はおさまった。もっとも、この先、日照りがぶり返すから、山火事に用心を怠るな、と消防は警告している。で、エスプレッソはどれぐらい濃くする？」

「ダブルでおねがい」これまでなら一度に六杯《シックスショット》分は飲んでいたけど、二週間ほど前から量を減らす努力をしている。

トムはカップをあたため、マシーンのボタンを押した。湯気をあげる黒っぽい飲み物ができあがると、カップをテーブルに置き、わたしの手に手を重ねた。

「おれたち、話し合う必要があるな。戦略を立てなきゃ」

電話がまた鳴った。香り高いエスプレッソのカップを、電話機に投げつけてやろうかと思った。トムがわたしの気持ちを察し、発信者番号を調べた。

「プリシラ・スロックボトムだ、どうする？」

思わずうめいた。プリシラ・スロックボトムは、聖ルカ監督教会婦人部をはじめ、地元のいくつもの組織の長を務めている。あすの朝、カントリー・クラブで開かれるポステリッツリーのミーティングをわたしに任せてくれたのが彼女だ。ジョン・リチャードの葬儀の準備を手伝ってくれと言ってきたのか、それとも、わたしが朝食会のケータリングをまだやる気でいるのかどうか、確認のための電話か。それとも、今度の事件を独自に推理してそれを披露したいのか。あるいは三つの用件すべてについて話したいのか。それも朝の六時四十五分に。いやはや。

「電話のベルをすべて切ってちょうだい。アーチをベルで起こしたくないから。留守番電話が応対してくれるもの。八時になったらジュリアンに電話してみる」

トムはうなずき、キッチンの電話機のボタンをいじくり――うちの電話は私用と営業用が別回線になっている——家中の電話機を沈黙させた。トムが淹《い》れてくれたエスプレッソを飲むと少し気分がよくなった。体のほうは、昨日ラウンドハウスで襲われたときの傷がまだ痛む。料理を腐らせ、わたしを殴ったのはだれで、なんのためにやったの？　疑問が岩に刻まれた難問のように頭から離れない。そこまでわたしを憎んでいるのはだれ？　げす野郎殺しの犯人が、関心をよそに逸《そ》らすためにしたこと？　商売敵の仕業？　たとえば？　アスペン・メドウでこれまでに商売敵だった人たちは、個人相手のシェフ（四十人ほどの顧客をもつ）か、お抱えシェフ（好みがうるさい金持ちに仕える）に鞍替えした。わたしの存在が彼らを脅かしているとは考えられない。このあたりのことは、マーラがなにか手掛かりを摑んでいるかもしれない。ラウンドハウスをあそこまでめちゃめちゃにした人間が、人に吹聴しないでいられるわけがない。

警察の事情聴取を思い返すと、友達に頼んで襲撃を偽装したのではないか、と尋ねられなかったことが不思議だ。暴発事故はわたしが仕組んだと警察は思っている。腕の傷も、わたしが自分でつけたと推理しているのだろう。うなじのあざを見せてやればよかった。

それよりなにより、元亭主を殺した犯人を知りたい。容疑者扱いされている自分のために。それに、やっぱり、彼のためにも。

ジョン・リチャードの血まみれの死体が、不意に目の前に浮かんだ。なんとか追い払ったものの、すぐにまた浮かんできた。あの死体はなにかがおかしかった……彼が死んでいるということ以外に、なにかが。コーヒーを飲み、目を閉じ、あのときの光景を脳裏に思い浮かべた。血、彼の顔、髪……なにかが欠けていたのか、奇妙なものがあったのか、場違いなものがあったのか。自分の銃は目にしていないから、そのことではない。でも、なにか変だと思わせるものがあそこにはあった。ジョン・リチャードが撃たれたという事実以外のことだ。〝これ〟というものが摑めない。釣り針をはずれた銀白色のマスのように、するりと逃げてしまう。

ジョン・リチャードの体は思い出せる。妙な角度に曲がっていたから、見えた範囲でだけど。いったいだれがあんなことをしたの？　わたしを襲ったのと同一人物？　どうすれば犯人に辿りつけるの？

カップを流しに置き、ヨガの軽いストレッチをいくつかやった。血が麻酔薬のように傷に流れ込む。ヤンキースの捕手、ヨギ・ベラ語録。野球は九十パーセント精神力、半分は体力だ。痛みについてもおなじことが言えるのかも。ストレッチの合間に体を浄化する呼吸法を行った。それからダブルショットのエスプレッソをもう一杯飲むと、生き返った気分になった。さあ、きょうの仕事に取り掛かりましょう。コンピュータを立ち上げる。

トムがやる気満々でキッチンに戻ってきた。頭上からシャワーの水が流れる音がする。両手を揉み合わせて、トムが言う。「ミス・G？　気分がよくなったみたいだな」

わたしはうなずいた。「あなたもね、トム。元気が出てきた？」

「ゆうべはすばらしかった」

「それ以外のことで」

彼は顔を曇らせ、横を向いた。「ときどきはね。きみとアーチの力になるのはいい気分だ。この事件を担当できたらと思う。だが、上のほうから休暇をとれと言われた。きみたち二人の力になってやれって」

「感謝します」

彼が苦笑を浮かべた。「それはそうと、アーチをここから連れ出さなきゃ。きみと電話で話ができないとなれば、連中は家まで押しかけてくるだろう。きっとそうなる」キッチン・チェアを引っ張り出して腰をおろす。「どこか安全な場所に連れていく。精神的に落ち着ける場所に。きょうのきみの予定は?」引き受けている二件のケータリングの準備をすることを告げた。それから、マーラが迎えにきてランチに行くことも。ストリップ・クラブの部分は省いた。「おれにいい考えがある。隣のトゥルーディに電話して、届けられるカードや花や料理を受け取ってくれるようたのむんだ。そのあいだに、アーチとおれは出かける」トムは天井を見上げ、話をつづけた。「一緒にゴルフでもやるか」

「ゴルフ? 父親が殺された翌日に?」

「あくまでもおれの考え。それに、彼はじっとしていたくないだろう」立ち上がり、戸棚からトレーを出し、皿とナプキンと銀器を並べた。「新鮮な空気を吸えば気持ちも落ち着く。ミス・G、おれを信じろ——レポーターがうじゃうじゃいるところに、あの子を置いときたくないだろ」

わたしは啞然として頭を振った。身近な人が亡くなると——祖父母とか、何年も会っていなかったおじとか――わたしの感情は麻痺する。なにも感じないまま、日々の雑事に没頭してやり過ごしたものだ。二年前にトムと結婚するまで、わたしには、危機を乗り切る力になってくれる人がいなかった。わたしも彼と一緒にゴルフをしたほうがいいのかも。

トムはブリオッシュを半分に切ってトースターに入れ、わたしを横目でちらりと見た。

「伝えておくべきことがふたつ」新しい携帯電話とインデックスカードをわたしに手渡す。

「古いのはやめてこっちを使え。ブルースター・モトリーがこいつを届けさせてくれた。それから、家の電話は使っても大丈夫だ」にっこりする。「この家に盗聴装置が仕掛けられていないか、ブルースターが調べてくれた。ほんとだ。それともうひとつ。おれから署の仲間に連絡して、ラウンドハウスの外に置かれたコンプレッサーとスイッチ類の周囲に金網の柵を張り巡らせ、強力な錠をつけるようたのんでおいた。後でボイドが新しい鍵を届けてくれる。それに、捜査でなにか進展があれば、きみかマーラにこっそり電話で知らせてくれるそうだ。それでいいかな?」

「もちろん。ありがと」わたしがきょとんと見守るあいだに、トムは分厚く切ったベーコンを電子レンジにかけ、ブリオッシュにバターを塗った。それからジュージュー焼けたベーコンを、ブリオッシュに挟んだ。唾が湧いてきた。

「ベーコンサンドイッチ。アーチに持ってってやるんだ」ウェイターみたいにトレーを肩に掲げる。「二十分もしたら出発だ」

二階からはシャワーの音がまだしていた。「トム」やんわりと抗議する。「あの子、まだシャワーを浴びてるわ。ちゃんと服を着ておりてこさせて、いつものようにキッチンで食べさせたらいいじゃない、そうでしょ？　だめ？　あの子の顔を見たいの。話がしたいの。どんな気持ちでいるのか知っておきたいの」

　トムはトレーを肩に掲げたまま戸口でぐずぐずしていた。やがて、グリーンの目でわたしを見つめて言った。「あいつはきみと顔を合わせる心の準備がまだできてないんだ、ミス・G」

「なんですって？」

「だから……時間を与えてやってくれ。いいだろ？」

「なにが言いたいの？」

　トムはためらってから、カウンターにトレーを置いた。ちかづいてきてわたしを抱き締め、耳元でささやいた。「アーチには責める相手が必要なんだ。ゆうべは自分を責めていた。けさはきみを責めている。きみが銃を盗まれたことが、あいつには理解できないんだ。ガレージで奴の父親を発見したとき、きみがすぐに救急車を呼ばなかったことを責めている」トムがため息をつく。「あいつはいま混乱してるんだ、ゴルディ。警察が犯人を見つけだせば、そいつを責めることができる。いまは……過剰に反応しないこと、いいな？」

「でも、あたしにはどうしようもなかったのよ。あたしがジョン・リチャードを発見したとき、アーチはほんの三十メートルほど先にいたのよ。ジョン・リチャードはすでに死んでいたし」

「わかってるよ。あいつだってある程度はわかってるんだ。でもいまはほんとうに傷ついていて、論理的にものが考えられない。奴に必要なのは友達だ。信頼できる友達、一緒に悲しむことができる友達。トッドのことを言ってるんじゃない。いま奴はおれと一緒にいると安心できる。だから、おれに任せて欲しいんだ、いいだろ？」

顔が耳が、全身のあらゆる部分が、激しく脈打ちはじめた。カーッとなっていた。当惑もある。それに羞恥《しゅうち》、不安。わたしは息子を失望させてしまったらしい。吐き気がしそうだ。トムを信じる？　いまはもうだれも信じられない気がしてきた。考えることさえできない。前夫が死に、愛する息子はわたしと話をすることさえ拒んでいる？　いったいどうなってるの？

トムはトレーを持って出て行った。わたしはキッチンの蛇口をひねり、冷たい水で顔をジャブジャブ洗い、ペーパータオルで拭いた。喉を塞ぐ塊を呑み下す。考えまいとしても、眼鏡を鼻先にずり落とした、そばかすだらけの無邪気な顔が脳裏に浮かんだ。わたしに腹を立てている顔だけは、思い浮かべたくなかった。

料理するのよ、心の声が言う。**辛い思いを抱えて突っ立っているよりはいい。**

コンピュータには、これからやるべき準備が打ち込んである。死んだ元亭主やわたしを拒む息子や、詮索《せんさく》好きな教会婦人部の連中や、しつこいジャーナリストがどんな無理難題をふっかけてこようと、働かなければならない。それに、拳銃以外になにかなくなっていないか、ヴァンの内部を徹底的に調べてみるつもりでいた。警察がいくら調べたって、なにがなくなったかまではわからない、そうでしょ？　深く息を吸い込み、キーを打つ。まず、ヴァンに備え付けの備品箱の中身を記した目録をプリントアウトした。つぎに、これからケータリングするふたつのイベントのメニューを画面に出した。

　プリシラ・スロックボトムが電話をかけてきたのは、ミーティングの時間か場所が変更になったと知らせるためだったのかも。この朝食会のために、ミニブリオッシュを焼いて冷凍してあるけど、フォンティーナ・チーズとゴルゴンゾーラ・チーズのキッシュはこれから作ることになっていた。あすの早朝には、大量の果物をスライスしなきゃならない。ああ、これぞケータラーの人生。

　卵と二種類のチーズとクリームとバターを取り出しながら考えた。土壇場で変更が生じたのだとしたらどうしよう。きょうになって急に、あと二人、三人、それとも六人増えることになったのよ。あるいは、ドタキャンしてきたのよ。いや、きっとそうじゃない。ジョン・リチャードの死で、ゴルディロックス・ケータリングがちゃんと営業できるのか心配になり、電話をよこしたのだろう。お生憎さま、ちゃんと営業してます。人数を追加するか減らすか、あるいはキャンセルしたいと言ってきても、そうは問屋が卸さない。鼻っ柱の強い人間は、世界じゅうで彼女一人じゃないんだから。

　鼻にツンとくる匂いのゴルゴンゾーラを砕きながら、プリシラ率いる会のことを考えた。手作りケーキ即売会を開いたポステリツリーのメンバー八人は、表向き、町の美化運動に取り組み、アスペン・メドウに自生する木々を植樹するための資金集めを行っている。でも、この手のグループはたいていそうだが、メンバーたちのほんとうの参加理由は、グループの一員であると人前で言うためだと、わたしは睨んでいる。ポステリッツリーには、この町の社交界でも一流の人たちが顔を揃えている、とメンバーの一人が自慢げに言うのを耳にしたことがある。

ゴルゴンゾーラを砕き終え、フォンティーナをおろす作業にかかった。この町の社交界でも一流の人たち？　ケータラーの立場から言わせてもらうと、アスペン・メドウに社交界は存在しない。少なくとも大都市にある社交界の類《たぐい》は存在しない。わたしのお得意さんのなかには、首都ワシントンからやってきた人たちがいて、彼らの書斎の書棚ふたつはワシントンの名士録である通称『グリーン・ブック』、正式名称『ザ・ソーシャル・リスト・オブ・ワシントン』で埋め尽くされている。ワシントンにかぎったことではない。ヴィクトリア女王時代のロンドンにも、最上流階級《アッパー・テン・サウザンド》が存在した。ニューヨークでは、信用調査会社ダン・アンド・ブラッドストリートが企業格付けリストを出版している。二十世紀はじめのデンバーにさえ、〝神聖なる三十六人〟と呼ばれた上流階級が存在した。でも、二十一世紀のコロラド州アスペン・メドウになにがある？　ホリデー・インそっくりのカントリー・クラブと、ナッシュヴィル・ボビー・アンド・ザ・ボーイズやバックホー・ダン・アンド・ザ・ダンプスターズといった三流バンドが出演するサルーン、それから、そうそう、毎年開かれて全国から人が集まる文化的行事があった。アスペン・メドウ・ロデオ。以上、終わり。

卵を掻き混ぜながら考えた。世の中には、これをやっている、あるいはあれをやっているからこそ自分は人より偉いんだという考えにしがみつかざるをえない人がいる。そんな幻想を打ち砕くつもりはさらさらない。ケータリング業界の人間は、壮大な夢を描くものだもの、でしょ？　夢を売るのが商売だもの。

エスプレッソを自分で淹れて、クリームを注いだ。コーヒーの摂取量を減らそうとしてはいるけど、きょうだけは別。そもそもエスプレッソのほうが、レギュラー・コーヒーよりカフェインの量は少ないんだから。それに、いまこの時点で、カフェインは薬のようなものだ。

コンピュータであたらしいファイルを開いた。あすの朝食会は楽勝だ。アスペン・メドウ・カントリー・クラブの厨房《ちゅうぼう》は前にも使ったことがあるし、スタッフは——メンバーとちがって——とても親切だ。でも、その後にもっと大規模で、もっとやりがいのある仕事が控えていた。看護婦のナン・ワトキンズの退職記念ピクニック。

サウスウェスト病院婦人支援団体が主催するこのパーティーを任されて、嬉しく思っている。ナンはマーラやわたしの古くからの友人だ。ジョン・リチャードの下で働くことに耐え抜いたばかりか、彼の物真似がすごく上手。身長百六十センチそこそこで体重九十キロのナンが真似るから、それこそおもしろいのだ。顔の前で指をパチンと弾き、「おれの話、聞いてるのか？」と叫んだとたん、ナンの顔にジョン・リチャードのぞっとするほど冷酷な表情が浮かぶ。わたしたちが、やってやって、とせがむのはもうひとつ、彼が女をくどくときの表情だ。ナンはぽっちゃりした指でグレーの短い髪を掻きあげ、頭を振り、腰を横に突き出してうなる。「この病院じゃ見かけない顔だけど、きみ、新人？」愛さずにいられない人だ。

彼女は長くサウスウェスト病院の産婦人科に勤務していたから、退職記念パーティーに集まるのは、アルバート・カーの葬儀に出た顔ぶれとほとんどおなじだ。ナン自身もあの昼食会に来ていた。わたしに向かってうなずき、親指をあげて見せた。でも、たがいに家を訪ね合うことはなかった。

ナンのピクニックの前々日にジョン・リチャードがあんなことになるなんて。ピクニックの席できっと質問攻めにあうだろう。いまはまだ答を考える気にはなれない。

わたしのほうが答を聞きたいぐらいだもの。攪拌《かくはん》した卵にクリームを混ぜ込みながら考えるのは、息子との関係を修復するにはどうしたらいいかということ。滑らかに混ぜ合わさった卵とクリームを脇に置く。胃が抗議の声をあげるので、風味豊かなフォンティーナ・チーズを自分用に切り分けた。まさに美味。

ワケギを刻んでいると、トムとアーチが階段をおりてきて、行ってきます、も言わずに玄関を出て行った。アーチがこう言っているのが聞こえた。ゴルフクラブはまだヴァンに入れたままなんだ。アイスホッケーの道具も持っていっていい？　トムが、いいよ、と言い、ガタゴト、バッタンと音がして、彼らは出掛けた。

八時十分、キッシュのひと焼き分をオーブンに入れ、ジュリアンに電話した。ジョン・リチャードのことは聞いた、と声をひそめて彼が言う。アパートに警官が二人やってきているのだ。ボールダーまで車を飛ばし、朝の七時に彼の部屋のドアをノックした。そろそろ帰ると思う、とジュリアンが慎重に言葉を選んで言う。

ジュリアンが心配してくれた。大変なことになったね。あんたは大丈夫？　あたしよりアーチがまいっちゃってて、とわたしは告げた。彼が、ちくしょう、と小声で言う。きょうは夜までビストロでアルバイトなんだ。あすの朝いちばんにそっちに行くよ。それでいい？　そばにいたいから。

大歓迎よ、とわたしは応えた。ほっとした。昼食会でなにか疑わしいものを目にしていないか、彼にぜひ訊きたかった。でも、ファーマン郡の優秀な警官二人につきまとわれていたら、それもできない。話もそこそこに電話を切った。

キッシュが焼けるまでに、ナンのピクニック用のポークチョップの下ごしらえをした。はるか昔――つまり、わたしの子供のころ――どこの家でも母親がポークチョップを作って夕食に出したものだ。でも、最近の豚は脂肪がつかないように育てられていて、揚げるとまるで革みたいに硬くなる。そこで下ごしらえのときに塩水に漬ける。これが、ケータリング業界で言うところの、いい仕事、だ。塩水に漬ける方法は、ケータラーからケータラーへと秘密の暗号のように伝えられ、わたしも気に入りの方法を見つけた。ピクニックの定番、ハンバーガーやホットドッグではなくポークチョップを出すというアイディアが、婦人支援団体の心を捉え、肉のメインディッシュはこれに決まった。

塩水に漬けて肉をやわらかくしてから、ニンニクとタイムを入れたバルサミコ酢に漬け、キツネ色になるまで焼く。ゴルディロックス・ケータリング特製のポークチョップの下ごしらえでいちばん大変なのが、大量の塩水に漬けたり出したりする部分だ。これを無事にやり遂げられたらたいしたもの。

気が遠くなるほど大量の塩水を作り終え、肉を漬けたところに玄関のベルが鳴った。思わずうなる。レポーター？　いらいらしながら手を洗う。家に訪ねてきたって、いっさいなにもしゃべりませんからね、と心に誓った。

玄関に出て、覗き穴に目を当てた。

レポーターではなかった。マーラだった。ひと睨みされ、まだカフェインを摂取していないのだとわかった。ドアを開けて招じ入れる。

「盗聴されてるの？」彼女が声をひそめる。

「ブルースターのとこの保安係によれば、大丈夫だそうよ。さあ、入って。アイスエスプレッソを作ってあげる。クリームを載せて」

マーラがため息をつく。「朝早くから悪いとは思ったんだけど」ポークチョップを漬けたバットに顔をしかめた。「でも、ブルースターが何度電話してもあなたは出ないし、留守電も聞いてないようだし」

がっくりと肩を落とす。容疑者にされると、どうしてこうくたびれるの？「トムが電話のベルを鳴らないようにしたの。ねえ、なにか食べるものを作るから、それがすむまで口をつぐんでてね。朝食を食べずに、これ以上悪い知らせを聞く元気ないから」

マーラが同意のうめき声を発した。十分後、四ショットのアイスエスプレッソとクリームと、ジュリアンお手製のチョコレートたっぷり、熱々のクロワッサンを前に、彼女は語り出した。

「神に感謝、あなたに感謝」クロワッサンにかぶりつき、目をまん丸にした。わたしもサクサクのペストリーに歯を沈めると、あたたかなチョコレートが噴き出して舌をとろかす。これだけで元気もりもりだ。

「さて、どんな知らせでも聞く準備できたわよ」

「ブルースターがね、あなたとジョン・リチャードの共通の敵のリストを提出してくれって。それから、げす野郎の敵の名前も書き出してくれって」

「たったそれだけ？」

「ぜんぜんおもしろくない。トムと相談して、答弁の準備に取り掛かってくれって。備えあればってあれよ。げす野郎が恋人を叩きのめした例がほかにもあるかどうか、あたしたちに思い出してくれって」

「それって、生きている人でってこと？」

「ジョン・リチャードの恋人でも愛人でもなんでも、思いつくかぎり全員ってことだと思う。あたしはもう書き出したから、あなたが書いてる暇がないなら無理して書く必要ないわよ。あなたが作るのよりよっぽど詳しいリストができてるもの。げす野郎がサンディーを殴ったかどうか知ってる？　あまり楽しい話じゃないけど、でも、あなたの有利になるんじゃないかと思って」

「悪いけど、彼とサンディーがどんな関係だったか、あたしはまるっきりなにも知らない」

元気づけにチョコレート・クロワッサンをもう一個食べ、エスプレッソで流し込んだ。

キッシュを入れたオーブンのブザーが鳴ったちょうどそのとき、玄関のベルが鳴った。マーラがチョコレートのついた指を立てた。「あたしが出る。あなたはオーブンを見て」

キッシュはふっくらと黄金色になっていた。慎重にラックに空け、オーブンの扉を閉めた。

「フランシス・マーケイジアンと〈マウンテン・ジャーナル〉の別のレポーターよ」マーラが教えてくれた。「記者章をつけてる！ 中に入れてない。どうしてほしい？」

「言いたいことはただひとつ、とっととうせろ。そう言ってやって！」鍋つかみをカウンターに放る。顔が火照っているのはオーブンの熱のせいではない。朝の八時半に、最重要容疑者であるわたしを取材するため、レポーターがやってきた？ 弁護士は答弁の準備をしろと言ってる？ 息子は口をきいてくれない？

マーラがマスコミをどやしつけて戻ってきたので、別棟になっているガレージに一緒に来て、とたのんだ。ブルースターの名刺とあたらしい携帯電話、それにプリントアウトした目録を帆布のトートバッグに突っ込む。裏口にジャーナリストがいないことをたしかめてから、マーラを従え、濡れた草を踏みつけてガレージに向かった。

だれがなぜわたしを陥れようとしたのか、突き止めるときがきた。

10

ガレージのライトをつけ、ぶつぶつ言うマーラに手伝わせ、ヴァンの荷台から箱を降ろした。最初の二個を降ろしたところで、あたらしい携帯電話からブルースターのオフィスにかけた。

「ああ、ゴルディ。古い携帯電話は使ってないでしょうね？　ゴシップ・コラムニストときたら、それこそなんだってやりますからね！」ブルースターは苛立っているときでも、けっして声にはださない。**なあ、おい、ビールを忘れたとは言わせないぜ！　わかってるよな！**

光輪のように顔を縁取るブロンドの髪の彼が、艶やかな革張りのエグゼクティヴ・チェアにもたれ、スノーボーダーが宙に舞う油絵をじっと見つめる姿が目に浮かぶようだ。

「あたしをうろたえさせるようなこと言わないでくださいな、ブルースター。ちゃんとあたらしいの使ってます」ガレージのドアを開けてあたりを見回した。「マーラ以外に聞いてる人はいません。うちの電話は夜明け前から鳴り出し、いまは玄関にレポーターが押しかけてます。まるで犯罪者になった気分。それで、ご用件は？」

「正当防衛の線は？」

「ブルースター、あたしがあそこに着いたとき、彼はすでに死んでたんですよ」

「仮説について話してるだけですよ、ゴルディ。ぼくが知りたいのは、彼がどんなふうにあなたを殴ったか、あなたはどんなふうに応戦したか、彼にはほかの女たちにも暴力をふるった過去があるのかどうか」

急に寒気がした。スウェットシャツの上にジャケットを羽織ってくればよかった。「だったらこうしましょう。警察が逮捕しにきたら話し合う。あたしはそれまで自分の仕事をつづけます。ジョン・リチャードの元の彼女たちのリストと、彼がどんなことをしたかについては、マーラがまとめあげる。それでいいですか？」

ブルースターがしぶしぶ同意したので電話を切った。

きのうプリントアウトした目録を取り出し、じっくり目を通す。ナイフや取り分け用のスプーンやおろし金などの調理道具は、洗って拭いた後、ジュリアンとリズが、一本でもなくなっていないか念入りにチェックしてから三個の段ボール箱におさめることにしている。マーラと二人がかりで三個とも蓋を開けた。警察が中身を調べている。多少乱暴な入れ方だけど、調べたあとすべてもとに戻したようだ。

きのうの午後、何者かがヴァンに忍び込んでなにかを探した。そいつは目当てのものを見つけ出し、おまけに拳銃を盗んでいったのかもしれない。わたしが読みあげる品を、マーラが見つけ出して脇によけるという手順だ。肉切り包丁二本、ある。果物ナイフ三本、ある。おろし金二個、ある……

二十分後、答が見つかったけど、謎は深まるばかりだった。ビストロで働くジュリアンに電話を入れた。電話口からレストランの厨房の慌しさが伝わってくる。それならたしかにヴァンにしまった、と彼は言った。よく拭いて箱にしまったのを憶えている。

目録を見つめながら考えた。それにしても、料理バサミを盗んで、いったいなにするつもりだったの？　凶器に使うつもりだったけど、拳銃が見つかったのでそっちを使うことにした？　でも、念のため両方盗んでいった？

マーラが自分の携帯電話から電話するあいだ、わたしは取り出した器具をすべて箱に戻した。決意もあらたに目録をトートバッグにしまい、母屋に戻った。マーラはぺちゃくちゃしゃべりながら、わたしはこれからどう動くか考えながら。

オーケー。レインボウ・メンズクラブでサンディーに話を聞いた後、きのうの依頼主、ホリー・カーに会いに行ってみよう。ご主人の葬儀を出したばかりの彼女を訪ねるのは気がひけるけど、きのうの報酬を返すついでに、昼食会の参加者リストを見せてもらいたかったから。名前を書き出したリストがない場合、彼女の記憶力がたよりだ。窃盗犯も含め、だれが出席したのか思い出してもらおう。

「ねえ、聞いて」マーラが携帯電話を閉じながら言う。「フランシスとその相棒からおもしろいことを聞き出したわよ。あの連中、あなたの家の玄関先で、〝認めるか否か〟形式の一問一答を望んだから、こう言って追い払ったの。いま帰ってくれたら、後でこっちからかならず電話する。それでいま電話したってわけ。げす野郎の恋人についてのくだらない情報を餌に、警察じゃ教えてくれないような情報を引っ張り出したわよ」効果を狙ってひと呼吸置いた。「レポーターたちは、すでに近所の聞き込みをやってた。近所の人たちはなにも耳にしてなかった。叫び声も言い争う声も、銃声もね。でも、隣人の一人が女を見かけていた。あるいは、女の格好をしている人物をね。ヒールの靴に黒いレインコート、黒のスカーフ。風が吹いてて埃っぽい日にレインコートを着てるなんて妙だと思って、それで憶えていたそうよ。それで、げす野郎がアウディをドライヴウェイに入れると、この女が後を追っていったって」

「〝この女〟？　どの女？」

「いい質問ね。昼食会の後、サンディーが彼の車で彼の家に戻ったのはたしか。しばらく車の中にいて――なにやってたかは想像に難《かた》くない――それから車を降り、自分のフォルクスワーゲンを運転して帰った。それから二分と経たないうちに、この別の人物が袋小路をやってきて、ドライヴウェイに駆け込んだ。隣人は、彼の知り合いだろうと思ったそうよ。買い物袋をさげていたから。彼へのプレゼントかなにかを持ってきたんだろうって」

「ああ、胸に銃弾のプレゼント。でも、隣人はなにも聞いてないんでしょ？」

「そうよ。何者かがガレージの中で発砲する。おもてでは風が唸ってる。銃声はかんたんに消せるもの」

唇の内側を嚙みながら言う。「それで、レポーターはみんな引き揚げたの？」

「いいえ。〈ファーマン・カウンティ・マンスリー〉の三人は残ってる。不動産仲買人八人が空き家で乱痴気パーティーをやったっていうネタ以来、久しぶりで扱うホットなネタだから」

まったくもう。「もうちょっとちゃんとした服に着替えてくるわね。ゆうべ作ったナッツ・クッキーが、カウンターの上のブリキ缶に入ってるわよ」

マーラにそれ以上勧める必要はなかった。

わたしは二階にあがり、クロゼットを引っ掻きまわして黒のスカートと黒のトップに着替え、ホリー・カーに電話した。

「水中エアロの教室に出掛けるところなのよ」彼女が言う。無理に明るい声を出しているのがわかる。「みんなが言うから……最愛の人を亡くした後は、いつもどおりの生活を送るのがいちばんだって」

アーチとトムがゴルフに出掛けたことを考えた。「すぐにすみますから」わたしは言った。下からマーラの声がする。クッキーを食べ終えたから、一緒にメルセデスまで行きましょう！　わたしは目を閉じた。「ホリー、きのうの昼食会にお招きした人のリストがあるかしらと思って」

「リストはないのよ。警察にもそう言ったわ」落胆のうめきを堪える。「昼食会の後でなにかごたごたがあったらしいけど、警察は話してくれないのよ。お葬式は人を招待するものじゃないでしょって、警察に言ったわ。亡くなったことをお知らせはするけど、どれぐらいの人数が集まるかは見当をつけるしかない。憶えてるでしょ。お料理は六十人分っておねがいしたの。実際には六十人を少し下回った。列席者名簿がどこかにあるはずだわ。お友達が持ってきてくれたの。会葬者全員が署名されたかどうかわからない。名簿が見つかったら警察に連絡することになってるの。取りに来るそうよ」

「名簿に洩れている人で、たしかに列席した人のリストを作るよう、警察からたのまれてませんか?」

「ええ、でも、なぜあなたがそんなこと訊くの? あなたもリストを作るようたのまれたの?」

「ホリー、ジョン・リチャードが昼食会の後で殺されたんです」

彼女は息を呑んだ。

「警察はあたしを疑っていて――」

「あなたを? でも、ゴルディ、なぜ?」

「わからない。あたしはやってませんよ。だから、おねがいしてるんです。警察にリストを渡す前に、コピーしてあたしにくださいませんか。警察よりあたしのほうが、ずっと必要としてるんです。あたしを信じて、渡してくださいますか?」

彼女はうめいた。「ええ、もちろん。なんてこと! 彼はあの娘さんと一緒で、とても幸せそうだったのに! そりゃ彼には若すぎるけど。嫉妬に駆られた夫の犯行とは思わない?」

はっと息を呑んだ。グリズリー・ベア・サルーンで、耳元に熱い息を吹きかけられたことを思い出したから。**サンディー・ブルーはおれの女だ。**「それはないと思います」サンディーのもう一人の恋人が、黒いスカーフとハイヒールと黒いレインコートで変装する？

「わかったわ。水中エアロは多少遅れても大丈夫。警察はきょうの午後四時に来ることになっているの」

「それじゃ、それより早い時間にお邪魔します」わたしは言い、電話を切った。アーチが学校で使うレポート用紙とペンを掴み、階段をおりた。玄関を出ると三人のレポーターに囲まれた。そのうちの一人が、〈ファーマン・カウンティ・マンスリー〉の者だと名乗った。

「ミセス・シュルツ――」

「聞いたところでは――」

「なにか――」

「急いで！」マーラが叫び、クラクションを鳴らした。さすがに、**ストリップ・ショーに遅れちゃうわよ！**　と叫びはしなかった。わたしはメルセデスに走りより、助手席に滑り込んだ。タイヤをきしらせて車は発進し、挨拶代わりに長々とクラクションを鳴らした。

光沢のあるガーゼを敷き詰めたような一面の雲が、朝の空を滑らかに覆っていた。湖の滝に渡されたワイヤーには、渡ってきたばかりの鵜《う》の群れがとまり、羽をくちばしで整えたり、羽ばたいたり、大きく広げたりしていた。ボート小屋から百メートルほどのところで、一羽の鷺《さぎ》が空高く舞い上がってゆくのを、バードウォッチャーのグループが指差し、双眼鏡のピントを合わせている。前方の道端にはエルクの群れがいた。車の流れが途絶えたら横断するつもりらしい。そのかたわらにはアーチそっくりの少年がいて、道の両側に視線を配り、どうやら車を停めてエルクを渡らせてやるつもりのようだ。「ねえ！」思わず声を張り上げ、指差した。「アーチったら、トムとゴルフに行くって言うのよ！」エルクがその瞬間を捉え、突撃をかけた。少年も慌てて道を横切った。

「アーチはいまどこにいるの？」マーラが急ブレーキをかけた。メルセデスは横滑りして反対車線に突っ込んだ。二頭のエルクは渡り終えたけど、残りの三頭は驚いて止まり、いまいた場所に駆け戻った。「くそったれエルク！」マーラが叫ぶ。アクセルを乱暴に踏み込んだため、メルセデスが急発進した。出発点に引き返したエルクのトリオが驚きの目を瞠《みは》った。マーラはクラクションを鳴らし、窓をさげ、エルクに向かって怒鳴った。「ハンターはどこよ？　必要なときにいたためしがない」エルクは重い足取りで湖畔に戻り、怒り心頭のマーラは、ハンドルを戻しすぎて、右側の側溝にメルセデスを突っ込みそうになった。

「ゴルディ、あたしが運転してるあいだは気を逸らすようなこと言わないでくれる？」もとの車線に戻ると、マーラがわたしを責めた。「アーチの姿、見てないけど」

「オーケー」できるだけ穏やかな声で言った。「あたしたち、なんの話してたっけ？」

「なくなったものがないか探した。その前は、げす野郎の女遍歴。心配しないで、リストはブルースターにメールしといたから」首を傾げ、またアクセルをふかす。「どうしてもわからないのは、誰がなぜあなたの料理を腐らせ、あなたを突き飛ばし、料理バサミを盗んだか。

われらが殺人鬼は、げす野郎を撃ってから切り刻んで殺すつもりだったのかしら?」

「さあ、どうだか。いずれにしても、ジョン・リチャードとあたしの両方を憎んでる人がいるってことよね?」

「そのあたりのことを訊き回ってみるわ」マーラが嬉しそうに言う。「あなたはどうなの、なんか推理してみた?」

「ホリー・カーが言うにはね、サンディーはほかにも深い仲の嫉妬深い男がいたんじゃないかって」グリズリー・ベア・サルーンで出くわした男が、耳元で敵意むき出しの台詞をささやいた話をした。「もしかしたらあの男は、げす野郎とあたしが共謀して、サンディーを自分から遠ざけようとしていると思ってたのかも」

「フムム。そっちのほうもゴシップ・ネットワークをチェックしてみなくちゃね。あたしの携帯電話、渡してくれる?」

わたしが携帯電話を差し出すと、マーラは運転しながら番号を押し、危うくゴミ収集トラックと接触しそうになった――ものの十五秒ほどの間に。

デンバーのレインボウ・メンズクラブに着くころには、マーラは情報を収集し終えていた。サンディーは恋人のボビー・カルフーン――ナッシュヴィル・ボビー・アンド・ザ・ボーイズのリードボーカル――を捨てて、げす野郎に乗り換えた。マーラの情報源は確信をもって言ったそうだ。ボビーのリーゼントはかつらだ、と。演奏中にサテンのシャツのボタンをはずすと見える、ワセリンを塗り込んだ筋肉質の体のほうは本物だ。ボビー・カルフーンには好きなものが三つあるとか。歌と消火活動とサンディー。充分な金が貯まるとスパンコールのスーツをカバンに詰め、レインボウ・メンズクラブからサンディーをさらい、テネシーに戻る。

「いじらしいその筋書きに、ジョン・リチャードはどう関わってくるの？　あたしは？」

「たしかに、二人とも関わってこない。情報源の誰一人として、ボビーがげす野郎やあなたのことで文句を言ってるのを耳にしてない」

「でも、グリズリーであたしに、サンディーから手を引けって言った男は、ぜったいに彼よ」

マーラは眉を吊り上げた。

「ジョン・リチャードが殺されて、われらがサンディーは、アスペン・メドウ郊外のボビーのアパートに戻った」

マーラはおしゃべりをやめ、フロントガラス越しにクラブの入り口を覗いた。「このクラブには駐車係はいないの？」いないことが判明すると、マーラはメルセデスをバックでパーキングメーターに入れようとして、背後に駐まっていたピックアップ・トラックのバンパーにぶつかり、その拍子に前に駐まっていたスバルのワゴンのテールランプに突っ込み、縁石すれすれで停まった。「警官がやってきたときのために、二十ドル札をワイパーに挟んでおくべき？」

「盗まれるだけよ」

なんとか無事着いたことにほっとして車を降り、通りの両側に目を配った。道路の縁に溜まったゴミに、前夜の雹が細い溝をつけていた。紙コップや新聞やピザの箱が泥に埋まっている。高層ビルやカフェテラスが並び、背広姿の人が足早に行き交うデンバーのダウンタウンからほんの三キロしか離れていないのに、このあたりには薄汚れたバーが並び、いかがわしい目つきの男女がうろついて、なにもかもがみすぼらしい。

マーラはメーターにコインを入れ、すでにレインボウ・メンズクラブの入り口目指して歩いていた。わたしは痛む脚と首が許す範囲で足早に後を追った。いまなにをしているか、どこへ行こうとしているか、どんな目的を果たそうとしているか、そういうことは考えないようにした。

店の入り口は洞窟よりも暗かった。女の裸を見たのはジムのロッカールームだけだったことを思い出し、気持ちが萎《な》えた。だって、あたし、日曜学校の先生だったのよ。こんなところをファーザー・ピートに見つかったら？　こんなところでファーザー・ピートに出くわしたら？

マーラは黒っぽいガラスのカウンターに寄りかかり、わたしは大きな掲示板に目をぱちくりさせた。そこには、店内でしていいことと、いけないことが書いてあった。「デンバーでは、公衆の場で喧嘩することは違法です」よかった！

レジにいる中年女性にわが目を疑った。昼食会に来ていた、髪を黒く染めた濃い化粧の女。

わたしがグラスを落としそうになったとき、わざと落としたんじゃないの、と話しかけてきた女だ。やはり顔に見覚えがある。思い出そうとしていると、声をかけられた。「わかってるの？　ここはメンズクラブよ、奥さんがた」

　マーラが言い返す。「あたしたちにだって、ここに来る権利はあるでしょ。アメリカ《A》市《C》民的《L》自由連《U》合のメンバーだし。ここにいるあたしの友達は、その集まりのケータリングもやってるのよ。さて！　セルフサービス食べ放題チケット二枚。それから訊かれる前に言っとくけど、飲まなくてもお酒二杯分の最低料金をとられることもわかってる。ご心配なく、手当たり次第に飲んであげるから。それからもうひとつ、訊かれる前に言っとく。二人ともバッグにビデオは忍ばせてないわよ」わたしが口を挟む前に、マーラが尋ねた。「〝e〟がふたつのサンディーに会いたいんだけど。どこにいる？」

「ビュッフェにいちばんちかいテーブル」女はにっこりして言った。分厚い札束をレジにしまい、あたしたちを見上げ、ためらった。「あんたたちのどっちもあたしを憶えてない？」

「憶えてるわ」不意に記憶が甦った。げす野郎が彼女の治療をしたのだ。「ごめんなさい。ラナ・デラ・ロッビア、でしょ？」

　彼女はうなずいた。「それに、ドクター・カーにも診てもらってた。ドクター・カーが、子供たちをとりあげてくれたの。十五年後に、ドクター・コーマンが女性器にできた癌性のできものをとってくれた。命を救われたわ」そう言ってほほえんだ。「きのうのドクター・カーの葬儀に参列したし、あんたがケータリングした昼食会にもね」

ラウンドハウスでは、デザイナーズブランドの黒のスーツを着て、髪はまとめてきついシニョンにしていた。お酒持参で陽気に騒いでいた連中とおなじテーブルだった。ラナの隣に座っていたのが、グラスを三個放ってくれたら、それでお手玉をしてやるぜ、と言った、日焼けしたボディビルダー。彼のことをラナはなんて呼んだ？　ダニーボーイ。茶色がかったブロンドの髪が赤らんだ顔を縁取り、まるで飢えたライオンだった。ラナやダニーボーイがいた酒飲みのテーブルは、ジョン・リチャードとサンディーのテーブルにわりあいちかかった。

「すばらしい会だった」ラナは言ったが、なにかためらっている。

「でも？」わたしは水を向けた。背後で男の一団が、さっさとしろよ、と文句を言う。

ラナは騒々しい男どもをじろっと見て声をひそめた。「テッド・ヴィカリオスが弔辞を読むって聞いて驚いたわよ。彼とアルバート・カーはずっと不仲だったもの」

「不仲だった？」鸚鵡《おうむ》返しに言う。業を煮やした男たちが押し合いへし合いし、こっちに迫ってきた。

「さあ、テーブルに着きましょ！」マーラが言い、わたしを引っ張って奥に進んだ。

「なにするのよ」騒々しいロックミュージックに負けまいと声を張り上げた。「おもしろ情報を聞き出してるとこだったのに！」

「危うく踏み潰されるとこだったのよ！」マーラが言い返し、わたしを引き摺ったままクロークの前を通り過ぎ、暗い通路をずんずん進んだ。

「ラナったら、げす野郎のことをドクター・コーマンって呼んだわよ！　よっぽど買ってたのね。彼女がサンディーを紹介したのかも」

マーラは片方の眉を吊り上げた。「あたしたちの元亭がここにやってきたってほうが、可能性としては高いと思う。水は低きにつくって言うじゃない。とりあえず空いてるテーブルにつきましょ」

広い店内には、床が黒い鏡の六角形のお立ち台が六つ配置されていた。それぞれの鏡の上で、紐型の超ビキニ姿の若い女が踊っている。まあ、これを〝ダンス〟と言えるかどうか疑問だけど。お尻とおっぱいを揺らしながら足踏みしてる、と言ったほうがより正確だ。

それにしても彼女たちのおっぱい。美容整形の医者になんて言って注文を出したのだろう。果物にたとえたとか？　いまのはミカンだから、オレンジにしてもらえる？　それとも、グレープフルーツ？　いいえ、メロン！　マスクメロンからカボチャまで、色も形も様々なのがユサユサ揺れている。あたしたちの目の前にいる赤毛の女が注文したのは、ハネデューメロンだろう、きっと。〝スイカ〟の注文に応えられるドクターが、果たしているのかどうか。でも、科学は日進月歩。

男たちが黒い鏡張りのお立ち台を取り囲み、裸の女を眺めている。シャンデリアの光が音楽に合わせて変化する。赤、青、緑、黄色。

奥のほうにバーがあり、壁際に小さなテーブルが点々と置かれている。そのひとつに席をとった。店内の様子をしばらく眺めていて気づいたことがある。鏡張りのお立ち台を取り囲む男たちは、一定の間隔をおいて、ダンサーが突き出す超ビキニの紐にドル紙幣を差し込むのが〝お約束〟らしい。ダンサーは受け取った紙幣を、お立ち台の真ん中の小さな穴に落とす。

「二、三年前にエルク・パーク・プレップを卒業した子がいるわ」マーラが身を乗り出してわたしにささやいた。「両親が厳格でね――ガチガチのプロテスタント。娘は卒業して二日後に十八歳になり、宣言したわけ。『**もうたくさん。あたし、大学へは進まない。ダンサーになる**』で、ここで働いてる」

「ここの子たちって、そんなに若いの！」

「いくつだと思ってたの？　四十二？」

「なにも思ってやしないけど」不意に頭がくらくらしてきた。

でも、こういう光景は予想していなかった。若い女の子の一団――二十五を過ぎているのはほんの二、三人――が、五十代を中心に下は四十五から上は六十過ぎまでのおじさんたちに、体を見せびらかしている。あらあら、あたらしい展開だ。女たちはおっぱいと腰を揺する合間に、お立ち台から身を乗り出し、取り囲む男たちの顔を胸の谷間に埋めさせてやる。男たちはそれに応えてさらに紙幣をはずむ。それにしても、あんな狭いスペースに顔を埋めてよく息ができるものだ。手探りで財布から紙幣を出すことは言うにおよばず。夜中にマゼラン海峡を通過するようなもの。

サンディーの姿は見当たらなかった。目の前のお立ち台の、赤毛のハネデューメロンの踊りは、群を抜いて元気がよかった。ほかのストリッパーたちは、まるで薬でラリってるみたいになげやりだ。ルビー色のライトに照らし出された赤毛の顔は、ほかの子たちよりふけて見える。ライトに照らされると赤毛が紫に見え、その目に浮かぶ絶望を際立たせた。紙幣を受け取るたび、腰のくねりが早くなるようだ。出番が終わると、赤毛はお立ち台をおり、こっちに向かってきた。

「ねえ、どういうこと？」わたしはマーラに尋ねた。〝ビッグ・レッド〟がまっすぐわたしたちのテーブルにやってくる。

「さあね」マーラが応える。「でも、こっちに来る前にブラをつけて欲しいもんだわね。このテーブルじゃ、あの大きさは支えきれない」

ありがたいことに、赤毛のレディは黒のガウンを羽織ってやってきた。

「どうも」彼女が言う。「座っていい？　あたし、ルビー・ドレーク。あたしたち、共通点があるはずなんだけど」それはないでしょ、と口を開きかけると、彼女が言った。「あなたたちの元亭主、ジョン・リチャード・コーマンを知ってるんだ」

「ルビー・ドレーク」マーラは顔をしかめ、記憶を手繰っている。「彼の五十二番目の彼女ね」

「コーマンの彼女なんかじゃない」ルビー・ドレークが冷たい声で言った。「まるっきりちがう。実際はね――」

ルビーが言い終わる前に、ラナがさっとちかづいてきて話に割り込んだ。「ルビー、奥にいる旦那たちがあんたをお呼びよ」ラナがマニキュアを塗った指で隅っこの暗がりを指差すと、ルビーは腰をくねらせて去っていった。

「もう、やんなる」わたしは声に出さずに言った。「いいところでかならず邪魔が入るんだから。ここに来るのはくつろぐためじゃないの？」

「さあね」マーラはお立ち台のひとつを指差した。「でも、あれ見て。サンディーよ」

わたしたちからは離れた場所にあるお立ち台で、サンディー・ブルーが誘いかけるように腰を振っていた。紫煙の向こうに、かなりの数の男たちが彼女に見とれているのが見えた。体になにを塗ってるの？　ショートニング？　肌が輝いている。エルヴィスのそっくりさんの恋人直伝の技？　もしそうなら、うまいものだ。

「ねえ、ジョン・リチャードはなに考えてたのかしら」マーラに話しかける。「テニスの上手な金持ちのセレブがよりどりみどりなのに、金はないし脳味噌は空っぽ、あるのはクレンショーメロン顔負けの胸だけっていう若いストリッパーを選んだのは、いったいどうして？」

「クレンショーとはよく言ったわね」

「ほら、見てよ、あの男たち。彼女に色目つかってる。サンディーが男たちの注目を浴びてるところを見たら、げす野郎は嫉妬すると思わない？」

「いいえ。よけいに燃えたんじゃないの。さあ、待ってるあいだになにか食べましょ。でも、先に言っとくわ。ここの客は料理を目当てに来てるんじゃないない」

「記事を読むためにポルノ雑誌を買うんじゃないってことね」

十分後、わたしは〝プライムリブ・オ・ジュ〟と名づけられた脂肪の塊と格闘していた。マーラは、ドライ・シェリーを二杯ずつ、と注文したが、ウェイトレスにとって、はじめて聞く飲み物だった。騒ぎを起こしたくなかった――珍しく――マーラは、五ドルのソフトドリンクで我慢した。それをすすりながら、サンディーが体をくねらせるのを眺めた。彼女は出番が終わると、ダンサーの制服であるハイヒールを履いたまま腰を屈め、お立ち台の穴に手を突っ込んで紙幣を取り出し、ルビーのとおなじ黒いガウンを羽織った。危なっかしい足取りでお立ち台の階段をおりると、チビでハゲでにきび面の若者に呼び止められた。耳元でささやきかけられると、彼女はクスクス笑いだし、全身を小刻みに震わせた。若者がさらにささやきかける。サンディーは耳を傾けているふりをして、うなずいた。やがてわたしたちが手を振っているのに気づき、ハゲから離れた。

「ハーイ」サンディーがわたしたちのテーブルにやってきた。「こんなところで会うとは思ってなかった」肩越しに店内を窺う。

マーラが言った。「ゴルフ・ショップで訊いたらここだって。もっと給料のいいとこに移ったって言ってたわよ」

サンディーは顔をしかめる。「ああ、あれはね、ジョン・リチャードが、あそこで働いてることにしろって言ったから。人に尋ねられたときはね。そのほうが体裁がいいって。彼はゴルフ・トーナメントのスポンサーをやってたから。でも、あの店、大嫌い！　あんなダサいおばさん服、誰が買うと思う?」ぶるっと身震いしながら、店内をさっと眺め回す。

わたしはフォークを置いた。誰か探してるの?「お座りなさいよ、サンディー」わたしは言い、マーラに警告の視線を送った。「ちょっとあなたに話があるの」

サンディーが紐を纏ったお尻を椅子におろしたとたん、マーラはわたしの警告など無視して身を乗り出した。「ジョン・リチャードが亡くなったのは知ってるわね? 撃ち殺された」

サンディーの目にみるみる涙が浮かんだ。「聞いたわ」ささやき声になる。「二人の刑事にいろんなこと訊かれた。あしたまた来るって」またもや、怯えた目であたりの様子を窺う。

「ジョン・リチャードを殺した犯人に心当たりは?」マーラが尋ねた。

「まるっきり」サンディーは泣き声で言い、紙ナプキンで涙を拭った。猫の鳴き声と、人間が喉を詰まらせる音の中間みたいな音をあげてしばらく泣いてから、ナプキンでチーンと鼻をかんだ。「刑事たちに訊かれた。ジョン・リチャードに敵はいなかったかって。昼食会で誰かと言い争いをしたんじゃないかとか、そんなことをね」

マーラが宝石だらけの手でわたしを指した。「昼食会といえば、ゴルディが出席者のリストを作っているの。サウスウェスト病院の人たちはほとんど知ってるんだけど、ほかにもいたでしょ」――ラナのほうに顎をしゃくる――「あたしたちには誰が誰だかわからない人たちが」

サンディーの記憶力をあてにしてるわけじゃないけど、バッグに入れてきたレポート用紙をいちおう取り出した。

「そう言われても、まるっきり誰も憶えてない」サンディーはなにも書かれていないレポート用紙に顔をしかめた。店内をこっそり見回す。マーラは気づいてないの？　サンディーはわたしたちとおしゃべりしちゃいけないことになってるの？　ルビーを探してるの？　それともラナ？　あのハゲ？　「昼食会であたしが知ってる人はジョン・リチャードだけだった」声を詰まらせる。「ラナは別よ、それにダニーボーイ。ほら、レインボウの人たちが何人かいたでしょ」

「昼食会の後、なにをしてた？」わたしはやさしく尋ねた。

「彼の家に戻って、それで、車の中でしばらくふざけてて。でも、そんなに長い時間じゃない、だって、あたし、仕事に戻らなきゃなんなかったから」悲しげな目をあげる。「それから、ほら？　彼はアーチをクラブに連れていくことになってた。ゴルフクラブにね」顎が震え、目に涙が浮かび、彼女はまたナプキンに顔を埋めてミャーミャー泣いた。マーラが呆れた顔をする。グラスの擦れる音や音楽で騒々しいから助かる。

「サンディー」騒音に負けないように、でもなるべく穏やかな声で言った。「なにを怖がってるの？　あたしたちがあなたと話をすること、ラナはオーケーしてるのよ」

「彼女がオーケーした？」サンディーは驚いた顔をしたものの、ラナがちかくにいないことをたしかめるように周囲を見回した。

「彼のお金のことで訊きたいことがあるの。ジョン・リチャードのお金のこと」

そのとき、またもや邪魔が入った。今度はあのハゲだった。ちんちくりんの体をめいっぱい伸ばし、テーブル越しにサンディーの首筋に鼻面を擦りつけ、耳元でなにかささやいた。それから紙幣を渡した。サンディーはそれを黒いガウンの隠しポケットに突っ込み、笑顔をふりまき、やさしくハゲの手首をひねって腕時計の文字盤を自分のほうに向け、なにかささやき返した。

マーラが声を張り上げた。「サンディー！」ハゲは跳び上がり、あたふたと去っていった。「あの日のこと憶えてるでしょ」マーラがつづける。「あたしたちがジョン・リチャードの家を訪ねたときのこと。お金持ってきてくれたのって、あなた言ったわよね。あれはどういうこと？」

「ええ、そうだったっけ？」サンディーはにじんだマスカラを拭った。「あたしがお金のことを尋ねた？」

「ええ、尋ねた」マーラが冷静な声で言う。「それから、きのう、ゴルディがジョン・リチャードを訪ねると、家の前にブルーのセダンが駐まってた。運転してたのは背の高い男。そいつがゴルディに尋ねた。わたしの金を持ってるんでしょ。それはそうと、ジョン・リチャードは無職だったのに、贅沢な暮らしをしてた。あの家にアウディに、キュートな……とこ ろで、あなた、いくつ？」

「二十八」サンディーは赤くなって答えた。

「二十八」マーラはわたしに向かって片方の眉を吊り上げた。「彼はそのほかにも、大金をつぎ込んでゴルフ・トーナメントのスポンサーになった。あたしたちは彼の元妻なのよ、サンディー。彼の贅沢な元妻。拘禁をとかれた後、彼の経済状態がよくなかったってことは知ってるの」

「拘禁?」

「刑務所」元妻たちは声を揃えた。

「あなた、同棲してたんでしょ、サンディー」と、マーラ。「彼はどこから収入を得てたの? 借金してた? 返済を迫られてた? 彼が殺されたのはそのためだと思う?」

「知らないわよ」サンディーはきらびやかなグリーンに塗った爪でナプキンをくしゃくしゃにした。「ほら、彼の現金? あっという間に使っちゃう。それだけ」憂鬱な声になった。入り口のほうに目をやる。「知ってる? ラナがなにを言ったか知らないけど、クラブのきまりで、ひとつのテーブルに二分以上いちゃいけないことになってるの。それに、メイクを直してこなくちゃ」そう言うと大きく息を吸って立ち上がり、ヒールの音も高らかに去っていった。

「出ましょ」マーラが唐突に言った。手つかずの皿を不快げに見下ろす。「途中でサンドイッチとアイスクリームを食べて帰りましょ。たとえば、プロシュートハムにルッコラ。たとえば、ローストしたペカンのアイスクリーム。たとえば、ファッジソース」平叙文なのに語尾をあげて質問文にする人間がいない場所。

わたしにしては珍しく、食べ物に意識が向かなかった。頭の中で、サンディーがついた嘘を数え上げていた。二十八にはとても見えない。せいぜい二十一。それに、お金のことをマーラに尋ねたのはたしか。つまり、彼女は口で言っている以上にいろいろ知ってるってこと？　それとも、年齢をごまかしてるだけのただの馬鹿で、ほんとになにも思い出せないの？　それに、ルビー・ドレークはどこに消えたの？

ラナ・デラ・ロッピアが不意に現れ、わたしの考えごとを中断した。

「ラナ！」思わず声をあげていた。見ればラナもまた、ほかの女たちとおなじ、くたっとした黒のガウンを羽織っていた。「カーとヴィカリオスの不仲について、詳しく聞かせてちょうだい」

「ずっと昔のことよ。あたしが子供たちを産んだ後。二人が仲たがいしたって聞いたの。ちょうどドクター・カーとホリーがイギリスに渡るころの話。原因がなんだったかまでは知らないわ」ラナが思わせぶりに話を結んだ。

マーラとわたしは目を見合わせた。

「興味深い話ね、ラナ、ほんとに」と、マーラ。「好奇心から訊くんだけど」さらに突く。「ジョン・リチャードはサンディーとどうやって知り合ったの？　命を助けてもらったお礼に、あなたがここに招待したとか？　それで彼は、あなたの厩舎《きゅうしゃ》から気に入った雌の子馬ちゃんを選んだの？　だって、彼女には銃を持った恋人がいたんでしょ、ね？　歌手の？　ちがう？」

「ドクター・コーマンはお得意さんだったの」ラナの口調が変わった。今度は彼女が、不安げに店内をぐるっと見回している。「それはそうと、あなたたちのテーブルに来たのには訳があるのよ」

レジをやっている若い女が、ラナに助けを求めてきた。ラナはボス然とした顔で、深紅に塗った恐ろしげな付け爪を動かし、あたしたちについてこいと合図した。ここの女たちは、みんな爪で人が殺せるんじゃないの?

マーラは聞こえよがしにため息をついたが、それでもおとなしく従った。ラナは入り口のカウンターで混乱をさばき——ぱりっとした背広姿の四十代の男二十人のグループが、遅い昼を食べにやってきたのだ。計算機が動かなくなったので、ラナはいちいち現金を数えてチケットを渡した。

「いかにも弁護士って感じね」マーラが信じられない顔で背広の一団を見ていた。

「弁護士だもの」ラナが懸命に札を数えながら小声で言った。

「アメリカン・エクスプレスは?」マーラが尋ねる。「ビザは?」

「使えるわよ」ラナを呼びにきた若い女が、うんざりした顔で言う。「でも、奥さんに利用代金明細書を見られたらばれちゃうでしょ。だって、自分の旦那がストリップ・クラブでランチしてるのがわかったら、どんな気がする?」

「あたしたちの元亭主はしてたわよ」マーラとわたしは声を揃えた。だったらわかるでしょ? と言いたげに、若い女は肩をすくめた。

「ゴルディにマーラ」ラナが札をゴムで束ねながら低い声で言う。「ドクター・コーマンの葬儀はいつごろになるか知ってる?」

「いいえ、まだわからない」マーラが応える。「今週中だと思うけど。詳しいことはアスペン・メドウの聖ルカ監督教会に電話して訊いて」そう言うと、マーラはわたしを引っ張って店を出た。

「頭がおかしくなったの？」埃っぽい歩道に出ると、わたしはマーラに嚙みついた。

「ううん、お腹がすいたの。それはそうと、あなた、気づいた？ラナは一度も尋ねなかったわよ。げす野郎を殺した犯人に心当たり……あら、まあ」自分の車を見たとたん、彼女はわたしの腕を摑んだ。

駐車違反のチケットを切られたか、けさの仕返しにゴミ収集トラックに横っ腹を擦られたか。それとも、タイヤがパンクしてるとか。

そのいずれでもなかった。ストリッパーのサンディーに言い寄っていたあの不細工なハゲが、マーラのメルセデスのボンネットに手足を広げて横たわっていたのだ。耳鳴りがしてきた。新しい携帯電話を出そうとポケットをさぐりながら、埃っぽい歩道を横切る。ちかづくにつれ、男の鼻と口から血が流れているのが見えた。

男は動かなかった。

11

9 1 1の〝9〟を押そうとしたら、マーラに携帯電話をもぎ取られた。
「なに考えてるの？」彼女が言う。

「この人、血を流して――」

「忘れなさい。あなたはここにいないんだから、見えるわけない」マーラは携帯電話を閉じてわたしに返すと、大きなヴィトンのバッグから自分の携帯電話を取り出し、番号を押した。そのあいだも負傷した男に屈み込み、背中を揺すった。男がうめく。指を立ててわたしに黙れと合図し、電話がつながると、男が殴られ、あたしの車のボンネットの上に横たわってます、と告げた。ええ、意識はあります。ええ、出血してます。大量に。そこらじゅう血だらけ。いいえ、銃で撃たれてはいないようです。刺し傷もないし……そう、鼻が血まみれでひどい有様、自分でやったようにはとても見えない。マーラはだいたいの場所を言って電話を閉じた。オペレーターが叫んでいる。「どうか切らないで、あなたの名前と、わかっているなら男の身元を教えて――」

ハゲ男がまたうめき、なんとか頭を横に向けようとした。わたしは駆け寄った。

「動いちゃだめ！」大声で言い、男の血走った目を見つめた。元気づけるように言い聞かす。「じきに助けが来るわ」

「ねえ！」マーラが隣に顔を突き出して叫んだ。「誰にやられたの？」男が答えないと、マーラはさらに声を張り上げた。「誰がやったか知らないけど、なんであたしの車の上にあんたを残していったのよ！」

血まみれのハゲ男は、なんとか目の焦点をあたしたちに合わせようとしている。目をしばたたきなにか言った。マーラとわたしはさらに顔をちかづけた。「なに？」

男は喘いだ。少し大きな声で言った。「エルヴィス」

マーラとわたしは顔を見合わせた。

マーラが言う。「ゴルディ、ここにいちゃだめ。後はデンバーの警察に任せて。あなたが関わってることを、ファーマン郡警察が嗅ぎつけでもしたら、早速山からおりてきて、なんでサンディーに話を聞きにきたのかって、あなたを問い詰めるにきまってる。サンディーはサンディーで、口で言ってること以上にいろいろ知ってるにちがいない。焼きもち焼きの恋人ボビーは暴行罪で捕まって、監獄ロックを地で行く羽目になるわよ、きっと」

「サンディーは妙におどおどして店内の様子を窺ってた。オウムが猫を警戒するみたいにね。ラナもそうだったわ。なにかあるにちがいない」

「ストリップ・クラブでは、いつだってなにか起きてるわよ」マーラがうんざりした顔で言った。

「冗談言ってる場合じゃないでしょ。この哀れな男」――メルセデスのボンネットでうなってる男を指差す――「〝e〟がふたつのサンディーに言い寄ったから殴られたのよ。あたしたちの元亭も同じ理由で殺られたんだと思わない?」

マーラは肩をすくめた。わたしはパーキング・メーターに寄りかかり、考え込んだ。ナッシュヴィル・ボビーはなぜわたしの料理バサミを盗んだの? ジョン・リチャードを殺す前にわたしを殴ったのは、ついでだった? ボビー＝エルヴィスが犯人だという説は魅力的だ。不可解ではあるけど。検死結果が出れば、いろいろとはっきりするだろう。マーラの言うとおりかも。ジョン・リチャードは撃たれ、それから料理バサミで刺されたのかも。ああ、こわ。

アーチを心配する気持ちが、胸の中でかたまって激しい痛みとなっていた。彼はいまどうしているの? デンバーまでやってきて父親殺しの犯人探しをするより、そばにいて慰めてやり、父親の死を乗り越える支えになるべきだった?

まっすぐに立とうとするとまためまいに襲われ、メーターにしがみついた。アーチはけさ、わたしを責めた。銃をちゃんとしまっておかなかったから。救急車を呼ばなかったから。でもあのアーチも、スープキッチンのためにお小遣いの半分を寄付するアーチとおなじアーチだ。**あいつはいま混乱してるんだ、ゴルディ**。トムはそう言った。ふと気づいた。めまいも心配も吹き飛んだ。いま感じているのはもっと別のもの。つのる恐怖。純然たる恐怖だ。ジョン・リチャードを殺した犯人を見つけ出さないかぎり、アーチとの関係を修復することはできない。

「げす野郎のくそったれ！」パーキング・メーターを蹴った。「くそったれ！」蹴るたびに、メーターのコンクリートの基部が浮き上がってきた。

「どうしたの？」マーラが叫ぶ。

「彼が憎い！　生きてるあいだ、あたしの人生をめちゃめちゃにした。それだけじゃ足りなくて、お墓に入ってもなお邪魔しようとしてる！」

「落ち着いて、いい？」マーラが叫び、大きな体をわたしとメーターのあいだに押し込んだ。「デンバー市の公共物を壊すと罰金とられるわよ」わたしの肩を掴む。「げす野郎が実際にお墓に入ったら、その上でダンスを踊ってやりましょ。それまでは、あのハゲ男の横に立ってて。なんだったらあたしの車のタイヤを蹴ってもいいわよ」

わたしはメルセデスのそばに行き、腕を組み、頭から湯気をたてた。ジョン・リチャード・コーマンがいままでにもまして憎かった。いま彼は死に、わたしは最重要容疑者にされている。自己正当化が、憎かった。彼の企みが、リビドーが、嘘が、言い訳が、いったいいつまでつづくの？　答はわかっていた。警察が、わたしが、それともほかの誰かが、ジョン・リチャードを殺した犯人を見つけ出し、動機が解明されるまで。そのときは、そう、墓の上でダンスを踊ってやる。

「あなたのためにリムジンを呼んだわ」マーラが言い、携帯電話を閉じた。「ちかくにいるって言うから、超特急でたのむって言っといた。数分もしたら来るから、優雅に山間の町へ帰れるわよ」彼女が顔をしかめる。「ひどい顔してる」

「どうだっていいわ」わたしはボンネットの上でいまもうめいている血まみれの哀れなハゲ男に目をやった。「ねえ、リムジンは必要ない。アスペン・メドウ行きの急行バスに乗って、あとは家まで二十分歩くわ」

「なに言ってるの。玄関ポーチでキャンプを張るレポーターたちのもとに、あなたひとりを送り込むわけにいかないじゃない。運転手に玄関まで付き添うよう言っといた。あたしはここに残ってデンバー警察と渡り合う。パーキング・メーターの破損がばれた場合も、ちゃんと対処するから」

メーターは道路のほうに傾いていた。そのとき、遠くからサイレンの音が聞こえた。二日のあいだに二度も聞くとは。しかも、両方とも向かう先はわたしが関係する犯罪現場。パーキング・メーターをもう一度蹴った。

「やめなさいよ」マーラが吼える。「ねえ、聞いて。警察になんて言えばいいのか教えてちょうだい。急いで。このハゲ男と」――ボンネットの上の男を指差す――「サンディーの恋人、ナッシュヴィル・ボビーことエルヴィスのそっくりさんの関係や、サンディーとげす野郎の関係を話すべきだと思う？」

「あなたさっき言ったじゃない。デンバー警察がファーマン郡警察に問い合わせたりしたら困るって。だったら、サンディー・ブルーやボビー・カルフーンのことは言わないほうがいい」

ボンネットの上の男がうめく。「エルヴィスの仕業だ」

「なぜだめなの？」マーラが尋ねる。「言ったからって、あなたを巻き込むことにはならないでしょ」

「いいこと。この男がジョン・リチャード殺害事件とちょっとでも関係があるようなことを匂わせたら、デンバー警察はファーマン郡警察に電話する。すると、ファーマン郡警察の刑事がすっ飛んできて、あなたを問い詰める。げす野郎や彼の死にどう関わっているのか話してください。ところで、ミセス・コーマン、あなたはここでなにをしてたんですか？　誰と一緒だったんですか？　さらにレインボウの店内にいる全員に話を訊いてまわる。あなたが店にどれぐらいいたか、連れはいなかったか。その結果、あたしたちみんなが署に連行されてまた事情聴取を受けることになる。そうなったら、刑事弁護士ブルースターは喜ばないでしょうね。マーラ、ねえ、そうでしょ。リムジンを手配してくれたこと、感謝してるわ。警察のことは、あたしを信じていま言ったとおりにして」

「でも――」

「よく聞いて。デンバー警察には、単独の傷害事件として報告させるの。エルヴィスに似てた男にやられたそうですって言えばいい。それから、エルヴィスに似た男がこのあたりをうろつき回ってるのを見たような気がしますって。警官がレインボウの店内で聞き込みをすれば、犯人の名前がわかるはずよ。それで一件落着」

シルバーの車体の長いリムジンが角を曲がってきてライトを点滅した。

「でもそれじゃ、警察は、ハゲ男傷害事件とげす野郎殺害事件を結びつけないじゃない」マーラが異議を唱える。

「匿名の電話。後でファーマン郡警察に電話して情報を流せばいい」

マーラが感心した顔で、わたしとわたしの携帯電話とトートバッグと、メーターを蹴っ飛ばしたせいで痛む足をリムジンのほうに向け、行って、行ってと急きたてた。長身のにこやかな運転手がドアを開けてくれた。赤で統一した内装が、エアコンのせいで冷たくなっていた。わたしは震えながら黒ガラス越しに外を眺めた。ギラギラ照りつける午後の陽射しを黒ガラスが遮《さえぎ》ってくれる。不意にリムジンが滑るように走り出した。レインボウ・メンズクラブから二十メートルほどのところで、サイレンを鳴らすパトカーや救急車とすれ違った。道路は混沌《こんとん》としていた。目を閉じる。またもや恐怖に襲われた。わたしの心の中も混沌としている。わたしの人生は巨大な混沌スープと化した。望んでもいないのに。


西に向かう車中で、計画を練るのよ、と自分に言い聞かせた。ありがたいことに、ホリー・カーの電話番号と住所は電子手帳のパーム・パイロットに入力してあった。アッパー・コットンウッド・クリーク・ドライヴから少し入ったところだ。テクノロジーの時代に生きていてよかったと思うのはこういうときだ。新しい携帯電話からかけると、水中エアロの教室から帰ったところで、いつでもいらしてちょうだい、という返事だった。デンバー方面から向かう場合の道をホリーに尋ねようとしたら、この車はカーナビを搭載してますよ、と運転手が横から口を挟んだ。まあ待っててよ、と運転手に言い、聞いた道順――五本の泥道と曲がりくねった山道――を電子手帳に憶え込ませた。電話を切り、運転手に言う。テクノロジーの時代でも、コロラド州アスペン・メドウの田舎道や目印までは探し出せないのよ。ポケットサイズの全地球位置把握システム《GPS》を手に、金の廃坑やカウボーイの隠れ場所を探しにやってきて道に迷う観光客は跡を絶たない。先週もニュージャージーからロッククライミングをしにやってきた矯正歯科医六人のグループが道に迷い、林野部がヘリコプターを出して捜索にあたった。無事見つかったからよかったが、捜索隊は彼らに、二度と来るな、と言ったとか。

　四十分後、運転手は声に出さずに悪態をつきながら、アッパー・コットンウッド・クリーク・ドライヴから一本それた、穴ぼこだらけの一車線の泥道にリムジンを走らせていた。融けた雹のおかげで道はぬかるみ、雹が刻んだ溝には水が溜まり、走行は困難をきわめた。水溜りにタイヤが突っ込むたび跳ね飛ぶ石ころが、艶やかなシルバーのリムジンの車体を無慈悲に擦る。ペイントがどれぐらい剝がれたことだろう。その修理費もマーラに請求するの？ようやくたどり着いたカー家のドライヴウェイは、四十五度の急勾配の泥道だった。

　運転手はそそり立つドライヴウェイに目をやり、頭を振った。「お客さん、こりゃ無理です」

「ここから歩くわ」二人とも車を降りた。運転手は目を細めて四方に視線を配った。目に入るのはポプラに松に岩。見渡す限りほかに家は一軒もない。「一時間ぐらいで戻るから、いいかしら?」わたしは言った。

「お金を払うのはそちらですから。ここはどこなんです、ワイオミング?」かつては輝いていた黒靴の爪先の泥を擦り落としながら、運転手は言った。「ちょっとおねがいがあるんですが」

「どうぞ」苛立ちが声にでてませんように。

「じつは今夜べつの仕事が入ってまして。まさかこんなに遠くまで来るとは思ってなかったし……それで……これから訪ねていかれる家の奥さんが、サンドイッチでも分けてくれないかと――」

わたしの胃も鳴っていたから気持ちはわかった。「彼女がなにか持たしてくれなかったら、うちでサブマリン・サンドでも作ってあげるわよ」

運転手は恥ずかしそうにうなずいた。わたしは歩きはじめた。ホリー・カーのすてきな屋敷、〝マウンテン・コンテンポラリー〟と呼ばれる現代風の豪邸まで一・六キロの上り坂だ。露出した花崗岩の上に建つ木とガラスの家からは、アッパー・コットンウッド・クリークとアスペン・メドウ野生生物保護区とロッキー山脈の深紫の峰々が見渡せ、息を呑む美しさだ。急坂を歩きながら、ホリーがアルバート追悼昼食会をラウンドハウスで開いてくれたことに感謝した。料理を抱えてここを登るなんて、運転手が言ってたとおり。こりゃ無理だ。

前にホリーを訪ねたのは五月のはじめ、彼女がアルバートの遺灰を持ってカタールから戻り、こっちに移ってきてすぐだった。昼食会のメニューを相談しながらおしゃべりした。帰国して一週間もたたないうちに家が見つかったこととか、彼女はいろいろ話してくれた。もともとはカントリーミュージックの歌手の家だったが、レコード会社をクビになって手放さざるをえなくなったそうだ。子供のいない宣教師の未亡人が、町の西はずれの辺鄙《へんぴ》な場所に落ち着こうなんて妙な話だ。このあたりは雪が深いのに、除雪車はめったにやってこない。でも、ホリーはこう言った。老後のすみかの条件はただひとつ、赤道にちかい場所でないこと。どこに住もうと彼女の勝手だけど。

　熱心に説明してくれる彼女の後について、六百五十平方メートル（約二百坪）のガラスと木と石の家をくまなく見て回った。天窓のある高い天井や、十もある暖炉や、十二もある部屋のひとつひとつにオー、とか、アーとか感嘆の声をあげた。家の中は写真やクリスマスカードや、熱帯多雨林を守る運動のパンフレット（これもカタールに住んでた人の奇癖のひとつ）や、彼女の趣味の編み物や彫金や手芸の作品で埋め尽くされ……それはもうたいへんな数だ。

　マーラから聞いた話では、ホリーの両親は飼料と農機具のチェーン店を営んでおり、店の利益を注ぎ込んで、ネブラスカ州とコロラド州で廃墟となった農場をつぎつぎに買っていった。両親は二年前に亡くなり、土地を売った代金八百万ドルがホリーの懐《ふところ》に転がり込んだ。そればかりじゃないのよ、とマーラは言った。ホリーがカントリーミュージックのスターから家を買ったのは、野生生物保護区でシーズン最初の山火事が起こった直後だった。スターは不動産屋に、いくらでもいいから売ってくれ、と言ったそうだ。つまりホリーは捨て値《フォー・ア・ソング》で買ったわけ、とマーラは皮肉を交えずに言った。

わたしは喘ぎ喘ぎ急坂を登った。マーラの話を思い出す。ほかの買い手志望者とはちがい、ホリーは山火事と聞いても動じなかった。それでも、もっと大きな山火事が起きた場合、家を売りたがる人が続出し、保険業界がパニックに陥る心配はあった。実際、それから二週間後、保険会社は火災保険の引き受けを停止した。ホリーは運がよかったのよ、とマーラは言った。

ドライヴウェイをようやく登りきり、息を喘がせながら顔の汗を拭い、コットンウッド・クリークに憧れの眼差しを注いだ。川《クリーク》を眺めるより浸かりたい気分だ。

「やっと着いたわね！」ホリーが巨大な玄関のドアを開けて叫んだ。わたしは玄関に転がり込み、息も絶え絶えに礼を述べた。迎えてくれたのはパンを焼く匂いだった。それに柑橘系の香りも。胃がゴロゴロいう。哀れな運転手のことが気になった。

「きのう焼いたブリオッシュをあたため直してるところよ」ホリーが陽に焼けたやさしい顔をほころばせた。小柄な体を包むグレーのスウェットスーツが、弾力のあるグレーのショートヘアによく似合っている。「お腹すいてる? お教室の前にはなにも食べないことにしてるから、終わると飢え死にしそうになるの。遅いランチの支度をしてたところ」

「とってもありがたいです」

彼女の小さなトレーニング・シューズが、赤ワイン色の豪華な絨毯《じゅうたん》の上で弾んでゆく。前にここを訪れたとき、彼女は絨毯を指差し、「サウジアラビアで手に入れたのよ」とこともなげに言った。相続問題が片付くと、アルバートとホリーは中東をたびたび訪れて、ホリーが言うところの〝ちょっとしたもの〟を手に入れた。あのときはまだ箱に入ったままだったその〝ちょっとしたもの〟が、いまやいたるところにあった。そこらじゅうに。

タペストリーや手工芸品が木と岩の壁を飾っている。すさまじい数の木製の棚を埋め尽くしているのが、象牙や木の装飾的骨董品だ。広大なリビング・ルームを、まるで一群のタグボートのように横切っている革のソファや革の椅子や革のオットマンには、アフガン編みのカバーが掛かっている。ホリーはいまキッチンでドタバタやっていた。棚を飾る装飾的骨董品は、よくよく見ると十九世紀の捺染布《なっせん》や、金と真珠の打ち出し細工の宝石や、中国の古いお皿だった。ホリーは自分で作った手芸品も前に見せてくれた。シルクの飾り結びや真珠や金のビーズを編み込んだ手の込んだ作品だった。マクラメ編みの教室ではまずお目にかからない作品であることはたしか。そんな宝石をちりばめた十数の作品が壁に掛かっていた。子供がいなくて仕事もしていないと、手芸をする時間がたっぷりあるのよ、とホリーは言った。それにしたって。

空っぽの胃袋を抱えて一・六キロ歩いてきた後だけに、骨董品を愛でる気分にはなれない。そこでキッチンのホリーに合流した。高い壁にカエデ材の戸棚、金の筋入りの花崗岩のカウンターで構成された薄黄色のキッチンには、ありがたいことに余計な飾りはない。ホリーが、ブリオッシュとシュリンプ・サラダと、ヴィネグレット・ソースであえたトマトのランチを用意するあいだに――ああ、人が用意してくれた食事って大好き！――手を洗った。

「マーラが車を雇ってあたしをここまで送ってくれたんです」わたしは言い、ホリーからタオルを受け取った。「運転手になにか持っていってあげていいかしら？」

「もちろんですとも」

「それからもうひとつ」わたしはカウンターに封筒を置いた。「きのういただいた小切手が入ってます。現金化していません。注文されたメニューを出せなかったので」

「なにばかなこと言うの！」ホリーが声を張り上げた。「さあ、サラダを召し上がれ！」

肩をすくめ、サラダを頬張った。ふっくらとジューシーなエビに新鮮なディル、賽《さい》の目に切ったセロリとワケギとアーティチョークが、舌触りも滑らかな自家製のマヨネーズを纏っている。サルモネラ菌なんてへっちゃら。オレンジマーマレードを挟んだブリオッシュが完璧なハーモニーを奏でる。サラダをおかわりし、ブリオッシュをさらに二個、アイスティを数杯、恥ずかしくなるほどの勢いで詰め込んだ。お皿を片付けるホリーに礼を言うと、手を振っていなされた。彼女はキッチンから出てゆき、紙の束を手に戻ってきてわたしに差し出した。

「さあ、これ、会葬者名簿のコピーよ。大半がアルバートの同僚。主人とテッド・ヴィカリオスが、サウスウェスト病院で部長をしていたころのね。あんなに大勢来てくれるとは思っていなかったわ、ほんとうのところ」

わたしはうなずいた。大昔にアルバートとテッドが仲たがいしたことを、失礼にならずに聞き出すにはどうすればいい？「みなさんと連絡は取り合ってらしたんでしょ」

ホリーはほほえんだ。「アラブの国にいて、暑いから出掛けることもままならず、なにもすることがなかったら、ついつい手紙を書いてしまうものよ。あなたもご存じのように、教育研究病院は階級組織だったでしょ、ゴルディ。部長がいて、病院所属の医師にフェロー、レジデント、インターン。それにもちろん病棟主任看護師、受け持ちの学生たち、それにアルバートの患者さんたちも手紙をくれたし。だからみなさんに連絡したの」

コピーをざっと見てみた。ラナ・デラ・ロッビア、コートニー・マキューアン、テッドとジンジャー・ヴィカリオス、ナン・ワトキンズ、R．N．、ドクター・ジョン・リチャード・コーマン、マーラ・コーマン。ボビー・カルフーンの名はない。エルヴィスのそっくりさんがうろちょろしているのを目にした？　思い出せない。

コピーをめくってゆく。ジョン・リチャード殺しの犯人の手掛かりがここにあるとしても、そう簡単にわかるわけがない。コピーを畳んでトートバッグにしまった。もっと頭がすっきりしているときにじっくり目を通そう。

「あなたに見せたいものがあるのよ、ゴルディ。あすの午後のナン・ワトキンズの退職記念ピクニック、あなたがやることになってるのよね？」

やる元気があればね、と内心で思ったけど口には出さない。「ええ、あなたもいらっしゃるんでしょ？」

「ナンはずっとアルバートを支えてくれたもの。あなたにお貸ししようと思ってアルバムを出しておいたのよ。懐かしい写真があるわ。医者の妻はなんでも溜め込む、でしょ？」ホリーが持ってきたのは色褪せた手製のキルトのカバーがついた分厚いアルバムだった。「ご覧なさいな」

最初のほうのページを繰ってみる。「あなたは医者の妻というだけではなかったんですよね？　テッドが弔辞で触れてました。あなたが看護師だったことに」

彼女は明るく笑った。「ほんものの看護師ではないの。アルバートは一人っ子でね。彼の両親は農場を手伝わせるために子供をたくさん欲しかったのだけど、残念ながらできなくて。それにクリスチャン・サイエンティスト（一八六六年に米国で創設されたキリスト教の一派、祈りによる癒しが可能であるとする）だったの。ジョン・リチャードがよく言っていたの憶えている？」ホリーが引きつった笑みを浮かべる。「クリスチャン・サイエンスはクリスチャンでもなく、科学《サイエンティフィック》的でもない」

わたしは目を閉じた。げす野郎が吐き散らした無礼な言葉の数々。**彼の冥福を祈れるわけがない。**

「それであなたが看病なさったんですね？」

「まあそういうことね」ホリーは戸棚を開けて皿を取り出した。驚いたことに、前日の昼食会の小麦粉を使わないチョコレートケーキが載っていた。「あなたのお友達のジュリアンが言うには、みなさんが引き揚げた後に残っていたのはこれだけだったんですって。ひと口いかが？」またしても運転手にすまないと思った。「心配しないで」ホリーがにこやかに言う。「運転手さんにも後で包んであげるわ」

「ありがとうございます」

ホリーは二人分を切り分け、席に戻った。「カー家の人たちは予防注射を受けなかったし、医者にかかろうともしなかったの。あるとき、食料を買い込みに町に出て悪性のインフルエンザに罹《かか》った。二人とも一ヵ月もたたないうちに亡くなったわ」

「まあ、お気の毒に」コーヒー・マシーンがないかと、キッチンをさっと眺め回した。「彼が何歳のときだったんですか？」

ホリーはアルバムのページを繰った。「十三歳。ほら、これ、彼がうちに住むようになったころの写真よ」農場の作業着に身を包んだ、真面目な表情の長身の少年がそこにいた。「彼はわたしと一緒に学校に通いだし、じきに病気になった」彼女が指差した写真には、顔じゅうに発疹を出し、ベッドに座る笑顔の彼が写っていた。「はしかにおたふく風邪。きみが看病してくれなかったら、ぼくはきっと死んでいた、と彼はよく言っていたわ。その話が好きで、みんなに話して聞かせたの」ホリーは少し声を震わせた。

「ほんとうに命を救ったんだわ」

彼女は顎をちょっと突き出した。「彼の部屋に宿題と自家製のチキンスープを届けてあげて、そんなことをしているあいだに恋に落ちたの。彼は親から受け継いだ農場を売ったお金と、ローンや奨学金で大学にゆき、医学校に進んだのよ」そう言ってアルバムを閉じた。「両親の死を戒《いまし》めにした、ということかしら。アルバートは医者になり、監督教会員になり、毎年インフルエンザのワクチンを受けていたわ」

まったく逆の道をいったわけですね、と相槌《あいづち》を打ちはしたけど、聞き出したいことは別にあった。彼女の夫とヴィカリオス夫妻の確執《かくしつ》。料理を駄目にされ、わたしが襲われた原因は昔の反目にあったの？ わたしが知らないうちに邪魔をしていたとか？ ジョン・リチャードもそのために殺された？ リムジンの運転手のことが気がかりだったが、ホリーにおしゃべりをつづけさせることにした。「アルバートが信仰生活に入ったころのことは、わたし、よく知らないんです」

「アーチを育てるので精一杯だったものね。アーチが生まれたばかり、ジョン・リチャードは病院のほうが忙しかった。アルバートもそうだったわ……テッドもね」彼女が声を詰まらせた。「ああ、ゴルディ！」口を一文字に結び、顔をそらす。わたしは慌てて彼女のかたわらにゆき、抱き締めた。ホリーの気持ちがこんなに不安定では、アルバートとテッド・ヴィカリオスの仲たがいのことを聞き出すのは無理だ。自分がすごくいやな奴に思えた。

「ごめんなさい。こんなときにお邪魔して。ホリー」

「いいえ、いいのよ。ナンが退職するというので昔の写真を探していたらいろいろ思い出して」彼女のブルーの目はやさしさに溢れていた。「アーチがあんなに立派になってて、ジンジャーもわたしもどんなにびっくりしたか！ それにとってもハンサム、お父さんに――あら、まあ」声を震わせながらも先をつづけた。「彼にとっても、あなたにとっても……」

「あたしなら大丈夫です、ホリー、ほんとうに」ジンジャーもわたしもどんなにびっくりしたか？ つまり、関係は修復され、アーチのことや昔話を語り合える仲になったってこと？ ためらいながらも言ってみた。「教会の誰かにたのんで、一緒にいてもらいましょうか？」

「いいえ、お気遣いなく。一緒に食事をしてくれたあなたの気持ちが嬉しかったわ」指先で目を拭う。「刑事さんと話をするのは気が進まないわ」

つまり、一緒にいてくれってこと？　わたしがここにいたら、刑事たちに訪問の意図を詮索されるだろう。でも、弱ってるホリーを残して帰るのは気が進まなかった。

「運転手さん用にお料理を詰めましょうね」彼女が気持ちを吹っ切るように言った。わたしの同情を受けたくないのだろう。保存容器に料理を詰めはじめた。「サウスウェスト病院の人たちの写真、見てみてね。アーチが生まれたときの写真もあるわ。ジョン・リチャードがバブルガム・シガー（葉巻型のキャンディ）をみんなに配ったでしょ、憶えてる？　あなたたち、とっても幸せそうだった」

「ええ……見てみます」それだけ言うのがやっとだった。

五分後、シュリンプ・サラダとブリオッシュとケーキが入った容器で膨らんだトートバッグを抱え、ホリーに礼を言い、ナンのピクニックでまたおしゃべりしましょ、と約束した。その前に逮捕されなきゃね、と内心で思ったけど。あら、その前に、植樹資金を集めるための朝食会で会うわよ、とホリーは言った。委員会からご招待を受けたそうだ。彼女は嬉しそうだったけど、資金集めグループが、金持ち連中なら誰にでも声をかけていることに気づいていないらしい。朝食会の話題が出たことで、やるべき仕事が山積していることを思い出した。彼女の笑顔に応えて無理に笑みを浮かべ、そそくさとドライヴウェイを下った。

運転手は足踏みしながら煙草をふかし、携帯電話に向かって吼えていた。昼の休みを三時間も過ぎているうえに、山奥にほっぽらかしにされ、腹が減って死にそうだから、エルクを撃って生で食おうかと思ってる！　そこまで吼えたとき回線が途切れたらしく、彼は携帯電話を森に向かって投げた。不運なエルクが通りかかっていたらぶつかっていただろう。わたしはにじり寄って料理を手渡し、後部シートにおさまった。彼はときどきうなりながらむさぼり食い、容器を舐《な》めんばかりにすべて平らげた。

リムジンは飛び跳ね、揺れながら泥道を戻った。疲労の波が襲ってきた。子供のころ、ニュージャージーの海岸で砕け波に呑まれ、砂浜に顔から叩きつけられたことがあった。いまがまさにそんな感じだ。腕時計を見る。もうこんな時間。いまが一時半だったらどんなにいいか。イベント二件の準備をして、会葬者名簿を調べなくちゃ。体の痛みはまだひかない。目を閉じた。でも、のんびりはしていられない。

無情にも指がアルバムに引き寄せられる。写真を見てみなくちゃ。アーチと一緒に写真を眺める前に、思い出と向き合っておく必要がある。

『アーチボルド・コーマン誕生！』と題されたページがあった。見開きのページに八枚の写真が並んでいた。ジョン・リチャードのハンサムな顔はいかにも若々しい。歳月が刻む苦労の翳《かげ》はまだない。ああ、わたしが写っている！　こんなに若かったころがあったの？　疲れた顔をしているけど、十五年前は髪がこんなにフワフワで、それに、いまよりもっと色が薄い。おくるみにくるまれたアーチを、制服姿のかわいらしい娘がカメラに向かって掲げている。にっこり笑っているこの娘は、ボランティアで手伝いにきていた高校生？　あれ、ちょっと待って。タリタ・ヴィカリオスだ。テッドとジンジャーの娘の。かすかに憶えている。ジョン・リチャードは、ブルーのバブルガム・シガーを手にいっぱい握っている。着ているTシャツはドクター・カーとドクター・ヴィカリオスからのプレゼントだ。Tシャツの胸には大文字で〝プラウド・パパ〟と書いてある。背後にいるアルバート・カーとテッド・ヴィカリオスも、まるで男の子のパパになったばかりというような笑みを浮かべていた。

アーチは小さなしわくちゃの顔にきょとんとした表情を浮かべ、カメラを見つめている。写真に目を凝らす。タリタ・ヴィカリオスは明るい縞模様《キャンディストライプ》の制服が、ばら色の頬によく映え、ジョン・リチャードの陽に焼けた顔と腕が、まっ白なTシャツと鮮やかなコントラストを見せている。アーチの顔をじっくり見る。その目はまだ新生児特有のブルー。これがやがて茶色になり眼鏡が必要になってくる。赤ん坊の息子の顔が不安で張り詰めて見えるのは気のせい？　それとも、やがて訪れる悲劇を予見しているの？

楽な姿勢をとろうと革張りのシートの上で身じろぎした。ホリー・カーと過ごした一時間は荷が重かった。穴ぼこだらけの道、シュリンプ・サラダとケーキ、ストリップ・クラブの外で血を流していた男、ストリップ・クラブ。もううんざり。そのうえにこの写真。美しい家族。見るからに。

最後のスナップに目をやる。アーチ、ジョン・リチャード、わたし。

なにがいけなかったの？

アルバムを閉じた。目を閉じてシートに頭をもたせる。涙が溢れた。

12

三十分後、長い車体のリムジンはゆっくりとメイン・ストリートに入った。窓の外に目をやり、しっかりしなさい、と自分に言い聞かせた。吊り花籠の造花が強風に揺れている。観光客はひとかたまりになって歩道をぶらぶらと歩いている。アイスクリームを舐めている人、タフィーをしゃぶっている人、ポップコーンを頬張っている人。つい懐かしくなってタウン・タフィーズの店先に視線を向けた。夏の午後、アーチはガラスに鼻を押し付けて店内を見入っていた。タフィー・マシーンの腕が伸びて、鮮やかなピンクやグリーンやブルーや白のキャンディが、信じられないぐらいの長さに引き伸ばされる様を、飽かずに眺めていたものだ。

そこに彼がいた。タウン・タフィーズの店先にアーチがいて、マシーンの腕がキャンディの厚いリボンを引き伸ばすのをじっと見つめている。

いったいどうしちゃったの？　ラウンドハウスで頭を殴られておかしくなった？

「運転手さん！」わたしは叫んだ。名前を聞いておけばよかった。「ねえ、見えるでしょ、あそこに、子供がいるわよね！」幻を見ているのだろうか。わけがわからなくて窓を開けるボタンを押した。「ねえ、アーチ！」大声で叫んだ。「アーチ、ここよ、リムジンの中！」

「お客さん、車を停めましょうか？」

見ていると、アーチに見えた子供は歩道をゆっくりと歩いてゆき、わたしからは背中しか見えない年かさの黒髪の男に出会い、湖へと向かう観光客の一団にまぎれてしまった。

「いいえ、いいの。見間違いだった。長い一日だったから疲れてるみたい」

「しかもまだ終わっちゃいない」運転手がつぶやく。

車はメイン・ストリートをはずれ、わが家のある通りへ入った。茶色の板葺《いたぶ》き屋根が見えないかと目を凝らすと、塗りなおしたばかりの白い鎧戸と窓枠が、明るい陽射しに輝いているのが見えてきた。

「ミセス・シュルツ？」運転手が尋ねる。「ここですか？」

レポーターやカメラマンが狭い芝生に群れているのを、わたしは茫然《ぼうぜん》と見つめていた。これも幻覚、しかも不吉な幻覚？

「ミセス・シュルツ？　玄関までお送りしましょうか？」

運転手がブレーキを踏むと、タイヤがキキッと鳴った。飢えたジャーナリストの群れが押し寄せてくる。

「このまま行って！」わたしは叫んだ。必死な形相の人たちが、わたしに向かってわめいている。「スピードをあげて！」もう一度叫んだ。

疾走する車の中で考えをまとめようとした。バックミラーにひどい顔が映っている。埃っぽいドライヴウェイを歩いてきたのと、はからずも流した涙のせいで頬にグレーの筋がついていた。わたしの仕事にとってなによりありがたくないのは――殺人罪で起訴されることをのぞけば――涙がにじむ顔で玄関に駆け込む写真が新聞に載ることだ。

「そこを左に曲がって、その先をまた左に曲がれたら曲がってちょうだい。家の裏手を走る路地があるの」マーラの家にもほかのどこにも行くつもりはなかった。隠れるのは性に合わない。ジャーナリストたちも馬鹿じゃないから、わたしが裏口からこっそり入ることも予想しているだろう。でも、キッチンに辿りつかなくちゃ。それでも人生はつづく。追って通知があるまで、わたしはケータラーだ。

「オーケー、そこを左」車は裏手の路地に入った。日照りつづきにもかかわらず、アルペンローゼが旺盛な生命力で枝を路地に張り出し、茶色い板葺き屋根のガレージを覆い隠さんばかりだ。もとはピカピカだったリムジンのフロントガラスと両サイドを、棘《とげ》のある枝が擦る。

「車を停めたら、裏口まで一緒に走ってくれる?」

運転手はうなずき、ガレージの裏手に車を停めた。わたしは鍵を出し、バッグを摑んだ。車を降りると、運転手に肘をとられ裏口へと走った。トムが丹精こめた裏庭を半分ほど進んだとき、叫び声が聞こえた。

「裏口から入ってきたぞ!」

くそったれ。

「ミセス・コーマン、ご主人を殺したんですか?」

「バッグからのぞいてる書類はなんなんですか、ミセス・コーマン？　事件と関係あるものですか？」

質問を無視し、呪文を唱えた。「コーヒー、コーヒー、コーヒー、コーヒー」裏口に辿りついて鍵を開け、警報装置を解除する暗証番号を打ち込んだ。

「ありがとう」運転手に心から礼を言い、チップを渡そうにもお金を持っていないことに気づいた。新聞の見出しが目に浮かぶ。『ケータラー、運転手に心づけも払わず』

わたしの気持ちを察したのか、運転手が言った。「ご心配なく、二十パーセントのチップは報酬に含まれてますから」

背後から、別のレポーターが叫ぶ。「別れたご主人を殺したんですか、ミセス・シュルツ？」

わたしは知らん顔で裏口を開けた。運転手がやさしく腕を掴み、小声でささやいた。「警報装置のパスワードが〝コーヒー〟なら、声に出して言わないほうがいいですよ。家に押し入られないともかぎらない」

「大丈夫よ」わたしはささやき返し、彼の腕を叩いた。「いろいろとありがとう。助かったわ」

ドアを抜けると、一階の部屋から部屋を回り、ローラーシェードやカーテンやブラインドをおろした。ひと息ついてからダブルショットのエスプレッソを淹れ、イブプロフェン四錠をそれで流し込んだ。

トムとアーチはゴルフをしているんだか、メイン・ストリートを巡り歩いてるんだか、いずれにしても家にはいない。二杯目のエスプレッソに心を鎮めるのに充分な量のクリームを載せ、コンピュータを立ち上げた。あたらしいファイルを開き、ホリーがコピーしてくれた会葬者名簿の名前をせっせと入力した。アーチが万が一わたしのデータベースを見た場合を考え、ファイルのタイトルを〝げす野郎の死〟とするわけにはいかない。考えた末に〝JRK〟とイニシャルを打ち込んだ。それから、トムの教えに従い、きのうの朝からいままでにわたしが交わした会話もすべて記録に残した。記憶って奴はかんたんに抜け落ちる、がトムの口癖だ。会話を後から再現しようとすると、細部が抜け落ちるのだ。わたしは前夫殺しの嫌疑を受けているし、息子に疎《うと》まれている。だから、ひと言でも抜け落ちては困る。

椅子の背にもたれ、書き込んだものを読み返した。なにかひらめかないだろうか。せめてブルースターと約束した戦略を立てておかなくちゃ。警察がボビー・カルフーンを調べるよう仕向けるにはどうしたらいい？　それより知りたいのは、わたしがラウンドハウスで襲われた事件とジョン・リチャードの死はどこかに接点があるのだろうか？　そういう疑問も打ち込んだ。ひとつ気づいたことがある。〝げす野郎の恋人部門〟で、わたしの記憶は抜け落ちているばかりか、ごく最近の相手をのぞけば名前が記憶から削除されているのだ。はたしていいんだか、悪いんだか。

わたしの頭には、下ごしらえすべき料理のことが重くのしかかっている。そのうえ気分は最悪——体のあちこちが痛むし、頭はズキズキしている。でも忘れてはならない。ファーマン郡警察の捜査官は、わたしを逮捕すべきかどうか決めるため、いまこの時間もせっせと証拠集めを行っている。弾道検査と硝煙反応検査の結果を待つばかりかもしれない。嬉しくて涙が出る。

留守番電話をチェックした――入っていたメッセージはひとつ、お隣のトゥルーディのものだけ。お見舞いのお花が届いてます。レポーターが押しかけてるから、みんな訪ねてくるのを遠慮しているのだと思うわ。よかったらうちで夕食を食べませんか。レポーターが退散したら、こっちからなにか届けましょうか。

ブルースター・モトリーからメッセージが入っていないのが気がかりだ。彼の調査員がわたしの容疑を晴らす情報を入手できないのなら、マーラが高いお金を払ってくれた意味がないじゃない。刑事弁護士としての腕はどの程度なの？

あたらしいファイルをもうひとつ開いた。前のファイルには名前と会話を打ち込んだ。このファイルにはこれまでに起きたことをすべて記録する。警察は事件の捜査にあたり、時間の流れに沿って経緯をまとめる作業をする。わたしもそれをやらなくちゃ。はじまりは四月の終わり、ジョン・リチャードが自由の身となって再登場したときだ。

四月二十二日、ジョン・リチャードは出所した。その日、わたしは昼食会のケータリングをやった。セシリア・ブリスベーンのせいでほろ苦い思い出となった昼食会。亡夫の六十歳の誕生日を祝うという名目で、彼女は〈マウンテン・ジャーナル〉のスタッフ全員を自宅に招待した。三年前、セシリアがラスベガスで開かれた〝メディアで働く女たち会議〟に出席しているあいだに、〈マウンテン・ジャーナル〉のウルトラチャーミングな社主、ウォルター・ブリスベーンは自分の銃で自殺を遂げた。

警察は不慮の自殺と判断した、と〈マウンテン・ジャーナル〉は報じた。ウォルターの二口径からは弾が一発だけなくなっており、それが彼の頭部から発見された。ウォルターの両手には硝煙反応が認められた。弾が入った角度から、故意の自殺とは考えられない。隣人が一発の銃声を聞き、警察に通報した。何者かが押し入った形跡はなかった。ウォルターは家に一人でいたらしく、遺書は残されていなかった。セシリアによれば、彼はハッピーだったし、家族もハッピーだった。〈マウンテン・ジャーナル〉のみんながハッピーだった。ハッピー、ハッピー、ハッピー！

今年、主のいない誕生パーティー用のサーモンを、トムに手伝ってもらって焼きながら、そんな話をした。ほかの可能性は浮かんでこなかった。トムが興味深い情報を教えてくれた。ウォルターは死ぬ二十分前に電話を受けていた。デンバーの公衆電話からかけられたものだが、それ以上のことはわからないので、実際になにが起きたのかは誰にもわからない。

ブリスベーン夫妻の娘、アレグザンドラ、愛称アレックスは、地中海に配備された原子力潜水艦に乗っていた。海軍付きの司祭からセシリアに電話があり、アレックスが父親の死を知るのは少なくとも一ヵ月先になるので、葬儀には出席できない、と知らせてきた。この四月の誕生パーティーのとき、まじめな表情のアレックスの写真がコーヒー・テーブルに飾ってあった。海軍のピーコートに水兵帽をかぶった茶色の髪の娘が、カメラから離れた位置に立ち、ギリシャの神殿を指差している写真だ。つい最近、アスペン・メドウ公立図書館で〝軍隊勤務の地元の人びと〟と題した写真展がはじまり、この写真は引き伸ばされて、ヴィカリオスの息子のジョージの写真の隣に展示されている。ドイツ駐留軍に在籍しているジョージには会ったことがない。よほど忙しく働かされているのだろう。アレックスのほうも、セシリアが亡き夫のために毎年開いている誕生パーティーに出席したことがない。大切な家族の行事に出席するための帰国も許さないなんて、海軍はよほど彼女を必要としているのだろう。でもまあ、人にはそれぞれの事情があるわけだし。パーティーに家族の誰かが欠席していることは、腫れ物のようなもの。ケータラーがけっして触れてはならない問題だ。

いずれにしても、ウォルター・ブリスベーンの一件はすべてが妙なんだ、とトムは言っていた。謎の電話に加え、ウォルター・ブリスベーンは銃の扱いにとても慎重だった。年季の入ったハンターだったのだ。それに、発砲の現場を見た者はいない。だから、ほんとうのところは誰にもわからないのさ、とトムはサーモンを思いきりよくひっくり返しながら言った。

あの昼食会はほんとうに気の重い仕事だった。この商売をはじめてから毎年、ウォルターの誕生パーティーを請け負ってきて、いつもなにかしらいやな思いをした。だから、セシリアのステーションワゴンの隣に車を駐めると、気分がずんと落ち込んだ。脇がウッドパネルのこのオンボロ車を、彼女はぜったいに手放そうとしない。わたしたちが『ハッピー・バースデー』を歌うと、セシリアが眼鏡をかけたシャベル形の顔を悲しみでくしゃくしゃにするのを見るのも、いいかげんうんざりだった。でも、それよりなにより、あの昼食会が忘れられぬいやな思い出になったのは、セシリアの松材のパネルをあしらったキッチンに、真っ青な顔のマーラが飛び込んできて、声を震わせてこう言ったから。

「ゴルディ。げす野郎が出所した。無罪放免。州知事が減刑したのよ」

そう。あの瞬間が最悪だった。

マーラはわたしを質問攻めにした。それもわたしが答えられない質問ばかり。いいえ、彼がひとり暮らしをするかどうか知らない。いいえ、彼がどこに住むつもりかわからない。いいえ、彼がなにをして稼ぐつもりかなんて、あたしは知らないわよ。でも、ちょっと考えればわかること。

彼は女を見つけた。当然でしょ。あっという間に、コートニー・マキューアンは彼の恋人になっていた。そんな都合のいい女をどこで見つけるかですって？　殺人罪で捕まった前の恋人のヴィヴ（『クッキング・ママの超推理』をご参照ください）とちがって、コートニーはカントリー・クラブの会員だし、テニスで鍛えたダントツのスタイルの持ち主だ。ホリー・カーのアルバムにコートニーの写真はなかったけど、彼女のことはジョン・リチャードと結婚していたころから知っている。彼女のご主人が病院の最高経営責任者だったから、会えば世間話ぐらいは交わした。去年、そのご主人が急死して彼女に大金が転がり込み、ジョン・リチャードは涎《よだれ》を垂らしはじめた。

クッキーを二枚、コーヒーの残りとともに味わう。バターたっぷり、サクサクのナッツ・クッキーが、五月の出来事を思い出す助けをしてくれた。

五月七日土曜日、ジョン・リチャードの家にいるアーチから電話があった。パパは「荷造りで忙しい」ので迎えに来て、と。翌週、ゴルフのレッスンを受けるアーチを、マーラと一緒にジョン・リチャードの家に送ってゆくと、応対に出て来たのは〝e〟がふたつのサンディーだった。こっちの女からあっちの女に乗り換えた正確な時期と理由を、マーラは知ってるのだろうか？　今度会ったら訊いてみなくちゃ。いずれにしても、恋人が交代した後、ジョン・リチャードの生活は、アーチにゴルフを教えるのに熱心すぎることをのぞけば、比較的穏やかだった。げす野郎の基準に照らせば、だけど。毎週火曜と木曜、午後一時きっかりにアーチを連れていかないと、すごい剣幕で怒鳴ったものだ。きのうは別。昼食会があったから、ゴルフコースのスタート時間を四時に変更した。

そしてきのうの昼食会の、地獄を開放したような大混乱。はじまる前にすでに冥府《めいふ》の王ハーデースが大暴れしていた。前日の六月六日、月曜の夜、何者かがコンプレッサーのスイッチを切った。なぜ？　火曜の朝には、料理は腐っていた。なぜわざわざそんなことを？　アルバート・カーを心底憎んでいる人間がいて、告別式をぶち壊そうとしたの？　それともわたしに恨みをもつ人間の仕業？　それで、わたしを突き飛ばしてうなじに空手チョップをくらわせたの？

頭の中でおなじ疑問がぐるぐる回っている。わたしを襲った理由はなに？　ジョン・リチャードとはこのところ衝突していなかったから、彼が腹いせにわたしをぶちのめしたとは考えにくい、でしょ？　でも、げす野郎がなにを考えているのかわかったためしがない。わたしが気づかないことで腹を立てていたのかも。そういうことは年じゅうあったし。でも、わたしのなにがいけなかったのか、彼はそのたびに明らかにした。思い出したら震えが走った。親指を撫でる。彼にハンマーで叩き潰され、親指の骨が三ヵ所で折れた。今回のことが彼の仕業だとわかれば、わたしは訴え出ていた。そうなると彼は刑務所に逆戻り。だから、ばれないようスキーマスクで顔を隠して襲い掛かった。そう考えられないこともない。

氷の塊を舐めながら思った。それじゃ警察の思う壺だ。火曜の朝、ジョン・リチャードに殴られ、頭にきたわたしが彼の家に押しかけて撃った。そういう推理が成り立つ。ばかげている、でも……何者かが慎重にこの犯罪を仕組み、わたしを陥れようとした。ゴルディを殴って、彼女の銃を盗み……わたしのヴァンに押し入った人間の目当ては料理バサミだったの、それとも拳銃？　拳銃が狙いだったら、その人物は、わたしがダッシュボードにしまっていることを知っていたはず。ここでひとつの事実が浮かび上がってくる。わたしの親友はこの町の悪名高きおしゃべり女王。ダッシュボードに拳銃が入っていることを、マーラが〝うっかり〟しゃべってしまった？

目を閉じて瞼を揉む。そう、彼女ならありうる。

それに、ブルースターからぶつけられた疑問。わたしたち二人に腹を立てていたのは？　この説でいくと、わたしの料理を腐らせ、わたしを殴った人物が、げす野郎を撃ったことになる。小さな脳味噌を酷使したら痛くなってきた。げす野郎とわたしの両方を恨んでいる人物に一人だけ心当たりがある。コートニー・マキューアン。マーラによれば、げす野郎と別れることになったのはわたしのせいだと、彼女は思っているらしい。でも、もうすんでしまったことじゃない、でしょ？　それに、あのゴージャスなコートニーが、コンプレッサーのことや、物が腐るのにかかる時間のことを知ってる？　ネズミの入った袋を仕掛けるだけの勇気が彼女にある？　あるとは思えない。わたしはいま、藁《わら》にもすがろうとしている。

コンピュータ画面に目をやる。これまでの経緯を書き込まなくちゃ。昼食会、とキーを打つ。コートニー・マキューアンは動揺しており、ジンジャー・ヴィカリオスはなにか心配事があるみたいだった。テッド・ヴィカリオスはひどく饒舌《じょうぜつ》だった。それに、ジョン・リチャードに腹を立てていた。なにが原因だったの？　二人が衝突した後、げす野郎とわたしは、ゴルフのスタート時間のことで口論になった——会葬者たちが見ている前で。それから帰宅し、レイクウッドまで車を飛ばしてアーチを拾い、カントリー・クラブ地区にジョン・リチャードが借りている家まで送った。

待って。その前に、カントリー・クラブで開かれていたポステリッツリーの手作りケーキ即売会にブラウニー持参で顔を出した。そこでセシリア・ブリスベーンにつかまった。そう、これもまた藁にもすがるってやつだが、セシリアがあのとき言っていた、ジョン・リチャードを訴える書類っていったいなに？　彼女が誰かを雇い、携帯電話の会話や警察への通報を盗み聞きさせていても不思議はない。それでラウンドハウスに誰かが押し入ったことを知り、げす野郎が犯人だと推測したのだろう。でも、警察のとはちがう書類を持っていると言っていた、あれはどういう意味？

〈マウンテン・ジャーナル〉に電話してみたが、セシリア・ブリスベーンはデスクにいなかった。電話をください、とメッセージを残したが、まずかかってこないだろう。彼女のコラム用にホットなゴシップがある、と匂わせればよかった。そう思ったときは後の祭り、電話は切れていた。

そろそろ料理に取り掛からなくちゃ。でも、前日の出来事を打ち込む作業がまだ終わっていない。袋小路で待っていた〝骸骨顔〟のくだりで指が止まった。ミセス・コーマン、わたしの金を持ってるんでしょ？　彼の車のナンバーを打ち込む。いまごろ警察が車の持ち主を突き止めているだろう。どういう性質の金なのか、そのあたりも調べがついているかも。

車のナンバーについて警察に尋ねるとしたら、誰に電話すればいい？　ボイド巡査部長にかけてみたが、ボイスメールにつながった。声にださずに悪態をつき、わざと曖昧《あいまい》なメッセージを残した。どうかおねがいだから、至急電話をください。

そこでひと休みして、猫のスカウトとブラッドハウンドのジェイクに餌をやりに裏のデッキに出た。玄関ポーチには騒々しいレポーターが再集結していた。二匹はなにかおかしいと察して神経質になっているから、いい子だからおとなしくしててね、と声をかける。スカウトは餌に見向きもせず、ごろんと仰向けになり、お腹を撫でて、と催促した。猫には人の心が読めると思うときがある。彼を慰めることで、わたし自身がほっと慰められることを知っているのだ。そのあいだにジェイクは餌をガツガツ平らげ、スカウトをまたいでわたしにすり寄ってきて、クンクン言いながらわたしの頬に唾だらけのキスをしてくれた。わたしは

「わかった、わかった、いい子ね」と言って顔をそむけた。するとジェイクはなおさらクンクン言ってわたしの手と腕を舐める。少なくとも動物たちは、わたしを愛してくれている。たとえ殺人事件の容疑者にされていても、どこかしらで愛情を得ることができるもの。

それから、シャワーを浴びて着替えた。キッチンに戻り、気持ちを切り替えてジョン・リチャード・コーマンの死を頭から締め出した——とりあえず数時間は。ほかの人たちのために料理の下ごしらえをしなくちゃならない。そのとき、ふたつの物が目に留まった。さっきバッグから会葬者名簿のコピーを出したとき、一緒に出ていたのに気づかなかったのだ。ひとつはホリー・カーが切ってくれた小切手。もうひとつはレシピ。ホリーの書き込みがある。

あなたが気に入ってくれたようなので差し上げます。ブリオッシュのレシピ！　最愛のアルバートのために、すてきな昼食会にしてくれてありがとう。ゴルディ、きっとじきにすべて解決するわ。

ホリー

ありがたい。レシピに目を通す。簡単そうだから考えごとをしながらでも作れそう。両手をせっせと動かし、紋めているのはパン生地じゃなくて誰かの首だと想像……だめだめ！　そっち方面に考えを向けちゃだめ。ウォークイン式の大型冷蔵庫からイーストと卵と牛乳、無塩バターを、戸棚からパン用小麦粉と砂糖、塩、レモンにオレンジ、エッセンス、地元の製造業者から取り寄せた艶やかな蜂蜜の壺を取り出す。

イーストを発酵させ、バターと蜂蜜と卵を混ぜ合わせ、香り豊かなふわふわの混ぜ物を作る——これがパン作りの第一歩。小麦粉を捏《こ》ねながら、これはあくまでもパン生地だから、と自分に言い聞かせた。おなじ動作を繰り返すうちに心が鎮まってくる。パン作りは精神衛生にいいのだ。じきに手の中のパン生地が、絹のように滑らかな塊になっていった。電話のベルが鳴っていることに気づくまでにしばらくかかった。マーラが呼び出し音のひとつを〝オン〟にしたにちがいない。

「はい、ゴルディロックス・ケータリングです」手がベトベトなので受話器が滑る。片手をエプロンで拭いながら、もう一方の手でなんとか受話器を摑もうとしたけど失敗、受話器は床に落ちてガチャンと音をたてた。

「ゴルディ!」ボイド巡査部長のぶっきらぼうな声が遠くから聞こえた。「なにかあったのか?　きみは大丈夫?」

「大丈夫よ」わたしは叫んだ。このところ、電話には苦労をさせられてばかり。受話器を拾って耳に当て、できるだけ普通の声で言った。「電話をくれてありがとう。なにかわかった?」

「おれから聞いたってことは誰にも言わないように」

「名無しの巡査部長さん?」

「よし。きみの前夫は、不正資金洗浄《マネー・ローンダリング》に手を染めていたようだ」

「なんですって?」

ボイドが息を吐き出す。「誰のためにやっていたのか、いくらぐらいの金が動いていたのかわからない。まだスマーフを一人挙げただけだから」

「スマーフって――?」コードレス電話を肩に挟み、バターを塗ったボウルにパン生地を移して布巾で覆い、ダイニング・ルームに運んだ。

「おれたちはそう呼んでる。実際に資金洗浄をする人間。ドクター・コーマンの家で、死体を発見する前にきみが出会った男がそうだ。スマーフはキャプテンから渡された金を銀行に預金する。コーマンはキャプテンだった。彼がスマーフを何人使っていたかは不明だ。それに誰のために働いていたのかも。スマーフはあくまでも下っ端だから、組織のことはなにも知らない」

流しの向こうの窓から外を見る。家中でただひとつ、この窓にはシェードもカーテンもない。ライラックの茂みでなにか動かなかった? パンを捏ねる前に窓を少し開けてあった。暦の上ではもう夏だし、キッチンは熱がこもって暑い。雹はすっかり蒸発し、乾ききって埃っぽい、火事を出しやすい気候が戻ってきていた。

「ちょっと待って」ボイドに言い、忍び足で一階のバスルームに移動した。ここの窓は閉まっているしカーテンがある。「いいわ、ここなら大丈夫。つまり、わたしの前夫はカントリー・クラブ地区の家でマネー・ローンダリング業をやっていたということ? その稼業に手を染めたのは、刑務所にいるあいだだった? 麻薬取引のお金? それとも不法賭博のあがり？　スマーフがジョン・リチャードを撃ち殺したってことはないの？」

「おいおい、待ってくれよ。まだなにもわかっちゃいないんだ。きみが出会ったスマーフは、やっぱりなにも知らなかった。いつも四千五百ドル渡されていて、それを受け取りに行ったが本人が応対に出てこなかった。いまドクター・コーマンの仲間を全員洗っている。刑務所でつるんでた連中とかね。多額の現金を持っているけど税金を払いたくない奴がいる、それはたしかだ」

ちょっと待ってよ。タオル掛けを握り締める。あらあら。現金ならたくさん目にしてきた。ほんとうだ。いろんな場所で。ビジネスマンは妻にクレジット・カードの利用代金明細書を見られたくない。それに、そう、ジョン・リチャードはあの商売とつながりがある。女が服を着ずにやる商売。今度も藁を摑んでる？　それとも、いいところを突いてる？

「ねえ、これって飛躍しすぎかもしれないけど、でも、ジョン・リチャードの恋人のサンディーはレインボウ・メンズクラブで働いてるの。デンバーのストリップ・クラブで、経営者はラナ・デラ・ロッビアっていう女性。ジョン・リチャードの昔の患者なの。相棒はいかつい顔で筋肉隆々のダニーボーイっていうお兄さん。ラナはジョン・リチャードを崇《あが》め奉《たてまつ》ってる。それに、レインボウには現金がうなってるのよ。きょうこの目で見てきたんだから」

沈黙があった。「ひとつ質問してもいいかな。ドクター・コーマンの恋人が働いてるレインボウというストリップ・クラブで、いったいきみはなにをしてたんだ。それもこんなときに出掛けていって、なにをしていたのかな」

いの」

「ショーを観てたの」しゃあしゃあと答えた。「ねえ、これから山ほど料理しなきゃならな
「こっちから質問しようとするときにかぎって、山ほど料理しなきゃならなくなるんだな」

「検死報告と弾道検査の結果が出たら、また電話してくれない?」

「ほお、そうくるか！　検死報告と弾道検査の結果ね！　ああ、わかった、わかったよ」そうは言っても、彼の声には愛情が滲んでいた。わたしはわかっている。彼は担当の捜査官にうまいこと言って信じ込ませるだろう。いまは亡きドクター・ジョン・リチャード・コーマンを通して、レインボウ・メンズクラブがマネー・ローンダリングをやっていたことをほのめかすたれ込みがあったと。

　無茶な話だと、わたし自身思ってはいるけど。でも、ラナ・デラ・ロッビアはたしかに現金に埋もれていた。それに、マーラが警察に匿名の電話をかけただろうから、ファーマン郡警察の捜査官がいまこの瞬間にもクラブに向かっているかもしれない。エルヴィスのそっくりさんを捜すために。マネー・ローンダリングに嫉妬深い恋人が重なると、殺人事件になる?　わからない。

　もう一本電話をかけた。今度はレインボウ・メンズクラブに。名前を尋ねられ、五分間待たされた挙句、ラナ・デラ・ロッビアは電話に出られません、と言われた。見え透いた嘘はつかないほうがいいわよ、と応対に出た若い娘に言ったら電話を切られた。わたしも負けじと受話器を叩きつけた。ラナはなぜ口を閉ざすの?　事件のことで神経質になってる?　警

察に根掘り葉掘り訊かれたから？　それよりも、げす野郎はマネー・ローンダリングがらみで殺されたの？　サンディーがなにか知ってるとして、わたしに話してくれる？　彼女が一枚噛んでいるとしても、箱の中のいちばん明るい電球ではないだろう。でも、なにか知っているかも。マーラにかけたけど留守電につながったので――最近じゃ誰もかれも電話に出ないのはどうして？――サンディーを見つけ出して、ジョン・リチャードのお葬式に招待してちょうだい、とメッセージを残した。わたしも出席するつもり、と言い添えた。

さあ、料理に専念する時間だ。

バスルームから忍び足で出て――レポーターが壁に耳を押し当て、わたしの動きを探っているといけないから――受話器を架台に戻し、ナン・ワトキンズの退職記念ピクニック用のパイ作りに取り掛かった。この夏、試行錯誤をつづけた結果、バターと炒ったヘーゼルナッツと粉砂糖で軽い歯ざわりの生地を生み出した。それは作って冷凍してあるから、解凍するあいだにクリームをビロードの雲状になるまで攪拌した。おつぎはクリームチーズにバニラエッセンスと粉砂糖を加えて掻き混ぜ、滑らかなメレンゲを作り、これに攪拌したホイップクリームを混ぜ込んでパイ生地に敷き詰めた。これをラップして冷蔵庫でひと晩寝かせる。果肉たっぷりの瑞々《みずみず》しいイチゴがたくさんあるので、これをパイのトッピングに使ってみよう。まずは味見。ひと粒洗って口に放り込む。ケータラーの特権でしょ。なんでも味見するのは。

不意にジョン・リチャードの顔が脳裏にちらついた。とたんにあちこちが痛み出し、怒りと不安が鎌首をもたげる。いったいわたしはどうなるの？　アーチは？　腕に鳥肌が立つ。受話器を取ってトムの携帯電話に電話してみる。彼の声を聞けば安心できる。でも、ほかのみんなと同様、彼も電話に出ない。メッセージを残さずに受話器を叩きつける。町営のゴルフコースは携帯電話の圏内だ。いったいどこにいるの？

キッチンの窓の外のライラックの茂みでまたなにか動いた。窓をもう少し開ける。ライラックの茂みは動かない。

腕を組み、窓の外を睨みつけた。911に電話すべき？　無駄よ。警察がやってきたら、さっさと逃げるにきまってる。残念ながら、わたしの銃は警察が持っていったまま……それに、トムの銃を持ってきてまで、茂みに向かって弾を撃ち込みたいのかどうか。もしキツネか小鳥の親子だったら？　きっと後味が悪い。レポーターを撃ったら、どんな気がする？

フムム。

それでも警戒は怠らなかった。ここで怖気づいてたまるもんですか。

ピクニック用の料理に戻る。ポークチョップは塩水に漬けてある。パン生地は発酵がはじまっている。茂みに潜む何者かはなりを潜めている。パイのトッピングにするイチゴを調理し終え、冷ますために脇にどけておいた。これでおしまい？　いいえ。朝食会のためにあと一品考えなくちゃ。

女だけのグループに料理を供するとき、常に頭を悩ます問題がある。ダイエット中の人とそうじゃない人がいること。ダイエット中の人は低カロリーの料理を望む。そうじゃない人は、グアカモーレ（つぶしたアボカドにトマト、タマネギ、調味料を混ぜたクリーム状ソース）やベアネーズ・ソースやクレーム・アングレーズを添えた三品のフルコースが出ないと食事をした気にならない。問題をややこしくしているのが、最近はやりのハイプロテイン・ダイエットだ。ここはケータラーの腕の見せどころ。炭水化物を取り除くか減らすかして、タンパク質源を提供しようじゃない。みんなの要望に応えられる三品を出します、と会長のプリシラ・スロックボトムに約束した。アントレはダイエット中の人にもそうじゃない人にも喜ばれるだろう。それに二種類のキッシュ。残るはあと一品だ。

　当初はミニクロワッサンに炒めたベーコンとチーズを挟むつもりだった。でも、昼食会があんなことになり、大量のグルニエールとパルメザン・チーズが手つかずで残っている。ケータリングの法則。食材を無駄にするべからず。

　オーブンを予熱して、クロワッサンを半分に切る。リズが農作物直売場で買ってきてくれた新鮮なワケギがあるからそれを使おう。冷蔵庫を調べると、低温殺菌したカニの身と、それになんと酢漬けのアーティチョークが見つかった。アーティチョークを刻み、カニの身をほぐし、チーズをおろす。これをマヨネーズであえてクロワッサンに挟んだ。最後の仕上げにニンニクを潰しておろしたてのパン粉と一緒にバターで炒め、刻んだパセリとドライハーブを適量加え、これをカニの身の和え物の上からかけてオーブンに入れた。チーズが融けてグツグツいいはじめるころには、クロワッサンの端っこがカリッとキツネ色に焼けていた。匂いを嗅ぐだけで生唾もの。ホリーの家でランチをご馳走になってからどれぐらい経つ？

遥か昔のことのようだ。

玄関のドアを誰かがドンドン叩いた。いまごろなに？　クロワッサンを取り出してラックに載せ、小走りで玄関に出た。覗き穴から覗くと、しつこいレポーターが六人、まだ玄関ポーチにたむろしている。フランシス・マーケイジアンの姿もあった。スポークスパーソンの役を買って出たようだ。

「どうしたの？」わたしは吼えた。

「ねえ、ゴルディ」フランシスが哀れな声を出す。「あたしたち、お腹がすいて死にそうなの。ずっとここで張ってたら、なんともいい匂いがしてきて。あなたがせめて〝ノーコメント〟と言ってくれないかぎり、編集主任はあたしたちを解放してくれないの。ひとつ取引しない？　軽くなにか食べさせてくれて、〝ノーコメント〟って言ってくれたら、あたしたち引き揚げる。いいでしょ？」

わたしは笑いを堪えた。「そうね。その前に、一分ちょうだい。試食するから！」

キッチンに駆け戻り、クロワッサンにかぶりつく。この世のものと思えぬ味。肉厚なカニとクリーミーなマヨネーズと融けたチーズが、サクサクのクロワッサンとハーブで風味付けしたカリカリのパン粉と絶妙なハーモニーを奏でている。悶絶《もんぜつ》しそうになる自分を抑え、クロワッサンにカニの和え物を載せた。おかしなことだけど、ずらりと並んだ小さなクロワッサンが、警官の持つ道具に見えた。ああ、もう、考えないつもりでも、思いはそっちに向かってしまうらしい。

クロワッサンが手錠《ハンドカフ》に見えたのだ。だったらそれを料理の名前にしてしまえ。〝ハンドカフ・クロワッサン〟。どっちも輪の形だし、材質はちがうけど。

クロワッサンをオーブンに入れてから、いくつも作って保存してあるクリームパイをひとつ取り出した。塩味の後には甘いものが欲しくなる。彼らはレポーターだ。ただ〝ノーコメント〟と書くんじゃ能がない。その前にこんな文章を載せてくれるかも。「ゴルディロックス・ケータリングのご厚意により、報道機関においしい軽食をふるまってくれた後、ミセス・シュルツはこう述べた……」そうこなくっちゃ！

イチゴのトッピングをパイに載せ、クロワッサンをオーブンから取り出す。きつね色に焼けたサクサクのクロワッサンにプクプクと泡だつチーズ。大きな木のトレーにパイとクロワッサンを並べ、プラスチックのフォークと紙皿を添え、ポーチに運んだ。

「まあ、おいしそう！」玄関を出たとたん、フランシスが叫んだ。

「これ、見てごらんよ！」別のレポーターが歓声をあげた。

「おれ一人で全部食えるぜ！」

おおいにうけた。トレーをポーチのテーブルに置くと満足感に包まれた。雹が融けるよりも早く、二十四個のクロワッサンは消え去った。こんなにがっついて気分が悪くなったらどうするの、と思ったけど口には出さず、ひたすらにこにこしていた。

「ミセス・シュルツ」口いっぱいに頬張ったまま、男のレポーターが言った。「あなたの前のご主人を殺した犯人は、元患者ということは考えられませんか？　治療に不満があったけど、HMO（アメリカの私的医療保険制度）のせいで訴えることができず、彼が出所するのを待ちかまえて殺したのかもしれない」

わたしは驚きに口をあんぐり開けた。どうしていままで考えつかなかったの？　レポーターたちは噛むのをやめ、わたしの言葉を待っている――

「ちょっと待った！　ちょっと待った！」誰かが叫び、家の横手のライラックの茂みを押し分け前庭に飛び出してきた。「やめろ！　すぐに食べるのをやめろ！」体についた葉っぱや小枝をクリップボードで叩き落とそうとしている。クリップボード？

そんな、まさか。嘘だって言ってよ。でも、ほんとうだった。地区の衛生検査官、ロジャー・マニスの不意打ちの訪問！　抜き打ちの検査！　やられた！

彼は背筋を伸ばし、ポーチの階段をドスドスのぼってきた。

「あなたが一般の人びとに提供した料理を検査することを許可いただきたい！」彼が言った。いつも艶やかな黒髪は、ライラックの茂みで過ごしたせいで乱れ放題。銀ネズ色のポリエステルのズボンはつんつるてんで、黒い靴下と靴が丸見えだ。半袖の白いシャツの胸ポケットには、ボールペンを差し込んでもインクで汚れないようビニール製のポケットプロテクター。小枝や葉っぱやライラックの花をいたるところにくっつけたまま、彼は刃のような顎を震わせていた。さながら肉に食いこもうとするミートスライサーだ。

こんなこと、許せるわけがない。いま、ここでなんて、断固拒否する。庭の茂みに隠れていて、好きなときに飛び出してくるのは違法行為でしょ。冗談じゃない。ロジャー・マニスはろくでなしなだけではない。頭がどうかしてる。

「いいえ」落ち着いて、でもきっぱりと言った。「いま検査をするのはやめてください。この人たちはあたしの個人的なお客さまですし、検査されるのは不都合です。あたしは一般の人びとに料理を提供していません。友人をもてなしてるんです」

レポーターたちはぽかんとしている。なかの二人が、テープレコーダーと手帳にそっと手を伸ばすのが見えた。

ロジャー・マニスが詰め寄ってきた。目の前にそそり立つ彼の顔は、驚きと憎しみの中間のような表情が浮かんでいた。「いまなんて言った？　わたしはどこでも好きなときに検査できる」

わたしは足を踏ん張り、唾を呑み込んだ。「ここではできません。いまはだめです。こちらの事情が許しません」

気がついたら、目の前に立つロジャー・マニスがわたしの左腕を摑んでいた。きつく。

「いいか、お嬢ちゃん、あんたに指図する権利はないんだよ。なぜなら、わたしは――」

股間を蹴り上げろ。目を突け。ラウンドハウスでは役に立たなかった護身術の心得が甦った。でも、彼の股間を膝で蹴り上げられない。万力のような彼の手から左腕を振り払うこともできない。考えるより早く右手が横に伸び、ストロベリー・パイを摑んで彼の顔に叩き付けていた――まさにその瞬間を、三紙のカメラマンが捉えた。

その後のことはよく憶えていない。マニスはファーマン郡の白いヴァンのほうへ慌てて逃げ出した。悪態と脅しをつぶやきながら途中で立ち止まり、腰を屈めて顔のどろどろを拭った。レポーターたちはわたしと目を合わせないようにしながら、テープレコーダーやカメラ機材や手帳や、炭酸飲料の缶や発泡スチロールのコップやその他のゴミを掻き集めた。考えてみたら、まだ「ノーコメント」と言ってなかった。

ポーチに飛び散る割れたパイ皿やパイ生地の破片やストロベリーのトッピングを目で追っていると、レポーターの一人がフランシス・マーケイジアンに食ってかかるのが聞こえた。

「クソッ、フランシス！　彼女が摑む前に、どうしてパイをどけなかったんだよ。楽しみにしてたんだぞ！」

「だって、彼はゴルディのことを〝お嬢ちゃん〟って言ったのよ、ジャック」

「一切れぐらいなら投げてもいい」ジャックも往生際が悪い。「丸ごと一個投げつけることないじゃないか」

13

片付けにそう手間はかからなかった。考えごとをしながらなら、さっさとすんでしまう。マーラもブルースターも、警察でさえ、げす野郎は女と金の問題で悩んでいたと考えている。でも、彼はあれでも医者だった。恨みを抱いている昔の患者の仕業とは考えられない？　これもまた、藁をも摑むってやつだろうか。でも、なにか考えて気を紛らわさないとやりきれなかった。地区衛生検査官にパイを叩きつけたことが、写真入りで記事にされるかもしれないのだから。

腕時計を見ると四時十分。アーチとトムはいいかげんに帰ってきてもいいんじゃない？　どこかでおやつでも食べてるんだろうか。いずれにしても、夕食の支度はしなければ。その前に、あすのケータリングの支度がまだ少し残っている。それに、なにか情報を耳にしたらブルースターに知らせると約束していた。

電話をしたら会議中だったので、ボイスメールにメッセージを残した。〝警察の知り合い〟――ボイドに迷惑はかけられない――から聞いたのだけど、ジョン・リチャードはマネー・ローンダリングに手を染めていたそうです。わたしにお金のことを尋ねた中年男性のこと、憶えてるでしょ？　彼はジョン・リチャードから現金で四千五百ドルを受け取ることになっていたそうです。つまり、ジョン・リチャードに資金洗浄をやらせていた人物が、彼を殺した可能性もあるってことです。捜査の矛先がそっちに向かってくれることを願う。向かわなかったら、ブルースターがせっついてくれるだろう。それから、ジョン・リチャードのハーレムの最後のメンバーだったサンディー・ブルーには、ボビー・カルフーンという名の嫉妬深い恋人がいて、すぐかっとなるの。詳しいことはマーラから聞いてください。

　発酵が終わったパン生地を叩いて伸ばし、等分に切り分けロールの形に丸め第二次発酵させた。つぎにボウルに目の細かな漉し器を載せ、バニラ・ヨーグルト一ガロン（約三・七リットル）を均等に置いた。一晩かけて漉すととびきり濃厚なヨーグルトになる。あすの朝、これにホイップクリームを混ぜ込み、新鮮な果物と段々に重ねれば朝食会用のパフェのできあがり。マフィンとパンは作って冷凍してあるから、カントリー・クラブの厨房で最小限の仕上げをすればいい。隣家のトゥルーディがお花を届けてくれた。アーチが通うカトリック系高校の母親たちが、美しい春の花々を贈ってくれたのだ。キャセロール料理を届けられなくてごめんなさいね、でも、プロのケータラーにお料理を届けるのは勇気のいることなのよ、とトゥルーディ。

　さてと、夕食の支度。ホリーの家でご馳走になったような、魚介のサラダなんてどうかしら。トムがブルーだった日々に作りだめしたもののなかに使えるものはないかと、冷蔵庫を調べてみた。〝ハッピー・デイズ・マヨネーズ〟と書かれたラベルが目に入った。どうしてだか自分でもわからないけど、見たとたん怒りがまた鎌首をもたげた。

ゆっくりと戸棚に向かう。再利用するためのガラス瓶を入れてある戸棚に。大きめのやつを二個取り出し、思いきり床に投げつけると、ガチャンと気分のいい音をたてて砕けた。スニーカーでガラスのかけらを踏みつけながら、また戸棚に手を伸ばして二個取り出し、今度は裏口のドアに投げつけた。

「ハッピーかって？　ええ、思いっきりハッピーよ！」怒鳴りまくりながら、さらに二個を床に叩きつけた。数百万個の破片が飛び散る。「さあ、これでハッピーになったわよ！」

ジェイクが吠えている。怯えさせてしまったのだ。自責の念に駆られ、二匹の様子を見にいった。ガラスの破片だらけのキッチンに入れてやるわけにはいかない。ジェイクがまた舐めてくれた。困ったぞ。いつも餌をくれる女の人が、ちょっと頭がいかれちまった。

キッチンに戻り、ぐったりと椅子に座った。〝ハッピー・デイズ・マヨネーズ〟とは、よく名づけたものだ。アーチが生まれたときの有頂天だった自分を思い出す。毎日が、シャンパンの泡のようで、喜びに浮き立っていた。教会や図書館や食品雑貨店にも、彼をみせびらかしに行ったものだ。会う人会う人わたしを見て言った。「幸せそうね！」ほんとうに幸せだった。**これが幸せなのね**、とわたしは思った。**ずっとこれがつづくの。幸せな人生のこれははじまりにすぎない！**

ハハハ。床を覆うガラスの破片に目をやった。ジェイクがデッキの窓枠に足をかけ、この惨状を見つめている。かまうもんですか。いくらでも叩き割ってやる。それから車を飛ばして死体安置所に行き、誰に殺されたのか言うまで、ジョン・リチャードの死体を思いっきり揺すってやる。

そう、それで、レポーターたちに格好のネタを提供するってわけ。なにはともあれ、家族のために夕食は作らなくちゃならない。怒りの爆発でエネルギーをすべて使い果たし、料理をする元気もない。しょうがないわよ。再度スニーカーでガラスの破片を踏みしめて冷蔵庫に向かう。こうなったらアメリカの主婦の頼みの綱、冷凍キャセロールの出番。

ホイルをかぶせたガラスの深皿を取り出す。ラベルに記した名前は〝ホール・エンチラーダ・パイ〟。こんなこともあろうかと、アーチの大好物をいつもの倍の分量で作り置きしてあった。このレシピの誕生秘話。ある晩、アーチがエンチラーダを食べたいと言い出したが、トルティーヤを切らしていた。そこで中身だけを大量に作り、思いつきでコーンチップとこれを深皿に段々重ねにして、エンチラーダの材料がすべて入ってるからね、とアーチに言った。これすなわち〝ホール・エンチラーダ〟！　以来、彼の大好物になった。

深皿を電子レンジに入れて解凍し、箒《ほうき》を握った。むろん散らかしたのはわたしだから、責任はとらなくちゃ。ガラスの破片を掃き集めて捨てる。掃き集めて捨てる。掃き集めて捨てる。つぎに消毒剤を床にスプレーし、ペーパータオルで細かな破片を拭き取った。床を拭きながらつぶやいた。「げす野郎、くそったれのげす野郎」多少の変化をもたせ、おなじ意味の言葉を吐きつづけた。

床の掃除が終わると、痛む膝を伸ばし、ピカピカになった床に目を走らせた。心臓は速い鼓動を刻んだまま。頭の中ではいま口にした悪態が木霊《こだま》していた。怒りからもっと生産的な感情へと移行しなければ、理性的に考えたり行動したりできない。問題は、そうしたくないこと。だからそうできない。**怒りのつぎにくるのは、否定、駆け引き、悲嘆、受容？** げす野郎の死の後に襲ってくる感情的余波を分析することは、著名な心理学者だってできはしないだろう。床に消毒剤をまたスプレーし、いっそう力をこめて拭いた。

気がつけば、西から移ってきた雲が太陽を遮っていた。心地よい風が吹き込んでライラックの香りを運んでくれた。全身の筋肉をズキズキいわせながら、しみひとつない床を眺めた。もうじき六時。くたびれた。ゆっくりと腰を伸ばし、手を洗い、解凍がすんだキャセロールをオーブンに入れた。

裏口をノックする音がした。またレポーター、と思いながらシェードの陰から覗いてみると、トゥルーディのそばかすだらけの子供の一人が、覆いをかぶせたキャセロールとビニール袋をさげて立っていた。

「ママがこれをどうぞって、ミセス・シュルツ」子供——十歳のエディ——が言う。「地中海風チキンだって」

「わざわざどうも、エディ」

「ママが持っていけって言うから。あ、それから、この袋の中身は郵便物です」

「パイでも食べていかない、エディ？」

「いいえ。ママがね、あした釣りに行きたいなら部屋の掃除をしなさいって。いろんなことやらされてさ、学校に行ってるほうがまし！　ときどきね、夏休みがなけりゃいいと思う」
もう一度礼を言ったときには、彼はすでに歩きだしていた。キャセロールを冷蔵庫に入れ、郵便物に目を通す。
請求書やダイレクトメールに交じって、〈マウンテン・ジャーナル〉からわたし宛のマニラ封筒があった。手書きの文字に目を惹かれる。前日の消印だ。中身を出してさらに驚いた。紙が二枚。一枚は差出人の名――〝セシリア・ブリスベーンより〟――が印刷された紙にメモが記されていた。なぐり書きの文字は封筒の表書きとおなじ手になるものだ。

手作りケーキ即売会で話したかったのはこのことです。警察がこの一件を追っているかどうかご存じ？　一年前に入手したんだけど、あなたの前のご主人は収監されてしまったので。彼が意外にも早く出所したいま、この一件を調べるべきだと思って。電話いただけますか？　C．B．

もう一枚は、畳んだ紙で端が擦り切れていた。タイプされた短い手紙で挨拶の言葉はない。

ドクター・ジョン・リチャード・コーマンは、サウスウェスト病院で患者だった十代の少女をレイプした。ずっと昔のことだ。この一件を調べてみる気はある？　記事にする気はある？　彼の前妻のゴルディに尋ねてみることからはじめて。彼女にもおなじことをしたのかどうか。事実がわかったら、彼の罪を暴くことはあなたの仕事……

ワオ。タイプされた手紙を二度読み、セシリアのメモを再読した。彼女はこの手紙を二年前に受け取っていながら、なにもしなかったの? セシリアらしくもない。とはいうものの、これは証拠のない申し立て。へたに騒ぐと火傷する。

書き手が勧めたことを、セシリアがやらなかったことはたしかだ。彼の前妻のゴルディに尋ねてみることからはじめて……

もう一度手紙を読む。恐ろしい告発で、立証は難しい。ドクター・ジョン・リチャード・コーマンは、サウスウェスト病院で患者だった十代の少女をレイプした……ずっと昔のことだ。わたしは目を閉じた。

ジョン・リチャードがそんなことをしたなんて、信じられる? られる。一度ならず、力ずくで迫られたことがあった。でも、彼が十代の少女に関心があるという話は聞いたことがなかった。

でも、いまになって、彼がずっと昔に若い娘をレイプしたという告発が表に出て来た。それもジョン・リチャードが殺された直後に出て来たのはどうして? セシリアはなぜこれを警察ではなくわたしに送りつけたの?

すべてが怪しい。何者かがわたしを陥れようとしている、あるいは、していた。ところがここへきて突然、セシリア・ブリスベーンが疑惑をよそへかけようとしている。

それにしても、このメッセージはジョン・リチャード殺しを解明する鍵を与えてくれるわけではない。とはいえ、セシリアには電話してみよう。

でもその前に、ファーマン郡警察のブラックリッジ刑事に電話で手紙のことを伝えた。いまから取りに行きます、と刑事は言ったうえ、セシリア・ブリスベーンに連絡はとらないように、とご丁寧にも釘をさした。

でも、マーラに電話するなとは言わなかった。あたらしい携帯電話から彼女の自宅の電話にかけてみた。いつものように留守番電話につながったので、さっきコンピュータに打ち込んだ質問のいくつかをぶつけた。ジョン・リチャードがコートニーと別れた時期と理由を知ってる？　コートニーを捨ててサンディーに乗り換えたのには訳があるの？　なにかのつながりがある？　それから爆弾発言を行う。あなたが作った〝げす野郎の女漁り〟リストには、彼がレイプした十代の女の子は含まれてる？　その当時、その子はサウスウェスト病院で彼の患者だったらしいの。

げす野郎の悪評をほじくり出せる人物がいるとすれば、それはマーラ。

携帯電話を閉じ、流しに水を張って洗剤を入れ、パイ作りで使ったボウルや泡だて器を丁寧に洗った。**ジョン・リチャードがレイプしたという一件を知っている人がほかにもいるの？**　同僚の医者たち。ありうる。でも、医者というのは、仲間を批判されたとなると、たとえ犯罪がらみでも頑なに口を閉ざす。タイプされた手紙にもう一度目を通してみる。

サウスウェスト病院の患者は、みながみなアスペン・メドウの医院から回された患者ではない。メッセージには——故意に、とわたしには思える——「わたしが彼の患者だったとき」とは書かれていない。被害者がジョン・リチャードの患者の一人だったとしても、げす野郎の医院を買い取った医者からカルテを入手することはできない。それに、被害者の女性は、このことが公になることを望むかしら？

テーブルの支度をしながら考えてみた。この件で手掛かりを持っていそうな人はほかにいる？　ジョン・リチャードが父親と一緒にアスペン・メドウで開業してたころ、たくさんの看護師を使っていたけど、みな一年とつづかなかった。ちょっと待って。分娩室で一緒だった看護師。ジョン・リチャードと十五年一緒に働き、彼をよく知る人物が一人いる。サウスウェスト病院産婦人科の婦長。あす、彼女の退職記念ピクニックのケータリングをやることになっている。

ナン・ワトキンズは、ジョン・リチャードのこの不始末を憶えているだろうか？　憶えていても、わたしに語ってくれる？　すでに警察が事情聴取しているかも。でも、どうだろう。朝食会用のロールの発酵が終わったのでオーブンに入れてから、ナン・ワトキンズに電話をしてみた。

彼女は自宅にいなかった。ピクニックの席で話をしてくれるだろうか。こうなったら当たって砕けろだ。

キッチンの片付けに取り掛かる。お腹が鳴ったので、トゥルーディ作の地中海風チキンをほんの一切れ口に入れた。鶏肉は柔らかくてジューシーで、ソースはニンニクとタマネギとトマトにシェリー酒が効いていて美味。おいしい！

チキンを冷蔵庫に戻し、オレンジ風味のロールをオーブンから出した。雲のように軽やかなロールが、キッチンを芳香で満たした。換気扇をすべてつけていたので、ブラックリッジ刑事が鳴らした玄関のベルをあやうく聞き逃すところだった。彼を招き入れ、心を鎮めるのに充分な大きさに切り分けたクリームパイを勧めたら、見事に断られた。レポーターは食べ物で釣れるけど、警官はまた別なのね。

「二通の手紙を見せてください」

二通を別々のビニール袋に入れておいた。彼は表情を変えることなく二通とも読んだ。

「で、たまたま二通をきょう受け取ったわけですか？」

むっとした。「これに入ってきたんです」マニラ封筒を差し出す。

彼は目を細めてわたしを見た。「それで、彼はやったんですか？」

「誰が？」

「あなたの前夫が、あなたを力ずくで犯したことはあったんですか？」

わたしは息を吐き出した。「ええ。わたしはいつだって、ただ……やりすごしました。だって、結婚していたから」

「あなたにとっては好都合じゃありませんか？」ブラックリッジが口元にかすかな笑みを浮かべて尋ねた。「彼は殺され、レイプの告発がいずこからともなく現れ、まるでその――」

「セシリア・ブリスベーンに尋ねてみたらどうなんです？」わたしは言い返した。

ブラックリッジ刑事は、ビニール袋とマニラ封筒を手に玄関へ向かった。「当たってみました。彼女はオフィスにも家にもいなかった。それもまた、あなたにとって好都合だ。ちがいますか？」

彼が問いかけるような表情を向けてきた。わたしはなにも言わなかった。でも、わかっていた。この件について、彼にもっと情報を与えられなければまずいことになる。

刑事が車で去ってから、わたしは玄関ポーチに出た。ロッキー山脈の夏、太陽は西の地平線で長いことぐずぐずしている。だんだんに涼しくなって、アルペンローゼやチョークチェリーが夜に備えて解き放つ香りで空気が甘くなると、夕暮れが訪れたとわかる。芳しい大気を吸い込み、通りを見渡した。嬉しいニュース。レポーターは退散したようだ。悪いニュース。トムのセダンは影も形もない。トムとアーチが恋しいけれど、それ以上に心配になっていた。トムと話がしたかった。きょう一日の出来事はあまりに複雑すぎて、わたし一人では解き明かせない。

キッチンに戻ると、時計は六時四十五分を指していた。もう一ラウンド回ることにしたの？　それはないだろう。そうそう、アーチはアイスホッケーの道具を持っていった。父親が亡くなった翌日、彼がスケートをしたいと言い出したら、トムのことだからやらせてやるだろう。いまどこでなにをしているのか、知らせてくれてもいいじゃないとは思うけど、トムの携帯電話にかけるのは我慢していた。ベルが鳴ったら、アーチが目をくるっと回すさまが見えるようだ。

きっとママだ、ぼくたちを監視してるんだ！

ぶるっと身震いしたとたん、電話が鳴ったので飛び上がった。発信者番号を見ると、〈マウンテン・ジャーナル〉の〝パイを食べ損なった〟レポーター、わが友フランシス・マーケイジアンだ。自宅からだ。この女のしつこさには兜《かぶと》を脱ぐ。

「ノーコメント」開口一番言ってやった。

「すごくおもしろい。あそこにいたみんなから責められたわよ。あなたがロジャー・マニスにぶつける前に、なんでパイを掴まなかったんだって。〈マウンテン・ジャーナル〉は、あの写真につけるキャプションをまだ考えてるとこ。いまのところ『ストレスまみれの容疑者、検査官をクリームまみれに』が優勢だけど、あたしは『ケータラー、闖入《ちんにゅう》者をぶちのめす《クリーム》』のほうがいいと思ってる」

「フランシス、あたしがストロベリー・クリームパイを地区衛生検査官に叩きつけたことを、まさか本気で記事にするんじゃないでしょうね？」

「あなたがもっと実のある情報を提供してくれれば考えてもいい」

わたしはうめいた。「たとえば？」

「たとえば、ゴルディ、警察はあなたについてなにを掴んでいるのか。たとえば、警察が実のある証拠を掴んでいたとしたら、なぜあなたを逮捕しないのか。たとえば、あなたかトムが、疑わしい人物を知っているんじゃないか、ほかに……」もったいつけて、これで焦《じ》らしてるつもりなんだから。

「ほかに、誰? 謎かけをやってる暇ないの、フランシス」

「だったら、どう、埋め合わせはするわよ」

「なにで埋め合わせるつもり?」

「その前に情報をくれなくちゃ」ちゃっかり言う。「警察はあなたについてなにを摑んでいるの、ゴルディ?」

ちゃっかりならわたしも負けない。それに、口当たりもいい。うまいこと言うなら任せてよ。フランシスが食べ損なったクリームパイ以上に口当たりのいいこと言ってあげる。咳払いし、適度に哀れっぽい声を出した。

「アルバート・カー追悼昼食会の後、みんなが見ている前でジョン・リチャードと口論したの。ジョン・リチャードがなんのことわりもなく勝手に時間を決めて、アーチを連れてこいって言ったものだから。けっきょく受け入れるしかなくて、彼は立ち去った」

「そんなの周知の事実じゃない、ゴルディ」

「アーチを連れて行って」わたしはかまわずつづけた。「ジョン・リチャードがガレージの車の中で死んでいるのを見つけた。アーチはおもてにいた。わたし一人だったの。それで警察は、あたしが息子を守るためにすべて仕組んだと思った」話せるのはここまで。〝陪審員候補〟の文字が頭に浮かんだ。万が一裁判ということになれば、誰が陪審員に選ばれるかわからない。わたしの拳銃がなくなったことやネズミのこと、硝煙反応テストを受けたことが新聞に載ったら、先入観をもたれてしまう。

「拳銃がどうかしたって話を耳にしたけど」と、フランシス。

「どこで耳にしたの？」

「ジョン・リチャードを殺したのはあなたの銃だったの？」

「いい質問ね。それで、どう埋め合わせてくれるの？　これから山ほど料理をしなきゃならないの」この女はわたしを疲れさせる。

「テッドとジンジャー・ヴィカリオスのことは、どの程度知ってるの？」

この質問には不意を衝《つ》かれた。「長いこと音信不通だった。テッドは——」

「ええ、そう。十五年以上前、カーと一緒にサウスウェスト病院産婦人科の部長を務めていた。それから同時期に、カー夫妻もヴィカリオス夫妻も宗教に目覚め、別々の道を歩んだ。カー夫妻は財産を売り払い、イギリスの神学校に入るべく海を渡った。テッド・ヴィカリオスは勉学も聖職按手《あんしゅ》式も必要ないと判断した。自分なりの道徳訓と人を魅了する言葉があればよかった。コロラド・スプリングズに店を開き、数百万ドルのテープとCD帝国を築き、『家族の価値』と『罪の克服』をひとつのボックスにおさめて千五百九十五ドルで販売した。でも、家族はそこまでうまくいかなかった。そこらへんのことは知ってる？」

「商売に失敗したことは知ってるわ。スキャンダルに巻き込まれたんでしょ」

「オーケー、家族の価値、わかる？　テッドとジンジャーは自分たちの家族こそ最高だと主張した。すばらしいお手本だってね。一人娘のタリタは、表向きまじめなお嬢さんで通っていて、サウスウェスト病院でボランティアをしていた。テープ帝国から大金が流れ込むようになり、テッドとジンジャーは派手な生活にうつつをぬかすようになった――四台のＢＭＷに農場、スキー場のマンション。それもつかの間。ライバル新聞社がこんなネタを摑んだ。娘のタリタが知ってるミッショナリーは、伝道師じゃなくて正常位《ミッショナリー・ポジション》のほうだってね」

「フランシス！」タリタ・ヴィカリオスのばら色に輝く顔と無邪気な笑みを思い出す。明るいキャンディストライプの制服を誇らしげに着ていた。赤ん坊のアーチをそれはかわいがってくれた。こっちが恥ずかしくなるぐらいの溺愛ぶりだった。

「そうか、タリタと知り合いだったのね？」

「ずっと昔のことだけど。彼女がボランティアで看護師の助手をしていたころのこと。アーチが生まれたときは、それは喜んでくれたわ」

「へえ。十五年前？　タリタは、そう、十八歳よね。タブロイド紙が見つけ出したとき、タリタは二十二歳になっていた。ユタ州のヒッピーの共同体《コミューン》で男と同棲していた。それに、子供がいた。未婚の母ってやつ？　なんとまあ！　あのお高くとまってたヴィカリオス一家が、落ちぶれたものよ。テープ帝国を失い、借金のかたにすべて手放した。破産、無一文、すっからかん」

「それがジョン・リチャードとどうつながるのかわからない」

「予備知識よ、ゴルディ。テッドは四年前に破産宣告をした。彼とジンジャーは、十ヵ月前まで友人の家に身を寄せていた。ところが、どうなったでしょう！　アスペン・メドウのカントリー・クラブ地区の分譲マンションを買うお金を、誰が出したと思う？　古い友人のホリー・カー。大金を相続し、友人の窮状《きゅうじょう》を見るに見かねた。クリスチャンは富を分け合うんだって、わかる？　どう？」

「フランシス――」

「カー夫妻とヴィカリオス夫妻が仲たがいしたのは知ってた、ゴルディ？」

「ええ。ただ、どうしてそうなったかは知らない」

「あたしもよ。サウスウェスト病院の誰も話したがらないもんでね。でも、ホリーはいまになって、土地を売ったお金で関係修復に努めてる。あたしはそう見てるの。理由はなんだったにせよ、テッドとジンジャーは、ホリーからもらうお金で生活しているらしい。カントリー・クラブで夫妻と親しい人によるとね。どうやって仲直りしたんだと思う、ゴルディ？　なにか知らない？」

「知らないわよ」知っていればどんなにいいか。

「あたらしく医院を開業するには、テッドは歳をくいすぎてる。でも、昔の借金を取り立てることぐらいはできる。かつて部下だったドクター・ジョン・リチャード・コーマンが出所し、その華々しい姿が地元紙を賑《にぎ》わしたらどう？　パン屋を開くのに充分なパン生地を持ってね。ドクター・テッドが興味をもって当然でしょ。既決重罪犯のドクターが、地元のゴルフ・トーナメントのスポンサーになり、アウディを運転し、カントリー・クラブ地区で派手な女と同棲してるのよ。ね！　借金取立ての好機到来とテッドが思ったとしても、おかしくないでしょ」

トムのクライスラーが砂利を踏んでガレージに入る音が聞こえた。苛立ちが背筋を這い上る。

「フランシス、いったいなにが言いたいの?」

「ゴルディ」彼女がやさしくささやく。「ジョン・リチャードが、あなたのその家の頭金五万ドルを、どこから調達してきたか考えたことないの? あなたが離婚のときもらったその家よ」

全身が冷たくなった。「医学校卒業のお祝いに両親からもらったって言ってた」

「あたしはそうは思わない」フランシスが言う。「そりゃ多少の金は与えたかもしれないけど、彼はそれをこっそり貯め込んだか、愛人に使ったか。小鳥ちゃんがこんなことを囀《さえず》ってたわ。その家の頭金にするために、ドクター・ジョン・リチャード・コーマンは上司のドクター・テッド・ヴィカリオスから五万ドル借りたって」

「信じられない」わたしはきっぱり言った。「その小鳥ちゃんって誰?」

「実を言うと」彼女の声からわずかだが確信のなさが聞き取れた。「匿名の電話があったのよ。あたしのボイスメールに入ってた」

「男だった、それとも女?」

「言えません。それで、あなたは認めるの、それとも否定する?」

「否定する。断固否定するわよ」でも、一発食らった気分だった。五万ドル? ジョン・リチャードは、あたしの知らない負債を抱えていたの？　いまは破産者となった人から？　それは十代の少女をレイプする前、それとも後？　トムとアーチが声をかけあって車から荷物を出し、家に向かってくる。寒気の波がまた全身を襲う。「テッド・ヴィカリオスはその借金の証書を保管してたの？」

「いいえ。ホリー・カーに聞いたところでは、してなかった」

「ホリー・カーは借金のことを認めたの、フランシス？」

「ええ、まあ認めたようなものね。借金があったとすれば、男と男の約束だったって言ったのよ」

「つまり、ホリー・カーはあなたのインタビューを受けることに同意したって、あなたはそう言ってるのね？」

「そうとは言ってないわよ。でも、あたしのジープはあのドライヴウェイを制覇したの。あたしはどこだってキャンプを張れるのよ。おたくでやったみたいにね」フランシスはクスクス笑った。

いやはや。新聞に載る心配をしなくていいなら、こう言ってるところだ。フランシス、あなたってときどき、ほんとに嫌な女になるわね。

「じゃあさ」フランシスが楽しそうにつづけた。「これはどうかしら。ヴィカリオス夫妻が財政問題で行き詰まったのは、おたくの元亭がお金の面で落ち目になったのとおなじころだった。それから、彼は例の刑務所暮らし。ところが突然の減刑。それに、彼はテッド・ヴィカリオスと大喧嘩をした。白熱の議論って言ったほうがいいのかしら。あなたがコーマンとぶつかる直前にね。元亭との最後の衝突にあらたな光を当てることになるんじゃない？　彼は藪から棒に喧嘩をふっかけてきた……ちょっとばかしおかしいと思わない？」

　トムとアーチがデッキのドアの警報装置を解除するボタンを打ち込み、キッチンを覗き込んだ。「いいえ、フランシス」わたしは答えた。「ちっともおかしくない。彼が藪から棒に喧嘩をふっかけてくることが、彼とあたしがうまくいかなくなった元凶だったんだから。簡単に言えばね」

「むろん」彼女が陰険に言う。「あなたは借金のことも、証書がないことも知ってたんでしょうよ。つまり、あなたには撃ち殺す動機がますます増えるってことで――」

「ねえ、もう行かなきゃ」わたしは嘘をついた。「なにかわかったら電話する」

　彼女はまだがなっていたけど、受話器を置いた。彼女の情報は人を不安にするだけで、道理にかなってはいない。わたしがジョン・リチャードを殺す動機が増えたと言いながら、その実、ジョン・リチャードから現金五万ドルを取り戻せなかったテッド・ヴィカリオスが――十四年も音信不通だったくせに――彼の家に車を飛ばして撃った可能性もあると、そうほのめかしたわけ？　テッド・ヴィカリオスがげす野郎から金を引き出すチャンスは、ガレージでの銃撃で消え去ってしまった。

　ドアを入ってきたトムとアーチを見て、なにかおかしいとすぐに気づいた。トムは表情を隠している。アーチの髪は絡まって頭にへばりついている。顔は赤らみ、汗が筋を引いて光っている。

アーチはわたしを見てうなずき、言った。「ハイ、ママ！　元気だった？」熱のこもった口調があまりにも不自然だ。「ねえ、見て！　トムがホッケーのスティックを買ってくれたの。前から欲しかったやつなんだ！　それにジャージもね！」シャワーを浴びる、とかなんとかつぶやきながら、跳ねるように脇をすり抜けていった。

ちょっと待ってよ。スティック？　ジャージ？　振り向いたら彼の姿はなかった。

「スタート時間に間に合わなかったの？」流しで手を洗うトムに、軽い調子で話しかけた。

「いや、ちゃんと間に合ったさ」

「だったら、二人とも気が変わった？」

なんて答えようか思案しているのか、トムはなにも言わない。落ち着いた手つきで、テーブルの上のクリスタルの蠟燭《ろうそく》立てに蠟燭を差している。それがすむとキッチンの椅子に腰をおろした。少し疲れているみたい。海のグリーンの色の目を、ようやくこっちに向けた。

「きみに伝えなきゃいけないことがある。アーチはゴルフができない。クラブの握り方すら知らない」

「でも、そんなわけない。この一ヵ月、ジョン・リチャードと週に二度プレーしてたのよ。ジョン・リチャードはアーチのためにレッスンプロを雇って――」

トムの表情は穏やかで落ち着いていた。「おれはそうは思わない。きみの息子は、週に二度、父親となにをやっていたのか言おうとしない。アーチは生まれてから一度もゴルフをやったことがないんだ」

父親がむごい死に方をした直後なうえに、母親との関係がぎくしゃくしているいま、毎週火曜と木曜にお父さんとなにをしてたの、とアーチに尋ねるのはためらわれた。七時半、蠟燭を灯した夕食のテーブルについたとき、食事のあいだは質問は差し控えようときめた。

風が吹いて気温が一気に十五度ほどさがり、地中海とメキシコの料理にうってつけの夜となった。湯気をたてるエンチラーダ・パイとトゥルーディのジューシーな鶏肉料理を並べると、アーチとトムは旺盛な食欲をみせた。鶏肉はやわらかくて適度にスパイシーだった。牛肉とニンニク、タマネギ、揚げなおした豆にホットなソースがコーンチップやとろりとろけるチーズと見事に融け合うエンチラーダ・パイは、メキシカン・レストランのパンチョ・ヴィラをも圧倒するおいしさだ。付け合せにはライスと、トマトとアボカドとざく切りにしたレタスとワケギのサラダ、それにたっぷりのまっ白なサワークリーム。アイスホッケーは食欲増進の効果覿面《てきめん》だったようだ。

「アーチ」頃合を見計らって切り出した。「ちょっと気になってることが――」

すると、トムがすかさず、〝話したくなれば自分から言うさ〟の視線をよこした。アーチは無表情をきめこんでいる。父親のことや葬儀のことを話すつもりがあるんだか、ないんだか。お皿が空になったところで、ストロベリー・クリームパイはいかが、と言ってみた。トムもアーチもうめいて、もうお腹いっぱい、と言った。アーチは椅子を引き、もう行ってもいいかな、と尋ねた。わたしがうなずくと、アーチはぼそっと「ありがと、ママ」と言い、自室に引き揚げた。

「無理していい子をやってるみたい」テーブルを片付けながらトムに言う。「でも、アーチは証拠を隠しているだけじゃなく、十代の子特有の引きこもり状態に逆戻りしている」

トムが皿を置いてわたしを抱き寄せた。「きょうの午後、いろいろと話をした。あいつはいまぼろぼろなんだ、わかってやれ」わたしのうなじにキスして腕に力をこめる。「ミス・G、きみのことのほうが心配だ。さっきゴミ容器を見たらガラスの破片でいっぱいだった。どういうことだ?」

「怒りまくったの。話したいことがいっぱいあるのよ」

彼が腕を離した。「なにに怒った?」

彼にだけ聞かせる午前中の出来事のダイジェスト版を語った。ストリップ・クラブにラナにマーラの車のボンネットで血を流していたハゲ男。それから午後の部に移った。ホリーに会いに行ったこと、レポーターたち、マニスにパイを叩きつけたこと。その後で、ガラスの瓶を割ったの、ええ。それから、セシリア・ブリスベーンから届いた手紙のこと。それまで黙って聞いていたトムが、手を挙げた。

「待て。その手紙、まだ手元にあるのか?」

「安心して。ブラックリッジ刑事に渡したから。コピーはとっといたけどね」コピーを取り出す。誕生日に小型のコピー機を贈ってくれたトムに感謝。

「なんてこった」トムは頭を振った。コピーを置き、わたしに厳しい目を向ける。「ほんとうだと思うか?」

わたしはため息をついた。「わからない。誰かがジョン・リチャード殺しの罪をあたしにかぶせようとしている。あるいは、していた。そしていま、彼に関するよからぬ話がどこからともなく現れた」

フランシス・マーケイジアンが、総額五万ドルの借金のネタを発掘してきたこともトムに話した。フランシスの言う匿名の情報源によれば、いまわたしたちが住んでいるこの家の頭金を払うため、げす野郎がドクター・テッド・ヴィカリオスから借金した。それをげす野郎は返していない、とおなじ情報源は言っている。ラウンドハウスのおもてでテッドとジョン・リチャードが口論したのはそのせいだ、とフランシスは推理している。この借金は、テッドがげす野郎に銃弾を撃ち込む動機になりうる。

意外にもトムは笑い出した。カウンターの上の皿を震わすほどの大笑いだった。

「元亭主が撃ち殺された直後に、あなたを笑わすことができて嬉しいわ」

トムは笑いすぎて涙を拭った。「ミス・G、きみはいろんな容疑者の頭の中に潜り込もうとしすぎる。とっても危険なことだぞ。殺人者の頭の中に入り込もうとしちゃいけない。こっちがおかしくなる」

「激励の言葉、感謝するわ、ハンニバル。息子におやすみなさいを言ってきてもいい?」

アーチの部屋のドアをノックした。話し声が聞こえるのは、彼が電話でしゃべっているのか、それともラジオをつけているのか。「ちょっと待ってて」と、アーチの声がして、話し声は消え、足音がして「どうぞ」の声。

アーチはベッドの上で裸の胸に膝をくっつけるようにして座り、日記を書いていた。ベッド脇の机のライトがついていた。開いた窓から冷たい風が吹き込んでいる。わたしをちらっと見て、向かいの壁に視線を向けた。

「なに、ママ?」

「おやすみなさいを言いに来たのよ」

「わかった。おやすみ」

「ねえ、おねがいよ」ドアを摑んだ。「あなたのお父さんの死にあたしが関与してるんじゃないかって、警察は疑ってる。でも、あなたはいまあたしと一緒にいる。わかってるでしょ、あたしは撃ってない。だから……話してくれないかしら。この一ヵ月、週に二日、お父さんとなにをやってたの?」

彼は机に目を走らせた。ポーカーの世界で言うところの〝ふとしたしぐさ〟だ。「べつに。その、つまり、話せない」

机は見ないようにした。「抱きしめていいでしょ?」

彼は眼鏡を鼻の上にずらし、わたしをじっと見つめた。「いいよ。でも、おねがいだからさ、泣き出さないでよね」

急いでベッドにちかづき、ぎこちなく腕を首に回して頭を抱き寄せた。なんとか涙を見せずにすんでほっとした。

「あすの朝またね」彼のほうから身を引く前に腕を離した。

彼は眼鏡をナイトテーブルに置いて窓を閉め、ライトを消してベッドに潜り込んだ。日記になにを書いていたのかわからないけど——たとえ投獄されることになっても、彼の日記は読まないし、机の中を調べるつもりはない——黒と金色のキルトはまだ手元に置いていることに気づいた。彼はそれを耳元まで引っ張り上げ、わたしに背を向けた。

「出て行くとき」くぐもった声がした。「ドアを閉めてもらえますか?」

14

木曜の朝、小鳥たちの六月恒例交尾儀式の盛大なさえずりで目が覚めた。いつもより大きなこのさえずりは、朝の四時からはじまるのだからまいる。ありがたいことに夢は見なかった。目覚めたのはトムの腕の中だった。動きたくなかった。でも、小鳥たちの浮かれ騒ぎと、部屋に忍び込む冷気のせいで二度寝は無理そうだ。

そっとベッドを出て冷たい床を爪先立って歩き、窓から外を覗いた。雹が木々たちに遅い春の目覚めをもたらした。骨のように白い枝でかたく閉じていたポプラの新芽が、黄緑色の雲に変わっていた。私道に沿って植えたツルニチニチソウが頭を揺らしている。トムが草花の根を保護するため前庭に敷き詰めたマルチで、アネモネが真珠色の花をほころばせた。この地に自生するチョークチェリーの木々も、花を倍に増やしたように見える。咲き誇る筒状の花々が、甘く芳しい香りをふりまき、レポーターたちがたむろしていた縁石の上を、太ったコマドリがピョンピョン跳んでいる。

いつものヨガを念入りにやった。体はまだ痛いけど、血液の循環をよくすることは、医者にかかるよりも癒しの効果があるはずだ。ヨガの呼吸法とストレッチをやり終えてシャワーを浴び、綿のシャツとショーツにスウェットパンツ、前がファスナーになったスウェットジャケットに着替えた。朝は冷え込む——おもてに掛けた温度計は摂氏十一度を指している——とはいえ、料理をすればじきに体があたたまる。それに、寒くたってへっちゃら。そういえば、こんなに気分爽快《そうかい》なのはなぜ？

おかしい。**ちょっと待ってよ。窓。**ベッドルームに爽《さわ》やかな風が吹き込んでいるのは、トムが窓を少し開けておいたせい。防犯ベルを設置して以来はじめて、トムがスイッチを切ったのだ。頭がくらくらして、耳がガンガン鳴り出した。ジョン・リチャードが死んだから、防犯ベルはほんとにもう必要ないの？

いいえ、待って。まだ必要だ。わたしを襲った犯人とげす野郎を殺した犯人が捕まるまでは。トムはこう思ったのだろう。自分がいて守ってやれるし、ひと晩ぐらいなら大丈夫だろう。それとも、スイッチを入れるのを忘れたとか。新鮮な空気を胸いっぱいに吸い込んでから窓を閉じた。

キッチンにおり、あたためた半々の牛乳とクリームにダブルのエスプレッソを注いだやつで気分を現実に引き戻した。料理を腐らせ、わたしを襲った犯人を突き止めるという厄介な問題が残っている。それがわかれば、ドアだって開けっ放しで眠れるだろう。

コンピュータを立ち上げ、朝のうちにやっておくべき料理のリストをプリントアウトした。最初はポステリツリーの朝食会。ガーデンクラブから分裂《スプリット》したのだから、スプリッター・グループとでも名乗ればいいのに。

ゆうべ漉しておいたバニラヨーグルトの様子を見る。すっかり水分が抜けて、濃くまろやかなカスタード状になっている。クリームを山ほど泡立ててヨーグルトに混ぜ込み、冷蔵庫に入れた。つぎに桃とネクタリンとイチゴのへたをとり、薄くスライスした。カントリー・クラブの厨房で、クリスタルのパフェグラスに、クリームを混ぜたヨーグルトとこの果物のスライスを段々に重ねればいい。

果物をスライスし終え、ラップして冷蔵庫に寝かせる。時計を見ると五時半だった。マーラはもう起きてる？　たぶんまだだ。ポステリツリーの女たちに聞かれないところで、なんとしても彼女とおしゃべりしたい。でも、朝早く電話で起こしたら、彼女は不機嫌になって、わたしとゴシップを語り合うどころではなくなる。リストに載っているつぎの料理はクロワッサンだ。うちで作って持ってゆくか、カントリー・クラブの厨房でキッシュをあたためるあいだに作ろうか。決めかねたので、ファイルを〝朝食会〟から〝ＪＲＫ〟に切り替え、あらたに浮かんだ疑問を入力した。

ＪＲＫが十代の少女をレイプした一件は確認がとれるのかどうか？　もしとれたとして、その少女は誰でいつごろのこと？　テッド・ヴィカリオスは、この家の頭金五万ドルをジョン・リチャードに貸したまま回収できなかった？　この二件の情報は、警察の捜査を攪乱するためのもの？　ゴルフをやっていたはずの時間、アーチはジョン・リチャードとなにをやっていたのか？

マーラに電話するのが早すぎるなら、ヴィカリオス夫妻に電話するのも早すぎる。だいいち、電話してなにを言うつもり？　わたしの別れた夫は、あなたたちのことも裏切ってました？　ところで、彼を撃ったのはあなたですか？　エスプレッソをまた淹れて、コンピュータの画面に見入った。かわいそうなホリー・カー。フランシス・マーケイジアンを追い払いたい一心で、いったいどこまでしゃべってしまったの？

クロワッサン問題に頭を切り替える。ケータラーなら誰でも知っていること。フードサービスの世界では見た目がなにより大事。味は三番目。クロワッサンのことで、わたしは二番目に大事な問題に直面している。おいしい状態をどれぐらいもたせるか？　朝食やブランチに出す料理では、これが大きな問題だ。不平や泣き言を言っててもしょうがないから手を動かすことにした。ワケギとアーティチョークを刻み、クロワッサンを切り、カニのマヨネーズ和えをつくり、バターを溶かして上に散らすハーブを炒めた。この美味なオープンサンドは作りおきできないから、カントリークラブの厨房で仕上げることに決めた。

それはそうと、警察の捜査はどこまで進んでいるのだろう。警官の経験則その一、殺人事件の犯人が二十四時間以内に挙がらなければ、未解決になる可能性が高い。事件からすでに三十六時間経過していた。

どの刑事に尋ねても話してくれるわけがない。ブラックリッジは敵意むき出しだ。トムから言われている。ボイド巡査部長がラウンドハウスで待っているから、一緒の車でカントリー・クラブに行けばいい。きょうの二件のケータリングに、ボイドはずっと付き添ってくれるそうだ。ケータリングを手伝ってもいいって言ってたぞ！　付き添いなんて冗談じゃないと思ったけど、トムは譲らない。たしかに利点もある。ボイドはあたらしい情報を握っているかもしれない。問題は、あくまでも〝かもしれない〟ということ。

トムがアーチのために立てたきょうの計画。ジュリアンが来たら、トッド・ドラックマンも誘って、デンバーの巨大な市民プールに連れてゆく。人工の波と巨大な滑り台を備えたプールは、子供たちにホットドッグとポテトチップとミルクシェークを吐かせることを目的に造られたとしか思えない。そうすれば、親たちは、ただでさえよそより高い食べ物を二倍買うことになる。でも、トムは言う。自分の力ではどうにもできないことを、くよくよ考えるな。アーチとトッドがほかになにかやりたいと言い出さなければ、ジュリアンはプールで泳いだ後、ピクニックの手伝いをしに来てくれる。トムのやさしさに感謝。彼がいなかったら、わたしたちはどうなっていたことか。

胃が抗議の声をあげた。六時十五分になるのに、お腹に入れたのはコーヒーだけ。クロワッサンとヨーグルトに手をつけるわけにはいかない。またもやトムに助けられた。

「そうだ、ミス・G。きみを驚かすことがあるんだ」ここ最近見たことのなかった自信たっぷりの様子で、彼はキッチンに入ってきた。黒いポロシャツとカーキのズボン姿がとっても素敵。「きのう、すごい買い物をしたんだ。まあ座ってくれ」

わたしが座ると、トムが冷蔵庫の奥の秘密の隠し場所――家族に食べさせたいものを、彼はそこにしまっている――から取り出したのは、リンゴの木でスモークした厚切りベーコンと卵とクリーム。これも買ってきたばかりの料理本をじっくり読んでから、ベーコンをジュージュー焼き、信じられないぐらい軽くてサクサクのビスケットを作ってくれた。その昔に在籍していた南部の寄宿学校で出されたビスケットを思い出し、思わず涙が込み上げた。このところ泣いてばかり。

トムは親指で涙を拭い、頬にやさしくキスすると、熱いうちに食べろ、と言った。それから、警察に電話した。「うん、うん」と何度かうなずき、「それじゃ、彼女につないでくれるか?」と言い、「ああ、ああ、フム」と言って電話を切った。しかめ面で手を洗い、自分用にベーコンとビスケットとジャムを盛った皿の前に座った。

「警察がこれまでになにを摑んだか知りたいだろ?」

ビスケットを喉に詰まらせそうになった。「まさか、検死官と話をしたんじゃないでしょうね」

「ああ、彼女だけじゃない。今週は暇だったみたいだ。それに検死解剖は終わっていた。ジョン・リチャードは午後一時から三時のあいだに殺された。至近距離から二発撃ち込まれた。胸に一発、性器に一発」

エスプレッソとビスケットとベーコンが、胃の中で回りはじめた。

「妙なのは」トムがつづける。「彼を殺した奴が髪を切り取ったってことだ。根元から。頭皮を剝ぐように」

「頭皮を剝ぐ?」

トムは料理を嚙みながら考え込んだ。「いや、実際に剝いだわけじゃない。というより、このブロンドの髪を一房、記念にもらっていくって感じだな」

深呼吸しなさい。自分に言い聞かせた。おもてに目をやると、明るい太陽の光が、飛んでいって種を撒き散らしておいで、とタンポポに誘いかけている。まるで合図を待っていたかのように、白い小さな綿毛が空に向かって飛んでいった。まるでエイリアンみたいだね、と小さいころアーチが言った。みんなでいっせいに飛び立つところなんか。ほかのときに、こんなことも言った。雪に包まれてるみたい。でも、小さな綿毛はやがて地上に降り立ち、道をうっすらと覆い、溝に溜まり、埃みたいに乾いた丘を転がってゆく。

「ミス・G？」トムの声が遠くから聞こえた。「検死結果について聞きたいか？　朝食の席で聞くのはいやなんじゃないのか？」

彼のグリーンの目を見つめる。「わからない。おいしいお料理をありがとう。これできょうの仕事をなんとかやり抜けそう」

「なあ」トムが皿洗いをしながらわたしの様子を横目で窺っている。「この事件には、署でも優秀な連中が携わっているんだ」

「うん」

「それが仕事だからな、ゴルディ。正しいからとか間違っているからやっているわけじゃない。道徳とは切り離して考えてる。法を執行するためだ。殺人犯を捕まえ、正義が行われるように証拠固めをやる――公判を維持できるように」

「ええ、わかってるわ」

「よし。きみとマーラが見つけた男のことだが。ぴんぴんしてる。鼻血とかすり傷が数ヵ所。ボビー・カルフーンをしょっぴいて質問を浴びせたが、すべて否定したそうだ。被害者に面通しをさせたが、エルヴィスそっくりさんを見分けられなかった」

「でしょうね」

トムは肩をすくめた。「釈放せざるをえなかった。彼は地元の消防団のメンバーだし、アスペン・メドウ消防署は、保護区域に隣接するブラック・マウンテン・キャニオンであらたに起きた火災の消火活動でてんてこまいだ。事情聴取の最中にも招集のポケベルが何度も鳴った。被害者のほうは病院で鼻にでっかい絆創膏を貼られ、自宅に戻った」

「最新情報をありがと。コートニー・マキューアンのほうはなにかわかった？　ジョン・リチャードが撃たれた時間のアリバイはあるの？」

トムはうつむいて考え込んだ。「一時前後には、手作りケーキ即売会用のカップケーキを車から降ろしていたようだ。三時ごろまで、会場を出たり入ったりしていた。金庫番をしていた女性が言うにはな。でも、忙しかったから、コートニーの一挙手一投足を見張っていたわけじゃない、だと」

「フム。彼女と話してみてもいいと思う？」

「いや、ゴルディ。きみがコートニー・マキューアンとひと言でも言葉を交わしてみろ、きみを目の敵にしてる刑事たちは、殺人の共謀罪できみたち二人ともしょっぴくぞ」

「まさか」

「だったら事後共犯だ」

「まあ、素敵」

トムは黙って食器洗いを終え、アーチを起こしてくる、と言った。わたしはうなずき、コンピュータの〝ワトキンズ退職記念ピクニックの準備〟のファイルを開いた。まずパスタを茹《ゆ》でるお湯を沸かし、プリマヴェラ・パスタ・サラダの下準備をはじめた。舌に軽くてやさしいサラダは、作り立てを出さなければならない。山ほどのチェリートマトを取り出し、洗って水気を切り半分に切りはじめた。最後に包丁を研いだのはいつだった？　思い出せない。気を抜かないこと、注意を怠っちゃだめ、と自分に言い聞かせる。ケータラーたるもの、包丁はいつも研いで切れるようにしておかなくちゃ。切れない包丁ほど危険なものはない。

切れない包丁、切れる包丁。ジョン・リチャードの髪を切り取ったのはどちらでもない。でも、いったい誰が、なぜそんなことを？

包丁を入れると、よく熟れたトマトはきれいに二つに切れた。誰がなぜやったのかはわからないけど、いつやったのかは見当がつく。わたしのヴァンから三八口径を盗んだ犯人は、料理バサミも盗んでいった。それから二時間のうちに、泥棒はジョン・リチャードの心臓と股間を撃ち抜き、わたしのハサミで彼のブロンドの髪を切り取った。たしかになにか変だと思ったけど、あのときはわからなかった。死体のなにかがおかしいと思った。そのなにかとは髪が切り取られていたことだったのだ。

チェリートマト、半分に切る。トマト、切る。トマト、切る。

オーケー、でも、なぜ？ 犯人はなぜ髪の一房を記念に持っていったの？ ＦＢＩは髪の毛を集める殺人鬼の心理分析を行ってる？ ベートーベンが亡くなった後、ファンや友人たちが彼の髪をこっそり切ったという話は知ってるけど。でも、それはみんながベートーベンを崇拝していたからでしょ。

二階からシャワーの音が聞こえた。この恐ろしい事実はいずれアーチの耳にも入るのだろうか。知ってほしくない。ため息をつき、仕事をつづけた。

ジョン・リチャードは髪が自慢だった。髪のことをいつも気にしていて、それを見るたび〝虚飾〟という言葉を思い出したものだ。日曜学校で教えていたころのわたしの気に入りの言葉だ。髪をむやみに自慢してどうなるの？ まあたしかに、異性を誘惑するときの切り札として使えるけど。

ジョン・リチャードは頭のどの部分の髪を切り取られたのだろう。トムに訊いてみればよかった。わが殺人者は、死んだ彼を無様に見せたかったのかも。葬儀のときにお棺を閉じたままにせざるをないように。

そんな考えを頭から追い出し、トマトを切り終えた。つぎにコリアンダーを洗って水気を切り、まな板の上に並べると、まるで緑の房のよう……

ジョン・リチャードはゴージャスなブロンドの髪がよりゴージャスに見えるよう、スタイリストに細かく注文をつけていたし、自宅にスタイリスト用のハサミまで持っていて、前髪が完璧な張り出し具合で額にかかるまで細かく手を加えていた。それで、たとえば女性に向かって、「きみ、この病院で見ない顔だけど、新人?」と尋ねるときだとか、秘めやかに愛をささやくときだとかに、片手かもしくは両手でブロンドの髪を撫で上げると、女はうっとり。

もう、そんなこと考えてる場合じゃないでしょ。包丁でコリアンダーをギロチンにかける。ちっちゃな緑のかけらが芳しい香りを発散する。茹で上がったパスタのお湯を切って冷ましておき、ピリッとした香りのワケギとシャリシャリの大根を細かく切る。残ったチェリートマトを口に放り込み、甘さと歯ごたえを存分に味わった。フルーティなオリーブ油とツンとくる赤ワインビネガーとディジョン・マスタードを混ぜ合わせ、パスタが冷めるのを待った。

朝食会に頭を切り替え、必要な食材を箱に詰めた。ボイド巡査部長が護衛と助手を兼ねてくれるというので、リズには午前中休みをとってもらった。ジュリアンはアーチと一緒に出かける。二人の助手はピクニックのケータリングには駆けつけてくれる。ありがたいことだ。

パスタがようやく冷めたので、サラダの材料をすべて混ぜ合わせて冷蔵庫に入れた。もうじき七時。ヴァンに荷物を積んで出かける時間。最後の箱を積み込んでから、イブプロフェンを四錠呑んだ。うちの前の道でレンジローバーに乗ってやってきたジュリアンとすれ違ったので手を振った。彼がアーチやトムに付き合ってくれるのはとてもありがたい。ヴァンを湖へと向ける。輝く湖面に三人の少年が釣り糸を垂れていた。わたしも一緒に釣りでもしたい。アスペン・メドウで悪名を馳せる女集団にケータリングせずにすむ所なら、どこにでも行く。

ラウンドハウスはすでに変貌を遂げていた。驚いたことに、フロント・レンジ・レンタルの作業員チームがやってきていて、ナン・ワトキンズの退職記念ピクニックの会場となる大きなテントの設営を行っていたのだ。ボイド巡査部長が助手兼護衛役を務めるためにすでに到着していたから、早朝の襲撃者を恐れる必要はなかった。朝の太陽の下、ボイドの黒っぽいセダンの大きな車幅灯がのろしのように光っていた。車幅灯といい、車高の低い不気味なセダンそのものといい、〝控えおろう！　覆面パトカーのお通りだ〟と叫んでいるようだ。襲撃志願者を怖気づかせるのにそれでは足りないと思ったのか、郡警察の黒白のパトカーが隣に駐まっていた。それもハイウェイで重要な協議を行うとき警官がパトカーを駐めるやり方で。このわたしですら怖気づいた。もっともわたしはしがないケータラーだから。

ボイドは話を中断してやってくると、安全が確保されたわたしの領土の鍵を手渡してくれた。建物の横へ回り込んでみた。トムが手配して設置したコンプレッサーを囲む柵は感動ものだ。金網の柵に大きな南京錠が太陽に輝いている。裏口のドアにも目を瞠った。頑丈なオーク製で錠がふたつ、いかにも難攻不落といった感じ。襲われて二日たち、体の傷は癒えはじめていた。心は偉大なる夫に感謝の気持ちでいっぱいだった。

「じゃあまた、ボイド」警官が声をかけ、パトカーで去っていった。

「いざ、出発！」わたしはボイドに言った。

カントリー・クラブに着くと、通用口のちかくにそれぞれの車を駐めた。そう遠くないあたりから、ポーン、ポーンとテニスボールの音がすでにしていた。ひとたび雪が融けると、コロラドのテニスプレーヤーは寸暇を惜しんでコートに出てくる。コートニーの姿もあるかしら。

ちかくにファーマン郡の白いヴァンが駐まっているのに気づき、気持ちがずんと落ち込んだ。ロジャー・マニスではありませんように。でも、用心にこしたことはない。

「巡査部長」ひそひそ声でボイドに言った。「どうしても避けたい男がいるの……」マニスのことや彼の隠密行動について話し、朝食会にはぜったいに入ってきてほしくないことを強調した。

ボイドはほんとうにいい人だ。ニンジンみたいな指で白いポロシャツと黒いズボンのしわを伸ばし、言った。「おれに任しておけ、ゴルディ。女どものミーティングに男が入ろうとしたら、身分証明書の提示を求める。そいつの名前がマニスだとわかったら、警察官の立場を利用して追い払ってやる」大きくうなずく彼をぎゅっと抱き締めた。前に会ったときより十キロは太ったように見えるし、抱いた感じもそうだった。ヴァンのドアを開けながら心配になった。こんなに太ってて、署の厳しい身体基準にパスできるのだろうか。署では毎年、警察官の資格認定審査を行っていて、身体測定もそこに含まれているのだ。でも、体重が増えようと減ろうと、彼はしごく自分に満足しているように見える。

「なんでも言いつけてくれ、マダム・ケータラー！」

ほほえみながら彼に箱を渡した。巡査部長を従え、迷うことなく厨房の入り口へ向かった。

マニスに邪魔されることなく、七時十五分までに箱をすべて運び込んだ。カントリー・クラブでは朝食のサービスは行っていないので、厨房をわたしたちだけで使える。ボイドに手伝ってもらい、会場となる貸し切りのダイニング・ルームにテーブルを縦にふたつ並べ、片側に六人ずつ座れる席を作った。

「さて」ボイドが言う。「トムから預かってきたものがふたつばかりある。きみをびっくりさせるためにね」

「なに?」

「おれたちが覆面《アンダーカバー》警官と呼ばれるには訳がある」ボイドはそう言って、シャツの下から包みを取り出した。太って見えたのは、かさばる物を隠していたせいだったのね……包みの中身は、なんと嬉しいことに、バッテンバーグ・レースのテーブルクロスだった。テーブルに広げてみる。すごくきれい。

すっかり身軽になったボイドは足早にセダンに戻り、テーブルの中央に飾る花を抱えてきた。あっと息を呑むほどのすばらしさ。植樹委員会の〝金持ちだけどしみったれ〟のレディたちが、ポプラの丸太に春の花を豪勢に盛り付けたすてきなフラワーアレンジメントを注文するわけがない。トムからのもうひとつの贈り物だ、朝食に花を添えるための、とボイドは言った。

「きみが花を用意していたのは知ってるが、フラワーアレンジメントがあっても悪くない、と奴は考えた」ボイドはいつものようにぶっきらぼうに言うと、テーブルの真ん中に花を満載した丸太を置いた。「つぎは銀器だな」彼は回れ右をしてキッチンに向かった。わたしはテーブルを見つめていた。

トム。椅子を引いて腰をおろす。ああ、トム。

その昔、ジョン・リチャードとの婚約がきまり、ウルトラハンサムでウルトラチャーミングな未来のドクターを引き合わせると、母は興奮に打ち震え、「あんたのどこがよかったのかしらね?」と、疑問を呈した。わたしはどう答えていいかわからなかったので黙っていた。母は頭を振りながらジョン・リチャードを見つめ、甘い声で言った。「ああ、ゴルディ！あんたは果報者よ！　こんなに素敵な男性を射止めたんだもの、よっぽどすごいことをやったのね」

その結婚が迎えた皮肉な結末は、ゴルフコースのバンカーにでも埋めるとして、トムを射止めたことのほうが、わたしには不思議でならない。いったいわたしのどこがよかったのだろう。宇宙にはカルマのバランスが存在するというヒンドゥーの教えは正しいのかもしれない。つまり、悪いことの後にはよいことがある。わたし流に解釈すると、その悪いことが悪ければ悪いほど、つぎにくるよいことはますますよくなる。聖ルカ監督教会の古狸たちには、けっして受け入れてもらえないだろうけど。そんなことを考えながら、朝食会の準備をしにキッチンに向かった。途中で振り返り、トムの豪華なテーブルクロスと花を見ながら思った。古狸なんて無視してかかれ。

一時間後には、委員会のメンバーのうち十人が集まり、やいのやいのの言いはじめた。古狸なんて無視してかかれ、と胸のうちでつぶやく。彼女たちの賑やかなことといったら。わたしがミモザ・カクテル（等量のオレンジジュースとシャンパンで作ったカクテル）とコーヒーを出すあいだ、彼女たちはたがいのカジュアルなサマードレス――シルクやコットンのスーツ――や宝石――一連のゴールドのネックレスや二連の真珠、それに小さな粒の宝石――に目を光らせてから、熱心に口論をはじめた。

　メンバーの年齢は三十から六十歳。大半がケータリングをしたパーティーや、聖ルカ監督教会の会合で顔なじみだ。教会の会合はパーティーよりも面倒臭い。教区の青年部の父母や日曜学校の先生、それに教区総会のメンバーたちですら、怒って席を立つことがある。それぞれの派閥が、敵対する派閥の連中を、クリスチャンにあるまじき奴らだ、と陰で悪口を言い合っている。

　おおきく息を吸い込んだ。長い一日になりそう。ターコイズブルーのしわ加工のシルクのパンツスーツに同色の羽根飾りをつけたゴージャスなマーラが、足早にちかづいてきた。健康ではちきれんばかりだ。髪を留めるターコイズブルーの小さなバレッタを輝かせ、わたしの耳元でささやく。「げす野郎が若い娘をレイプしたって？　あなた、いつごろから知ってた？」

「ちょっと、まだほんとうのことかもわからないのよ。なにか探り出せた？　名前とか日付とか」

「いいえ。でも、スパイを潜り込ませてあるから。ところで、コートニー・マキューアンがらみの情報があるの。そういえば、いま下で彼女に会った。じきにあがってくるわよ」

おもしろくなりそう。マーラにアルコール抜きのミモザ・カクテルを渡す。「これが終わったら一緒にラウンドハウスに来てくれない？」

マーラはカクテルをゴクゴク飲んだ。「いいわよ。ここで話してもいいけど。ただし、休憩に入ってからね。一人だけ席を立つわけにはいかないのよ。なにを言われるかわかったもんじゃないから。それぐらいなら、射撃部隊に背中を向けるほうがまし」

わたしはうなずき、テーブルにパフェを置いて回った。クリームを混ぜたヨーグルトと色とりどりのフルーツを重ねたクリスタルのグラスが、花とレースで飾られたテーブルによく映え、いやがうえにも食欲をかきたてる。パフェを並べ終わると、マーラが、お代わりをちょうだい、というふうにグラスを掲げた。急いでにじり寄る。

「どうしたの？」小声で尋ねた。

「ボイドが何者でなぜここにいるのか、みんなに説明したほうがいい。われらがゴシップ・コラムニスト、セシリア・ブリスベーンがやってきたら、言いつけてやるんだって誰かが言ってたから。ミモザといえば花しか思い浮かばない男とあなたが浮気してるってね」

わたしは息をフーッと吐いて周囲を見回した。病気を理由にこの会をすっぽかせばよかった。

八時十分前になり、まだ現れない三人を待たずに会をはじめることが決まった。みんなが席についたところで、うちのあたらしい助手です、とボイド巡査部長を紹介した。女たちは胡散臭《うさん》い目で彼を見つめた。コーヒーとアイスティとジュースを配りはじめたとたん、みんながロ々に面倒な注文をつけはじめた。低カロリーの甘味料にスキムミルクはないの、とか、ジュースはオレンジじゃなくてアップルにしていただけない、とか、パフェに果物を混ぜないで別の皿に盛ってちょうだいよ、とか。

プリシラ・スロックボトム——昔からのわたしのお得意さん——は、見るからにご機嫌斜めだ。よほど上手に持ち上げないと機嫌を直してくれないことは、経験からわかっている。しかも、きのう、彼女から電話をもらっていたのにかけるのを忘れた。白髪を優雅にセットして、赤の地に白いパイピングの洗練されたリネンのスーツを着たプリシラが、ボイドを叱りつけるのを見て、わたしは慌ててあいだに入った。

プリシラはまるでヘビの死骸を持つように、パフェのグラスを指先で摘んでいた。「ゴルディ！　わたくしに卵とベーコンを持ってきてくださらない」

ボイドはぽかんとしている。卵もベーコンも用意してきていなかった。わたしはボイドに合図して一緒に厨房に引き揚げ、説明した。うちはレストランじゃないんだから、無理な注文に応える必要はないの。こういうことはよくあるのよ。うなずいてみせるけど、要求は無視してそのままお料理を出す。できれば、そういう客にはお酒をだすのをやめる。

ボイドはほほえんで敬礼した。

つぎに熱々のキッシュと、カニとチーズを載せたクロワッサンの皿を持って、テーブルのまわりを回った。どちらも大好評だった。コートニーはまだ姿を見せない。彼女のことはどうでもいいけど、残りの二人のメンバー、セシリア・ブリスベーンとジンジャー・ヴィカリオスのことは気がかりだ。セシリアはゴシップを集めにやってくる。手作りケーキ即売会にやってきたのもそのためだ。彼女をこの会のメンバーにしたのは、そうしないとどんな記事を書かれるかわからないから。ホリー・カーはジンジャー・ヴィカリオスをこの会に誘った張本人なので、いかにも居心地が悪そうだ。全員が揃うのを待たずに料理に飛びつくなんて、グループのメンバーはそこまで飢えているの、と呆れ果てているのだろう。メンバーたちが飢えているのは料理だけじゃないことがわかっても、わたしは別に驚かなかった。

「ゴルディ！」お代わりのアイスティを持って出てゆくと、プリシラに呼び止められた。「あなたに質問があるのよ！」

テーブルを囲む女たちが目配せをし合う。当惑の表情を浮かべているのはホリー・カーだけだ。マーラが目をおおきく見開いて、気をつけなさいよ、と合図してくれた。しまった。ボイドを厨房に追いやっておけばよかった。

プリシラがわたしをよく見ようと眼鏡の位置を直した。

「あなたの元のご主人を殺した犯人を、警察は突き止めたの？」

「いいえ」

「でも、あなたの新しいご主人は、その……警察官なんだから」――手をひらひらさせる――「なにか教えてくれてるんじゃなくって。ほら、その、推理ぐらいしてるんでしょ。気づいていることとか」

女たちはフォークを宙でとめ、答を待っている。

わたしは右手のピッチャーと左手のグラスに目をやった。毅然としてアイスティを注いだ。

「ああ、いいえ。そうだったらいいんですけど、でも、なにも話してくれません」

「ジョン・リチャード・コーマンはいくつもの州で、私生児を何人も作ったって聞いているわよ」プリシラが聞こえよがしに言う。「それに二百万ドル以上の借金があったんですってね。彼にたいする医療過誤訴訟も係争中だったって言うし」

なにも言わないの、と自分に命じた。**目を伏せてなさい**。人の注意を惹きたくなければ、目を合わせないのがいちばん。それに、わたしは卑しい僕《しもべ》です、というのは興味深い事実を仕入れるのにもってこいのポーズだ。でも、プリシラが言ってることは事実？　それとも作り話？　後者であることをねがう。もっとも、げす野郎に関することなら、どんなひどいことを聞かされても驚かない。

ホリー・カーの顔が恐怖にひきつり、鶏の骨を詰まらせたように両手で喉を押さえた。わたしはそっと彼女に寄り添った。

「ホリー、お加減が悪いんですか？」小声で尋ねた。

「アイスティをいただける？」掠れた声が返ってきた。少しも減っていないグラスに注ぎ足す。

「ねえ」プリシラが話をつづけた。「ドクター・コーマンが多額の住宅ローンを抱えてたって話、どなたかご存じない――」

「あの、ちょっと！」マーラがきつい声で言った。「あたしたちの議題はどうなったの？　植樹のことを話し合うために集まったんじゃないの！　新築マンションのまわりのあの醜いコンクリートの壁に沿って、ポプラの木を植えるなんてどうかしら――」

「私生児って言えば、思い出したことがあるのよ！」プリシラがマーラの言葉を遮った。分厚いレンズの奥で目を剝き出している。「ジンジャー・ヴィカリオスを会員に指名したのはどこのどなたかしら？　わたくし、てっきり自分がこの会の会長だと思ってたんだけど。手作りケーキ即売会にジンジャーがバクラバ（薄い生地を何枚も重ねて作るアラブのお菓子）を持って現れるんですもの。開いた口が塞がらなかったわよ！」

マーラが言葉を挟む。「もう、プリシラったら、それはちょっと言いすぎじゃない！　テッドの帝国が潰れたせいで爪弾きにされて、彼女がどれだけ辛い思いをしたか。そんな無慈悲なこと言わなくったっていいじゃない」

〝無慈悲〟だと言われるのは、〝キリスト教精神に反する〟と言われたのとおなじことだから、女たちはいっせいに顔をしかめた。ジンジャーの噂をしつつ、慈悲深く見せるにはどうしたらいいのか、心の奥で懸命に考えているのだろう。

プリシラが言う。「数年前、セシリアがコラムに書いていたわよね。ジンジャー・ヴィカリオスがご主人以外の人の子を産んだって」

「ゴルディ？」ホリー・カーがうわずった声をあげた。「洗面所はどこかご存じ？」わたしが手振りで教えると、彼女はこっそり出て行った。

別の女が言った。「ジンジャーは産んでないわよ。産んだのは娘のほう。アスペン・メドウじゃあまり噂にのぼらなかったけど、みんな忘れてないんじゃないの」

じきに大混乱になることを察知したマーラが、ため息をついてこっちをちらっと見た。わたしは慌ててロールとバターを配って回った。

「ハーイ、みなさん！」コートニー・マキューアンが入り口で声をあげた。「あたし抜きではじめていいって、誰が言ったの？」

彼女の登場に、女たちがいっせいに息を呑んだ。刺繡を施したボレロ・ジャケットに黒いリネンのパンツスーツがとてもセクシーでシックだ。艶やかな茶色の髪を後ろでまとめ、プロレスラーも真っ青というほどじゃらじゃらと金鎖をさげている。効果を狙ってしばし佇んでから、空いている席へと気取って歩いてゆく。こっちをしっかりと睨みつけながら。わたしは、**なにをおもちします？**　という表情を返した。それに応えて、彼女は筋肉質の腕を伸ばし、指を鳴らした。

「ミモザとブラックコーヒーをおねがい。すぐにね」

わたしはあっけにとられて彼女を見つめた。医者の妻だったころ、わたしはコートニーと一緒にテニスをやった。二人とも夫に連れられて病院のパーティーに出掛けた。ほんのおといのこと、ラウンドハウスで、葬儀の後のセックスのことで、彼女はわたしに冗談を言った。それがいま、わたしに命令してる？

「何様のつもりよ」わたしは踵を返して厨房に戻った。

プリシラ・スロックボトムは驚きに息があがっていた。「みなさん！　ねえ、みなさん！　ヴィカリオス夫妻の噂を耳にしたことのある人——」

背後で厨房のドアが閉まった。ファンをつけ——耳から湯気をあげてるにちがいない——それから、ボイドのことが心配になった。ちゃんと朝食を食べたかしら。いいえ、支度をしてあげてなかった……

「ふざけんじゃないわよ！」コートニーが声を荒らげている。「何様のつもりよって、どういうこと？」

「厨房から出てちょうだい」平然とした表情を彼女に向けた。「あなたは郡の保健条例に違反してるのよ」

頬を紅潮させて、彼女が言う。「あたしを警察に売ったでしょ。自分こそ何様のつもり？　あたしはジョン・リチャードを殺しちゃいない！」

クロワッサンを焼くのに使った天板を一枚取り上げて、汚れ具合を調べた。「だったら、なにも心配することないでしょ。さあ、出てって」

「彼の人生を惨めにしたのはあんたじゃない」コートニーが言い募《つの》る。両手を腰に当てたところを見ると、どこにも行くつもりはないらしい。あくまでもここで決着をつけようというのだ。

「彼の嘘を信じないほうがいいわよ、コートニー。なんでも自分の都合のいいようにしかしない人だったから」

「あたしはそんなふうに聞いてない。彼を愛してたの。結婚することになってた。それをあんたがぶち壊した。アーチに会えなくしてやるって彼を脅したんでしょ」

「それで料理を腐らせ、あたしを襲ったのね？」

彼女は真っ赤になった。「あんた、おかしいわよ」

「あたしのヴァンからどうやって盗みだしたの？」

「あんたのものなんかなにも盗んでない。わかってるくせに」

「あら、そう。でも、ジョン・リチャードはあなたからなにかを奪ったんじゃない？　十万ぐらいだってマーラは言ってたけど、でも、それ以上の額かもしれないから、セシリア・ブリスベーンに尋ねてみるって――」

「お黙り」

「この際だから訊くけど、コートニー、昼食会の後、あなたいったいどこに行ってたの？」

それが〝とどめ〟だった。ボレロ・ジャケットと金鎖を翻し、コートニーはスウィング・ドアを突き破る勢いで出て行った。アイスティのピッチャーを手にダイニング・ルームに戻ると、コートニーは帰った後だった。委員会の女たちはにやにや笑い、ひそひそ話をしながら問いかけるような視線をわたしに向けてきた。

ホリー・カーは席に戻っていた。ほんの少し顔色が戻ったようだ。女たちは、とてもきょうの議題を話し合う気分ではないらしく、最後にどんな話をしていたのか思い出そうとしている。

「ジンジャー・ヴィカリオスをこの委員会に誘った納得のいく理由を、わたくしはまだ聞いてなかったわ」プリシラがいきまく。

ホリー・カーが助け舟を求めるようにテーブルを見回した。「どうしてそんなことを言うの？　一緒にお金集めができるから、わたしも参加させてって彼女がたのむから、わたし――」

「ジンジャー・ヴィカリオスはそんなことに時間を使うより、もうちょっとましな服が買えるよう寄付集めをしたほうがいいんじゃないかしら」プリシラが言う。「あなたのご主人の葬儀に、彼女が着てきた服をご覧になったでしょ、ホリー？　まるでオレンジ色のアイスキャンディーみたいだった！」

ホリー・カーは息を喘がせた。会が終わるまで持ち堪えられるかどうか心配になってきた。

プリシラが畳み掛ける。「デンバーにはブティックがいくらだって――」

「憎まれ口叩くのいいかげんにしたら、プリシラ――」マーラが横槍をいれた。

「そっちこそ失礼な」プリシラが怖い顔をする。「最初にはっきりさせておきたいのだけれど……」

わたしは音を立てずにロールとバターをもう一度配り、コーヒーに砂糖にクリーム、アイスティ、それにレモンのお代わりを給仕した。この女たちにはミモザはもう出せない。

マーラの額に玉の汗が浮かんでいた。ダイニング・ルームの奥の壁に、アスペン・メドウ造園がこの会のために貼り出したフリップチャートがある。彼女はそれに熱いまなざしを送った。隣で屈み込みアイスティ・グラスを満たすわたしに、彼女がささやいた。「ねえ、なんとかして、この女たちにきょうの議題を話し合わせてよ」

「なんとかって、たとえば?」

「時間ですって宣言するとか! このくそいまいましいカントリー・クラブには、ディナーベルは備わってないの?」

「悪いわね。コロラド人が使うベルは、牛を呼び寄せるベルだけ」

プリシラが話を中断してボイド巡査部長に嫌みを言っている。アイスティ・スプーンがないのに、どうやって砂糖をアイスティに混ぜればいいのかしら? ボイドはぐっと感情を抑え、困惑と狼狽の中間の表情を浮かべ、アイスティ・スプーンってなんですか、と尋ねた。すぐに持ってきます、とわたしは慌ててプリシラに告げた。

「仮面夫婦だったのよ」厨房から戻ってみると、プリシラが高らかに言った。片手をひらひらさせ、もう一方の手で眼鏡を直す。「実際にはなにがあったのか、誰にもわからないんですものね。それに、セシリアは本物の変人ですもの、でしょう? この会に招いてあげたのに、顔を見せようともしない。きっとウォルターは、低俗なゴシップ・コラムニストより、自分につくしてくれる女らしい女を求めたのよ」

「ウォルター・ブリスベーンは札付きの女たらしだったものね」別の女が意見を言う。「別に女がいて、それでもめたにちがいないわ、そう思わない?」

「別に男がいたのかもよ!」プリシラが甲高い声で言う。

バタンという音とせわしげな足音がしなかったら、わたしはプリシラの頭にアイスティをぶちまけていたところだ。おしゃべりが不意に途切れた。ジンジャー・ヴィカリオスがおずおずとテーブルに向かってきた。オレンジレッドの髪は乱れ放題、ストッキングのシームは曲がっている。昼食会のときとおなじオレンジ色のタフタのドレスと同色のヒールというド派手な格好が、この場にそぐわないことおびただしい。

「遅れてしまって、ほんとうにごめんなさい」声が震えている。その目は、食べかすが残るだけのみんなの皿に向けられた。「もしかして……話し合いがまだはじまっていないといいんだけど。とても楽しみにしていたので――」

プリシラ・スロックボトムは、落ちつかなげにフォークとナイフをいじくっている。「あなたがみえるのを待っていましたとも、ジンジャー」そう言って、ジンジャーのドレスをじろりと見る。「ねえ、あなた、わたくしが連れてってさしあげるわよ、デンバーの――」

「プリシラ！」マーラが怒鳴った。女たちは椅子の上で跳び上がった。プリシラは口を尖らせた。

「あたし、てっきり……八時半はじまりだと思っていたの」ジンジャーは大きすぎる二連の真珠のネックレスをまさぐりながら、詫びるような目でテーブルを見回した。「それでけさ、予定表を見てびっくりして、テッドに言ったのよ。『あら、どうしよう……』」

「誰だってまちがいは犯すものよ」プリシラが意味深な視線をまわりに配った。「実のところ、わたくしたちのなかにだって、これまでにたくさんの間違いを犯した人がいますものね」

ジンジャーは赤くなり、椅子にへたりこんだ。マーラがわたしの視線を捉え、気まずい雰囲気を破るように叫んだ。「さあ、そろそろきょうの議題を話し合いましょ」

わたしは厨房に引き返した。

離婚して〝カントリー・クラブ族〟から降格し、心ならずも人に仕える身になってよかったことがひとつある。

かつては属していたいろいろな委員会を辞められたこと。

15

メンバーの刺すような視線を無視して料理を出すと、ジンジャー・ヴィカリオスは哀れを覚えるほどの恐縮ぶりだった。ボイドと二人で皿を片付けようとしたら、プリシラ・スロックボトムがわたしの肘を摑んでかたわらに引き寄せた。

彼女がわたしの耳元に口を押し付けてささやく。「ジンジャーは遅れてきたんだから朝食を出す必要はないのよ」

わたしは両手にそれぞれ持った皿の山を崩さないよう注意しながら、腕をむんずと摑む手と、耳元の熱い息から逃れようと虚しい努力をつづけた。委員会を辞められたし、好戦的な男をあしらう方法を学びはしたけど、好戦的な女のあしらいとなると、まだまだ修行が足りないことを痛感した。トムに教えをこわなくちゃ。

友人のマーラはその点に長《た》けている。なぜって彼女自身が好戦的だから。わたしが困っているのを察知すると、すたすたとちかづいてきてプリシラの腕を摑んだ。プリシラの縛《いまし》めを解かれたわたしの手から皿の山が雪崩《なだれ》を打ち、隣の女の盛大に逆毛を立てた髪と淡いピンクのスーツを汚した。

ああ、神さま、どうかお救いください。

神はお救いくださった。親友を手先として。マーラが言葉を選んでプリシラにささやきかけたのだ。ジンジャー・ヴィカリオスに料理を出すななんて、まるで形式主義のパリサイ人じゃないの。そんなことがよそに洩れていいの？　そういえばあたしの友達の一人が、いま、聖ルカ監督教会の会報の編集に携わっているのよね。もちろん、ファーザー・ピートは、意地悪を絵に描いたような話を会報に載せることをお許しにはならないだろうけど。でも、この会の女たちは、セシリアのゴシップ・コラムの影響力はよくわかっている。プリシラもマーラの言葉に怖気づいたようだ。とりあえずは。わざとらしく咳払いし、顔をそむけた。ボイドはまたまた面食らったようだが、驚くほどの手早さで残りの皿を片付けた。

マーラの攻撃はまだ終わっていなかった。プリシラの腕をむんずと摑んだまま、心にグサリとくるようなことを言ったにちがいない。プリシラは咳払いして立ち上がり、びくつきながらフリップチャートへ向かっていった。

メンバーたちはあっけにとられていた。リーダーがこのまま部屋を後にするのでは、と思ったらしい。ところがプリシラは不意に立ち止まると〝ガーデニングのお仲間たち〟に不安げな笑みを向け、最初のイラストを棒で叩いた。

「根組織！」彼女が掠れ声で言う。メンバーたちは顔をしかめた。厳しい気候、陽光、日陰などの自然条件における植物の適応性についての講義がはじまった。わたしは最後の皿を抱え、忍び足で厨房に戻り、黙って皿洗いをはじめ……だめだめ、火曜日にあんなことがあったからってネズミのことは考えないの。皿の汚れを擦り落としてすすぐ。手伝ってくれてありがとう、とボイドにもう一度礼を言うと、彼は、なんのなんのと手を振った。

「いやはや、いろんなことを学ばせてもらったよ」真面目な顔で彼が言う。「いまじゃ女にたいし、純粋な恐怖と尊敬の念を抱いているよ」

「なるほど」

すすぎ終わった皿を積み重ね、あたらしくコーヒーを淹れ直したところにマーラがやってきた。

「あらゆる委員会から、神よ、われらをお救いください」彼女は両手を合わせて祈った。スーツの羽根飾りが揺れている。「ねえ、裏口はないの?」

「あの連中に背中を向けたくなかったんでしょ」最後のカップを拭き終える。「ほんのちょっとでも席をはずしたら、なにを言われるかわかんないって恐れてたじゃない」

マーラはフーッと息を吐いた。「プリシラがまさかコンポストについて講義をたれるとは思ってなかったもん。メンバーのうち二人は居眠りしてて、残りはあくびしてる。いまなら席をはずしても大丈夫って思ったの」ボイドに向かって色っぽく首をかしげ、睫《まつげ》をパタパタさせる。「すごいじゃない、巡査部長！　見事な働きっぷりだった。あれを無事に生き延びたんだからみんなに自慢していいわよ」

彼と知り合って以来はじめて、ボイド巡査部長が顔を赤らめるのを見た。「ああ、そりゃどうも、ミセス・コーマン」

マーラは二個のグラスにオレンジジュースを注ぎ、一個をわたしに手渡し、自分のグラスを掲げて乾杯した。「ボイド巡査部長に。はじめての女だけの会合を無事に生き延びたお祝い」わたしたちがグラスに口をつけると、ボイドの頰はますます赤くなった。「ねえ、ボイド巡査部長」マーラがつづける。「あとひとつ。あっちのレディたちに目を光らせてもらえないかしら、いいでしょ？ あたしはここにいる友達とじっくり話がしたいの。でも、もしあの連中があたしたちの噂話をはじめたら知らせてちょうだいな。それに、罰当たりな連中のことだから、料理をもっと出せって言うかもしれないし」

ボイドはうなずき、お安いご用だ、とつぶやいた。彼が厨房のドアを抜けるか抜けないかのうちに、マーラはもう話をはじめた。

「ヴィカリオス夫妻がどうしたって？ 〝家族の価値〟夫妻がよそに子供を作ってたの？」

わたしは頭を振った。「わたしが聞いたのはそうじゃなかった。プリシラが言うには、ヴィカリオス夫妻には私生児の孫がいるって。でも、ジョン・リチャードに二百万ドルの借金があったとも言ってたから、彼女の情報源は信用できないと思う」

「あたしもそう思う。でも、いちおう調べてみるわね」

ため息が出る。「それより、コートニー・マキューアンのことでなにかわかったの？」ざっと汚れを落とした食器を、備え付けの商業用食器洗い機にそっと入れてゆく。

「ああ、そのことね」マーラが言う。「コートニーの話じゃ、今年じゅうにジョン・リチャードと結婚するはずだったんですって。彼は少々お金に困っていた。それに、あたらしいビジネスをはじめたところで、コートニーに『多少の援助をしてもらえないか』ってもちかけたそうよ」

わたしはうなった。「結末がどうなるか目に見えるような気がするのはなぜ？」

マーラは胸に手を当てた。「まだ話は終わってないわよ。コートニーはフリッカー・リッジに二人のための新居を建てるつもりで図面を引かせていた。そのうえ、彼のために豊胸手術までやるつもりだった」

「そんな、まさか」

マーラはジュースを飲み、氷をカタカタいわせた。「つまり彼女にはそれだけの動機があるってこと。彼をすごく愛していたばかりか、手術まで受ける覚悟を決めていた。これは前にも言ったけど、付き合いはじめるとすぐに彼に十万ドルを用立てた。そのうえ、あのチューダー様式まがいの屋敷まで借りてやった。表向きは別々に住んでますって形をとるためにね。アーチを送っていったとき、彼が女と同棲してるのを知って、あなたが憤慨しないように。ほんとうのところは、もちろん……」

「ええ、まったく、彼女ってお人よし」

「コートニーは彼に大金を与えた。それでおそらく、この女は御《ぎょ》しやすい、と彼に思わせてしまった」マーラは眉を吊り上げた。「ところで、げす野郎が言ったそうよ。すぐには結婚できないんだって。それを聞いても、あたしたちは驚かない、わよね？」

「彼は自由が欲しかった。選択権を行使したかった。でも、彼はそれでより高価な品を手に入れたのかしらね」

「さあ、どうなんだろ。コートニーより十歳年下のストリッパーをどう見るかによるんじゃない」マーラは厨房で小さくステップを踏んだ。「それはそうと、あなた、憶えてる？〈マウンテン・ジャーナル〉の……ええと……五月六日金曜日付けの記事」

食器洗い機に皿を入れながら考えた。「それってジョン・リチャードがゴルフ・トーナメントのスポンサーになるって記事？　彼の写真入りの。二万五千ドル寄付して、社会にあたたかく迎え入れられたってあれ？」

「あらあら、ダーリン、それを言うなら社会にじゃなくて、コートニーに迎え入れられたでしょ。いずれ豊満になる予定の彼女の胸とお金にね。おなじ日のセシリアのコラムでは、破局を促してたけど。あなた、憶えてない？　テニス好きの陽気な未亡人《メリー・ウイドウ》が前科者と暮らす？　この前科者、悪名高き地元のドクターが、うまく社会に取り入って過去を忘れてもらうための資金の出所は彼女だった？　女性を狙った犯罪を、わたしたちはそう簡単に許し、忘れていいのだろうか。ゆうべ、コートニーはクラブでシャンパンをがぶ飲みして、あたしの前でさめざめと泣いたわよ。こういうことになったのは、あなたとセシリアのせいだってね。責めるべきなのはげす野郎なのに、まあいつもの成り行きで」

「そのコラムなら読んだ。ゴシップのネタにされて、げす野郎はさぞ憤慨したでしょうね」

「コートニーはあの屋敷に住んでいて、あなたがアーチを連れてくるときだけ自宅に戻っていた。でも、あのコラムが掲載された日に、げす野郎は彼女を叩き出した。アーチを巡る監護問権の問題であなたともめてるうえに、否定的な記事が掲載されたんじゃもうおれたちはおしまいだって、彼は言ったそうよ」

「あらまあ」コートニーに同情すべきだろうけど、できなかった。わたしの前で性悪女の本性を丸出しにしたんだもの、同情なんてできるわけがない。

「でしょう」マーラはアイスティのグラスを置き、ドリップ・マシーンからコーヒーを自分で注いだ。「げす野郎が言ったんですって。正式に別れよう。二人の仲は、おしまいだって」マーラが手振りを添えたので、コーヒーがカウンターにこぼれた。「コートニーが涙ながらに言うには、げす野郎の別れ方は徹底してたって。電話も手紙もよこすな。Eメールも受け付けない！　そう言われたって。コートニーったら泣いてたわよ、あの彼女がよ、泣いてた」マーラは目をしばたたき、コーヒーを飲んだ。「十万ドル返してくれって、彼女は要求した。当日じゃなくね。お金を取り戻そうと弁護士に相談に行って、それでどうなったと思う？」

「想像できない」

「げす野郎は自分の弁護士にこう言ったそうよ。コートニーから現金を受け取ったけど、あれは借金じゃない、贈り物だったって」

「たいした贈り物ね」

　マーラが得意げな笑みを浮かべた。「よく言うわよ、まったく」真剣な口調に変わった。

「ゴルディ、コートニーが彼を撃ったんだと思う？」

食器洗い機に皿を入れる手をとめ、頭を振った。「わからない。さっきここにやってきた彼女は、そりゃもう怒りまくってた。あんなふうにすぐカッとなる人間は疑ってかからなくちゃね」ジョン・リチャードが銃弾を受けた場所のひとつを思い出す。股間。「コートニーのアリバイは二酸化炭素とおなじぐらいゆるぎない。手作りケーキ即売会の会場を出たり入ったりしてたんでしょ？ 五分と離れてはいなかった。でも、もし彼女が捕まったら、セシリア・ブリスベーンはコラムで彼女を叩きまくるでしょうね。殺人罪で有罪になったも同然よ」

「それじゃ質問を変える」マーラはバッグを取り上げた。「コートニーは人を雇ってげす野郎を殺させたと思う？」

「たしかに彼女はお金を持ってる」

「そう。それに動機もね」

マーラの口調に鳥肌が立った。「どういうこと？ なにか知ってるの？ なにか耳にした？」

マーラは頬の内側を噛んだ。「なにも耳にしてない。でも、けさここに来たとき、なんだか変なものを目にしたのよ。裏の通用口に回ったのよ。朝食会の前にあなたとおしゃべりしようと思ってね。あなたはいなかった。でも、誰がいたと思う？ あなたが憎んでる衛生検査官の――」

「ロジャー・マニス？」驚いた。「顎が斧みたいで、イタチにそっくりな男？」

「そう、それ。で、ヴァンの助手席に座って彼に封筒を手渡してたのが、コートニー・マキューアンだった」

ほかにはなにも見なかった、とマーラは言い、わたしを軽く抱き締めて去っていった。一方のわたしは、胃袋が捻《ねじ》れる思いと闘っていた。

話し合いがようやく軌道に乗ったことを確認してから、ボイドに厨房に戻ってきてと告げた。マーラから聞いたことと、わたしの疑問を彼にぶつけてみたかったから。ジョン・リチャードとの仲が駄目になったことで、コートニーはわたしをどれぐらい憎んでいたの？ラウンドハウスでわたしを襲ったのはマニスだった？　彼ならどうやれば料理が腐るか知っている。コートニーにやり方を伝授したのかも。それから、ロジャーかコートニー本人がジョン・リチャードの屋敷に車を飛ばし、撃った。

「それもありうる」ボイドが言う。「どんな推理も受け入れるべきだからな」

「ライリーとブラックリッジに話すべきだと思う？　二人ともあたしに敵意剝き出しだけど」

「おれが話す」ボイドは決心したようにうなずいた。「おれがきみの護衛をしてここに来てることを二人とも知っているから、ミズ・マキューアンがマニスに封筒を渡しているのを見たって、委員会のメンバーの一人から聞いたことにすればいい。後は二人に任せる。きみがこの情報を知ってることは、二人には知られたくないんだろうし」

それに、コートニー・マキューアンにも知られたくなかった。彼女を疑うに足る情報をさらに手に入れたことを。あの女は危険だ。

一時間後、話し合いはまとめの段階に入っていた。ボイドとわたしは、朝食の後片付けの最終段階に入っていた。ボイドの働きぶりにもかかわらず、プリシラ・スロックボトムはチップを上乗せしてくれなかった。午後、ラウンドハウスで彼と別れるときに、わたしから渡せばいい。彼はラウンドハウスまで一緒に来ると言い張った。ジュリアンとリズがピクニックのケータリングの手伝いにやってくるまで、きみにぴったり張り付いてるよ、と言うのだ。付き添いなんていらないわよ、と最初は腹を立てたけれど、一人でラウンドハウスに戻りたくなかったから、彼の申し出がありがたかった。

会合が終わり、わたしはふたつのことに驚いた。ひとつ目は、彼女たちがなにかをすることで合意に至ったこと。今週にかぎって、アスペン・メドウ造園は、大量に苗を買い入れた客には半額にしてくれる。多額の寄付が寄せられているし、手作りケーキ即売会も盛況だったから、ポステリツリーは、ブンゲントウヒを十六ダース、ポプラを十二ダース、ロッジポール松を五十ダース買うことにしたのだ。ボランティアを募り、アスペン・メドウ野生生物保護区の火事で焼けた場所に植樹することが決まった。渓谷の火事が保護区に飛び火したため、彼女たちにとって、再植樹は挑戦し甲斐のある目標となった。この女たちのためにただ働きを買ってでる奇特な人なんているかしら、とわたしは思ったけど、誰もわたしの意見など聞いてくれない。

感情の天秤が悲嘆へと大きく傾いているのを見たのが、二つ目の驚き。ジンジャー・ヴィカリオスが、おんぼろのフォード・トーラスの中で泣いているのを目撃したのだ。会合はまだ終わっておらず、わたしは後片付けを終えてゴミ出しに出たところだった。衛生検査官のヴァンはどこにもなかったけど、大型ゴミ容器に向かって建物の角を曲がったとき、惨めなジンジャーの姿が目に入った。ふわふわのオレンジの髪でハンドルを覆い尽くし、体を震わせてむせび泣いている。わたしはゴミを容器に投げ込み、彼女のほうに向かった。どこか悪いのかしら、慰めてあげられるかも、と思ったからだ。ところが、砂利を踏むわたしの足音を聞くと、彼女はぱっと顔をあげ、ぎょっとして喘ぎ、エンジンをかけギアを入れ、車を発進させた。

ようやく後片付けを終えて帰ろうとしたら、従業員用の駐車場の出入り口を二台のキャデラックが塞いでいて出るに出られない。人の迷惑も考えない勝手な運転手がいたものだ。声に出さず悪態をつきながらヴァンのエンジンをふかす。ボイドの誘導で前進と後退を繰り返しなんとかキャデラックを回り込んだ。ボイドが楽しそうに笑いながら助手席に乗り込んだのでヴァンを出す。テニスコートのそばを通ると、コートニー・マキューアンが走り寄ってくるのが見えた。もう、いいかげんにしてよ。

コートニーは、筋肉質の腕と長い脚もあらわな、ぴちっとしたテニスウェアを着ている。力強い両腕をあげて、両方の手にトレードマークのピンク色のテニスボールを握っている。幸せそうにはとても見えない。

「あんたのせいよ！」彼女が叫ぶ。「あたしの人生をめちゃくちゃにして！」そこでボイド巡査部長に気づき、はっとなって口をつぐんだ。

わたしはエンジンをふかし、カントリー・クラブ内の本道に車を向けた。かたわらを通り過ぎたとき、コートニーが憎々しげにわたしを睨んだ。アクセルをさらに踏み込む。「なんて嫌な女だ」ボイドが意見をはいた。おもしろがっている口調で。

スピードをだしすぎるなよ、とボイドに言われてアクセルをゆるめ、湖に通じるわき道に入った。やることがいっぱいあった。テントの設営状況をチェックし、ラウンドハウスの補強されたドアをあたらしい鍵を使って開け、つぎのイベントの準備がとどこおりなく進んでいるかどうか確認する。ナット・ワトキンズの退職記念ピクニックに、コートニー・マキューアンが招待されていないことをねがうばかりだ。

カントリークラブで騒動があった後だけに、ラウンドハウスがとっても平和な場所に思える。テントの設営は終わっていた。ボイドがわたしの手からあたらしい鍵を取ってドアを開け、内部をくまなく調べた後、安全を確認した、と宣言した。

ピクニック用の箱を降ろしはじめたとき、湖の対岸に警察のレッカー車が停まっているのに気づいた。けさ早く、トゥルーディの息子のエディが友達と釣りをしているのを見た、まさにその場所だった。心臓がひっくり返る。

アーチが九歳の年、一人で湖に釣りに行ったことがある。ジョン・リチャードが連れて行ってくれなかったからだ。何時間も姿が見つからず、溺れたにちがいないと思った。わたしは頭を振り、厨房のドアに通じる道を小走りに進んだ。

「ミスター……巡査部長……」言葉が出てこない。

「どうした、ゴルディ？」ボイドが暢気《のんき》に尋ねる。箱を降ろす手をとめて、こっちにやってきた。「ゆっくりしゃべるんだ」元気づけるようにうなずく。「話してごらん」

「湖よ。こっち。来て！」

彼が後からついてきたので、レッカー車を指差した。ライトを点滅しながらバックで土手をのぼってゆくところだ。レッカー車が向きを変えたので、ほかにも警察の車が二台と州警察のグレーのセダンが停まっているのが見えた。

「ああ、どうしよう！」泣き声になっていた。

「ゴルディ」ボイドが冷静に言う。「なにを考えてるのか話してみろ」

「エディよ！」わたしはあえいだ。「お隣のエディ。おねがい、電話して確かめて」

ここにいろ、とボイドは言い、無線を取り外すとわたしから離れていった。雑音のひどい無線機に向かって彼がなにか言っている。

気分が悪くなりそうだ。アーチのことが心配で矢も楯もたまらなくなった。エディのことが、あらゆることが心配でたまらない。警察の車が停まってるところまで行って、エディが無事かどうか調べてくるわ、とわたしが言うと、ボイドはラウンドハウスに鍵をかけなおして一緒についてきた。トムの携帯電話の番号を押しながら、湖の対岸めざして走りつづけた。

電話をくれてうれしいよ、とトムは言ってから、プールへ向かう途中でアーチが震え出した話をした。トムはすぐにインターステートをおりて教会を探した。たまたま彼の知り合いの牧師がいて、アーチの話を聞き、力づけてくれたそうだ。そのあいだ、トムとジュリアンはじっと待っていた。午前中は波のプールで人工の津波に乗って過ごし、バナナ・スプリットを食べて休憩していると雨が降ってきた。それも大降りだった。デンバーの気候はことはまったくちがう。それで、アーチはトッドと一緒に彼の家に行くことにし、ジュリアンはラウンドハウスに向かっているそうだ。ジョン・リチャードとゴルフのレッスンを受けていたはずの時間、なにをしていたのか、アーチは話した？ とトムに尋ねてみた。

「それはまだだ、ミス・G。いずれ罪の意識に苛まれ、奴のほうからきみに話すと思う。あいつは……その、被害妄想気味でもある。誰かに後をつけられていると思っていた。火曜日にレイクウッドのアイスリンクに行ったときも、尾行されていると思ったそうだ」

「いったい誰が彼を尾行したりするの？」わたしは無線で話をつづけるボイドをちらっと見た。

「わからん。だが、インターステートに戻ってから、怪しい車がつけていないか注意してみた。誰もいなかった」

「トム、アスペン・メドウ湖で人が溺れたって話、聞いてない？」ついロ走っていた。

「いや。電話して調べてみようか？ いまきみは湖にいるのか？」

「ええ。ボイドは無線で話をしてる。救出現場に向かってるところ。お隣のエディがきょう、釣りに行ったのよ。だから心配で吐き気がしそう」

「わかった。ボイドはまだチェックしてるのか?」

振り返り、ええ、そう、と答えた。ずっとしゃべりつづけている。いったいなにが起きたの?

トムが尋ねた。「朝食会はどうだった?」そこで、コートニー・マキューアンがロジャー・マニスとなにか企んでいるかもしれない、と言うと、トムはくすくす笑った。「女はいくつになっても女だ」

「その発言は聞かなかったことにする」

ボイドが無線を切り、そう急ぐな、とわたしに声をかけた。二人の警官がレッカー車のウィンチを湖面にさげているところだった。

「また電話するわ、トム」

「おれもすぐにそっちに行く」

「ありがと」

「エディは無事だ」ボイドが言った。「友達も一緒だ」安堵の波が体を包む。「だが、あっちでなにかを見つけた」

ウィンチがビーッと音をあげて巻き揚げをはじめた。水中から重いものを引き摺りあげる。

「女だ」ボイドが厳しい表情で言った。

わたしたちは郡警察の車からほんの二十メートルほどのところまでちかづいていた。州警察のパトロール警官が、止まれ、と合図をよこした。レッカー車のエンジンがうなり、タイヤが泥にめり込む。

ウィンチの先端で車のラジエーターグリルが陽射しを受けて光った。わたしは驚きに目をしばたたいた。古いステーションワゴンに見覚えがある。車が水面から姿を現すと、両側から水がザザーッと流れ落ちた。

それから、彼女が見えた。窓に顔を押し付けている。死んではいても、分厚いレンズの眼鏡とシャベル形の顔は見分けがついた。

セシリア・ブリスベーンだった。

16

遠くからサイレンが聞こえた。いままで気づかなかったけど、レッカー車の背後にオレンジ色のパイロンが並べられ、その向こうに小さな人垣ができていた。さらに何台ものパトカーが駆り出されるだろう。ゴシップ・コラムニストは死していっそう耳目を惹くこととなった。

数台のパトカーが応援に駆けつけてほどなく、トムのセダンが湖畔の道に入ってきた。これほど心強い眺めはほかにない。テントの中では、テーブルを並べる作業がすでに終わっている。いったん家に戻ってポークチョップを持ってこなければ。でもいまは、なによりもトムのそばにいたかった。

ラウンドハウスに戻る途中、おれにまだへばりついててほしいか、とボイドが尋ねた。

「トムがあんたの護衛を買って出るだろう」ボイドがにっこりして言った。「護衛に警官二人もいらないだろう。でも、必要なら残ってもいいんだぜ」

「きょうはほんとうに助かったわ。手伝ってもらった分は払わせてちょうだいね」

「気にするな。充分に楽しませてもらったから」ボイドは言い、ジュリアンが来るのを待って、ラウンドハウスの鍵を渡しておくと約束してくれた。トムの敬礼に彼は笑みで返した。

「いったいなにがどうなってるの？」ヴァンにトムと一緒に乗り込むとすぐに、わたしは尋ねた。「セシリアが行方不明だったことに誰も気づかなかったの？　いったいどうして車ごと湖の底に沈んだの？」

「まあ落ち着け、ゴルディ。おれが知っているのは、きみと話をしてから聞き込んだことだけだ」

彼が事実を話してくれるあいだ、わたしは非現実感に包まれていた。セシリアとは手作りケーキ即売会で会ったばかりだ。その後で彼女からの郵便を受け取った。そしていま、彼女は死んだ。そのことがどうしても受け入れられない。

警察にわかっているのは、隣人から彼女の失踪届が出されていたということだけ。ウォルターが自殺して以来、この隣人は一日も欠かさずにセシリアの様子を見にいっており、きのう、なにかがおかしいと感じ警察に通報したそうだ。

セシリアの過去についてなにか知ってるか、とトムに尋ねられ、コラムで槍玉に挙げられるんじゃないかと、みんなに恐れられていたことぐらいしか知らない、と答えた。たしかに彼女は、ウォルターが亡くなった後も毎年開いていた誕生パーティーのケータリングをわたしに任せていた。娘が戻ってくるのを切望していたようだけど、はっきりそうと口にしたことはなかった。

セシリアの隣人はシェリー・ブーンという名の年配の女性で、セシリアが家を留守にするときには、かならずモルモットの世話をたのまれたそうだ。セシリアが電話に出ないので心配になり、〈マウンテン・ジャーナル〉にかけてみた。セシリアはいなかったばかりか、その週のコラムのことで連絡も入っていないことがわかった。毎週その日は、コラムをいつまでに提出すると連絡してくる日だったのに。シェリーは警察に通報し、ブリスベーンの家にパトカーを回して調べてくれるよう頼んだ。

玄関のベルを鳴らしても誰も出ない。セシリアの車はなかった。警官が見ている前で、シェリーはセシリアの家の合鍵を取り出し、家の中に入った。外から押し入った形跡も、争った形跡もなく、書き置きもなかった——家にいたのは腹をすかせた三匹のモルモットだけで、シェリーが引き取って家に連れ帰った。

「セシリアはひどく落ち込んでて、それで自殺したと考えてる人はいないの?」

「彼女のことは隣人がいちばんよく知っていた。そのミセス・ブーンが言うには、火曜の午後に会ったとき、セシリアは上機嫌だったと」トムが厳しい表情でヴァンの助手席のドアを開けた。「そうこうするうち、アスペン・メドウ湖から通報があり……」ヴァンから降りる。

「いずれにしても、検死報告書が出ればもっといろいろわかるだろう」

トムのセダンの後についてわが家に戻った。わたしが震えているのを見て、熱いシャワーを浴びろ、ピクニックの準備はおれがやっとくから、と彼が言った。わたしが異を唱えると、彼はこう言ってわたしを説き伏せた。いつだって捜査官のお株を奪おうとするきみが、捜査官に自分のお株を奪うなと言うのは筋がとおらない話じゃないか?　わたしはほほえんだ。

彼はユーモアのセンスを取り戻したの？　裁判に負けてから落ち込みっぱなしだった気分が、ようやく上向いてきた？

シャワーを浴び、ケータラーの制服に着替えてゆくと、キッチンにはあたためたブリオッシュの香りが満ちていた。最後になにか口にしたのがいつだったか憶えていない。ちょうど正午を回ったところだ。ジュリアンはもう会場に着いているだろう。リズとは一時半に待ち合わせている。いろいろなことがあった。ありすぎた。シャワーを浴びたし、トムが助けてくれているけど、疲労で足元がふらついていた。

「まあ座れ」トムが言う。「こないだの〝食料品買いまくり〟で手に入れた品の半分もきみは見ちゃいないんだ」わたしを椅子に座らせ、料理に戻った。腰には大きな白いエプロンを巻いている。ポークチョップの塩水を洗い流し、よく拭いて脇に置く。念入りに手を洗ってから、アボカドの皮を剝いて半分に切る作業をつづける。手作りのマヨネーズベースのレムナードソースに切った材料をすべて加えて和え、あたためたブリオッシュ二個を添えた。フォークとナイフとナプキンをテーブルに並べると、食え、とわたしに命じた。

言われなくても食べる。トムお得意のソースをまとったプリプリのロブスターとクリーミーなアボカドが、熱々のブリオッシュと完璧な調和を奏でている。午後にケータリングの仕事が控えていることもしばし忘れた。しかも、すべてのケータラーを恐れおののかせるタイプの仕事——戸外のピクニック・ビュッフェ。別名〝ありとあらゆるアリを惹き付けるイベント〟。

トムは冷蔵庫を覗いて、密閉容器にわたしが書いておいた文字を読んでいる。「パスタ・サラダにこのパイ、それに二種のサラダのための青野菜?」

「ムムム」アボカドを頰張ったまま言った。

「そのムムムはイエスなんだな」トムは鍋とボウルと材料を取り出してカウンターに並べ、ウィンクした。「荷物をヴァンに詰め込んでもいいな、ロブスター・ガール?」

「ムム――ムムフ」

彼はこれもイエスと理解した。三十分後、彼は荷物をすべて積み終え、わたしは皿を洗い終えた。いざ出発。最後にわたしがピクニックのスケジュールを細かく記した紙をプリントアウトするあいだ、トムは署に戻ったボイドに電話を入れた。ふと思いついて、ホリー・カーの古いアルバムを二階に取りに行った。赤ん坊のアーチの写真が載っているアルバムだ。戻ってみると、セシリアのことはまだなにもわかっていない、とトムが教えてくれた。でも、デンバーの銃火器専門家による弾道検査の結果が二時間もすればわかるそうだ。気が重い。

トムはボイドに礼を言い、なにかあったときの連絡先を告げて電話を切った。彼はヴァンに一緒に乗らず、自分のセダンを運転した。緊急事態が発生して署に戻る場合に備えて。

「そういうことはまずないだろうけど」それぞれに車に向かいながら、トムが言った。「このところ、署で発生する緊急事態の中心にはつねにきみがいるからな。女房に張り付いていれば、みんなより一歩先んじられるってわけさ」

わたしはヴァンにアルバムを積み、うんざりした顔を彼に向けた。「それはどうも。あなたも知ってのとおり、緊急事態の中心にいるのがあたしは大好きだもの」皮肉にもめげず、彼は大きな笑顔を見せた。この一ヵ月の意気消沈ぶりはどこへやら、わたしが結婚した陽気な冗談好きが戻ってきたようだ。

輝く陽射しが雹の名残の湿気を取り払ってしまった。春――ロッキー山脈では、ほんのつかのまの春――がついに訪れた。アルペンローゼのかたい蕾がほころび、海緑色の長い茎の先で亜麻がブルーの花を揺らし、一気に芽吹いたポプラの薄緑色の葉が輝き、その隣ではトウヒが翡翠色の若葉を伸ばしている。一陣の風がアルペンローゼの茂みを吹き抜け、花びらをうつむかせ土に影を落とした。

土。哀れを覚える。雹が刻んだ溝の砂利を、トムのセダンが蹴立ててゆく。セシリア・ブリスベーンは、じきに土に還る。ジョン・リチャードも。大きく息を吸い込み、ヴァンへと向かった。

ハンドルをきつく握り締めたら両手が痺《しび》れてきた。トムと家にいたときには穏やかな気分だったのに、いまは神経がピリピリしている。気を紛らわせようと、メイン・ストリートをおしゃべりしながらそぞろ歩く観光客に目をやった。タフィーやポップコーンを頬張り、買ったばかりなのだろう、ナバホ族が作るターコイズのアクセサリーを見せびらかし、サルーンやスウェットシャツ専門店やアートギャラリーへ行く道を尋ねている。けさ見つかった死体のことなど誰も知らない。トムのセダンにつづいて湖畔の道に入った。

やさしい風が湖面に小波を立てていた。対岸には、ライトを点滅させた郡警察の車が六台駐まっている。制服警官のうちある者は野次馬を追い払い、ある者はレッカー車があったあたりを捜索している。

携帯電話のベルで現実に引き戻された。

「ゴルディ？」

誰の声だかすぐにはわからず、返事を躊躇した。

「ゴルディ？　ホリー・カーよ」

ぼんやりしていたので、火曜の昼食会の依頼主のホリーが、きのう家を訪ね、けさ朝食会で会ったばかりの、あの金持ちの未亡人となかなか重ならなかった。「もしもし？」

「忙しいときにごめんなさいね」ホリーが謝る。「ちょっとお見せしたいものがあって。アルバートの追悼昼食会の写真よ。あなたが見たいって言ってたから」

「ええ、もちろん、ぜひ見せてください」ヴァンをラウンドハウスの駐車場に入れた。テントでは、リズとジュリアンがボランティアの人たちに指示して椅子を並べていた。トムの姿は見当たらなかった。

「会葬者の一人が写真を撮って、ひと晩で現像してくれたの。きょうのピクニックに持っていきましょうか」

「ぜひおねがいします。ピクニックがはじまる二十分ほど前に来ていただければ……」言葉が尻つぼみになる。トムはどこに行ったの？

ホリーは、お手伝いするわよ、と言って電話を切った。火曜の昼食会の写真が手に入れば、いくつかの疑問が解けるかもしれない。たとえば、わたしの料理を腐らせ、わたしに襲いかかったのは誰か、とか。エルヴィスのそっくりさんのボビー・カルフーンが、会場に姿を見せていたか、とか。

ラウンドハウスの敷地のはずれにトムの姿を見つけた。両手をポケットに突っ込み、うつむき加減で歩きながら、湖畔の現場を捜索する警官たちを眺めていた。胸を突かれた。写真よりももっと心配すべきことがあったのに。

トムが裁判で負けた事件も溺死だった。何者かが故意に、力ずくで若い女性を水に沈め、殺した。あの遠くを見る目——このところ彼がよく浮かべた眼差し——で、対岸の捜索を眺めながら、裁判最終日の驚愕の瞬間を追体験しているのだろうか。目撃者が証言を覆したあの瞬間を。

トムを大事にしてあげたかった。大きな体ともっと大きな心でわたしたちの人生に入り込んできたそのときから、アーチとわたしを支え、慈しんでくれたお返しをしたかった。でも、あたしに彼を助けることができるだろうか？　いまのところ、その手立てが見つからない。

ヴァンのギアを〝パーク〟に突っ込み、吐き気と闘った。わたし自身、問題を山ほど抱えている。わたしを襲った犯人が、ジョン・リチャードを殺した犯人がわかるまでに、あとどれほどの時間がかかるのだろう。銃火器専門家の報告書はきょうの午後に出るし、硝煙反応検査の結果もじきにわかるだろう。拳銃の盗難届を出さなかったことで、どれほど面倒なことになるかと思うと、下腹が凍える。ジョン・リチャードの死体から摘出された銃弾が、わたしの拳銃から発射されたものだったら？　目を擦った。

疑問はたくさんあり、よい答はひとつも見つからない。検査の結果がすべて、わたしが自分の銃でジョン・リチャードを撃ったことを示すものだとしたら、きょうの午後にも起訴されるだろう。わたしの未来は、アスペン・メドウ湖よりずっと暗くどんよりしたものに思えてきた。

トムが窓ガラスを叩く音に、わたしは跳び上がった。彼がやってきたことにも気づかなかった。

「大丈夫か？」ガラス越しに彼が尋ねた。

「ええ」わたしは答え、すがるように彼の目を見つめた。あなたはどうなの？　彼に尋ねたかった。あなたは大丈夫なの？

血液の流れをよくしようと頬を擦った。ヴァンを降り、きっぱりと気持ちを切り替え、目前の仕事に意識を向けた。仕事、体を動かす、前進する。この三つは、ストレスや憂鬱やほかのいろいろな病気の特効薬、でしょ？　トムもわたしも、きびきびと動かなくちゃ。

サウスウェスト病院婦人支援団体のメンバーやナン・ワトキンズの友人たちが、轍《わだち》を刻んだ駐車場を横切ってテントへ向かってゆく。それぞれがテーブルクロスや盛り花、バスケットや袋や箱を抱えている。平皿や茶器やグラスなどは自分たちで用意すると言ってきかなかった。ボランティアたちが二手に分かれ、二枚の掲示板を演壇のほうに運んでゆく。

これがわたしの退職記念パーティーになるかもしれないなんて、考えるのはやめよう。

トムが伸ばした腕にポークチョップの容器を載せ、わたしは重ねたサラダの容器を抱えて厨房へと向かった。視線がいやおうなくパトカーへと引き寄せられる。ピクニックがはじまるまでに捜索は終わるだろうか。そうねがいたい。

トムが不意に立ち止まったのでぶつかりそうになった。

「トム」荷物を抱え直し、彼と並んだ。「いったいどうしたの」

彼が顎を突き出した。「あそこ」落ち着いた口調だ。「おそらくあそこが犯行現場だ。それで捜索に時間を食ってるんだ」あっちでなにが起きているか知りたいのはやまやまだけど、それ以上に、ここで彼になにが起きているのか知りたかった。そんなわたしの気持ちにも気づかず、トムは考え込みながら言った。「問題はだ、あのあたりは釣り人やジョギングする連中が通るから、証拠が残っていたとしても、汚されるか、持ち去られるかしてるだろうな」

荷物を落とさないよう持つ位置を直す。「トム――」

彼の声は無表情でよそよそしかった。「車を署に運んだら、まず死体を降ろして検死官事務所に送り、車のほうは科学捜査研究所に送る」

「おねがいだから――」

トムは肩をすくめ、荷物を持ち直してまた歩き出した。振り向かずに言う。「それが連中の仕事だ」

「ちょっと待って」わたしは低い声で言った。

彼が振り向き、うるさそうな表情を浮かべた。「仕事が山ほどあるって言ってなかったか?」

わたしたちの声を聞いて、ジュリアンとリズが厨房から飛び出してきた。ジュリアンはシックなグレーのケータリング用のスーツ、細い腰にグレーのエプロンを巻き、首には赤いネッカチーフを巻いて、ほんもののシェフみたいだ。リズは陽射しに銀の宝石を光らせ、細面の顔に母親らしい心配の表情を浮かべ、足早にやってくる。警官がここまでやってきて、ペダルボートとヨットの貸し出しは中止になったことや、湖畔の道に非常線が張られたことを告げたそうだ。ピクニック参加者のなかに好奇心が旺盛な人がいても、足止めを食らうことになる。レッカー車と警察官がなんのために集まっていたのか、その訳は話してくれなかったとか。さすが恐れ知らずのリズだ。湖畔に住む友人に電話してすっかり話を聞いていた。

「ひどい話よね、ゴルディ。かわいそうに。最初がご主人の自殺、つぎがこれだもの」やっとこさ抱えた荷物ごとわたしを抱き締めた。彼女のコロンのきつい匂いにめまいがした。自分で思っているほど体調がよくないのかも。

「恐ろしいわよね」わたしは言い、やさしく体を離した。

「ピクニックはリズとおれに任せろって」ジュリアンがわたしの顔をしげしげと見ながら言った。「家に帰れよ、ボス。疲れた顔してる。鍵を受け取ったときにボイドから聞いた。けさの朝食会は、地獄製のコメディみたいだったんだってな。トム」同意を求めてトムに顔を向け、その目の虚ろな表情を見るなり気づいたようだ。トムの陽気さが空元気にすぎなかったことに。

「あたしたちなら大丈夫よ」わたしは二人に言った。「それ以上余計なことは言わないで、いい？　さあ、この料理の仕上げをするの手伝ってちょうだい」

そんなわけで、わがチームは前進した。ジュリアンとリズは、冷たくして出す料理を冷蔵庫に入れ、給仕用の食器を探して戸棚をかき回した。トムはオーブンを予熱し、鍋をレンジにかけた。わたしはプリントアウトした紙を取り出し、準備の段取りに目を通した。まずはテントの内部の様子をチェックすること。

テントの中は活況を呈していた。ボランティアの人たちが、ようやくのことで演台の脇に据え付けた掲示板を花とリボンで飾り、『祝・退職！』や『みんなあなたを忘れない！』の飾り文字が風に揺れていた。斜めに置かれたビュッフェ・テーブルの脇では、婦人支援団体の人たちが、サウスウェスト病院で過ごした二十五年の歳月を称える写真やカードを貼り出している。

わたしはボランティアの一人に手伝ってもらって、テーブルをまっすぐになおし、テーブルクロスを広げた。そこへホリー・カーが現れた――約束どおり早めに。ポステリツリーの恐怖の会合の後、家に帰ってシャワーを浴びた――女たちの敵意の残滓《ざんし》を洗い流した――にちがいない。服もベージュの麻のパンツスーツに着替え、真珠をあしらっている。牧師の妻として慎ましい生活を送っているころに出番の多かった服なのだろう。よく言うあれだ。娘を教会から連れ出すことはできても、娘の心から教会を取り出すことはできない。ホリーは、女性たちがみなジーンズ姿であることに失望し、わたしが忙しすぎてろくに話もできないことにがっかりしたようだ。でも、料理を出す予定の時間は刻々と迫っていた。彼女に心から感謝して、火曜の昼食会の写真をエプロンのポケットにしまい、後でおしゃべりする約束をした。

会場の準備作業をひととおり見てまわったところへ、マーラがメルセデスでやってきた。わたしは腕時計を見て、厨房に引き返し、リズがストロベリー・パイを箱から出すのを手伝った。スパンコールをちりばめたパンツスーツ姿のマーラが、じきに飛び込んできた。

「うわぁ、パイ！」マーラが歓声をあげた。「それじゃ、デザートから先にお味見といきましょ。お皿とフォークはどこ？」勝手に戸棚をごそごそやってお皿とフォークを探し出した。「それで、パイ・サーバーはどこ？」わたしに期待の眼差しをくれると、声をひそめた。「パイを一切れ食べさせてくれたら、アルバート・カーがタリタ・ヴィカリオスと不倫してたっていう噂話を聞かせてあげる。残念ながらその娘のことはよく知らない――」

「その娘のことね……ちょっと待って」リズがマーラにパイを切ってあげてるあいだに、わたしはホリーのアルバムをヴァンに取りに行った。戻ってみると、マーラは誰もいないダイニング・ルームでパイのジャンボな一切れに舌鼓を打っていた。隣に座ってアルバムを開く。

「この娘を憶えてない？」キャンディストライプの制服姿のタリタ・ヴィカリオスを指差した。

マーラはお皿とフォークを置いて、写真に見入った。「ああ、そうか。彼女ね。かわい子ちゃんのタリタ。彼女がアルバート・カーと寝たって話を聞いたのよ。カー夫妻がイギリスに移り住んだのはそのせいだって。神学校ならアメリカにだってあるのに、なぜイギリスに行く必要があるの？」

「アルバート・カーとね、へえ」もう一度写真をじっくり見てみる。快活な若い看護師助手、赤ん坊のアーチ、ジョン・リチャード、リンカーン大統領そっくりの長身のテッド・ヴィカリオス、にかっと笑っているハゲのアルバート・カー。「信じられない」

マーラはパイを食べ終わり、フォークを置いた。「だから噂だって言ったでしょ」

「ジョン・リチャードの女遍歴に詳しいあなただから訊くけど、タリタもその一人だったとは思わない？」

「データバンクに彼女の名は入ってない」

わたしは鼻を鳴らした。「あなたのデータバンクね。だったら調べてみてちょうだい」ホリーのアルバムを片付け、さっき受け取った写真を取り出してテーブルの上に並べた。「火曜の昼食会の写真。とくに目を惹かれる写真はない？　あたしの推理だと、この中のどこかにあたしを襲い、あたしの元亭を殺した犯人がいるはずなの」

「つまり、あたしのコートニー・マキューアンとロジャー・マニス共犯説は気に入らないってことね」

「気に入ってるわよ。でも、写真を見てみてよ、いいでしょ？」

マーラはため息をついた。でも、パイをたんまり食べた手前、文句は言わなかった。

光沢仕上げの写真をじっくりと眺めた。テッドとジンジャー・ヴィカリオスがいる。テッドはほろ酔い加減、ジンジャーは作り笑いを浮かべている。ホリー・カーは穏やかな表情で、教会の友人たちと写っていた。ジョン・リチャードとサンディーのほうを睨むコートニー。腰に両手を当ててひときわ目立つ。その表情には『レモンを齧《かじ》る女』という題をつけたくなる。ラナ・デラ・ロッビアと相棒のダニーボーイが、誰かの冗談に笑っている。

「ちょっとこれ」笑うラナとダニーボーイの写真を取り上げる。二人の背後の窓辺に男が立っている。

「誰なの？」マーラが尋ねた。

「エルヴィスのそっくりさんだと思う！　ボビー・カルフーン、サンディーの恋人」マーラも写真を見つめている。「つまり」わたしはつづけた。「彼はあの場にいたのよ。信じられない！　わたしの料理を腐らせ、わたしを地面に叩き付けたのは彼かも」

「でも、どうして彼がそんなことするの？」

「だからね、考えてみてよ。もしあなたが嫉妬に駆られて、恋人のあたらしい相手を殺したくなったら、どんな手を打つ？　恋人のあたらしい相手の元妻の仕業に見せかけようとするんじゃない？」

「ちょっと待って。なんか血糖値があがってきたみたい」マーラは目を閉じて開いた。「つまりこういうこと？　ボビーはあなたの仕事場をめちゃくちゃにし、うなじに空手チョップを見舞った。あなたはげす野郎の仕業だと思う。彼を殺す動機が生まれる」

「そういうこと」

「彼はなんで昼食会にやってきたの?」

「あたしが思うに、彼はサンディーの後をついてまわってるんじゃないかな。ストリップ・クラブで、彼女、びくびくしてたじゃない。それに、ボビーが昼食会にいたってことは、あたしのヴァンに忍び込むチャンスがあったってこと。なにか盗み出して現場に残してこよう。あたしの銃を見つけたときの彼の喜びよう、想像がつくじゃない」

「フムフム。それじゃ、あなたの料理バサミを盗んだのは?」

わたしはログの天井を見上げ、大きく息を吐いた。「子供のころから理容師に憧れてたとか」

「そんな突拍子もない推理、よく考えつくわ!」マーラが笑って言う。「それじゃピクニックがはじまるまでに、いろいろと聞き込んでみなきゃね」

「おねがい。あたしはそろそろ仕事に戻らなきゃ」そう言って写真とアルバムを手に持った。

マーラはケーキの皿を掴み、お尻をふりふりダイニング・ルームを出て行った。パンツスーツの白いスパンコールがキラキラ輝く。そこで不意に立ち止まり、振り向いた。「ゴルディ? あなた、大丈夫なの? 気分が悪そうだけど」

「大丈夫よ」わたしは嘘をつき、彼女の後から厨房に戻った。

マーラは古い友人を摑まえて話を聞くと言って去った。げす野郎もセシリアも、この数日に起きた恐ろしいことはすべて頭から締め出さなくちゃ。それから三十分、リズと並んで、ポークチョップをバルサミコ酢がベースの漬け汁に漬け込む作業に没頭した。塩水が豚肉にこってりした食感を与え、漬け汁がピリッとした風味を添える。つぎにわたしは、レタスを敷いたボウルにサラダを盛りつけ、リズはドレッシングを攪拌した。サラダに最後の仕上げを施し、もう一度手を洗った。セシリア・ブリスベーンの検死解剖を行う前に、検死官も手を洗うのだろうと考えたら、頭がくらくらした。セシリアはジョン・リチャード殺しの犯人に殺されたのかも。げす野郎のことでなにかを摑んでいたから。**だめだめ、そういうことは考えないの、**と自分に言い聞かせ、ワインのカートンを取りに行った。厨房の入り口で、サラダ・ドレッシングを持ったリズと鉢合わせした。サラダ油とお酢とハーブが飛び散り、わたしの口から悪態の数々が飛び散った。日曜学校教師組合を放逐《ほうちく》されても仕方ない。運よくドレッシングは服にかからなかった。着替えを持ってきてなかったので、これは助かった。

リズと二人がかりでドレッシングを作り直すあいだに、ジュリアンとトムがポークチョップを焼いた。ついにビュッフェ・テーブルに料理を並べるときがきた。今度は四人がかりで、ポークチョップとサラダとロールを盛った大皿を、適度な間隔をあけて並べていった。古い友人たちに挨拶し、〝かわいいアーチ〟のことを尋ねられれば答え、ジョン・リチャード事件の捜査についての質問はうまくかわした。リズ――自分の車からドレッシングが飛び散ってないズボンを取ってきて着替えていた――とジュリアンは、浮かれた客たちを誘導して四列に並ばせた。すきっ腹を抱えながらも、湖の対岸で進められている警察の捜索にも興味津々《しんしん》の様子だ。でも、皿が料理で埋まり、スピーチがはじまると、手近な問題に意識を集中した。よかった。

ジュリアンもリズもわたしも、賛辞を拝聴せずにすむ立場だ。テーブルを回って飲み物を注ぎ、汚れた皿を片付け、食事がすんだころを見計らい、バニラアイスを載せた厚切りのストロベリー・パイを出した。不運なことにイチゴのアレルギーがある人には、アイスクリームを勧める。

最後のスピーチが終わり、出席者がそれぞれの車に向かうと、ナン・ワトキンズがわたしのところに礼を言いにやってきた。ホリー・カーも、強《こわ》いグレーの髪を撫で付けながらついてきた。二人とも満面の笑みを浮かべていた。

「すばらしかったわ」ホリーが声をあげた。朝食会のショックから立ち直ったようで、ほっとした。「一週間のうちに盛大な会を三つもやり遂げるなんて。ほんとにすばらしいわ」

「ほんと、最高だったわ」ナンが口をそろえる。シマリスみたいな顔の中で、黒い目がキラキラ輝いているのは、ワインの杯《さかずき》を重ねたせいだろう。「栄養たっぷりな料理をいただいたから、この夏はせっせと歩かなくちゃ。おいしかったわ」

「喜んでいただけてうれしいです」わたしは応えた。

ナンが声を震わせた。「たくさんに人に会えて、こんなにおいしい料理をいただけて、おたくのスタッフがてきぱきと給仕してくれて……ほんとうに、もう……なんてお礼を言ったらいいか」

おおげさな賛辞は聞き流すことにしている。「ところで、ちょっと見ていただきたいものがあるんですけど」

　ナンは面食らった顔で、いいわよ、と言った。でも、ホリーまでついてくるとは思っていなかった。ラウンドハウスのダイニング・ルームに着くと肚を括《くく》った。ホリーがいても、アルバムを見てもらうことにしよう。そもそもホリーのものなんだし。アルバムを開いて置いたテーブルを三人で囲んだ。

「タリタ・ヴィカリオスのこの写真」さりげなく言う。「ずっと昔の」アーチを抱いた看護師助手を指差した。「彼女はジョン・リチャードと関係があったんでしょうか？　あたしの前夫と不幸な接触をしてましたか？」もしそうなら、火曜の午後、ラウンドハウスのおもてで、げす野郎とテッドが口論した説明がつく。

「やめて！」ホリー・カーが大声をあげた。驚いたことに、彼女はくるっと後ろを向き、すたすたと出て行った。声をかける暇もなかった。いったいどうなってるの？　アルバムを貸してくれたのは彼女でしょ。マーラが聞き込んだ噂はほんとうだったのかも。アルバート・カーがタリタと不倫していたという噂。

「どうしたんでしょう」車へと走るホリーを見送りながら、わたしはナンに尋ねた。振り向くと、ナンはわざと無表情を装っている。「ナン？　どういうことですか？」

「ほんとうにあんなこと――」

　もう、なにがなんだかわからない。「ジョン・リチャード殺しの犯人を見つける手助けをしてもらえませんか？　あたし、容疑を晴らしたいんです」

「タリタ・ヴィカリオスは亡くなったの」ナンが感情をまじえずに言った。「先月、ユタ州で交通事故に遭ってね」シマリスそっくりの口をぎゅっと閉じる。視線を四方に走らせる。誰かに助けてほしいのか、それとも立ち聞きされていないことを確認したのか。「ヴィカリオス夫妻の嘆きようといったら。ジンジャーはいまだに泣いてばかりよ」

「ああ、それで。彼女が車の中で泣いてるのを見ました。でも、わたしも苦しいんです。その娘さんを、わたしの前夫が傷つけたんでしょうか。彼女と浮気して、捨てたんですか?」

ナンが悲しげな表情を浮かべた。「ああ、ゴルディ。タリタのことは二度と口にしたくないの。ジンジャーとテッドをこれ以上苦しめたくない」

「ナン。タリタになにがあったのか、どうか話してくれませんか?」

ナンの小さな目が遠くを見つめる表情になった。「タル、あたしたちはそう呼んでいた。アルにひっかけてね。彼女は……病院を去り、文字どおり姿を消してしまった。派遣看護師として布教活動を行っている、と両親は言っていたけど、実のところは居所も知らなかった。あたしはこっそり彼女と連絡を取り合っていたの」赤い舌がちょろっと出て唇を舐める。

「タルは……アルバート・カーの子供を身籠っていた。カー夫妻はイギリスへ発った後だった。夫妻に迷惑はかけないと、タルは決心したの」ナンがため息をつく。「でも、デンバーの新聞に嗅ぎつけられてしまい、タリタは両親に話さざるをえなくなった。アルバート・カーとのあいだに息子をもうけたことをね。ジンジャーとテッドは、むろんアルバート夫妻に連絡をとった。二組の夫婦の長い年月におよぶ確執をあれこれ取り沙汰する人は多かった。

でも、どこまでほんとうかあたしは知らない。それから、アルバートが癌になり……」

「アルバートは自分が子供の父親だと認めたんですか？」

ナンはうんざりした顔をした。「さあ、どうだか。でも、まったく突然に、テッドとジンジャー・ヴィカリオスはまた大金を手に入れ、今年になって、コロラド・スプリングズからアスペン・メドウに戻ってきた。マンションを買い、四輪駆動車を買い、あたらしい服を着て外食をするようになった。カントリー・クラブのメンバーにもなった。なによりおかしいのは、彼らが和解したこと。カー夫妻とヴィカリオス夫妻はもとの友達に戻ったのよ」

「友達？　ヴィカリオス夫妻の〝罪の克服〟帝国が崩壊した後で？」

ナンは丸い肩をすくめた。「口止め料のように見えて、そういう臭いがするなら、おそらく口止め料なんでしょうね」

「口止め料――」わたしが言いかけたところへ邪魔が入った。

リズとジュリアンがやってきて、テーブルのかたわらに並んで立った。困惑の体で。

わたしは二人に顔を向けた。「なに？　テントが支柱からはずれた？」

リズとジュリアンは顔を見合わせ、言い辛そうな表情を浮かべている。リズは口を引き結んで床を見つめ、ジュリアンは目をしばたたいた。わたしが気を揉むのを、ナンはおもしろそうに見ている。

わたしはアルバムをバタンと閉じた。涙が込み上げる。ジュリアンに尋ねた。「アーチになにかあったのね？」

「いや、ボス」彼は静かな声で言った。「その……後片付けは気にしないで。リズとおれでやっとく」咳払いする。「問題は、その――」

悪い知らせを伝える役目を、彼は果たさずにすんだ。ダイニング・ルームに入ってくるブラックリッジ刑事の姿を、わたしは目の端で捉えた。肌が冷凍庫の内部よりも冷たくなった。

「いったい――」

「ミセス・シュルツ?」ブラックリッジがちかづいてきて言った。「一緒に来てもらえませんか」

17

わたしは睨み付けた。刑事は少しも怯《ひる》まない。わたしは言った。「いやです」

「ミセス・シュルツ、おねがいします」ブラックリッジの声にあるのは懇願？

ジュリアンに向かって言った。「トムはどこ？」

「シュルツ捜査官に用はありません」ブラックリッジが割って入る。「あなただけに」

度を失った女ができる範囲で、精一杯冷たい視線を彼に向けた。ナンは立ち去った後だった。二人の助手に顔を戻した。まずジュリアンに小声で言った。「トムを見つけ出して、すぐ来るように言って」

ジュリアンはうなずき、厨房へと向かった。リズにはこう言った。「ブルースター・モトリーに電話してもらえる？　あたしの弁護士なの。電話帳に番号が載ってる。できたら郡警察に来てほしいって伝えてちょうだい」

「署に連行するつもりはありません」ブラックリッジが言う。

「どこにも行きませんからね」

リズがわたしの冷たい手を、あたたかい手で包んだ。「ゴルディ。彼はあなたを逮捕しに来たんじゃないのよ。話を聞きたいんですって」

制服の中を汗が流れ落ちる。「それはどうかしら」真実を引き出すためなら、刑事は平気で被疑者を騙すことを、わたしは承知していた。ほんものの犯罪者が相手なら、どんな手口を使おうとかまわない。でも、これはちがう。

「後片付けはジュリアンとあたしに任せて。おねがい、ゴルディ、こっちは大丈夫だから」

「ありがと、リズ、でも、大丈夫じゃないの。一週間に二度はご免よ」ブラックリッジに顔を向けて言った。「話が聞きたいだけなら、どうして電話ですませないの？」

ブラックリッジは目を閉じ、額を揉み、大きなため息をついた。まったく、女って奴は！

「またここでおなじことを繰り返すつもりですか？」

「いいえ、そんなつもりはない」アーチに礼儀作法を教えたいのなら、まず自分から直さなくちゃ、でしょ？　遅まきながら気づいた。この刑事に礼儀正しく接してこなかったことに。そうは言っても最初が最初だったから。「申し訳ありませんけど、ここの片付けをしなくちゃならないんです。それに、面倒をみるべき家族もいますし」

ブラックリッジが不意に振り向いた。トムがやってきたのだ。ブラックリッジの態度ががらっと変わるのがわかった。彼は敬意を表している。それにほっとしてもいる。トムの速い足取り、ぐっとあげた顎、堂々とした態度。かつての自信溢れる捜査官を、そこに見出せない？　わたしもまた安堵の波に洗われた。

「シュルツ」ブラックリッジはつぶやき、トムにちかづいていった。わたしに聞こえないところで話をはじめた。

わたしの携帯電話が鳴った。「ママ?」接続が悪く、アーチの声がよく聞こえない。それでも、彼の声から恐怖が聞き取れた。「トッドの家に警官が二人やってきたの。それで、ぼくに……」ひどい雑音で声が途切れた。

「なに? アーチ? アーチ!」回線が切れた。

トムがブラックリッジから離れ、こっちにやってきた。「警察はアーチときみの協力を求めている」宥める口調の裏には有無を言わせぬものがあり、それがわたしを不安にさせた。

「きみは一緒に行く必要はないし、アーチもだ。だが、協力したほうがいいとおれは思う」

「あたしたちの協力が必要って、なんのためなの、トム?」わたしの声は震えていた。

トムのハンサムな顔がふっと和らいだ。「最初に伝えておく。弾道検査の結果が出た。コーマンを殺した銃弾は、きみの拳銃から発射されたものではなかった。ルーガーの二二口径から発射されたものだ」

「ああ、よかった。あたしの銃は死体のそばに捨ててあっただけ?」

「そうだ」

「だったら容疑は晴れた?」

トムのグリーンの目が、会場を去る騒々しい女たちへと向かった。「完全にではない」

「トム!」

口をへの字にして、彼がわたしの視線を受け止めた。「きみの手の硝煙反応検査の結果はプラスだった。きみの銃が犯行現場で見つかった。まだ完全にシロとは言えない」

「つまり警察はこう考えてるってことね。あたしは二二口径で彼を殺したけど、突然馬鹿になって、自分の三八口径を落としてきた」

ブラックリッジが、〝急いで〟と言うように咳払いした。

トムがわたしの手を握る。「警察はきみにコーマンの屋敷に来てほしいそうだ。いま、これから。できれば、アーチをそこへ連れてゆく許可を与えてほしい」

「ジョン・リチャードの屋敷?」

トムが言い淀む。「数時間前に、コーマンの屋敷を二人の男が訪れた。隣人は警察だろうと思った。でも、カントリー・クラブ地区の住民たちは、いまや戦々恐々としているもので、その隣人は警察に確認の電話をかけた。鑑識班はきのうのうちに現場から引き揚げていたから、署ではパトカーを差し向けた。うちの警官が屋敷に入ってみると、すっかり荒らされていた。押し入った二人は立ち去った後だった」そこでため息。「だが、ただの空き巣狙いではなかった。なにかを探していたんだ」

「ジョン・リチャードはマネー・ローンダリング以外になにをやってたの?」わたしは頭を振った。「なにかよっぽど大掛かりなことだったにちがいない」

「うちの連中は、この殺人をプロの仕業とは考えていない。それでも、押し入った二人がなにか盗んでいったのかどうか、そうだとして、それがなんだったのか調べる必要がある」

「トム、よしてよ! あたしはあの家に入ったことさえないのよ」

「ああ、だが、アーチはある」わたしが鼻を鳴らしても、トムはかまわずつづけた。「ストリッパーのサンディーに協力をたのもうにも、店を離れられない。午後は店で踊るかなにかしてるんだろ。そこでアーチときみに白羽の矢が立った。アーチは未成年だから、きみの付き添いが必要だ」

絶望が込み上げてきた。「アーチに亡くなった父親の家を見せるなんてできない。荒らされているならなおさらよ。癒しきれないほどの心の傷を負うことになるもの」

トムがわたしの体に腕を回した。「おもてに出ないか?」ブラックリッジに片手をあげてみせ、邪魔しないでくれ、と伝える。

外に出るなりわたしは言った。「どうすればいいの、トム」

彼がきつく抱き締めてくれた。「わかるよ。行くか行かないかはきみたちが決めることだ。無理強いはしないから、心配するな。きみが母親なんだからな」

ゴルフコースの上の松林から一陣の風が吹き寄せ、煙の匂いを運んできた。雹が降ったにもかかわらず、山火事は勢いを増しているようだ。朝食会で女たちが話題にしていた二つ目の山火事だ。恐怖に胸が締め付けられる。山火事の恐怖、アーチが悲しみに押し潰される恐怖。ほかにもある。ジョン・リチャードの借家に足を踏み入れるのが怖かった。パニック、恐怖。被害者が事件現場に寄せる感情は理解できる、とトムはよく言っていた。殺人事件のアーチのことが心配なのはたしか。それに自分自身のことも心配だった。

「トム、家が荒らされたことで、警察はあたしを疑ってないの?」

「きみは二人の男ではない」

「たしかに」それでも決心がつきかねた。署で受けた尋問はけっして楽しいものではなかった。ブラックリッジがセシリアの手紙を取りにやってきたときも、なごやかとはほど遠かった。「罠じゃないことはたしかなの? ブラックリッジはあたしに、罪を認めるようなことをしゃべらせようと企ててるんじゃない? あら、まあ! これ、あたしが落とした肉切り包丁じゃないの!」

トムは頭を振った。「そんな、人をペテンにかけるようなことをしたら、おれがただじゃおかないことぐらい、奴はわかってるよ」

間合いを計ったように、ブラックリッジがやってきた。「ミセス・シュルツ、おねがいしますよ。元のご主人の家はすっかり荒らされている。その現場から手掛かりが得られれば、事件解決の可能性がそれだけ高くなるんです」

「その前に息子と話がしたいわ。彼には酷なことなんです。あの子が父親の家に入りたくないって言ったら、無理にそうさせたりしませんから」口調を和らげた。「理解してくださるでしょ?」

ブラックリッジは口元を引き締め、うなずいた。

「それから、弁護士に立ち会ってもらいたいの」

「こちらから連絡してあります」ブラックリッジはこちらを喜ばそうと必死だ。家の中で粗相をした子犬が、飼い主にかわいがってもらおうと必死になるように。「モトリーとはコーマンの屋敷で落ち合うことになっています」

「わかりました。ちょっと待って」テントの様子を見に行く。手のあいた人が数人、テーブルの上を片付けたり、ゴミを拾う手伝いをしていた。わたしは駐車場に戻ってブラックリッジに言った。「自分の車で行きます。ここでパトカーに乗り込んだら、逮捕されたんだとみんなに思われる」

「お好きなように」

トムは後に残り、フロント・レンジ・レンタルがテントを片付けるのを見届けてくれるそうだ。ブラックリッジのセダンの後について、出席者の車のあいだを縫うように駐車場を出ると、カントリー・クラブ地区目指してアクセルをふかした。

山からまた煙臭い風が吹き降ろす。道に散ったタンポポの綿毛やハコヤナギが巻き上げられ、側溝に転がり落ちる。フロントガラスを砂埃が叩く。火曜の午後もこんなだった。ジョン・リチャードの屋敷を最後に訪ねたときも。深呼吸をすると、煙をさらに吸い込んだ。

カントリー・クラブ地区に通じる道のすこし手前で、家の建築現場から流れ出た泥の山にタイヤをとられた。悪態をつき、ブレーキを踏む。カントリー・クラブ地区の入り口を見渡せる家のデッキに、女たちが集まっているのが目に入った。最初にブラックリッジのパトカーを指差し、つぎにわたしのヴァンを指差す。興奮してしゃべっている。ご近所を監視してるの？　それとも、ご近所の噂を収集してる？　おいしいネタがあれば、〈マウンテン・ジャーナル〉に二十五ドルで買ってもらってる？　セシリアがいなくなっても、醜聞《しゅうぶん》を好む人の性《さが》は変わらない。いまなにより避けたいのは、ジョン・リチャードの家でレポーターに出くわすこと。

ストーンベリーの袋小路には、ほかに車はなかった。ブラックリッジが、車を駐めろ、と合図をよこした。車を寄せた路肩には、やはり泥が流れ出て山を作っていた。エンジンを切り、通りに目をやった。乾いた土の上に点々と小石が光っている。またしてもめまいに襲われた。アーチが到着するまで、車の中にただじっと座って気を揉んでいるつもりはなかった。携帯電話を取り上げ、トムにかけた。

「レンタル会社の作業員がテントを解体しはじめたところだ」彼が言う。「そっちはどうだ？」

「目の前に浮かぶ点々を見つめてるとこ。つまり、快調とは言えない。それはそうと、あたらしい山火事についてなにか聞いてる？　保護区の中なんでしょ」

「すでに千エーカーが燃えた。消火活動はまるで功を奏していない」誰かに呼びかけられて応え、また電話口に戻ってきた。「ほかにもわかったことがある」心がぐんと落ち込む。さっきのおしゃべり女たちが新聞社に電話して、新聞社が警察に電話して、ドクター・コーマンの家でなにが起きているのかみんなが知りたがっている。「弾丸についてだ」トムの声はそっけなかった。「検査を行った専門家が、あの弾はデンバーで起きた別の殺人事件で使われた弾と線条痕が一致すると言っている。いま、さらに検査を行っている」

目をぱちくりさせた。「なんですって？　デンバーで誰かを殺した犯人がジョン・リチャードを撃った？　別の事件は解決ずみなの？」ジョン・リチャードの屋敷のドライヴウェイに目をやる。**誰があなたを撃ったの？　あなたはなにをしたの？　犯人が欲しがるものを与えなかった？**

「そっちの事件はまだ解決していない。いま関連を調べている。なあ、手伝ってやらなくちゃ。風が出てきて解体作業が難航してる」

　キャッチホンのベルが鳴ったので、トムとの通話を切った。アーチからだといいんだけど。がっかり。発信者は〝レインボウ・メンズクラブ〟だ。お誂《あつら》え向き。

「もしもし、ゴルディ？　サンディーよ。どうしてる？」

「べつに、サンディー。いまなにしてるの？」

　彼女はクスクス笑った。「服を脱ぐための支度をしてるとこ。ねえ、あんたの友達のマーラから電話があった。あたしを車に乗せてってくれるんだって、ほら、あしたのジョン・リチャードのお葬式に。あたしの恋人がね、ほら、嫉妬深いのよ。だから、出にくくって。友達と教会の集まりに行くって言えば、彼も安心するかなって」

「サンディー」おろおろ声になっている。叫び出したかった。**ごまかさずに正直に話したらいいんじゃない？**　そのほうが彼とうまくいくかも。「サンディー……彼が嫉妬深いタイプだってことは知ってる。クラブであなたに色目をつかってたハゲの男を叩きのめしたもの」

「ヒュー！」浮かれた声を出した。

「それから、火曜日のドクター・カーの追悼昼食会で、あなたとジョン・リチャードを見張ってたわよ」

「彼が？　あのくそったれ！」

「だから」精一杯落ち着いた声を出した。「ボビーがあなたたち二人をジョン・リチャードの家までつけてきて、それからジョン・リチャードを撃ったって考えられない？」

「そんな、あたし、わかんない！」

「サンディー！　あなたの恋人は銃を持ってる？」

「前は持ってた。でも、なくしたって」

ちょっと待って。「なくした銃ってどんなの、サンディー？」

「ルーガー？　そういう名前の銃ってある？」

「ルーガーの口径《カリバー》は？」

「カリバーってビールじゃないの？」

「いつなくしたって？」

「知らない」

「なくしたって彼が言ったのはいつごろ？」

彼女はため息をついた。「ほんとよ。知らない。彼の話ってなんかよくわかんないんだよね」

「いま彼はどこ？」

「いま？」

額を揉む。ほんもののオウムと話をするほうがよっぽど楽だ。ジョン・リチャードは彼女のどこがよかったの？　脳味噌じゃないことはたしか。「ええ、サンディー、いまよ」

「バンドと練習してるんじゃない？　うちでかな？　来週からツアーがはじまるから。でも、あたしは言ってやるの。ほんとうはツアーなんかじゃないんでしょ——」

「うちはどこ、サンディー？」

「うちって？」

「ボビーが練習してるところよ」

「ああ、ポンデローサ・パスの二四六八。あたしを練習の仲間に加えてくんないの。いつも言ってるんだ。そんなに焼きもち焼くなら、あたしをバンドに加えればいいじゃんって。ナッシュヴィル・ボビー・アンド・ザ・ボーイズとでかいパイガール、なんちゃってね。だけど、彼は——」

　ブラックリッジが窓を叩いたので、わたしは縮み上がった。

「それじゃ切るわね、サンディー」

「ちょっと待ってよ！　警察はドクター・コーマンの家に行ってるんでしょ？　警官に言っといてよ。あたしの荷物返してくれって！」

　わたしは電話を切り、窓をさげた。

　ブラックリッジが言う。「いま近所の聞き込みを行ってます。家の中を荒らした二人の男を、もっとよく見てる人がいないか。それから、息子さんはじきに到着します」

「あの。サンディー・ブルーをご存じ？　ストリッパーの。いま彼女から電話がありました」ブラックリッジの顔が無表情になったので、慌ててつづけた。「彼女の嫉妬深い恋人のボビーが、ルーガーを持ってて、なくしたって言ってるそうなんです」

「あなたはサンディーと武器のことで話をした？」

わたしは赤くなった。「そういうわけじゃなくて。ただ、彼女が言ったことを伝えておくべきだと思って」ポンデローサ・パスの番地を言うと、ブラックリッジは手帳に書き取った。

「わかりました、ミセス・シュルツ。とても興味深い。ありがとう」ブラックリッジのわたしにたいする態度にささやかな変化が起きてる？

「サンディーが働いてるストリップ・クラブはどうなんですか？」わたしは尋ねた。調子に乗っちゃだめよ。せっかくうまくいきかけているブラックリッジとの関係を損なったら元も子もない。それに、マーラと一緒にレインボウを訪れたことがばれたら大変だ。「あのクラブが事件になにか関係があるんじゃ？」

「まだわかりません」驚いたことに、彼はわたしにほほえみかけ、自分の車に戻って行った。

窓をあげ、ぎらつく砂利に目をやった。それからまた携帯電話を手にとり、〈マウンテン・ジャーナル〉にかけた。五時を回っていた。太陽は西の山々の向こうに沈んでゆく。〈マウンテン・ジャーナル〉のオフィスにはもう誰もいないだろう。でも、フランシス・マーケイジアンからしつこく電話で情報を求められてきたから、今度はこっちが彼女に——それとも彼女のボイスメールに——求めても罰は当たらないはず。いずれにしても、ヴァンに座って、ボビー・カルフーンと彼の銃のことをくよくよ考えるのは耐えられなかった。

「マーケイジアン」本人が電話に出た。

思わず顔がほころんだ。「ゴルディがなにをしてくれるかを問うな」ケネディの大統領就任演説の一節を拝借した。「ゴルディのためになにができるかを問え——」

「馬鹿なこと言ってないで、ゴルディ。セシリア・ブリスベーンになにがあったのか、あたしは知らないわよ」

「でも、あなたのことだから推理はしてる、きっと《シュアリー》」

「あたしの名前はシャーリーじゃないわよ。ちょっと待って」

駄洒落で返された。ため息をつき、窓の外に目をやる。東の空の青い靄《もや》の中に大きな青白い月が昇ってゆく。木々では小鳥たちがさえずり、夜の帳《とばり》がおりるまでまだ間があるよ、と教えてくれていた。ジョン・リチャードの家を見つめていてはいけないと思いながら、目をそらせなかった。なにを感じる？　なにも。これが心理学で言うところの〝否定〟なのだろう。その下で〝自責の念〟が飛び出す隙を狙っている。でも、いまのところは感じない。彼の死を望んだことが何度あっただろう。数え切れないぐらい。でも、いまは自責の念も満足感もない。ほんとうに、なんにも感じないのだ。信じられない思いに頭を振った。彼は逝ってしまった。

いったいなにがあったのだろう。彼を死に至らしめた犯罪や残虐行為のことだけを言っているのではない。もっと広い意味で。あれほど魅力的でありながら、あれほど卑劣な人間。

彼はずっと謎だった。そしていま、わたしはレポーター――友達面《づら》する彼女の押しの強さに彼女の押しの強さに辟易《へきえき》したことが何度あったか――と話をしている。なぜなら、生きていたあいだも、死んだいまも、ジョン・リチャードのことが理解できないから。そのうえ、彼が殺されたことが、息子との関係をひどく汚した。この事件が解決されてようやく、わたしはまたなにかを感じることができるのだろう。もう一度生きることができるのだろう。おそらく。

「ゴルディ？　もしもし？　待たせてごめん。保護区で山火事があって」

「知ってる、聞いたわ。規模はどれぐらい？」

「千百エーカー。あすの朝までには鎮火するとみられてる」フランシスがため息をつく。

「セシリアになにがあったのか、あたしにはわからない。なにか知ってたら教えてくれる？」

「あたしもおなじよ。でも、あたしが元亭の死体を発見した二日後に、彼女が死体で見つかったのよ。おねがいだから協力してくれない？　どんなことでもいい。おねがいよ」

「ふたつの事件は関係してると思うの？」

「わからない。こんなにたてつづけに起きるなんて尋常じゃない」

「見返りになにか情報を握ってる？」

わたしは大きく息を吸った。そこまでする価値ある？　危険は承知だ。「教えてあげる。でも、ぜったいにこっちには来ないでよね」

「こっちってどこ？」

「約束する？」

「わかった。話して」

「きょうの午後、ジョン・リチャードの家に何者かが押し入った。家中荒らされてた。警察に呼ばれてこっちに来てるの。なくなったものがないか見てくれって」アーチのことは話さなかった。

「おやまあ。いつなら行ってもいい？」

「だめよ。警官相手に二時間ほど、お得意の〝認めますか、否定しますか〟の質問をぶつけてみたら。どうして知ってるのかって反対に問い詰められたら、ちかくの住人から電話を受けたって言えばいい。さあ、あなたが知ってることを話して」

「オーケー、ゴルディ。ためになる助言、感謝するわよ。まず最初に、セシリア・ブリスベーンはものすごく落ち込んでた——」

「自殺だと思うの？」

フランシスは話すのをためらった。「可能性はある。でも、ウォルターが亡くなった直後には、そんな様子は見られなかった。でも、ここのところは、よくわからないんだけど」

「それって暗号？　わかるように話してよ」

「ここだけの話にしてちょうだいよ、いいわね」わたしが同意のうなりを発すると、彼女は話をつづけた。「ウォルター・ブリスベーンは外面はすごくよかったけど、社内では専制君主だったのよ、ゴルディ。最低な男。セシリアに怒鳴り散らして、床の上の泥みたいに扱ってた。彼が自殺してしばらく、セシリアは大丈夫なようだった。それが最近になって、なにかに怯えているみたいで。どうしてだかあたしにはわからなかった。だって、図書館に展示された写真のことで、みんなから褒められてたし。娘が軍隊で国のために働いてるとか、そういったことをね。セシリアは嬉しそうにしてたんだけど、ここにきてがくんと落ち込んで」

「彼女の娘とは顔見知り？」

「アレックス？　いいえ。彼女は海軍の軍人。セシリアが言うには、アレックスが乗った軍艦は、ピレウスでギリシャ軍と合同演習をしてるそうよ」フランシスはそこで息を吸い込んだ。「コーマンのことでわかったことはなんでも話してちょうだいよ、いい？　それからこの一件は確認がとれるまで、ぜったいに誰にもしゃべらないこと」

「わかってるって。ただあたしは、この一件がジョン・リチャードと関係があるかどうか知りたいの」

「この一件に誰が関与しているのか、まだわからない。さっきあたしが、セシリアになにがあったのかわからないって言ったのは、ここまで話すつもりなかったから。ウォルターを自殺に追いやった原因はなんだと思う？」

ブルースター・モトリーのメルセデスが袋小路に入ってきた。日の光がフロントガラスの上で躍っている。携帯電話で話をしているのだろうか、ここからだと、うなずくブロンドの髪しか見えない。アーチはあと五分ほどで到着する。

「ねえ、要点だけ話してくれる、フランシス」

彼女は声をひそめた。「ウォルターが突然人生をおしまいにしちゃった訳はわからない。でも、誰かに脅迫されてたんじゃないかと思うの。死ぬ直前に公衆電話からかかった電話のことは知ってるでしょ？　電話の主が誰だったか、どんな内容だったかはわからずじまい。彼が死んだ後、セシリアは快調に飛ばしてきた。ところが五月ごろからひどい落ち込みようだった。自分のデスクにいるときの顔ったらなかった。人前では元気にしてるんだけど、こっちにもどってくるなり怯えた表情になるの。たとえばね、ケネディ暗殺の犯人を知ったんだけど、誰にも言えないし、記事にもできない、そんな感じ」

「それで？」

「それで、彼女の隣人のシェリー・ブーンに話を聞いてみた」

「あらあら、フランシス」

「それでわかったことがあるのよ。昔の亡霊が不意に甦り、彼女はそいつにとり憑かれたんじゃないかって、あたしは推理してたの」そこで息継ぎ。「五月にね、セシリアはシェリー・ブーンにすべてを打ち明けてた。娘のアレックスが、十歳のときから父親にセックスを強要されていた、と告白したって、セシリアは涙ながらに語ったそうよ。娘の話はひと言だって信じてないって、セシリアはシェリーに言った。でも、アレックスは高校を卒業すると家を出て、二度と戻らなかった。セシリアは母親として不安になってきた」

携帯電話を握る手が冷たくなっていた。「つまりあなたが言いたいのは、アレックスが大きくなるあいだ、自分の家でなにが行われていたのか、セシリアは知らなかったっていうこと?」

フランシスが張り詰めた声で言う。「母親ならわかるもの? それとも気づかない? あなた、心理学の学位を持ってるんでしょ」

腕時計をちらりと見る。ブルースターはまだ電話中だし、警官が呼びにくることもない。

「つまり、国のために働く娘を褒められて、セシリアはとっても幸せだった。ところが、そのおなじ娘が父親に無理やり犯されていた。そして彼女は落ち込んだ。ついに真実と直面したから。それで……セシリアはなぜ、どんなふうに死んだの?」

「それをいま調べてるとこ。セシリアはコラムを書くときメモをとってた。警察はもちろん彼女のコンピュータやファイルを押収していった。でも、セシリアの死体が湖で発見されたってニュースが社内を駆け巡ったとき、あたしは彼女のデスクに直行した。警察が到着したときには、彼女のディスクをかっさらった後だった。パスワードでプロテクトされてなかったから、すべてプリントアウトした」

「フランシス――」

「いまの話のネタをどこから手に入れたと思ったの?」彼女が弁解する。「セシリアはなにかに関心を持って背景調査をすると、疑問をかたっぱしから打ち込んでいった。コラムでそれに答えていたわけ。たとえばあなたの旦那とコートニー――」

「元の旦那よ」

「ああ、そうだった。セシリアはテニスとゴルフのトーナメントについて探ってた。きょうとあす、カントリークラブで開催されてるあれよ。スポンサーとして誰がなんのために金を出したか、彼女は知りたかった。それに、コーマンがスポンサーに名を連ねた動機もね。あなたの元の旦那はしみったれで有名だった」

「あたしの知らないことを話してちょうだい。それで、彼がスポンサーになった動機は……？」

「ドクター・ジョン・リチャード・コーマンは、社交界に二度目のデビューを果たした」フランシスが芝居っ気たっぷりに言う。「コートニー・マキューアンの尻尾にぶらさがって。というより、彼女のテニスウェアの裾にぶらさがって」紙をめくる音がした。「セシリアが追ってたネタはほかにもある。ほら、これ。『消防署の解雇問題』」さらに紙をめくる音。「それから『教師たちが飢えているのは学校のカフェテリアとは関係ない』。あなたに関係するネタもあるわよ。『衛生検査官、ロジャー・マニス——金をもらって悶着を起こしていたのか？』」

「それについて、彼女は調査したの？」わたしは鋭く質問した。背後にパトカーがちかづいてきた。

「いいえ、残念ながらね。少なくともあたしがダウンロードしたディスクには入ってなかった。これが彼女の最後のメモ。『偽善者？　ヴィカリオス夫妻をさらに詳しく調査』」

指でダッシュボードを叩く。「それって、ジョン・リチャードがくすねたお金のこと？　あなたが言ってた、うちの頭金。彼が返さなかったっていうお金」

「ちがう、ちがう。あれはあたしが間違ってた。あなたの元亭は父親から頭金を出してもらってた。ヴィカリオス夫妻からじゃなくね。銀行に情報源がいて、古い書類を調べてもらったの」

わたしは安堵のため息をついた。フランシスが間違っていることはわかっていたけど。ジョン・リチャードが人からうまく金をせしめたことを黙ってられるはずないもの。自慢たら、かならず自分を正当化していた。「それじゃ、彼がテッド・ヴィカリオスから五万ドル借りて、返済を迫られていたっていう匿名の電話の主は誰だったの？」

「わからない。ボイスメールに女の声で吹き込まれてた。セシリアもそれについてなにも知らないみたいだった」

背後のパトカーがライトを点滅した。ジョン・リチャードが若い娘をレイプしたという一件について、セシリアがメモを残していたかどうかぜひ知りたい。でも、フランシスに首を突っ込まれては困る。警察がその一件も調べているだろうからなおさらだ。アーチはパトカーを降り、あたりを見回していた。警戒している表情だ。「そろそろ行かなきゃ」フランシスに言った。

「コーマンの家からなにがなくなっていたか、教えてよね！」

「後で話してあげるわよ、約束する。警察が来たの」いきまく彼女を無視して電話を切った。携帯電話をポケットにしまい、ヴァンを降りた。アーチはげっそりした顔をしていた。短い時間でもプールとトッドの家で楽しんできたようにはとても見えない。彼の感情は――というより、感情の欠乏状態は――わたしのとおなじで、変動しているのだろう。四六時中悲しみを感じてはいられない。

「アーチ」ちかづきながら声をかけた。「無理にやらなくてもいいのよ」

「いや、やるよ」その口調には疲労と諦めが滲んでいた。苦々しい表情で父親が借りていた屋敷を見上げる。「不思議だよね。パパが看守の命を救わなかったら、州知事が減刑することはなかった。パパはまだ生きてたんだ」

わたしは口を引き結び、同情の声を発した。むろんこう言いたかった。**あなたのお父さんが後ろ暗いことをなにもやってなかったら、まだ生きてたわよ。**でも、言えなかった。

「ママ?」アーチが真剣な目を向けてきた。「刑事さんが教えてくれた。パパを殺した弾はママの銃から発射されたんじゃなかったって」

「そうらしいわね」

アーチは唾を呑み込み、買ったばかりのワイヤーリムの眼鏡を直した。年頃になってあという間に消えた鼻のそばかすが、午後の陽射しの中ではっきり見えた。「ママに腹を立ててごめんなさい。わざと銃を盗まれたんじゃないことはわかってたんだ。ああ、ママ、ぼく、ひどい気分だったから、ついママを責めるようなこと言ってしまって……」

息子を抱き寄せた。不思議なことに心が浮き立った。アーチが良心を取り戻した。本心から謝っている。たぶんこの十五年、わたしがしてきたことはそう間違ってはいなかったのだ。もっとも、すぐにわたしの腕を振りほどいたのだから、わたしへの愛情で胸がいっぱいではなかったようだ。それに、まわりに人がいるし。「いいのよ」わたしは言った。

「ねえ、ママ。ぼく、すごく怖い」顔をうつむける。こないだの雨で溜まった道路の土を、テニスシューズの爪先で掻いている。トムのそっけない言葉を思い出す。**きみの息子は、生まれてから一度もゴルフをやったことがないんだ。**毎週火曜と木曜の午後、なにをやっていたのか、いまなら聞き出せるかもしれない。「ママ、ぼく、話したいことが——」

「さあ、はじめるか！」ブラックリッジがドライヴウェイの入り口で呼びかけた。

アーチはくるっと振り向き、刑事のほうに歩いて行った。

ブルースター・モトリーがメルセデスから降り、弾むような足取りでやってきた。ブルースターがなににいちばん似ているか、いまわかった。ティガー。『くまのプーさん』に出てくる、いつも跳びはねてる心やさしいトラ。ブルースターがいま抱えている依頼人は、殺人事件の被疑者で、彼女の殺された元亭主の家からなにが盗まれたか調べるため、これから依頼人と一緒に現場検証に立ち会うことになっている。だけど、へっちゃらさ！　だってこういうの、ブルースターは得意だもんね！

「ゴルディ！　どうなってるんです？」きょうはカーキのズボンに赤ワイン色のゴルフシャツという格好だ。現場検証にどんな娯楽の要素があるのだろう。わたしの前で止まり、ベルト——赤ワイン色の小さなカエルの模様の畝《うね》織りのベルト——を摑んでズボンを引っ張りあげ、玄関先にいる警官たちに目をやった。「連中がなにを探すつもりかわかりますか？」

「まるっきり」

「オーケー、それじゃ」警官たちを見つめたまま、腰を屈めた。「不必要なことはなにも言わないこと。関係のないコメントは差し控えること。『この部屋からなにかなくなってますか』以外の質問には、『わかりません』と答えること」

「わかったわ。弾道検査のことは聞いてる?」

彼がにっこりする。「もちろん。でも、硝煙反応検査はプラスだったので、警察はあなたを二二口径に結びつけようとしている」

パンチを食らった気分だ。「ほんとにそうなの?」

彼は片方の眉を吊り上げ、凄みのある笑みを浮かべた。

「ねえ、ブルースター、もう帰ってもいいわよ」

彼は顎を引き、ブロンドのもじゃもじゃ頭を振って勢いよく否定した。「ぼくは残ります。あなたと一緒にいます。警官たちが誘導尋問をしようとするかもしれない。これ自体が罠かもしれないんです」

「アーチも巻き込んで?」

「そうです」

刑事弁護士と並んでドライヴウェイを進んだ。玄関に着くと、アーチがライリーとブラックリッジとともに家の中に入ることを、保護者として正式に許可し、わたしも同行することに同意した。何者かに心臓と股間を撃たれる直前、ジョン・リチャードが感じたことをここで体験するような気がして、わたしは名状しがたい不安に襲われた。

鑑識班は署に戻り、玄関のドアの鍵をブラックリッジに渡した。賊の侵入経路は裏口だった。窓ガラスのあるドアを破ったため、キッチンの床にはガラスの破片が飛び散っていた。ブラックリッジからそのことも聞いていたけど、実際にこの目で見るとぎょっとした。

まるで家の中をハリケーンが吹き抜けていったようだった。すべてが――誇張ではなくあらゆるものが――引き千切られていた。ユニット式の革張りのソファは、切り裂かれ詰め物がそこらじゅうに散らばっていた。パパが最近買ったんだよ、と前にアーチが言っていたソファだ。ジョン・リチャード所蔵のCDはすべて、板張りの床に散乱し、東洋緞通はずたずたにされ、廊下まで引き摺りだしてあった。一万ドルもしたんだよ、とアーチが言っていたサウンドシステム・スピーカーは切り裂かれ、ウーファーやワイヤーやアンプが転がるさまは、巨大なロボットが内臓をさらしているようだ。略奪者――なのかなんなのか――は、大型テレビまで叩き壊していた。家捜しするにしても、ここまでやる？　押し入った動機はなんだったのだろう。

アーチは口をぽかんと開いて惨状に見入っていた。刑事たちにやさしく促され、この部屋にあったと思われるものを挙げてゆく。ライリーが書き留めるあいだ、わたしはスレート敷きの廊下にゆっくりと足を踏み出した。男物と女物――サンディーのだろう――の服が、ベッドルームの入り口に散乱していた。手当たり次第に放り出したのだろう。アスレティックシューズ、ドレスシューズ、ハイヒールのサンダルに同色のバッグ。ジョン・リチャードのイタリア製ローファーや高価なランニングシューズ――それらが服の間に転がっていた。ジョン・リチャードが自慢していた自分に関する雑誌記事——美しい飾り縁付きの額縁入り——が壁からもぎ取られ、床に叩きつけてあった。なぜ?・

後から出て来たブラックリッジが、困惑したわたしを見て言った。「おそらく金庫を探したんでしょう。外見《そとみ》はテレビの金庫とか。中が空洞のを買ってきてなにかを隠す場合もある」

「でも……なんでこれほどまでに?・」ジョン・リチャードがいちばん気に入っていた十二年前の〈マウンテン・ウェスト〉誌の記事に目をやる。『デンバーの名医二十人にコーマンが選ばれる』。ほかにもこんな記事が。『サウスウェスト病院が誇る最高水準の産科プログラム』こういった記事は医者自身が金を払って書かせたものだということを、患者はけっして知らない。たいていが宣伝のページに掲載される。もっともジョン・リチャードは(ほかの医者たちも)、〝宣伝〟の文字を切り取ってから額に入れて診察室に飾っていた。

彼がやったことはすべて嘘で塗り固められていた。彼が気にかけるのは自分のことだけ、他人がどうなろうと知ったこっちゃない。不意に昔の一場面が甦った。わたしが受話器を置いて、祖母が亡くなったの、と告げたときの、ジョン・リチャードの妙に無表情な顔。わたしがキッチン・チェアにへたり込んで泣き出すと、彼は背を向け、冷蔵庫を開けてビールを探した。

廊下の散らかりようにあっけにとられているうち、彼の正体が見えてきた。心理学の授業で習っていたのに、彼が死ぬまでそのことを直視しようとしなかった。ジョン・リチャードは反社会性人格障害だった。頭脳労働者の反社会性人格障害者。そのいちばんの特徴は？感情がないこと。

心を鎮め、大学で習ったことを思い出してみる。連続レイプ犯や連続殺人者は、あらゆる種類の自己愛性傷害を負わされた虐待児だった場合が多い。でも、まわりから愛情と支持をふんだんに与えられながらこの障害をもつ人がいることも事実だ。たしかにジョン・リチャードの母親はアルコール依存症だったけど、それでも彼は両親にとって〝ゴールデン・ボーイ〟だった。彼は人々を利用しては捨ててきた。いつもなにかを感じようとして。彼が感じたかったのは、スリル、それだけ。

この障害をもつ男は、自分を崇める女たちを周囲にはべらせることに長けている。女たちの目を見て、なにが望みか判断できる――恋情、あるいは、お世辞。他人に感情的に依存せずにいられない女たち……

そんなことを考えても、けっしていい気持ちはしなかった。彼を知っているつもりだった。理解しているつもりだった。でも、そうではなかったのだ。

目をしばたたく。ブラックリッジがわたしに質問していた。武器に関する質問。

「ドクター・コーマンは、銃を家に置いていましたか、ミセス・シュルツ？」

「知りません」わたしはつぶやいた。真実を話すのにブルースターの助言は必要ない。離婚する前からすでに、ジョン・リチャード・コーマンの人生には謎が多かった。でも、ひとつだけ常に変わらなかったことがある。それをブラックリッジに告げるべき？

げす野郎は嘘をつく。あらゆることに。彼は自分の望むことを、自分がやりたいときにやりたいようにやった。デンバーの名医二十人の一人ですって。笑わせないでよ。

「いいえ」アーチが声があげた。「拳銃は持ってなかった。パパは拳銃の撃ち方を習おうとしたけど、うまくできなかった。ママとちがって――」

「アーチ！」ブルースターが遮る。腕を組んで暖炉のわきに立っていた。アーチににっこりほほえみ、首を横に倒す。「きみは利口な子だ。刑事さんの質問にイエスかノーで答えればいいんだよ、いいね？」

アーチはむっつりと床を見つめた。ブルースターの魅力にまいらない人間が、少なくとも一人はいるわけだ。アーチが正直な気持ちになってくれるのはありがたいけど、なにもわたしの銃の腕前をばらすことはないのに。

わたしはブラックリッジに尋ねた。「ガレージはどうなってます？」

ブラックリッジは黙ってドアを指差した。「お連れしますよ」

ジョン・リチャードの偉業を称える記事の額やらなにやらの残骸や、女性靴や書類を踏まないよう注意して歩いた。ブラックリッジがガレージに通じるドアを開き、苦笑を浮かべる。ブルースターは、わたしよりアーチを監視すべきだと思ったらしく、二人の後を追った。

ライリーはアーチとともに、やはり荒らされていた客間の調べに移っていった。ブルースターは、わたしよりアーチを監視すべきだと思ったらしく、二人の後を追った。

ガレージの荒らされようはとくにひどかった。アウディは証拠調べのため警察が牽引《けんいん》していった後だったが、略奪者はここでも大暴れしていた。庭のゴミを入れた二つの黒いゴミ袋の中身をぶちまけ、刈った芝や雑草や小枝が散らばっている。壁の吊り戸棚に並んでいたペンキの缶やテレピン油、除草剤、殺虫剤もすべて床に転がっていた。このうちどれがジョン・リチャードのもので、どれが家主のものだろう。家主はこれに懲《こ》りて、二度と医者には貸さないにちがいない。

「自問自答してみてください」ブラックリッジがゴミの山に目をやり、考え込むように言った。「犯人はいったいなにを探していたのか？　ドクター・コーマンを殺す前に、目当ての物を出させようとしなかったのはなぜか？」

わたしはいつもの返事を繰り返した。「わかりません」ブラックリッジが驚いた顔をするので、言い添えた。「なにが起きたのか、ほんとうにわからないんです。でも、もうしばらくここにいたいんですけど、差し支えなければ。手は触れませんから」

ブラックリッジはうんざりした顔で惨状を眺め回した。わたしにいじくられて困るような証拠はないと判断したのだろう。それとも、わたしが盗みそうな高価なものはないと判断したのか。いずれにしても、リビング・ルームに戻ってます、と彼は言った。

つっけんどんにならないよう気をつけて言った。「ありがとう」

ブラックリッジが出てゆくと、わたしはガレージをざっと眺め、ガレージにおりるコンクリートの階段に座った。深く息を吸い込むと、漏れたモーターオイルやウドンコ病にやられた草や古いペンキの臭いが鼻を突いた。どうしてもここにいたいわけじゃなかった。ここで最後に見たものの記憶、ジョン・リチャードの血まみれの死体が甦るからなおさらのこと。

ぶるっと体を震わせ、目を閉じて過去を辿ってみた。ジョン・リチャードの死の記憶に戻りたいわけじゃない、と自分に言い聞かす。戻りたいのは、感じたいのは、彼が撃たれる直前になにを感じたのか。感情を持たない男が、殺される直前になんらかの感情を抱けるものだろうか。

腕に鳥肌が立った。答が得られたせいなのか、この場所が途方もなく冷たくなってきただけなのかわからない。目を閉じたまま、ガレージのドアが遠隔操作で開くところを想像した。ジョン・リチャードはアウディを前進させる。ガレージのドアを閉じる前に、バックミラーで背後になにもないことを確認する。それから？

わたしは唾を呑み込んだ。感じることができたから。ジョン・リチャードは恐怖を感じなかった……怒りも感じていない。ガレージでわたしが感じたものは、それらとはまったくちがうものだった。

驚き。

18

屋敷に戻り、衣類の山を掻き分けて廊下をリビングへと向かうあいだに、高校の国語の時間に習ったジョークを思い出した。ドクター・サミュエル・ジョンソンの妻が書斎に入ってくる。そこで彼女は、偉大なる辞書編集家の夫が小間使いと愛を交わしている現場に遭遇する。

「ドクター・ジョンソン!」ミセス・ジョンソンは叫ぶ。「わたくし、驚いています!」

「マダム」ジョンソンが応える(ズボンをあげながら)。「言葉遣いに気をつけてもらいたいものだ。きみは**驚愕している**。**驚いている**のはわたしのほうだ!」

ガレージで感じたことを訂正しなくちゃ。何者かがげす野郎を驚かし、彼は**驚愕した**のだ。

リビング・ルームに戻ってみると、ブルースター・モトリーと二人の刑事が低い声で話を交わしながら玄関に向かうところだった。彼らの意気消沈した顔つきから、アーチを犯罪現場に連れてきたことが、期待したような成果を生まなかったことは明らかだ。ブルースターの携帯電話が鳴った。彼は踵を返して暖炉へ向かい、次なる危機の詳細に耳を傾けた。そういった動きやおしゃべりに囲まれ、アーチはリビングの真ん中に立ちすくんでいた。

「アーチ?」声をかけた。

「なに、ママ」

でも、彼は動かない。わたしも動けなかった。彼はなにかが気になっている。ブラックリッジが玄関で振り向き、誰もついてこないことに気づいた。幅広の青白い顔に疲労が浮かんでいる。ライリーが咳払いし、クリップボードに挟んだ紙をめくった。

アーチが言った。「押し入った犯人がなにを探していたのか、ぼく、わかったと思う」


十五分後、彼はすべてを語った。刑事たちの表情は意気消沈から上機嫌へと変化した。わたしも嬉しかった。息子が取り戻した良心が、父親への誤った忠誠心に打ち勝ったから。彼の話はこういうことだ。毎週火曜と木曜、ジョン・リチャードとアーチはゴルフをやりに行くと称し、実はコロラド州スプルース近郊の銀行に行っていた。そこでジョン・リチャードとアーチは貸し金庫を開く。二人がそれぞれ鍵を持っていた。ジョン・リチャードは、たとえ息子でも、人を信じることなどめったになかったから、そのことがわたしには意外だった。

「ぼく以外の誰も信用できないって、パパは言ってた」アーチが言う。「それに、これはぜったいに秘密にしろって言われたんだ。貸し金庫でなにをしてるのか、ぼくにはまるっきりわからなかったけど。もしものことがないかぎり、貸し金庫にはけっしてちかづかないって約束させられた。言われなくても、鍵はぼくの部屋の机の引き出しにしまったまま。持ち出したりしたことない」

「それで、どんなふうにして銀行に出かけていたのかな?」ライリーが尋ねた。

「それは、まず、パパとサンディーとぼくとでカントリー・クラブに出かけるの。サンディーは二階にあるゴルフ・ショップに行って、パパとぼくは地下におりてゆく。ぼくがビリヤードをやってるあいだに、パパは男性用のロッカールームでゴルフウェアを着替える。それで、裏口から出て駐車場へ回って、アウディを運転してスプルースに向かった。ぼくの仕事は車の中で待ってること。こういうことが二度つづいた後は、本を持っていくようにした。それで、パパは車のトランクからブリーフケースを取り出して銀行に入って、三十分ぐらいすると戻ってきた。銀行に行ってただけじゃないと思う。一度、コレクターズ・ショップから出てくるのを見たことがある」

「コレクターズ・ショップ?」ライリーが尋ねる。

「おなじショッピング・モールの中にあるの。元は劇場だったからすごく広いんだ。その店の主人は、漫画本や人形やキーホルダーや、銀器や切手やコインや陶磁器みたいなものを売ったり買ったりしてる。さえない店だけど、ぼくのあたらしい学校の友達が好きでよく行ってる。先週、友達二人と行ったんだ。なにも買わなかったけどね。そのときはパパはいなかった」

話がよくわからない。「あなたとパパが銀行に出かけてるあいだ、サンディーはゴルフ・ショップでなにしてたの?」

アーチが大きく息を吐く。「ただぶらぶらしてるだけ。それで、誰かにパパの居所を訊かれたら、ゴルフバッグを取りに行ったって答えることになってた。それで、後から彼女を迎えに行くとき、パパはゴルフバッグを抱えていった。居所を訊いた人に見られてることもあるからね」

サンディーはゴルフ・ショップで働いている、とマーラが誤解したのはそのせいだったのだ。アーチとげす野郎が週に二度、スプルース通いをしているあいだに、サンディーは、店に置かれたゴルフシャツやジャケットやニッカーボッカーの値段に詳しくなったことだろう。

「彼がなにをしているのか、サンディーは知ってたの?」

アーチは頬の内側を噛んだ。「わかんない。たぶん知らなかったと思うけど。ぼくたちがどこに行ってるのか、サンディーには言うなってパパに言われたし。それに、彼女は尋ねもしなかった。いつも機嫌がよかった」そこで顔をしかめる。「ぼくは秘密にするの好きじゃない。パパが亡くなったいまなら、このことをしゃべっても大丈夫だと思うんだけど」

「きみは正しいことをしたんだよ」ブラックリッジが言った。ライリーはうなずき、クリップボードの分厚いメモ用紙を輪ゴムで留めた。ブラックリッジが腕時計を見る。「ミセス・シュルツ?　銀行はすでに閉まってます。あすの朝、息子さんを銀行に連れてゆく許可をいただけますか?　貸し金庫を調べたいので」

わたしはブルースターに目をやった。アーチが話をはじめるとすぐに電話は切っていた。彼が意見を述べる。「ミセス・シュルツとわたしに、中身がなんであったか知らせてもらえるなら、けっこうです」

ブラックリッジとライリーは目配せした。ブラックリッジが言う。「中身があなたの依頼人の無罪を証明するものであるなら、お知らせします」

「それでは承服しかねますね」

「そっちの有利に事を運びますね、弁護士さん」恨みがましい口調でブラックリッジが言い、ライリーと並んで玄関へ向かった。「いいでしょう。中身をお知らせします」

アーチが言う。「クール！」

ブルースターの笑みが大きくなった。警察を思いのままに動かすことは、ブルースターがもっとも好むもうひとつのことなのだろう。

あす、金曜の朝八時半に、アーチを迎えにくることで話は決まった。アーチがパトカーから水泳の道具を取ってくるあいだ、わたしはヴァンのかたわらで待った。借家を取り囲むアルペンローゼの茂みを風が吹き抜ける。考えごとをしようと思っていたら、また煙の臭いがして思わず身震いした。山火事はあすの朝には鎮火するだろう、とフランシスは言っていた。この町は野生生物保護区から十五キロほど離れているのに、すぐちかくで火が燃えているかのように煙が目に滲みた。

オーケー、考えるの、と自分に言い聞かす。ジョン・リチャードが誰かのためにマネー・ローンダリングをやっていたことは、警察も摑んでいるとボイドは言っていた。でも、受け取った金の洗浄だけをやっていたなら、なぜスプルースの銀行まで出かける必要があったの？ なぜなら、上前をはねていたから？ そのせいで彼は殺され、家を荒らされたの？

まだ辻褄《つじつま》が合わない。道路に目を転じる。泥の上に真珠色の花びらが点々と散っている。一瞬、その中に金色に光るものが見えた気がした。ただの黄鉄鉱だろう。コロラド州のどこでも見られる〝愚か者の金〟。金色でよく金と間違えられるからこう呼ばれている。愚か者の金と言えば、もうひとつ疑問がある。もし誰かにお金を奪われ、そのためにその誰かを殺すつもりだったとしたら、まずお金を取り返し、それから撃ち殺すんじゃない？

ヴァンのドアが閉まった。「いいよ、ママ」助手席からアーチが呼びかける。

「気分はどう？」家に向かう車の中で、わたしは尋ねた。

「大丈夫」疲れた声で言う。「この捜査を見てて、ぼくが誰を気の毒に思ってるかわかる？　父親のことを言っているなら、叫びだしてやる。でも、そうじゃなかった。「トムがかわいそうだと思うんだ。捜査が進んでゆくのを見てると、つい思っちゃうんだ。トムは誰かを溺死させた犯人を捕まえたけど、裁判で負けた。トムがすっかり落ち込むのも無理ないよね。ほら、ここんとこ、いつもの冗談好きのトムじゃなかったじゃない」

胸に大きな石の塊ができつつある。無理ない、たしかに。

ところが、家に戻ると、トムは口笛を吹きながら夕食の支度をしていた。メニューは、このあいだの大量買い出しで仕入れた材料を見事に盛り合わせたジャイアント・サブマリン・サンド。バゲットの真ん中をくり貫き、そこに三種のイタリアン・チーズとソーセージとサラミ、露地物のトマトとルッコラを詰め込み、上から特製ガーリック・ドレッシングをかけたものだ。わたしたちが疲れた足を引き摺ってキッチンに入ったとき、トムは中身を詰め込んだバゲットをラップで包んでいるところだった。重石をして、味がよく馴染むよう冷蔵庫でしばらく寝かせるためだ。二時間もすれば食べごろになる。夏のあいだは誰も早々と夕食を食べたりしない。

「元気にしてた、トム?」アーチが心配そうに尋ねた。

予想外の問いかけに、トムははっと顔をあげた。その目にはいまも苦悩が宿り、その肩には重量級の重石が居座ったままだ。それでも、アーチに心配をかけたくないと思っているのが、わたしにはわかる。

「元気にしてたとも、ありがとう、アーチ」トムはわたしたちのために冷たいソフトドリンクを二本取り出し、テーブルに置いた。「きみたちは疲れきってるようだな。で、どうだった?」

アーチはソフトドリンクをグーッと飲んでから、きょうの出来事をかいつまんで話した。

「なるほど」トムが言う。「貸し金庫か、ええ? 中身はなんだと思う?」

「骨」アーチは皮肉抜きで言い、トッドに電話してくる、と二階に行きかけ、キッチンの戸口で立ち止まってトムを長いこと見つめた。「裁判に負けたこと、ほんとうに残念に思ってるよ、トム」

またしても気遣う言葉をかけられ、トムは唖然としたもののすぐに我に返って応えた。

「心配してくれてありがとう、坊主。おまえも親父さんを亡くしてさぞ辛いだろう」

「うん」アーチはゆっくりと踵を返し、出て行った。

トムのもの問いたげなグリーンの目に、わたしは肩をすくめた。いやはや驚いた、とかなんとかつぶやきながら、サンドイッチを二枚のクッキーシートで挟み、冷蔵庫に入れた。

「これでよしと。なあ、ミス・G、あいかわらずパイの試作をしてるんだろ?」

「ええ。だから?」

「あたらしいパイを作りはじめたら、きみに話して聞かせることがある」

「どうしていま話してくれないの?」

「ただ聞いててほしいからさ。即座に行動を起こしたりせずに」

「なるほど」おもしろくなかったけど、コンピュータを立ち上げて、いま研究中のレシピをプリントアウトした。バターと炒ったヘーゼルナッツで作るパイ生地、バター風味のショートニングを使うパイ生地、ラードで作るパイ生地、バターとラードを混ぜて作るパイ生地。

「それで、中身は?」トムが尋ねる。

「アリシアにイチゴを大量に注文したの。親愛なる納入業者さんが言うには、これまで味わったなかで最高のイチゴですって。それに、今回はクリームは使わないつもり。イチゴの味を最大限に活かしたいの。ねえ、なにしてるの?」

トムはクスクス笑いながら戸棚をかき回していた。「チョコレートのおやつが必要かなと思って」料理はセラピーにもってこい、はわたしの処世訓だけど、たまに自信がもてなくなることがある。でも、いま、六週間ぶりにトムの笑い声を聞いて、その効果の程が実証された。

「そろそろ話をしてくれてもいいんじゃない?」ぷっくらと瑞々しいイチゴを洗いながらたのんだ。

トムが語りはじめた。「こないだの晩の雨で泥道が洗い流されたことは知ってるな?」わたしがうなずくと、彼は話をつづけた。「雨はある物を通りに流した——この場合は、ストーンベリーからそう遠くないところで発見された。うちの連中の考えでは、コーマンの家のドライヴウェイから通りに流れ出たか、殺人者が逃げる途中で車から投げ捨てたものだろう。通りには泥が溜まっていた。火曜の大風で吹き寄せられた泥もある。それから雹が降った。その後で、犬がそいつを見つけ、家に持って帰って齧った」わたしはイチゴを切る手をとめ、彼を見つめた。「それで、犬の飼い主はゆうべ庭でバーベキューをやり、後片付けをしていてそいつを見つけた。ぼろぼろになったのは犬が咬んだせいだと思った。だが……それだけじゃない」

「いったいなんの話をしてるの?」

「コーマンの隣人が銃声を聞かなかったのは、拳銃に自家製のサイレンサーがついていたからだ。ピンクのテニスボール」彼は粉をふるいにかける手を休め、封筒を開いた。手渡されたのは、汚らしいピンクっぽいずたずたの物体が写るポラロイド写真だった。

「これをどこで手に入れたの?」

「ボイド。きょうの午後、署の連中はボビー・カルフーンを捜しに行ったが、彼は消火活動のため山に入っていて連絡がとれなかった。そこへテニスボールの件で通報があった。警察はすぐに令状をとり、カントリー・クラブ内のコートニーのロッカーを捜索した。なにも見つからなかった。だが、テニス・ショップはどうだ？　会員はそれぞれの名前がつけられた整理棚に自分たちのボールをしまっておく。まるで保育園みたいにな。コートニーの棚にはテニスボールが三缶あった。二缶は未開封で一缶は開いていた。中にはボールが二個残っていた。缶を開いてボールを一個だけ持っていったのは誰か？　いまコートニーの事情聴取をしている」

わたしは頭を振った。コートニー犯人説に戻ったわけだ。**振られた女の恨みほど怖いものはない**。辻褄が合う？　ルーガーを持っているのは、ボビー・カルフーン一人にかぎらない。コートニーがプロの殺し屋を雇ったとして、その男が数ヵ月前にデンバーでほかの殺しをやっていたのかもしれない。

イチゴを量ってから、小麦粉とコーンスターチと砂糖を混ぜ合わせた。「デンバーの事件だけど、ルーガーで撃ち殺された被害者の身元はわかったの？」

トムは封筒からさらに写真を二枚取り出した。ひとつは写りの悪い写真で、〝月間最優秀社員〟を称えるもののようだ。写っている男は二十五歳ぐらいで、分厚い眼鏡をかけ、細面のハンサムな顔をしている。もう一枚はカップルの写真で、さらに写りが悪い。女は豊かなカーリーヘアで、若くかわいらしい。パーティーの会場で写されたもののようだ。「男のほう、クウェンティン・ドレークはデンバーの通りで白昼、撃ち殺された。クウェンティンと女房のルビーは、ゴールデンのトレーラーハウスで暮らしていた」

「ルビー・ドレーク?」その名前に聞き覚えがある。「二人のことでほかにわかってることは? 男については?」カップルの写真をじっくり見る。「この女にどこかで会ったことがある」

「オーブンを百八十度に予熱してくれないか、奥さん? まさかゴールデンまで出掛けて、未亡人に話を聞くつもりじゃないだろうね」

オーブンのサーモスタットを合わせ、写真を封筒に戻した。捏ね合わせた試作品のパイ生地をパイ焼き皿に入れて広げる。「それで、この被害者についてなにかわかってるの? げす野郎と共通点がある?」

「クウェンティン・ドレークは、エンジニアリング企業に勤めるコンピュータおたくだったが、解雇されている。女のほうはわからない。この男を殺した犯人を追うつもりじゃないだろうな、ゴルディ」

小麦粉とコーンスターチと砂糖の混合物にイチゴを混ぜ込み、さりげなく言った。「わかってるってば。つながりを見つけたいと思っただけ」

それからしばらくは黙々と仕事をした。トムのブラウニーの天板にぶつからないよう、パイ焼き皿を慎重にオーブンに入れる。彼が汚れたボウルや泡だて器を洗い、わたしがカウンターを拭いているところに、アーチが得意の忍びの術でキッチンに入ってきた。

「ほかにも話したいことがあるんだ」トムとわたしの視線を受けると、アーチは腕を組んで目を伏せた。「その人を面倒に巻き込みたくないんだ。つまりその、彼は年寄りだから。彼が誰かを傷つけるなんて想像できない。ぼくを傷つけるつもりもないんだと思う」

トムは、被疑者が話しはじめたときに用いるお得意の尋問テクニックを駆使した。要するに、口を挟まないこと。わたしもしぶしぶ彼に倣《なら》った。

アーチはフーッと息を吐いた。「ぼくを尾行してたのが誰か、トッドとぼくとで考えてみたの。トッドの家でぼくたち交代で見張ったんだ。車が停まってて、その男が乗ってた。トッドの望遠鏡で誰なのか見てみた」アーチの眉が眼鏡の上まで吊り上がる。「どうしてテッド・ヴィカリオスがぼくを尾行するの?」

「テッド・ヴィカリオス?」と、わたし。ラウンドハウスでマイクの前に立つ、カリスマ性のある長身のテッドの姿が脳裏に浮かんだ。

「テッド・ヴィカリオス?」トムが言う。「昼食会で長々とスピーチをやったあの男のことか? コーマンと口論していた? 女房が意地悪ばあさんたちに笑い者されていたっていう、その男? いったいどういう男なんだ?」

「彼は伝道師だった。それに、医者だったの」サウスウェスト病院でアルバートとテッドがともに産婦人科の部長だったころのことから、二人とも宗教にのめりこんでいったことを語った。二人はその後、別々の道を歩みだした。カー夫妻は神学校で学ぶためイギリスに渡り、その後カタールで伝道活動を行った。ヴィカリオス夫妻は、名声と富を求め、結局は破滅した。

「破滅って?」トムが尋ねる。

夫妻は……その、スキャンダルに巻き込まれたの、とわたしは言い、セックスがらみの、と目顔で示した。

「ねえ」アーチが横から口を挟む。「ごめん、邪魔するつもりなかったんだけど。でも、土曜の誕生パーティーのことで、トッドに電話をするつもりなんだ。それで……これってブラウニーの匂いなんじゃない？」

トムがにっこりする。「チョコレートみたいに見えて、チョコレートみたいな匂いがするなら、チョコレートである確率はかなり高い。焼きあがるまでに三十分、冷めるまでに二時間、うるさいことを言うならな。だけど、おれたちはうるさいことは言わない」

「やった！」アーチはキッチンの戸口に向かった。意識ははっきり、食欲はもりもり。「二人の推理が終わったら呼んでよね！」

「トム」アーチが二階に引き揚げるのを見届けてから、わたしは言った。「わかってきたことがあるのよ」ナンが言っていた。口止め料のように見えて、そういう臭いがするなら、おそらく口止め料なんでしょうね。「ヴィカリオス夫妻が破滅したことは話したわよね」

彼がうなずく。わたしは、タリタ・ヴィカリオスがアルバート・カーとのあいだに不義の子を産んだスキャンダルについて、かいつまんで話した。『罪の克服』と名づけたテープの箱入りセットを売っていたテッド・ヴィカリオス夫妻に、ヒッピーのコミューンで暮らす娘がいることをマスコミがこぞって報じた。ナン・ワトキンズによれば、タリタは亡くなった。

「昼食会の後、テッド・ヴィカリオスとジョン・リチャードがお金のことで口論してたんじゃないとしたら、口論の原因はなんだったの？」わたしは疑問を口に出した。「それよりも不思議なのは、テッドがどうしてアーチの後をつけるの？」

トムは得心《とくしん》がいったという顔で、ゴムぞうきんを手に床を拭きはじめた。「殺人事件のすべてのピースをもう一度並べ替えてみると、答に行き着くことがあるものさ」

彼の言葉を最後まで聞き終えないうちに、わたしも答に行き着いていた。「アルバート・カーは十代のころにおたふく風邪を患った」

「それって……」

不意に気持ちがずしんと落ち込み、言葉も出なかった。キッチンがぐるぐる回り出す。トムの石鹸まみれの手がわたしを掴む。

「ミス・ゴルディ！　どうした？」彼はわたしを椅子に座らせ、コットンタオルで氷をくるみ、そっと額に当ててくれた。ささやきかける。「しゃべろうとするな」

「大丈夫よ」心の目が捉えているのは、アーチを抱き締める明るい制服姿の愛らしい女の子の写真だ。タリタ・ヴィカリオスのことをいまありありと思い出していた。彼女はとても魅力的で、赤ん坊のアーチを溺愛してくれた。**幸せをひとり占めね、ミセス・コーマン！　あ、あたしもいつか家庭を持ちたいなぁ！　そうなったら、誰にも壊させない！**

タリタ・ヴィカリオスにはもう一人、溺愛する人がいた。それに、アーチを抱き締めながらやたらとめそめそしていた。理由もなく涙ぐんでいた。

トムのグリーンの目を覗き込む。「十代の男の子がおたふく風邪になると、生殖不能になることがある。アルバートとホリー夫妻に子供がいなかったのはそのせいかも。タリタ・ヴィカリオスは両親に、子供の父親はアルバート・カーだと言ったけど、嘘をついてたのね」

「ワオ。ちょっと整理してみよう。タリタは家を出てヒッピーのコミューンで子供を産んだ?」

「そう。それで、マスコミに嗅ぎつけられ、嘘をついた。罪のない嘘だと本人は思った。アルバート・カーは遠くにいるから、迷惑はかからないだろう。それに、カー夫妻が外地にいるかぎり、アルバートが子供のころおたふく風邪を患ったことを、テッドとジンジャーは知りようがない。ホリーは思い出話をしていて、そのことをわたしに話してくれたの」

トムが言う。「つまり、アルバート・カーはおたふく風邪に罹り、たまたま生殖不能になった。だが、ヴィカリオス夫妻もタリタもそのことを知らなかった。そうなんだな? それにしても、生殖不能なうえに外国にいる男を、彼女はなぜ子供の父親だと名指ししたんだろう?」

「飛躍のしすぎかもしれないけど、でも、彼女はわたしを守ろうとしたんじゃないかしら。それにアーチを。あたしたち家族を」

「ということは……彼女の子供の父親はジョン・リチャードだと、そう言いたいわけだな?」

「ええ、そう。彼は、若くてかわいらしい看護婦と見れば、手当たりしだい声をかけてたから。彼女はジョン・リチャードに恋をするという大失敗をやらかした。二人は関係を持ち、彼女は妊娠した。堕ろすより産むことを選び、彼女は家を出た」

「ああ、ミス・G」

わたしが不意にうめいたので、トムがきょとんとした顔をした。「カー家の追悼昼食会の前に、テッド・ヴィカリオスがキッチンにやってきたの。なにかを探してるふうでね。それで彼が『ジーザス・ゴッド・オールマイティ！』って叫んだので、ぎょっとした。でも、あれは神の名を呼んだわけじゃなかった。彼はアーチを見て驚愕の言葉を吐いたのよ」テーブルの端を摑む。「アーチは彼の孫にそっくりにちがいない」

トムもうめいたけど、わたしは手をあげて黙らせた。なんとか考えをまとめたかった……わたしの推理がおよぶ範囲で。

「あのとき、テッドはアーチを見たとたん、すべてを理解したのよ。彼とジンジャーがそのことでずっと悩んでいたのは想像に難くない。タリタの子供がマスコミに見つかった後、アルバートが父親だというタリタの話を、夫妻は信じたんでしょうね。ずっと昔に国を出たカー夫妻と、そのことで手紙のやりとりがあったと思う。で、カー夫妻は否定した。でも、タリタがそう言い張るし……彼女はユタ州のコミューンから離れようとしなかった。子供や孫と行き来したくても、夫妻にはお金がなかった。テープ帝国は崩壊していたから。それに、カー夫妻とも音信不通になっていた」

「そこまではわかる。だが、ヴィカリオス夫妻はいったいどうやって、カントリー・クラブ地区の豪華マンションに落ち着くことになったんだ？」

「ホリー・カーの旦那さんは末期癌を患っていた。そのころ彼女は遺産を相続した。でも、そのお金をもってしてもご主人を助けることはできない。おそらく彼女は、アルバートを疑ったヴィカリオス夫妻を許すことにしたんじゃないかしら。ヴィカリオス夫妻が困っているという話を友人から聞いて、彼女は悩んだ。ご主人が亡くなる前に和解しようと思った。それで夫妻に毎月決まった額を送ることにした。ヴィカリオス夫妻は感謝したけど、それでも、娘に子供を産ませ、彼らの人生をめちゃめちゃにした男の正体は謎のまま――」

ちょっと待って。わたしの料理バサミが盗まれ、ジョン・リチャードは死んでから髪を切り取られた。それに、テッド・ヴィカリオスは老人だし、人を傷つけるようなことはしない、とアーチは思った？　ラウンドハウスのおもてで、テッドはジョン・リチャードに真実を話せと迫った？　テッドは詰め寄った。「うちの嫁入り前の娘を妊娠させたのはおまえだったのか？　わたしたちの人生をめちゃめちゃにしたのはおまえだったのか？」

わたしは静かに言った。「テッド・ヴィカリオスがげす野郎を殺し、実父鑑定検査にまわすために髪を切り取ったのかも」

「なあ、ゴルディ、そいつは飛躍のしすぎ――」

「電話をかけなくちゃ」コンピュータの住所録を開き、プリシラ・スロックボトムの番号を調べた。驚いたことに、彼女は自宅と携帯電話と両方の番号を教えてくれていた。まだ八時半だから、うまくすると……

「プリシラ？」携帯電話に彼女が出ると、わたしは息せき切って言った。「ゴルディ・シュルツです」

「いまカントリー・クラブにいるのよ」プリシラが興奮した声をあげる。「みんなまだ残ってるのよ。コートニー・マキューアンが逮捕された話で持ちきりなの」

「コートニーが逮捕された？」

「警官がやってくるのを、この目で見たんですもの。みんなが見てたわ！　警察が彼女を連れ去ったの！」

「手錠をかけてですか、プリシラ？　警官は権利を読みあげましたか？　事情聴取のために警察に出向くことに同意しただけなんじゃ——」

プリシラの口調が変化した。「そのために電話してきたの？　わたくし、カントリー・クラブでお友達をおもてなししてるところなのよ」ケータラーごときに話の腰を折られたことが、彼女はお気に召さないのだ。「コートニー・マキューアンのことを尋ねるために、電話してきたわけ？　それとも、ほかになにか用事があるの？」

大きく息を吸い込むと煙の匂いがした。甘い匂いで、それは……オーブンからもくもくと噴き出していた。「ちょっと待って、プリシラ！」受話器を置き、鍋つかみを必死で探した。オーブンから引っ張り出したパイは、グッグッいう惨めな塊と化していた。イチゴが飴状になってパイ焼き皿の縁から溢れ出している。オーブンの底には赤い溶岩が溜まり、黒煙を噴き出す島ができていた。トムも鍋つかみを取って、パイをラックに載せるのに手を貸してくれた。

「ゴルディ？」プリシラの声がカウンターから聞こえる。

「いま、すぐ出ますから！」わたしは叫ぶ。これまでにフルーツパイを数え切れないぐらい作ってきた。いったいなにが悪かったの？

「ゴルディ！　わたくし忙しい身なの、おわかりでしょ！」

トムが手を振って、電話に出ろと合図をよこす。

「ごめんなさい、プリシラ。あの……けさのことなんですけど、あなたやメンバーのみなさんがヴィカリオス夫妻のことを話してらした」

「そうだったかしら。この話、長くかかるの？」

「プリシラ」秘密めかして声をひそめる。「コートニーがどうなるのか、いろいろと教えてさしあげられますけど」汚れを拭いていたトムが、呆れた顔で天を仰いだ。「罪状とか、弁護士は誰かとか、そういったこと」

「あら、そうなの」プリシラが涎を垂らす音が受話器の向こうから聞こえるようだ。「わかったわ、ゴルディ。それで、ヴィカリオス夫妻のことがどうかしたの？」

「メンバーのみなさんが、夫妻の娘の話をしてましたでしょ？　子供を産んだ娘。わたし、あの、彼女は亡くなったって聞いたんですけど。ヴィカリオス夫妻の娘が」

「そうよ」プリシラがきっぱりと言う。「タリタ。先月、ユタ州のモアブでね。トラック事故ですって。そう聞いてるわ。トラックを追い越そうと反対車線に出て来た車が、タリタの車に正面衝突したのよ」

「それで……子供はどうなったんですか？　タリタの子供」

プリシラは鼻を鳴らした。「テッドとジンジャーが坊やを引き取ったのよ。事故で怪我をして、ほかに身よりもいないし、仕方ないわね。ひどい話だとわたくしは思うけど。あの二人、子供を育てるには歳をとりすぎているもの」彼女が息を吸い込む。「話はそれだけ、ゴルディ?」

「ああ、ええ。ありがとうございました」

プリシラが声をひそめた。「コートニーのこと、いつごろわかる? ここにいる女性の一人が言ってたのよ。コートニーは故意にご主人に心臓発作を起こさせたんじゃないかって。彼がフライト・アテンダントとセックスの最中だということを承知でベッドルームに踏み込んで、二人を驚かせた。その結果、彼女は相続した全財産を、あなたのろくでもない前夫に注ぎ込んでしまった」

思わずほほえんでいた。コートニーのことでも、ジョン・リチャードのことでも、いまさら驚くことはなにもない。「なにかわかりしだい電話します」

「それはそうと、あなたの前夫の葬儀用のお花はわたくしが用意しますからね。ガーデンクラブにやらせてなるもんですか。それに、保護区の植樹もね。山火事が鎮火したらぜったいにやるわよ! ハイカーが何人か、火事で立ち往生しているそうだけど、なにか聞いてない?」

なにも聞いてません、と言って電話を切った。ハイカーが保護区で火事に巻き込まれたという話を聞いてないか、とトムに尋ねてみた。彼は太い眉を吊り上げ、そいつもプリシラ・

スロックボトムお得意のガセネタだろう、と応えた。そう言っているうちに彼はパイの残骸をすべて掃除し終えた。感謝。〝イチゴ火山〟の横で、彼のブラウニーは難を逃れ、ラックの上で冷えつつあった。彼は特製サブマリン・サンドを切り分けにかかっていた。アーチは夕食が間近だと感知し、音もなくキッチンに戻ってきた。驚いたことに、なにも言われないのに手を洗い、テーブルの支度をはじめた。今度チップをはずんでもらったら、アーチにやろう。

アーチは眼鏡を鼻の上に押し上げ、あたりを見渡し、鼻をくんくんやった。「なにか焦げたの？」

「心配しないで」

「よかった。腹へって死にそうだもん」

でも、わたしはそうじゃなかった。ほかにどうしてもやりたいことがあった。

「ねえ、お二人さん。あたし、ヴィカリオス夫妻を訪ねてみたいの。これから」

トムが笑うのはこれで二度目だ。「なにを言い出すかと思えば」

「ママ」アーチが哀願する。「ものすごくお腹すいた」

「食おうぜ」トムがアーチを促す。「きみのママは幻覚を起こしてるけど、じきに覚めるさ」

「トム、あたし、どうしても行きたいの。一緒に来てくれないなら、ひとりでも行く」

「危険なことに足を突っ込まないっていう約束、あれはどうなったんだ？」

「あなたも一緒に来ればいい。銃を持ってってね」

トムはナイフを置き、カウンターに両手を突いて寄りかかった。「おれは仕事をつづけたいんだ。きみがどうしてもって言うなら、署に電話して、あすの朝、ブラックリッジとライリーを向かわせる」アーチがウォークイン式の大型冷蔵庫にレモネードを探しに入った隙に、トムが声をひそめて言った。「それに、ヴィカリオス夫妻を訪ねていって、なにを言うつもりなんだ?」オクターブ高くして、わたしの声を真似る。「テッド、あなた、わたしの前夫を殺したの? あたしが警察を呼ぶあいだ、じっと待っててくださる?」

「いいえ」わたしは冷静に言った。「こう言うつもりよ。あたしたちはいま嘆き悲しんでいて、聖職者によるカウンセリングが必要です。あなたは牧師だと聞いたので、話をしに来ました」

「あたしたちって誰のことだ?」

アーチが冷蔵庫から出てきて、サンドイッチにかぶりついた。「もし行くのなら、どうしてぼくを尾行したのか、ミスター・ヴィカリオスに尋ねてみてよね」

わたしは思案した。もしトムが一緒に来てくれる場合、アーチをひとりで残していくのは心配だ。でも、ヴィカリオス夫妻のマンションでなにがあるかわからない。ためらった。たしかにこんなことをするのは無鉄砲かも。

「わかった、わかったよ」トムが諦めの口調で言った。「ボイドに電話する。こっちに来てアーチと一緒にいてくれって頼んでみる」

三十分後、巨大なブラウニー・ア・ラ・モードのバニラアイスを頬張るボイドとアーチを残し、わたしとトムはセダンに乗り込んだ。彼の茶色のコーデュロイのジャケットがショルダー・ホルスターをうまく隠してくれるといいけど。彼はほかに高倍率の双眼鏡も持っていた。トムが言う。「向こうに着いても車から出ないからな。道に車を駐めて、なにか疑わしいものがないか様子を窺う。どうするか決めるのはそれからだ」彼がキーホルダーを掲げる。「馬鹿な真似はしないと約束しないかぎり、どこへも行かない」

「約束する」クソッ！　「一杯やりたいってあなたが言い出す前に、うちに戻ってサンドイッチにかぶりつく」

車はメイン・ストリートを進んでいた。トムがまた言う。「うちにいたかったのになあ、まったくいい迷惑だ。こんな麗らかな晩は、料理を作ってたっぷり食いたかったのになあ——まったくありがたくて涙が出る。ほんとだったら、きみとアーチと三人でデッキに出て、真珠のような月の光を浴びながら、サンドイッチを食ってるところだったのになあ。ところがどうだ、無駄骨とわかってることをしに行こうとしてる——」

メイン・ストリートの信号で——信号はこれひとつしかないから、地元ではたんに〝信号〟と呼んでいる——トムはセダンを停めた。彼に顔を向けた。

「いまなんて言ったの、トム？」

「無駄骨。外で食事。デッキ。ほかにもいろいろ」

「ちょっと真面目になってよ。真珠のような月とかなんとか言ったでしょ」

信号が青に変わり、トムはアクセルを踏み込んだ。「わかったよ。だったら、幽霊の出そうな月ならどうだ?」

記憶を辿る。なにかを見たのだ。なにか、幽霊みたいに暗闇でぼーっと光るもの。わたしが見た場所に本来あるべきでないもの。

「ヴィカリオス夫妻のマンションは、ジョン・リチャードの借家からそう遠くないわよね。回り道してくれる? 落とし物をしたような気がするの。道に、家じゃなく」

トムが頭を振る。「おれがきみにぞっこん《クレージー・アバウト》でよかったな、ミス・G。それとも、おれがたんにクレージーなだけかも」

カントリー・クラブ地区の入り口に立つ、苔むした花崗岩の門に月が青白い光を投げかけていた。数台の車を追い越し――ありがたいことに、物見高い見物人たちはデッキを引き払っていた――道に流れ出た砂利をタイヤが踏みしめる音がしてきた。袋小路を取り巻くときわ木やポプラやアルペンローゼが、歩道に暗い影を落としている。屋敷の前に車を停めると、トムは後部座席の床から懐中電灯を取り上げた。膝に置いてしばらくじっとしている。わたしに渡すべきか迷っているようだ。

「なにを落としたんだ?」

「宝石よ。宝石をいくつか。まだそこにあれば、探すのにそう時間はかからないと思う」

「きみは宝石なんてつけてないじゃないか、ミス・G」

「懐中電灯を渡してくれるの、くれないの?」

車を降りて懐中電灯をつけ、それをどこで目にしたのか正確に思い出そうとした。それとは、トムがいつも部下に探せと言っているもの。場違いなもの。山から吹き降ろす風は砂糖のように甘かった。大気はもう煙たくない。道路沿いに植えられたアルペンローゼがやさしく揺れている。懐中電灯で足元を照らしながら、アスファルトと流れ出た砂利の上をゆっくりと歩いた。

ついに見つけた。月明かりを受け、散り敷いたアルペンローゼの花びらの中で、真珠が光っていた。懐中電灯の光をその場所に向ける。不揃いの小石が流れ出て、真珠貝が形作った完璧な塊を埋めてしまっていた。手を伸ばし、ひと粒ひと粒拾い上げた。すべてをポケットにおさめると、懐中電灯を消してセダンに戻った。

なんでもないものかもしれない。意味があるものかもしれない。ブラックリッジとライリーの手をまた煩《わずら》わすべき?

真珠が重要な意味を持つとして、なぜ鑑識班の目に留まらなかったのか、論理的な説明がつく。火曜日にわたしがジョン・リチャードの死体を発見したときには、あらゆるものが――草も木も歩道も――砂埃を被っていた。真珠が砂埃に埋もれたとしても不思議はない。でも、あの晩に降った雹が、砂埃を洗い流した。ジョン・リチャードの屋敷から流れ出た泥水が、真珠を道路まで運んだ。そこなら、注意して見る人の目に留まる。

19

「つまりきみのじゃないんだな」トムが言う。「そんなもの拾ってきてなんになる？　真珠が捜査の役に立つのか？」

「真珠の種類によるわね。ペルシャ湾で採れる真珠は養殖物じゃない。この国で売られてる真珠の大半が養殖真珠で、おもに日本から輸入されてるの」

「そういうことをいったいどこで教わったんだ？」

　お嬢さまっぽい笑みを浮かべた。「あたしはニュージャージーの中流家庭で育ったの。それに、女の子ばかりの寄宿学校に行ったのよ。あたしが真珠に詳しいなんて思ってなかったでしょ？　途中でフロント・レンジ宝石店に寄ってちょうだい。メモをつけて数粒置いてきましょう」

「説明してくれ。きみはこう推理してるのか。もしコートニーが犯人なら、その真珠は……なんだっけ？」

「養殖真珠。でも、ジンジャー・ヴィカリオスが犯人だとしたら、養殖真珠じゃないはずよ。ホリー・カーとジンジャー・ヴィカリオスは分けて考えられない。いままでは和解しているから。ジンジャー・ヴィカリオスの人生は、娘が不義の子を産んだことでめちゃめちゃになった。あたしの推理、つまりテッド犯人説でいくと、ヴィカリオス夫妻は、娘を妊娠させたのはげす野郎だったと最近になって知った。それが彼を殺す動機になりうる」

「それで……真珠はどう関わってくるんだ?」

わたしはため息をついた。「真珠が、ペルシャ湾で採れたものなら、ホリーがジンジャーにあげた可能性があるの! ホリーの家にある真珠の数といったら、ティファニーも真っ青なぐらい」

トムがクスクス笑いながら車を出した。「その線は薄いな、ゴルディ。ウェハースぐらい薄い」

「ウェハースのことには詳しくないから」

「なるほど。だが、真珠を見つけたことは、事件の担当刑事に言うべきだ。その推理まで披露する必要はないけどな」

「あしたボイドに話してちょうだい。あたしがここに来たことを刑事に知られたくないの。さあ、もうひとつの目的地に向かいましょ」

彼は同意のうなりを発し、らせん綴《と》じの手帳を取り出した。書き留めておいた住所に目を通し、ストーンベリーの袋小路からセダンを出した。引き揚げる潮時だ。袋小路に並ぶ家々の窓に灯りがつきはじめ、顔がいくつか覗いていた。

神経質になっていることで、ストーンベリーの住民を責められない。隣人が殺され、その家が荒らされたのだもの。でも、郡警察に通報されたらかなわない。通りに車が停まっていて、その車は……郡警察の捜査官のものだなんて。

車は曲がりくねった道を行き、つぎの道に折れ――〝ブロック〟という概念はアスペン・メドウには当てはまらない――街灯の下で停車した。風がポプラの枝をそよがせる。トムはフロントガラス越しに覗きこみ、〝クラブ・ドライヴ〟という標識を確認した。そこを右に折れると、山火事の煙の臭いが車内に入ってきた。大きく息を吐く。ボイドに来てもらってよかった。

カントリー・クラブ地区のマンションは、クラブ・ドライヴから下った傾斜地に立っている。東向きなので山々の絶景は望めないが、なかにはゴルフコースを眺められる部屋がある。メゾネット形式の高層マンションは巧みなデザインのせいで、全体がひとつの大きな山小屋のように見える。クラブハウスと同様、ベージュ色の外観――色の規制がある――と、シーダー材の屋根板が、山間の高級リゾートに立つホリデー・インといった趣《おもむき》だけど、クラブハウスのちかくに住みたい退職者にはもってこいだ。

トムが車のスピードを落として郵便受けの番号を読んでいるあいだ、わたしは考えていた。ヴィカリオス夫妻と娘タリタとの関係はむろんのこと、ヴィカリオス夫妻とカー夫妻のこじれた関係はどのように修復されたのだろう。ジンジャーはホリーに怒りの手紙を出したのだろうか？　**おたくのご主人がうちの娘を妊娠させたおかげで、あたしたちの人生はめちゃめちゃよ。**それとも、ジンジャーはタリタの話に唖然とし、恥じ入り、それが真実かどうかホリーに尋ねることもできなかった？　ホリーはほかの人からその話を聞いたにちがいない。アルバートがタリタの子供の父親のはずがないことは承知で、ホリーが古い友達に与えた許しと寛容——このマンションだけでも五十万ドルはくだらない——は、ナン・ワトキンズがどう言おうと口止め料ではない。心からの思いやりのように見える——世間に広く知られていないからなおのこと。

トムは暗いドライヴウェイに車を入れ、ライトを消し、エンジンを切った。掌が汗ばんでいた。トムが双眼鏡を目に当てて焦点を合わせた。それからゆっくりと動かし、止めてまた焦点を合わせた。そのまま長い時間が経ったように思えたけど、実際には五分かそこらだったろう。

「当たり」

「なんなの？　見せて！」

トムは、三つ並ぶメゾネットのいちばん北側を指差し、双眼鏡を差し出した。「奥の棟のいちばん左。下の階。居間みたいだな。シェードはあがってて窓は開いてる。テレビがついてる」

不運に祟られたバードウォッチングで学んだことがある。わたしに双眼鏡は扱えない。それでも数分間の格闘の末、ジンジャーの姿を見ることができた。黒っぽい上下を着てロッキング・チェアに座っている。テッドはカラーテレビの正面に置かれたソファに腰をかけていた。彼の前のコーヒー・テーブルの上に見えるのは……グラスが三個？　指が痛み出した。

自分がなにを探しているのかわからなかった。

「ずっと見てるわけにも……ああ、そんな」

ちょうどそのとき、十代の少年——十四歳ぐらい——が、部屋に入ってきた。手に持っているのはおそらくポップコーンのボウル。テッドとジンジャーが話しかけると、少年は笑った。トーストブラウンの髪に眼鏡、ほっそりした顔。

そう、町で見かけたあの少年だ。一度はヘラジカの群れのそばで、もう一度はタウン・タフィーズの店の前で。少年はアーチに瓜二つだった。

「あの三人は人殺しを企むようには見えない」トムが言う。「そう思わないか？　真珠があろうがなかろうが。被害者の髪が切られていようがいなかろうが。むろんこれまでに、犯罪者に騙されたことはある。だが、あの三人のうちの一人が殺人者なら、少なくともシェードは閉めるだろう」

わたしは双眼鏡をおろした。「だったらなぜテッドはアーチを尾行したの？」

「娘を亡くしたいま、彼女の失われた過去を少しでも知りたかったからじゃないか？　孫の過去の空白の部分を埋め合わせたいと思ったからじゃないか？　それで説明にならないか？」

「だったら、ジョン・リチャード殺しをあなたはどう推理してるの？」

トムはダッシュボードを指で叩いた。「まだわからない。なにかが欠けている。いくつかのピースと言ったほうがいいかな。手掛かりが少なすぎるんじゃない。あまりに多すぎるんだ」

「わかった」不意に気持ちが萎えた。肩越しに後ろを見ながら車の向きを変えるトムに尋ねた。「で、これからどうする？　ライリーとブラックリッジはヴィカリオス夫妻に話を聞きに行くと思う？」

「ああ、だろうな。この一件もボイドからそれとなく伝えてもらわないとな。喜び勇んでやってくれるだろう。ブラックリッジとライリーは色めきたつだろうな。これが世間に知れたら大騒ぎになる。〈マウンテン・ジャーナル〉にゴシップ・コラムニストがいなくてもな。見出しが目に浮かぶ。『私生児の父親を殺したのは誰？』」

「そんな、よしてよ」アーチのことが心配になる。彼はうまく乗り越えられるだろうか。答はノーだ。タリタの息子もそうだろう。「この一件を秘密裏に捜査できないの？　うまいやり方があるはずよ」

トムは大きく息を吸った。「おれたちの考えをボイドに話し、刑事たちに伝えてもらう。ただし極秘にしてくれるよう釘を刺す。これでどうだ？」

安心したとは言い切れない。秘密や苦痛や怒りを抱えた人びとのごった煮に、わたし自身も放り込まれた気分だった。しかもどんどん深みにはまってゆく。そんな気分になるのはたんに疲労のせいかも。長い一日だった。長すぎる一日。いまはただ食事とベッドが恋しい。

トムは宝石店の前に車を停め、トランクに備え付けの道具箱から証拠品をおさめる紙袋を出してくれた。店主宛にメモを書き、真珠と一緒に紙袋に入れ、郵便受けに差し入れた。早くうちに帰りたい。

　ところが、ありがたくないニュースが待ちかまえていた。アーチはリビング・ルームでテレビを見ていたが、ボイドはそれでも声をひそめて話した。検死解剖の予備報告が出て、セシリア・ブリスベーンは絞殺されたと思われる、と記されていたそうだ。


　翌日、六月十日金曜日の朝は、心を掻き乱す灰色の靄とともに明けた。煙の臭いがひどいので、家中の窓が閉まっているかどうか確認して回った。さらに何ヵ所かのファンを回して空気を入れ替えた。山間部の家はたいていそうだが、わが家にもエアコンはなく、それがかえって好都合だった。煙たいうえに冷え切っていたら目もあてられない。

　スカウトとジェイクはいやいやおもてに出て行った。二匹とも不安げに臭いを嗅ぎ、おざなりに裏庭を走り回ると、じきに戻ってきて入れてくれと催促した。動物には迫り来る火災を感知できないなんて大嘘だ。

　山火事はたしかに迫ってきていた。夢うつつで耳にしたのは、夢の中で亡くなった前夫と繰り返し言い争ってあげた自分の悲鳴だと思ったが、実際にはサイレンだったのだ。テレビのニュースによれば、アスペン・メドウ野生生物保護区の人里からもっと離れた最西端で起きた火事は、ひと晩のうちに火勢を増し、千百エーカーから二千エーカーへと広がっていた。燃え広がるスピードが速すぎて消火活動が追いつかない。アスペン・メドウ消防署は、デンバー市に、ボランティアを送るよう要請したそうだ。しかも、ハイカー二人が行方不明だという。

ジェイクの水入れを取りにおもてに出ると、頭上からすさまじい轟音が聞こえた。燃焼防止用の難燃剤を運んで保護区の深い森に向かう貨物輸送機だった。体が震えた。

八時半には、ブラックリッジとライリーがアーチを迎えに来ることになっている。スプルースの銀行に行き、貸し金庫の中身をあらためるためだ。きょうのわたしの予定は、午後の一時からはじまるジョン・リチャードの葬儀だけだ。正直に言うと、出席したくない気分だ。

大きく息を吸い込むと、煙の臭いをそれだけ嗅がされることになる。手持ち無沙汰でキッチンを見回した。ファーマン郡警察があらたに設けた緊急避難措置は、簡単確実な方法であると広く喧伝されていた。住民に危険がおよぶと判断された場合、それぞれの家に電話連絡があり、荷物をまとめて避難するまでに一時間の猶予《ゆうよ》が与えられる。たった一時間でなにをどうまとめろっていうの？　愛する者、愛する動物、それに数枚の写真。持ってゆくのはそれぐらいだろう。

いつものダブルショットのエスプレッソを淹れていると、電話が鳴った。手に持っていたデミタスカップが滑り落ち、粉々に砕けた。カフェインの摂り過ぎが原因では断じてない――それどころか、まるっきり摂取していなかったんだから。録音された声が避難を通告するものだと思って受話器を取った。

「ゴルディ・シュルツです」声が震えていた。

「そんなふうに電話を受けるんだったら、発信者番号通知サービスなんていらないじゃない」マーラが言う。

「やけに早起きじゃないの。警察からだと思ったのよ。家族を集めて逃げ出せって言われるんだとばっかり」

「ねえ、聞いてよ。問題をふたつ抱えてる。ひとつは、煙ったくて眠れないこと。もうひとつは、げす野郎の葬儀がきょうあること。サンディーに一緒に行こうと声をかけろって、あなた言ったの憶えてる？　それで、かけたわよ」

「知ってる。彼女から電話があった」

「それで、ね。あたし、ひとりでいたくないのよ」

思わず顔がほころんだ。「こっちに来たら」

「なにかおいしいもの作ってるの?!」

「いまこの時点なら、あなたが好きなものをなんでも作ってあげられるわよ」

「やった。だって、〈マウンテン・ジャーナル〉に出てたあれ、まだ一度も味わってないんですもの」

気持ちがずしんと落ち込む。〈マウンテン・ジャーナル〉にレシピを提供した覚えはないし、きょうの朝刊には料理ページはないはず。「どういうこと?!」

「なに言ってるの、このおてんばおばさんが。衛生検査官のロジャー・マニスの顔に、ストロベリー・クリームパイを塗りつけたの、あなたでしょ」わたしはうめいた。「どうせ投げつけるなら、ライマメ・スープか生の帆立貝にすればよかったのに。おいしいパイをなぜ無駄にしたの?」

「頭がいかれてたのよ。それで、来るの、来ないの?」

彼女はケラケラ笑いながら電話を切った。

エスプレッソを淹れなおし、パイ生地の別のバリエーションに取り掛かろうとバター風味のショートニングに手を伸ばした。パイをもう一度焼いてみるつもりだけど、もっと深いパイ焼き皿を使おう。〝聖イチゴ山〟を噴火させないために。

三十分後、パイをオーブンに入れたところに玄関のベルが鳴った。ああ、嬉しい、マーラだ。ところが、親友ではなかった。ライリーとブラックリッジがラップアラウンド・サングラスにダークスーツ姿で立っていた。まるでブルース・ブラザーズ。このいでたちは受け狙い? そんなわけない。

不安に強張《こわば》る声で、どうぞお入りください、と言い、二人の刑事をリビングに案内した。ところが、二人ともとても礼儀正しく、敬意すら表してくれた。捜査に進展があったからだろうか。コートニー・マキューアンの事情聴取はどんな具合だったか興味ある。セシリア・ブリスベーンのファイルからなにか手掛かりがみつかっただろうか。ぜひ知りたい。彼女を絞殺した犯人とその動機はわかったのかどうかも、ぜひ訊いてみたかったけど、ぐっと我慢した。刑事たちの意外な礼儀正しさが、わたしの質問に答えるところまでおよぶとは思えなかった。

「ご主人は二階ですか?」ブラックリッジが尋ねた。

「ええ」二階からシャワーの音がしていた。「息子を呼んできます。そのためにいらしたんでしょ?」ブラックリッジがうなずく。気が進まなかったが尋ねてみた。「息子に腹違いの弟がいるかもしれないっていう噂、耳にされてます?」また彼がうなずいた……ブラックリッジのいつもは鋭い目が和らいで見えるのは、同情しているから?「おねがいがあるんですけど」ためらいつつ言った。「アーチの前でそのことには触れないでいただきたいんです」

ライリーが息を吸い込んだ。「触れませんよ、奥さん。けっして」

二人に礼を言い、二階にあがった。驚いたことに、アーチはすでにシャワーを浴び、疲れた顔でベッドに座っていた。カーキのズボンに白のポロシャツを着て出かける用意はできている。握り締めた右手には鍵が入っているのだろう。

「支度はできてるのね?」驚きを隠せなかった。「目覚ましをかけておいたの?」

左手で眼鏡を直す。「うん。パパがなにをしていたのか、どうしても知りたいから」

わたしは両手を自分の体に巻きつけ、声をひそめた。「きょう葬儀があることは憶えてるわよね?」

緊張した顔になる。「憶えてる。一時からでしょ。十二時半には支度をすませておく」

彼は刑事たちとスプルースに向かった。トムはまだ眠っていた。大変なときだから、奥さんのそばにいて力づけてやりなさい、と郡警察が言ってくれたことがありがたかった。いちばん腕利きの捜査官には、哀れな妻のお守りをするより、捜査の陣頭指揮をとってもらいたいだろうに。

訳のわからない不安を覚え、キッチンに戻った。なにかがひっかかっているけど、いったいなんなの？　ジョン・リチャードを殺したのは誰かという未解決の疑問が、ときわ木やポプラを覆う煙たい靄のように、目の前に垂れ下がっていた。捜査線上にたくさんの被疑者が浮かび上がってきた――ヴィカリオス夫妻、コートニー・マキューアン、ラナ・デラ・ロッビアとダニーボーイ。警察はまだ証拠を挙げていないだろうが、この二人が洗浄される金の出所だとわたしは睨んでいる。思わずうめき声が洩れた。

捜査が行き詰まると、それまでに集めた情報をすべて洗いなおす、とトムはよく言う。そこでコンピュータを立ち上げ、エスプレッソをもう一杯淹れた。五分後、ダブルショットのエスプレッソに半々の牛乳とクリームを混ぜ、氷を加えたアイス・ラテを飲みながら、これまでに入力したメモをスクロールしていた。

マーラが玄関のベルを鳴らし、ドアをドンドン叩いたとき――玄関で待たされるのが彼女には耐えられない――わたしの頭にはまだあらたな推理は浮かんでいなかった。ピンクのパンツスーツに身を包んだマーラが、風のようにドアを入ってきた。わたしの手の中のアイス・ラテを指差す。

「そういうの、体に悪いわよ。あたしにも一杯作ってくれる？」

わたしはほほえみ、彼女の後からキッチンに戻った。

「ハーブティを飲みなさいって、医者は言うのよ。だから言ってやった。朝、起き抜けにハーブティなんて飲んだら、吐いちゃいますって」アイス・ラテを差し出すと、彼女はにっこりほほえんだ。ひと口飲んで満足げにうなずき、コンピュータを顎で指した。「なにやってるの?」

「ジョン・リチャードのファイルを読み返してるとこ。なにか見落としてないかと思って」

彼女に最新情報を教えた。穴のあいたピンクのテニスボール、真珠、かつての看護師助手、タリタ・ヴィカリオスが産んだ子供の父親はげす野郎かもしれないこと。マーラは口笛を吹いた。

「コートニーが事情聴取のため、警察に連れていかれたってね。彼女、いったいなにをしゃべったのかしら」

「そうだ。頭をひねってるあいだに、見せたいものがあるの」わたしはグラスを置き、トムの封筒から写真を取り出した。「見覚えない?」

「この男は見たことない」マーラは即座に言った。「女のほうは知ってる。誰だっけ?」

「ルビー・ドレーク」

「そうそう、ルビー。赤毛のルビー」マーラは写真を指で叩いた。「すぐには彼女だとわからなかった。つまりね、服を着てるってこと。彼女、レインボウにいたわよ。あたしたちが訪ねたとき。憶えてない? 赤いライトの下で踊ってた。ライトのせいで髪の毛が紫色に見えてた。げす野郎の恋人の一人だったと、あたしは思ってた。そう言ったでしょ、憶えてない?」

「それで、あたしたちのテーブルにやってきて、げす野郎を憎んでるって言った。弾道検査の結果、ルビーの旦那、あなたが見たことないって言った男が、ジョン・リチャードを殺したのとおなじ銃で撃たれてるの」

「おやまあ。トムはそのこと知ってるの?」

「いいえ、でも、あたしから言っておく。まだ眠ってるのよ」ため息をつき、コンピュータをじっと見つめる。「あたし、なんか……見落としてるような気がしてならないの。ジョン・リチャードはマネー・ローンダリングをやっていた。金の出所はストリップ・クラブ。彼に銃を突きつけて、金のありかをはかなきゃ股間を打ち抜くって脅して、彼がはかなかったとしても、なんでわざわざガレージで撃ったの? 道をぶらぶら歩いてるときを狙えばよかったじゃない。なぜ自家製のサイレンサーを使って、それを通りに捨てるようなことしたの?」

アイス・ラテを飲み、顔をしかめる。「ワオ」カップを置き、キーを叩いて画面を読む。「これこれ。レイプに関する手紙。セシリア・ブリスベーンに送りつけられたものよ。なぜ? げす野郎が殺された翌日、この手紙がわたしに送られてきた。さらにその翌日、セシリアは死体で発見された」

「たしかに奇妙よね」マーラはアイス・ラテを飲み干した。「謎を解く手助けをしてくれそうな人いない?」

「サウスウェスト病院のことをよく知っている人?」自分の疑問にすぐ答が見つかった。「ナン・ワトキンズ。ストリップ・クラブをもう一度洗えって、トムから警察に助言することになってるから、あたしたちが彼女を訪ねて行っても平気」

　マーラは流しに立って自分のグラスを洗った。「そうしましょ。毎朝、彼女は湖のまわりを散歩してる。たぶん摑まえられるでしょ」

「ちょっと待って」トムはこれを〝危険なこと〟とみなすだろうか？　「ナンがあたしたちに危害を加えることはないわよね？」

「つまりそれは、六十代後半の、見た目も歩く姿も巨大なネズミそっくりの女性が、あたしたち二人に空手チョップを見舞うかどうかってこと？　答はノー。行きましょ」

　マーラは自分のメルセデスで行くと言い張った。ナンがわたしのヴァンに気づいたら、すたこら逃げ出すだろうから、と。メイン・ストリートには不思議なほど往来がなかった。商店は煙に呑み込まれて霞んでいる。湖は不気味な不透明のグレーだった。散歩している人がいるとは思えない。

　ところがそうじゃなかった。マーラと二人で湖畔の道を十分も歩かないうちにナン・ワトキンズとすれ違った。腕を元気に振って大股で歩いてゆく。背の低い洋梨体形にグレーの髪のその姿は、バトンガールそのもの。

「ストップ！」マーラが息を切らして叫んだ。「ナン！　あたし、死ぬ。心臓発作なの」

「ほんとうに？」ナンが心配そうに尋ねた。泥道で急に立ち止まり、引き返してきた。運動して頰が紅潮し、少し息を切らしている。それを見てちょっと安心した。

「いいえ、実はちがうの」マーラが言う。「あたしたちの元亭がきょう埋葬されるんだけど、彼を安らかに眠らせる前に知っておきたいことがあるのよ」

「知っておかなきゃいけないことなの？」彼女がきつい声で尋ねる。「健康問題であたしに助けを求めたのかと思った」

「いいえ」マーラは両手を腰に当て、急に真剣な声を出した。「サウスウェスト病院で彼がレイプした十代の娘の名前を知りたいの」

「なんですって？」ナンは困り果てている。「なんの話をしているのか、まるっきりわからないわ！」唇を舐め、目を伏せた。

「それは通用しないんじゃない、ナン」マーラが言い返す。「被害者がセシリア・ブリスベーンに宛てた手紙を警察が押さえてるの。あたしたちに話してくれないなら、警察に行って、あなたを召喚するよう頼むわよ」

「あなたたちにそんなことできるもんですか！」ナンが泡を食って言う。「警察だってできない！」

マーラが言った。「できるかできないか、やってみましょうか？」

「待って」わたしはナンの茶色の目をまっすぐに見て言った。「ナン、息子のために、父親の死に終止符を打ってやりたいの。おねがい。その女性か、彼女にちかい人がジョン・リチャードを撃ったのなら、その人を見つけ出して裁きを受けさせることで、あたしたちはもとの生活に戻ることができるのよ。どうか助けて。さもないと、その人は追い詰められ、さらに人を殺すことになるかもしれない」

「彼女がやるわけないわ」ナンの声はささやきだった。ちかくにベンチがあった。釣り人がそこに座って釣り糸を垂れることもあるベンチだ。ナンはそのベンチに腰をおろした。「そのことは思い出すのもいやなの。話したくもない。あたし以外は誰も知らないことよ。なのにあたしは見捨てた」

「あなたが見捨てた?」わたしはやさしく尋ねた。

「彼女を見捨てたの」

「その女性は生きているの?」

「だと思う」ナンは湖に垂れこめる乱雲に目をやった。「起きたのは、そう、八年前? いずれにせよ、彼女は人生をやり直すために町を出て、遠くへ行ったと聞いたわ」

「彼女はアスペン・メドウの人だったの?」わたしの質問にナンはうなずいた。

「どんな人生をはじめたのかしら?」マーラが尋ねた。

「さあ……どうでもいいことよ。彼女は遠くへ行って、おそらく戻ってこなかった」ナンが黙り込んだので心配になった。心変わりをして話してくれないんじゃないだろうか。やがて諦めのため息をついた。「十四歳だった」ナンはささやくように言った。「細菌性感染症で病院にきたのよ。若い娘にはとても珍しい病気。細菌性感染症が男性から女性に感染することは、あなたたちもおそらく知らないでしょう。いずれにせよ、彼女はとてもかわいくて肉感的だった。ドクター・コーマンは……彼女をジョークのタネにした。あんな病気に罹るなんて、彼女はいったいなにをやってきたんだろう、なんて聞こえよがしに言ってね」

わたしは頭を振った。いかにも彼が言いそうなこと。

「彼は……ある晩、夜勤でもないのに現れた。酔っ払っているんだと思ったわ。彼はその娘の部屋に消えた。彼女の家はお金持ちだったから、個室だったの。数分後、彼は娘と一緒に出てくると検査室に連れて行った。手伝いましょうか、とあたしが声をかけると、いや、いいんだ、必要ない、と彼は言ったわ。その当時、婦人科の検査を行う場合は、看護師が立ち会うことになっていた。それで、あたし……彼が娘を連れて行ったのは、包帯を巻くとか注射を打つとか……そういうことだと思ったの。まさかあんなこと……」またしてもナンは沈黙に浸った。

「なにが起きたの?」わたしは声を荒立てないようにして尋ねた。

ナンは顎を突き出し、目を閉じた。「二十分ほどで、彼は検査室から出て来た。それがね――目を開け、それは悲しげな表情を浮かべた――「彼が一人笑いをしているのを聞いたような気がする。患者さんは出て来なかった。それから、泣き声が聞こえたの。慌てて飛んで行った。彼女は泣いていて、精液が……ああ、ひどい」ナンはぐっと感情を抑えた。涙が目から溢れた。「彼は検査台の上でレイプしたのよ。それから、部屋に戻って誰にもなにも言うな、と彼女に言ったそう」

「訴えなかったの?」マーラが尋ねた。

ナンの表情も口調も苦々しいものだった。「彼は医者よ。きっとすべてを否定するにきまってる。あの当時は、そういうことにたいして、なんの処罰も加えられなかったの。いまだって処罰があるのかどうか」そこで間を置く。「職を追われる人間がいるとしたら、このあたしだったでしょうね」

　わたしはマーラと目を見交わした。「きっとそうだったろうと思う」

「そうにきまってる」ナンがぴしゃりと言う。「後から不思議に思ったのは、ドクター・コーマンが最初に……その、行為におよんだとき、患者さんがなぜ叫ばなかったのかってこと」ナンは唾をぐっと呑み込んだ。「いまならわかる。噂では……彼女の父親が……彼女を暴力で犯していたって。後から聞いたの。感染症の訳もそれで説明がつく」

「ああ、そんな」わたしはつぶやいた。「いったい誰なの？」

　ナンが皮肉な表情でわたしを見た。「ブリスベーン。ウォルター・ブリスベーンよ、〈マウンテン・ジャーナル〉の社主の。知ってるでしょ？　奥さんのセシリアは、あらゆることをゴシップのネタにした。なぜなら、その事実から目をそむけたかったから。そしていま、セシリアも亡くなった」

「ブリスベーンの娘はいまどこにいるの？」

「知らないわ。彼女の名前はアレックス。アレックス・ブリスベーン」ナンは大きなため息をついた。「最後に聞いた話では、海軍に入って遠くへ行ったって」

20

わたしたちはナンを車まで送った。秘密をぶちまけたことですっかり動揺し、散歩どころではなくなった。彼女を責められない。

「アレックス?」マーラはいぶかしげな表情を浮かべていた。「彼女はそう呼ばれていたのよね。あたしのデータベースにその名前はない。それはたしか」

「そりゃ、彼にとっちゃ自慢するようなことじゃなかったから。素面《しらふ》になってからもね」

わたしたちはメルセデスに乗り込んだ。マーラがエンジンをふかし、不満の声をあげる。

「だったら、あなたはアレックス・ブリスベーンのこと知ってたの?」

わたしは頭を振った。「それでも謎は謎のまま。セシリア以外に、アレックスを知っているっていう人に会ったことがない。セシリアは良心の呵責《かしゃく》に耐えかねて、首を吊ろうとしたのかも。首の索痕《さくこん》はそれで説明がつくでしょ。でも失敗して、それで車ごと湖に突っ込んだ」

「それで、このアレックスは?」

「セシリアの家で彼女の写真を見たわ。図書館にも展示してある。ギリシャ《グリース》のアレックス」

「グリース？」マーラが叫ぶ。「あの番組は二年前に終わってるじゃない」

「そのグリースじゃなくて、国のグリース」

「油脂《グリース》の話をしたらお腹がすいてきた。げす野郎の葬儀に出席する前に、腹ごしらえしとかなくちゃ。行きましょ」

　家に戻ると、トムとアーチがキッチンでおしゃべりしていた。トムはいつになく上機嫌で、アーチに質問を飛ばしながら動き回っている。レンジでジャガイモを茹で——ポテトサラダを作るんだとか——挽肉に塩コショウして捏ね、大きなハンバーグを作っていた。アーチは疲労困憊《こんぱい》という顔で座っている。口をぽかんと開け、眼鏡はずれている。いったいなんの話をしてるの？　アーチがいるところで、ナンの告白話をトムにするわけにはいかないでしょ。

「おやおや」マーラがアーチに駆け寄って、頭にキスした。「誰かさんは、とても元気そうには見えないな」

　アーチは大きく息を吸い、眼鏡を直した。トムが料理の手を休め、わたしたちに警告の視線をよこした。

「こういうことなんだ」アーチが生気のない声で言う。「貸し金庫の中身は十万八千ドル相当の金貨だった。刑事さんたちが署に持って返った」そこで頬を擦る。「あのお金のために、パパは撃たれたんだと思う？」

「ハニー」わたしはやさしく言った。「あたしにはわからない。でも、あなたは刑事さんたちに協力して、正しいことをしたのよ」

アーチは頭を振った。「そんなふうには思えない。ぜったいに誰にも言わないって、パパに約束したからなおさらだ」

「なあ、アーチ」トムが陽気に声をかけた。「あと三十分でランチだ」

「食べたくない」アーチがむっつりと言った。視線をあげてわたしたちを見る。「別に怒ってるわけじゃないよ。ただ、なにも食べたくないんだ、それに、いまは……人と一緒にいたくない。一人になりたいんだ。ママ、いやな態度をとるつもりはないんだよ。教会に出掛ける時間がくるまで、一人でいてもいいでしょ？」

「そんなこと言って――」

「ママ。おねがい」わたしはうなずいた。彼は静かにキッチンを後にした。

ハンバーガーを食べながら、トムにナン・ワトキンズの話をした。彼は席を立ち、署に電話をかけた。けっきょく、ナンは警察に話を聞かれることになるのだろう。トムは戻ってくると、熱々のポテトサラダと、カリカリのベーコンを散らし、作りたての甘酸っぱいドレッシングであえたホウレンソウのサラダを出してくれた。デザートは大きめに切ったストロベリー・パイに、これまたたっぷりのバニラアイスを載せたもの。

「ごちそうさま」マーラが水のグラスを掲げた。「地上に棲息したうちで最低の性悪野郎の死を祝って」

この女は救いがたい。

十二時十五分、アーチが二階からおりてきた。まだ顔色がすぐれない。わたしは、葬儀の前の宴《うたげ》を楽しんだことに後ろめたさを覚えた。マーラもトムもわたしも、げす野郎の死を喜ぶつもりはなかったけど、結果的にはそうなった。アーチが眠っていたら邪魔しちゃかわいそうだから、おしゃべりするにも声をひそめた。それでも疚《やま》しい気がしていた。

地味な色合いのジャケットとタイに着替えたトムは、とてつもなく素敵に見えた。黒いスーツに着替えるマーラを、トムが（彼女のメルセデスで！）家まで送って行った。聖ルカ監督教会の駐車場はいっぱいになるだろうから、車の数はなるべく抑えようということになったのだ。でも、マーラは、トムのセダン、彼女が言うところの〝あなたたちは車と呼んでる見るも哀れな代物〟で教会に到着することを断固拒否したのだ。

アーチとわたしがヴァンで行き、途中でサンディーを拾うことになった。クロゼットの奥から黒のシルクのドレスを引っ張り出す。警察署主催のディナーに着て行くために買った服で、これに真珠を合わせれば……しまった！

宝石店！　アーチを銀行に送り出し、パイを焼き、メモを読み、湖畔でナン・ワトキンズを待ち伏せし、といろいろあったから、ストーンベリーの道端で拾った真珠のことはすっかり忘れていた。

「先にヴァンに乗ってる」アーチが言い、出て行った。

「二分ですむ。水のボトルを取ってくるだけだから」彼の背後でドアが閉まると、宝石店の番号を押した。呼び出し音を聞きながら、空いた手でキャンバス・バッグを掴んだ。中にミネラルウォーターの大きいボトルが二本入っている。「ほら、早く出てよ」受話器に向かって言う。時計の針は十二時二十分を指している。サンディーとは十二時半に待ち合わせしていた。ようやく電話がつながった。

「ゴルディ・シュルツです。郵便受けに入れておいた真珠のことで話を聞きたいと思って!」

「贋物《にせもの》」店主の声はそっけなかった。

「ほんものじゃないの?」驚きの声をあげた。「ほんものの真珠じゃないの?」

「ちがう。じゃ」

わが町の宝石店主は無口で有名だ。水のボトルの入ったバッグをヴァンに運び、エンジンをふかした。この捜査で浮上した無駄な手掛かりを、いちいち数え上げないこと、と自分に言い聞かす。この事件はストーンベリーの袋小路よりも先が開けていない。


サンディー・ブルーは、以前にボビーと住んでいたマンションに戻っていた。アスペン・メドウ・カントリー・クラブ地区によく似た高級住宅街だけど、こちらはインターステート70沿いで、デンバーを望む高台にある。サンディーがストリッパーをやり、ボビーが音楽をやって稼ぐお金なんてたかが知れてるだろうに、こういう場所によく住めるものだ。あのバンド、音楽を聴くかぎりじゃたいしたことないように思えるけど、案外稼いでいるのかも。

「迎えに来てくれてありがとう!」サンディーが黒のスパイクヒールでよろめきつつヴァンに乗り込んできた。控えめな装いとは無縁の女らしく、襟ぐりの深いぴったりした黒のドレスに、煌めく黒玉をじゃらじゃらさげていた。プラチナブロンドの髪は前髪を掻きあげるようにしてピンで留め、両脇は長く垂らしている。とっても色っぽい。また金持ちのスポンサーを開拓するつもりだろうか。そういうことになったら、ボビーの反応は火を見るより明らか。

「それで、ボビーは町を出てるの?」何度も切り返して急なドライヴウェイを出ながら、わたしはさりげなく尋ねた。

「いいえ!」彼女が明るく答える。「消火活動をやってる。あれを〝アスペン・メドウ・ボランティア消防隊〟って呼ぶ訳がわかんない。消火活動でお金をもらってなきゃ、あのマンション買えるわけないじゃん!」彼女は助手席の背もたれに腕を載せて振り返り、アーチに挨拶した。「ハイ、元気! まだホッケーやってるの?」

「ハハァ、つまり、彼が週に二度、ゴルフをやってたんじゃなかったこと、あなた、知ってたのね」

「うん、まあね」後部座席からアーチの低い声が聞こえた。わたしは目を大きく開いてサンディーを見た。赤くなっている。

「言っちゃいけないことになってたから」彼女がぼそっと言う。「ジョン・リチャードが黙ってろって」

「ほんと?」わたしは意地悪く言った。「それでうまくいってたの?」

「ああ、ママ」アーチが割って入る。「どうだっていいじゃない」

「そうね、わかった」

サンディーがまた振り返る。「そっか！　で、欲しがってたスティック、手に入った？　もう使ってる？」

「手に入ったよ！」アーチが言う。「あすの朝、はじめておろすんだ。ホッケー誕生パーティーで」

「クール！　トッドはどうしてる？」

サンディーとアーチの友情が、いやではなかった。むしろほほえましく感じた。ジョン・リチャードは投獄される前、毎週訪ねていくアーチをないがしろにしていた。その場に彼のおしゃべりで幼稚な恋人がいることで、かえって救われることが多かった。そしていま、サンディーはまるでアーチにいちゃつくようにおしゃべりしている。ひとときでも、アーチが間近に迫る葬儀のことを忘れられるなら、それもいい。サンディーは知的とは言いがたいけど、雰囲気を明るくするのは上手ね、と皮肉交じりに考えた。

教会に着いてみると、駐車場は半分も埋まっていなかった。ジョン・リチャードはこれほどまでに嫌われていたの？　アスペン・メドウで開業しているあいだに、彼が診た患者は数百人にのぼるはずだ。彼を偲ぶために集まる人がこれほど少ないなんて。アルバート・カーの葬儀より少ないぐらい。しかもアルバート・カーが患者を診ていたのはアスペン・メドウではなく、サウスウェスト病院だった。

傲慢さの報いね、と考えながら、ささやかな会葬者の人垣にマーラとトムを探した。ジョン・リチャード本人は、もっと力も人気もあると思っていただろう。ここ最近は鉄格子の向こうで過ごしていたのだから、まあ仕方がないだろうけど。ムショ仲間が列席できれば、教会は満員になっていたかも。

「ひどく動転しておられるようだが」ファーザー・ピートがかたわらにやってきて、わたしの腕に触れた。「大丈夫ですか？」

わたしはアーチとサンディーに先に行って、と合図を送った。信徒席からマーラが大きく手を振っていた。「わたしなら大丈夫です」わたしはぼそっと言った。「心配なのはアーチのほう」

ファーザー・ピートが腕から手を離した。「わたしには、あなたより息子さんのほうが元気そうに見えますが。ゴルディ？」

「場合が場合ですもの、でしょ？　お気遣いどうも、ファーザー・ピート。息子のところへ行ってやります」急ぎ足でその場を離れた。

式はあと数分ではじまる。周囲を見回してみると、コートニーが、錐《きり》のように鋭い視線でみんなを突き刺しているのが見えた。彼女の黒いドレスは、サンディーのより洗練されているけど、露出度ではいい勝負だ。ネックレスは真珠ではなく金で、ミニチュアのテニスボールをデザインしたものだ。彼女もサンディーも、若くてキュートな医者を目当てに列席しているような気がするのはどうして？　残念ながら、ジョン・リチャードの医者仲間の九十九パーセントは、有罪判決がでた時点で彼を見限った。医者仲間が、それまで彼の本性を知らなかったわけではない。知っていた。わたしが彼らの妻にしゃべっていたから。でも、逮捕され刑務所送りになるのは――タブーだ。

「ゴルディ！」マーラがささやく。「後ろを見て。知ってる顔がいるでしょ？」

ゆっくりと振り向いた。さて、さて。ホリー・カーがジンジャー・ヴィカリオスと並んで座っている。テッドはどこだろう。それから、ジョン・リチャードはいまもストリッパー業界に忠実な友を持っているようだ。サンディーの隣のラナがわたしにウィンクをよこした。ライオンのたてがみ頭のダニーボーイ、夫を亡くしたルビー・ドレーク。ほかにも女が六人。服を脱げば誰だか見当がつくだろうけど。ルビー・ドレークね。マーラは彼女がげす野郎とデートしてたと思っていたけど、本人はジョン・リチャードを憎んでいたと言った。そればかりか、彼女の夫とげす野郎はおなじ銃で殺されている。警察は彼女を疑ってる？　わたしも彼女を疑うべき？

わたしたちにつられて、アーチも振り返った。曲線美の女たちがわんさかいるのに気づき、彼は目をまん丸にした。

トムが笑いを嚙み殺して言った。「なあ、坊主、あすの親友の誕生日になにを贈るつもりだ？」

ようやく音楽が鳴り響き、おしゃべりがやんだ。いつもながら堂々としたファーザー・ピートが、棺を先導して入場した。棺を担ぐ四人の男たちの顔に見覚えはない。げす野郎を見限らなかった残り一パーセントだろう。葬列が身廊《しんろう》をゆっくりと進む。アーチはと見ると、青ざめた顔をしていた。

「わたしはよみがえりであり、命である」ファーザー・ピートが唱える。会葬者は小冊子を開き、声を合わせた。アーチの目から涙が溢れた。マーラがティッシュを差し出し、わたしは肩を抱いた。

「公正を守る人々、常に正義を行う人はさいわいである」わたしたちは詩篇第一〇六篇を読みあげ、つぎに第一二一篇を読みあげた。「わたしは山にむかって目をあげる。わが助けは、どこから来るであろうか」

とても耐え切れないほどに気分が悪くなってきた。ここでわたしがこっそり席を立ったら、アーチがどれほどばつの悪い思いをするだろう。トムが察してわたしに腕を回した。

「きみの感じていることはわかるよ」彼がささやいた。

「あたしが感じているのは、吐き気よ」

「目を閉じて、ほかにも感じることはないか考えてごらん」

トムほどニューエイジの影響を受けていない人も珍しいから、わたしは言われたとおりにした。しばらくすると、たしかに感じた。それは〝苦闘〟だった。意識を集中すればするほど鮮明になってゆく。驚きに目を開いた。「どういうこと?」彼に尋ねた。

「善と悪が存在するということだ」彼が祭壇をまっすぐに見据えたまま応えた。「きみは葛藤を感じているんだ。未解決の葛藤」

葬儀は無事に終わった。ジョン・リチャードの遺志で、葬儀の手筈はすべて友人の医者に任されていた。葬儀の費用はジョン・リチャードの財産——たいして多くないと思うけど——で賄《まかな》われたようだ。棺も用意され、式もとどこおりなくすんだのだから、それぐらいの金は残っていたのだろう。アーチの高校の残り一年の授業料は、わたしがなんとか工面しなくちゃ。

　埋葬の儀式には出たくない、とアーチが言うので、その気持ちを尊重した。ジョン・リチャードがどこに埋葬されるのか知らなかったし、知りたいとも思わない。げす野郎のことでこれ以上頭を悩ますのはごめんだ。

　告別式まで残るの、とマーラに訊かれ、アーチもトムもわたしも頭を振った。サンディーはレインボウ・メンズクラブの仲間とパーティーをやるそうよ、とマーラが言った。ルビー・ドレークに話を聞けないかと慌てておもてに出てみたけど、姿はなかった。

アーチとトムと三人、わたしのヴァンでうちに帰った。そう、わたしは助手席におさまったけど、気分はまるで車に轢《ひ》かれたみたいだった。夕食になにが食べたい、とアーチに尋ねると、トッドに招待されてて一晩泊まる、という答だった。明日の朝、そのままトッドとパーティー会場に行くそうだ。そんなこと聞いてたっけ？

　聞いてない。でも、いいわよ、と言った。アーチは二階に駆け上がり、着替えとホッケーの道具をバッグに放り込んだ。アイリーン・ドラックマンがアーチを迎えに来たときには、ブラックリッジ刑事のボイスメールに長いメッセージを吹き込んでいるところだった。ジョン・リチャードの家のドライヴウェイのはずれで見つけた偽真珠のことを伝え、ルビー・ドレークに事情聴取したかどうか尋ねた。それから、ナンの告白についてのトムのメッセージを受け取りましたか？　その質問を最後に電話を切った。

熱い風呂をたてて、ゆっくりと浸かった。トムがそうしようと言うので、パジャマに着替え――まだ五時にもならないのに――究極の心慰め料理に舌鼓を打った。グリルド・チーズのサンドイッチ。イタリアが舞台の暢気なコメディのビデオを彼が借りておいてくれたので、大いに笑って元気がでた。八時には後片付けも終わり、犬と猫の世話も終わり、ベッドに潜り込んだ。

八時四十五分、トムがゆっくりとやさしく抱いてくれたので、わたしの心の門が開き、トムの愛が流れ込んできた。彼は何度もキスして言った。「きみはおれが受け取った最高の贈り物だ」お腹や腿を愛撫しながら言う。「きみを苦しめるようなことはけっしてしない」終わると、ぎゅっと抱き締めてささやいた。「きみをずっと、永遠に愛する」

そうして、ようやく、わたしは涙を流した。


土曜の朝、サイレンの音で目が覚めた。煙の臭いは前日よりひどくなっていた。咳き込みながら犬と猫を外に出した。ファンをまわし、家中の窓を閉めて回り、ラジオをつけた。野生生物保護区の火事は三千エーカーまで燃え広がり、鎮火されたのはわずか二十パーセント。ハイカー二人はいまだ行方不明。コロラド・スプリングズやプエブロから応援の消防士が集められ、消防車の音がひっきりなしに聞こえた。

わたしはキッチンで暇を持て余していた。ジョン・リチャードになにが起きたのか——誰がなぜ彼を殺したのか——まるっきりわからない。お金が絡んでいるの？　それもわからない。髪を切り取られたことも、現場に残された証拠品の数々も、まるで辻褄が合わない。警察も立ち往生しているのだろうか、それともボイドだけ蚊帳の外なの？　エスプレッソを淹れ、クリームを載せた。アーチはいない、ケータリングの仕事は入っていない、素人探偵業も開店休業？　自分で自分を持て余していた。

だったら料理しなさい、と心の声が命じた。だから従った。

ファイルをチェックする。イチゴを使ったパイの試作品のうち、まだ試していないレシピがひとつ残っていた。昔からある材料で作るパイ生地だ。小麦粉と塩を混ぜた中に、無塩バターとラードを混ぜ込み、氷水を少量加える。ブレードが小麦粉にバターを混ぜ込むのを見物しながら、フードプロセッサーがあってよかったとしみじみ思う。ラードを加える段になり、雪のように白い塊を掬《すく》い上げて思った。これをどうしてもっと利用しないんだろう。たしかに脂肪分が多いけど、それはバターもおなじ。それに、焼き物にラードを加えると、サクサク感がぐんとアップする。

それから、たとえばビーフ・ウェリントン。ラードを加えることで、ヒレ肉がしっとりとジューシーになる。

ちょっと待ってよ。そう、ラードこそは——

使われているという意味。この料理は〝ラーディング〟したと言うとき、それは脂身がたっぷり使われているという意味。脂身を何層にも挟み込んであるということだ。

だったら、ほかにも余分なものを挟み込むことってない？　犯罪現場はどう？　たとえば、ゴルディ・シュルツの拳銃を置いておくとか。ゴルディが犯人のように見えない？　被害者の髪が切り取られていたことを、検死官が見つけたら――記念品として持ち去られたか、それともDNA鑑定に使うため？　偽の真珠を落としておいたら？　誰かを指し示すため、それとも、誰かから目をそらすため？　サイレンサーに使われたピンクのテニスボールが発見されたら、どう判断すればいいの？　犯人がうっかり落としたのか、それとも故意にか。

ラーディング。いまわたしがパイ生地に行っているのがそのこと。脂身を挟み込み、それが熱で融けると生地はパリパリのサクサクになる。ところで、犯罪現場にたくさんの手掛かりを挟み込んでおけば、いろいろな方面に嫌疑がかかることになる。偽の手掛かりを辛抱強く集めてゆき、拳銃を一挺か二挺盗むチャンスが巡ってきたら、それで準備万端。計画を実行に移し、警察の捜査を攪乱する。数週間、あるいは数ヵ月。うまくすれば永遠に。

トムがネイビーのズボンに淡い黄色のポロシャツ姿で現れた。とってもホット。ゆうべのことを思い出し、体中がゾクゾクした。

「おめかししちゃって、どこにお出掛け？」

「ボイドと朝食。それから署に顔を出す。土曜だから出てきてる連中は多くないだろう。何人か会いたい人間がいる。それからデスクを片付ける。またばりばりやるために」

にっこり笑顔で彼を抱き締めた。「楽しんできて」

彼が出掛けると、ダブルショットのエスプレッソを片手に裏のデッキに腰をおろし、考えた。この事件全体でただひとつ、事実として提示されていることを入れ替えれば、すべてが正しい場所におさまる。その事実とは？　この犯罪を企み、筋書きを作り、そしてもちろん実行に移した、というより死刑を執行した人物の見当はついていた。でも、確証がない。

アスペン・メドウ公立図書館の土曜日の開館時間は十時だ。ガラスの扉の前には、あらゆる年齢の子供たちが集まっていた。宿題のための調べ物をする子、備え付けのコンピュータでインターネットを楽しむ子、母親に連れられお話を聴きに来た子。煙たい空気に、みんな咳き込んでいた。口をついて出るのは山火事のことばかり。わたしは子供たちや母親たちに交じり、黙々と開館時間を待った。山火事のことに気を取られてはだめ。必要な情報はただひとつ、そのことに意識を向けなければ。それですべてが明らかになる。

十時きっかりにドアを潜った。まっすぐ〝軍隊勤務の地元の人びと〟の写真展会場に向かった。そこで引き伸ばされた写真をじっくり眺める。それから案内デスクへ行って、ギリシャの建築物に関する本をすべてと、アスペン・メドウ高校の四、五年前の卒業記念アルバムを出してもらった。

二十五分後、答を得た。彼女は体重を減らし、豊胸手術を受けたときに鼻も整形し、髪型と色を変えた。母親も含め彼女を知る人すべてを欺くことに成功した。自分の頭のよさを誇りにしている人間をも、見事に欺いた。ドクター・ジョン・リチャード・コーマンが刑務所にいたときから、彼女は陥れる計画を練っていたのだ。

ヴァンに戻り、トムの携帯電話にかけた。つながらない。圏外なの？　それとも、携帯電話を車に置いたまま、ボイドと朝食の真っ最中？　仕方がないからボイスメールにメッセージを残した。今度は自信があります。大至急電話ください。念のためボイドにもかけてみた。やはりつながらない。頭にきて、携帯電話をダッシュボードに叩きつけた。それから、警察にかけてみた。ようやくのことで、ライリーにつながった。

「あの、ゴルディ・シュルツです」息せき切って言う。「ジョン・リチャードを殺した犯人がわかりました。ドクター・コーマンを殺したのが誰なのか」

ジョン・リチャードを殺したのはわたしの拳銃でないことがわかり、彼の家を荒らしたのがわたしでないことがわかり、ジョン・リチャードがタリタ・ヴィカリオスに子供を産ませていたことを、わたしがまったく知らなかった事実が判明して以来、ライリー刑事は、誠心誠意とまではいかなくても、それなりに好意的にはなってきていた。ところが、殺人犯に的を絞ったわたしのドラマチックな宣言を聞くと、ライリーはため息をついた。無理に抑えた口調で、彼は言った。「聴いてますよ、ミセス・シュルツ。それで、なにがわかったんです？」

アレグザンドラ・ブリスベーンについて、わかったことをかいつまんで話した。彼女の悲惨な過去こそが、復讐の動機となったにちがいない。しかも一人、あるいは複数の人間が犯行に加担している。その共犯者がジョン・リチャードをマネー・ローンダリングに誘い込み、やがて上前をはねるように仕向け……十万八千ドルの出所はそれだ。殺人犯は、ジョン・リチャードが上前をはねたせいで殺されることをねがった。彼の前任者、クウェンティン・ドレークがそれで殺されたように。ジョン・リチャードが制裁を免れたので、自らの手を汚すことにしたのだ。マネー・ローンダリングの一味が後から現れ、ジョン・リチャードの家を家捜ししたのはそのせいだ。彼らは自分たちの金を奪い返そうとした。

「オーケー、ミセス・シュルツ、まあ落ち着いてください」ライリーが言う。「そういう結論を導きだすのに、どんなデータを用いたんですか?」

「ほんもののパルテノン神殿、つまり大理石でできた遺跡はギリシャのアテネにあります。灰褐色の石でできたパルテノン神殿はテネシー州ナッシュヴィルにあるんです」

「もう一度言ってもらえませんか」

「アレグザンドラ・ブリスベーンは母親のセシリア・ブリスベーンに写真を送りました。ナッシュヴィルのパルテノン神殿の前で撮った写真をね。彼女は海軍に入った——テネシー州に配備されてる軍艦なんて、むろん一隻もありませんけどね——と母親には言っていた。自分の居所を知られたくなかったから。それに、写真は、アレグザンドラが七キロほど体重を落とし、鼻と胸を整形し、髪を切ってパーマをかけ、プラチナブロンドに染める前に撮られたものです」

「つまりどういう——」

「アレグザンドラ・ブリスベーンはサンディー・ブルーなんです」

「なんだって? たしかですか?」ライリーは疑ってかかっている。「だって、セシリアはカー家の追悼昼食会に出席したし、サンディー・ブルーもあなたの元のご主人と来てたじゃありませんか。セシリアが実の娘に気づかなかったとでも?」

「彼女は目が悪いし、娘のほうは肉体的に大変身してましたもの」

「でも……アレグザンドラはアスペン・メドウの出身でしょ。高校の同級生なら彼女だとわかるんじゃ?」

その点もぬかりない。「図書館でアスペン・メドウ高校の卒業記念アルバムを見ました。ふっくらとした頬っぺたにさえない髪の娘が写ってるクラス写真以外に、探検クラブの写真も載ってました。ラクーン・クリークとかカウボーイ・クリフで写した写真。彼女はがっしりした運動選手タイプでした。とてもストリッパーには見えない。しかも、彼女はいまレインボウ・メンズクラブで働いてます。未開地を探検していた女の子が、そんな場所で働いてるなんて誰が想像します? しかも、サンディーにはひどく嫉妬深い恋人がいます。ボビー・カルフーン。またの名をナッシュヴィル・ボビー。彼はルーガーを持ってます。おそらく盗まれて――」

「ええ、そのことはわかってます。貴重な情報をどうも。すでに消防署長に無線で連絡をいれ、カルフーンに事情聴取したいから、火災現場からできるだけ早くはずしてくれるよう要請しました。いますぐには無理だ、と署長は言ってましたがね。それから、サンディーを署に連行して事情聴取する件はブラックリッジと相談してみます」

「でも、それだけじゃ――」

「ミセス・シュルツ、わかってくださいよ。なにも約束はできないんです。この事件では、手掛かりはたくさんあるけどどこにも辿り着けない」

「手掛かりって、たとえば？」

彼は息をフーッと吐いた。「いいでしょう、たとえば、テッドとジンジャー・ヴィカリオスは、アルバート・カー追悼昼食会の後、まっすぐに教会の集まりに出た。それが延々五時間つづいた。多くの人が、ヴィカリオス夫妻はずっといたと証言しています」

「おねがいだから信じてください、刑事さん。今度こそ、あたしの推理は正しいんですから」

「わかりますよ、ミセス・シュルツ。裏づけ捜査をしますから、かならずね。ただし、これだけは言っておきます。サンディー・ブルーに話を聞くようなことはしないでいただきたい。レインボウ・メンズクラブやほかにも危険と思われる場所には行かないでください。おそらくあなたのご主人もおなじことを言うでしょう。なんだったら、彼に電話を回しましょうか？」

「いいえ、けっこうです。いまボイドと一緒に戻ってきたところだから」

「いいですか、ミセス・シュルツ。心配だったら弁護士に電話してください。わかりましたか？　これで切りますからね」

携帯電話を閉じると、不安の雲が頭上に垂れこめた。サンディーかボビーが、またわたしを陥れようとしたら？　警察が貸し金庫の金を押収したことを、二人は知らない……もしアーチから鍵を奪おうと考えたら？

ヴァンをレイクウッドに向けた。わたしがこの事件を解決したかったのは、第一に、自分が巻き込まれたから。そして第二に、アーチのためだ。すべてを終わりにしたかったから。でも、父親が十代の少女をレイプしたために殺されたことを知るのは、アーチにとってよいことだろうか？　そうは思えない。それになによりあの女は、自分の母親も殺している。共犯者にやらせた可能性はあるけど。父親から守ってくれなかった母親を、彼女は憎んでいた。こんなことがほんとうに起きるなんて。それともわたしがどうかしてるの？　いずれにしても、わたしたちが相手にしているのは、心に深い傷を負った情緒障害の人間だ。わたしは犯人を捕まえるつもりはない。警察がわたしの推理を支持してくれないのなら、それは警察の問題だ。

わたしは面倒に首を突っ込まないと約束した。それに、アーチの様子を見てこなくちゃ。彼がスケートをする姿を五分以上見たことがない。彼はあんなにいい子で、転校してから見違えるように態度もよくなった。なにかご褒美をやっても罰はあたらない……あたらしい服を買ってやるとか、ゲームの後どこかでお昼を食べるとか。なによりも、彼が恋しかった。

レイクウッドのサミット・スケートリンクは、歓声をあげる子供たちでごったがえし、その騒々しさときたら鼓膜が破れるかと思ったほどだ。ロビーには、ホッケーの格好をした少年や、フィギュアスケート用のレオタードとタイツ姿の少女で溢れていた。受付でロッカーの鍵やレンタルのスケート靴を受け取ろうと、みんなが大声でがなりたてている。アーチの姿はどこにもなかった。ヘルメットやらパッドやらを身につけているから、すぐに見つかるとは思っていなかったけど。リンクサイドに行き、走り過ぎるスケーターに目を凝らした。ようやく〝ドラックマン〟と書かれたジャージーを見つけた。つぎにトッドが目の前を通り過ぎたとき、大声で呼び止めた。彼はわたしに気づき、汗ばんだ真っ赤な顔で、分厚いゴムマットをドシドシ踏みしめてやってきた。

「アーチはどこ？　あちこち探したけどどこにもいないの。彼がスケートをしているのを見たいと思って」

「彼なら帰ったよ！」トッドが言う。「誰かが迎えに来たんだ。受付の人に聞いたらわかるよ」

わたしは悲鳴をあげながら、ロビーへと戻った。

21

震える指で手紙を開いた。自分を呪った。アーチを送ってこなかった自分を呪った。図書館に出掛ける前にジョン・リチャード殺しの謎を解けなかった自分を呪った。手紙を読もうとしたけど、字が目の前で泳いでいる。

JRKの金を正午にラウンドハウスまで持って来い。そうすれば息子は返す。警察には知らせるな。言われたとおりにしなければ、息子を保護区の火事場に捨てるからそう思え。

手紙に署名はなかった。いま十一時半。ヴァンに飛び乗り、アスペン・メドウに戻った。取り乱してトムに電話した。つぎにボイド、それからライリーにもかけた。誰も出ない。警察の通信指令係に電話した。息子が誘拐されたの、と吼えた。集められるかぎりの人員を、アスペン・メドウのラウンドハウスに急行させて……

通信指令係は、落ち着いてください、と言った。できるだけのことをしますから。電話をしながらもアクセルを踏み込み、インターステート70に入ると時速百二十五キロで飛ばした。ハイウェイパトロールのレーダーにひっかかったら、そのパトカーも引き連れていけばいい。携帯電話が鳴ることを祈った。五分が過ぎ、十分が過ぎ、十五分が過ぎていた。クラクションを鳴らしながら、インターステートを疾駆した。出口のランプを百キロで通過したら、エンジンが唸りをあげた。

ああ、どうして彼女を信用したりしたのよ。あれだけ見事な演技だもの、誰だって騙される。事実、ころっと騙された。**今度はいつホッケーをやるつもり、アーチ？**　息子は真面目に答えた。**あすの朝、レイクウッドで。**

アスペン・メドウの町を走りぬけ、ラウンドハウスへと向かった。誰もいなかった。正午を五分過ぎていた。

アッパー・コットンウッド・クリーク・ドライヴを野生生物保護区へと向かった。火事場へと。**どうかアーチが無事でありますように。**そう祈った。

道路を半分ほど登ると、煙がひどく濃くなりはじめた。警察か消防に止められるまでは走りつづけるつもりだ。八キロほど進んだところで停止させられた。道にオレンジ色のパイロンが並んでいた。

「この先は行けませんよ、奥さん」制服姿の消防士がわたしに告げた。しわ深い馬面で、ウェーブしたグレーの髪が卵形の頭にへばりついている。

「どうか助けて」わたしは懇願した。「何者かがうちの子供を誘拐して、火事場に連れて行くって言ったんです。誰かと落ち合うためかもしれない」

「誰かと落ち合う?」

「ボビー・カルフーン。おねがい、息子の命が危険なの!」

消防士はクリップボードを照合した。「ボビー・カルフーンはこの四十八時間、自分の持ち場で消火活動にあたってますよ、奥さん。もし彼が――」

「もしここを通してくれないなら」わたしは叫んだ。「そのパイロンを踏み潰して行くから!」

「わかった、わかりました。カルフーンの持ち場にちかいベースキャンプまで案内しますよ。チェロキー・パス沿いです」

彼は確実な足取りで消防署のピックアップ・トラックに向かった。わたしは彼に誘導され、泥道を辿り保護区に入った。煙で咳き込む。ひりひりする目を細め、ピックアップ・トラックのテールランプを必死で見つめた。ヴァンの窓はすべて閉め、空気を再循環させるボタンを押してある。

考え違いじゃない? サンディーはアーチを火事場に連れて行ったの? アーチは貸し金庫が空だと彼女に話した? 彼女はアーチを火事場に捨て、ボビーを拾って二人で逃げるつもり? どこまで逃げられると思っているの?

ピックアップ・トラックは、一車線のでこぼこの防火道路に入った。両側の草は焦げている。ヴァンがうなりをあげてその道に突っ込むあいだ、わたしは息を詰め必死で祈った。それからできるだけゆっくりとアクセルを踏み込んだ。小さな溝にタイヤをとられ、ハンドルが手の中で大きく動いた。なんとか焼け焦げた草に突っ込むことなく溝を通過した。

煙がオレンジ色に変わった？　それともわたしの勝手な想像？　降ってきたのは、雪、それとも灰？

アーチ、アーチ。声に出さずに唱える。心臓が激しく脈打つ。**無事でいてよ。必ず探し出すから。**

ピックアップ・トラックが左折のウィンカーを点滅させたので後に従った。濃い靄の向こうに、ピックアップ・トラックが何台も並んでいるのが見えた。消防士は車を停めて飛び降りた。わたしもすぐに後を追った。

消防士の一団が黄色の制服の前をはだけ、トラックの荷台に座っていた。ちかづいてみると、灰にまみれた真っ黒な顔をしている。水を飲みながら、わたしを案内した消防士と低い声で話をしている。

「どうか助けてください」わたしは声を張り上げた。「息子が見つからないんです」

消防士の一人が、汗で筋のついた黒い顔を横に振った。「奥さん、ハイカーが少なくとも二人、行方不明になって二日経ちます。子供の姿は見ていない、ほんとです。ボビー・カルフーンのトラックがちょっと前に防火道路をやってきました。どこかそのへんに停めたはずだが、彼の姿は見ていない――」

「どこかそのへんに停めた？」わたしはトラックの列を指差し、叫んだ。「誰か一緒に来てください、おねがい！」

　踵を返し、トラックに走り寄る。濃い煙が垂れこめ、トラックはどれも見分けがつかない。咳が出て苦しいので胸を叩くことの繰り返しで、まともに考えられない。振り向くと、ありがたいことに三人の消防士が走ってくるのが見えた。

　やがて、トラックが見つかった。『ナッシュヴィルへようこそ！』とバンパー・ステッカーが叫んでいる。消防士たちに振り向き、手招きした。

「これです」トラックを指差す。「誰か中にいるのかどうか、よく見えない」

「オーケー、奥さん。ここにいて」

　消防士たちは二言、三言言葉を交わしたが、わたしには聞こえなかった。二人がトラックに向かって進み、両側に立った。すばやくうなずくと、運転席と助手席のドアを同時に開けた。

　アーチが助手席から飛び出してきて、咳き込んだ。わたしは名前を叫んだ。アーチが駆け寄ってきた。

「なんでここにいるの？」彼が尋ねる。「サンディーはずっとパパの貸し金庫のことばかり尋ねて、ここでママを待つんだって言って――」息を喘がせ胸を叩いた。

「シーッ、もう大丈夫よ」彼を抱き締めたかったけど、いつものように嫌がった。タフガイの消防士の前だからなおさらだ。

「おいっ！　戻って来い！」運転席側にいた消防士が怒鳴った。「どこに行くつもりだ？」

煙の向こうに、サンディー・ブルーことアレグザンドラ・ブリスベーンが見えた。黒いスーツを着て、森へと走ってゆく。

「待ちなさい！」わたしも怒鳴った。

わたしは彼女の後を追った。消防士たちは悪態をつきながらついてきた。

松の森は急な登りだった。わたしは息をきらしながら下草を踏みしめ、サンディーの名を叫んだ。

返事がないので怒鳴った。「ジョン・リチャードを殺すことはなかったじゃない！　そうでしょ、彼を殺す必要はなかった！」

重いブーツのせいで動きがゆっくりな消防士たちが、背後から、止まれ、と叫んでいた。このまま進んだらみんな死ぬことになるぞ、という警告もぼんやり聞こえた。

下草を掻き分けるサンディーの足音を頼りに、わたしはやみくもに山を登った。四分、五分、六分。煙はますます濃くなり、空気が熱くなっていった。

不意に森が開け、幅広い崖の縁に着いた。花崗岩の崖の先は煙が渦巻くだけ。わたしは立ち止まり、息をあえがせた。

サンディーは崖の縁の灰色の巨礫の上に立っていた。わたしは目をしばたたき、煙に目を細めた。彼女が着ているのは光沢のある黒のランニング・スーツに黒のテニスシューズ。それに……首からさげているのは？　ロケットのついた金の鎖？　あんなとこに立ってなにするつもり？

消防士の重いブーツが下草を踏む足音と叫び声が大きくなった。

わたしは咳き込み、息を吸おうとあえぎ、サンディーを見上げた。「彼を殺す必要はなかったのに」あえぎながら言った。「彼を訴えて刑に服させればよかった」

サンディーが耳障りな笑い声をあげた。「レイプの出訴期限は八年なの。あたしに訴えるチャンスがあったと思う？　ストリッパーの言うことに、耳を貸してくれると思う？」

消防士たちがかたわらにやってきた。二人が両側からわたしの腕を掴んだ。三人目がサンディーに向かってゆく。

「気でもふれたのか！」消防士が叫んだ。「そこからおりろ！　おれたちみんなを焼け死にさせるつもりか？」わたしはつい頭を振っていた。消防学校では交渉術まで教えてくれないらしい。

「いいえ」彼女が無頓着に言い放つ。「焼け死ぬのはあたしだけ。でも、これだけは聞いといて。あんたたちが掴んでいるその女、ゴルディ・シュルツは元の旦那のジョン・リチャード・コーマンを殺してない。あたしがやったの。あたしが彼女の拳銃と、ほかにも拳銃を二挺盗んで、そのうちの一挺であいつを撃った。あたしの恋人のボビーはなんの関係もない。セシリア・ブリスベーンを絞め殺したのもあたしよ！」

不意に、彼女は岩の上から姿を消した。飛び降りたの？

「どうして――」わたしはつぶやいた。

「えい、くそっ」消防士の一人が叫んだ。わたしの右腕を掴んでいる消防士だ。「あの崖の向こうは、ジョン？」

「なにもない」ジョンが答える。「九十メートル下はラクーン・クリークだ。助かる見込みはない」大きく息をつき、肩を落とす。「戻ったほうがよさそうだ」


三日後、山火事はようやく鎮火した。四つのチームが保護区に入り、損害の査定を行い……サンディーと二人のハイカーの遺体を捜索した。

だが、人間の遺体は発見されなかった。保護区は広大だ。強制的に避難させられたハイカーやキャンパーの数は多い。警察ではその正確な人数と現在の居所をまだ把握していない。

ラクーン・クリークを捜索したチームが、川の中ほどの岩の上で金の鎖とロケットを発見した。ボビー・カルフーンが涙ながらに、自分がサンディーに贈ったものだと確認した。

わたしはトムに、それからブラックリッジとライリーにも言った。サンディーが逃げおおせた可能性はないわけじゃない、と。

彼女は高校時代、探検クラブに所属し、保護区のどこに川が流れ、どこに防火道路が走っているかよく知っていた。それに、自殺するのに火の中に飛び込む人がいる？　サンディーはすべてを周到に計画していた——殺人も、偽の手掛かりで他人に罪をかぶせることも。逃走計画も立てていたにちがいないでしょ？　そのうえ、彼女は変装の名人だし……

トムもブラックリッジもライリーも、それはありえない、と言った。刑事たちは消防士から事情聴取した。サンディーが姿を消したカウボーイ・クリフも捜索した。たしかに下の川まで細く岩だらけの道が通じている。でも、あの煙の中、曲がりくねった道を辿るのはとうてい無理だ。火事の規模を考えれば、保護区を生きて出られるはずがない。

「終わったんだ」トムがわたしを抱き締めて言った。「自分がこんなことを言うとは考えてもいなかったが、この騒動は忘れて前進するしかないんだ。いいな、ミス・G?」

わたしはうなった。


翌週、サンディーとセシリア・ブリスベーンの葬儀が営まれた。サンディーは告白文を〈デンバー・ポスト〉と〈ロッキー・マウンテン・ニュース〉と〈マウンテン・ジャーナル〉に送っていた。彼女に多くの同情が寄せられ、教会には、ファーザー・ピートが、頼むからもう送らないでくれ、と悲鳴をあげるほど数多くの花が寄せられた。プリシラ・スロックボトムは〈マウンテン・ジャーナル〉に広告文を載せ、松の苗の贈呈はサンディーの名前で行い、ポステリツリー委員会は、森の中で亡骸《なきがら》が発見されたらそこに植樹を行うと発表した。この申し出を受ける人がはたしているだろうか。

葬儀の日、教会の駐車場は満杯で、あぶれた車は路上駐車していた。会葬者はみな、二人の死をなんとか理解しようとしていた。礼拝の後の告別式では、〝悲劇〟とか〝無意味〟といった言葉が交わされた。サンディーは悪と戦うために悪を味方にし、すべての計画がおじゃんになった。

ブラックリッジとライリーがわたしに署で供述を求めた。わたしはこんな言葉で語りはじめた。**人は人をわかっているつもりで、案外わかっていないものです。**

わたしはサンディーをわかっているつもりでいた。ストリッパー。ブロンド。彼女は欲しい物を手に入れるために男をうまく操っているのだ、とわたしは思っていた——最初がボビー、それからジョン・リチャード、そしてまたボビー。わたしの前では、ときにぶりっこのふりをし、ときに自己中心的に振る舞った。それが彼女の本性なのだとわたしは思った。そのあいだじゅう、彼女はわたしを観察し、アーチを観察し、質問し、メモをとっていた。**お金を持ってきたの？** 彼女はマーラとわたしに尋ねた。わたしたちの頭にある考えを植え付けるために。ここにお金を落としにくる人がいるらしい。それっておかしいんじゃない？ わたしたちは素直だから、その線を追ってジョン・リチャードが悪事に手を染めている事実を摑んだ。

ああ、もう、でも、サンディーは優秀だった。

サンディーの手紙には、ボビーとダニーボーイからそれぞれのルーガーを盗んだ顚末が詳細に記されていたので、ブラックリッジとライリーはラナとダニーボーイを逮捕することができた。検察は二人を殺人罪で告発する予定だ。デンバー市警察は、ストリッパーのルビー・ドレークの夫、クウェンティン・ドレーク殺害事件を再捜査している。それに、ジョン・リチャードの借家が荒らされた事件がある。彼がくすねた金を探すのが目的だった。現場からはダニーボーイの指紋が見つかった。

レインボウ・メンズクラブは閉店となった。デンバーの大司教管区では、そこを買いあげて第二のスープキッチンにできないか検討中だ。そこがかつてどんな店だったか、人びとがいずれ忘れてくれることを教会はねがっている。そうなるといい。

どうしてサンディーが母親を殺したと思ったんですか、とブラックリッジとライリーに尋ねられ、母親が娘を守ってやらなかったからです、とわたしは答えた。セシリア・ブリスベーンはまわりの人間の失敗には目を光らせるくせに、夫の過ちには目を瞑《つむ》り、娘の窮状に耳を貸そうとしなかった。けっきょく両親とも死ぬこととなった。ウォルターは修復不可能な傷を与え、セシリアが見て見ぬふりをしたことで、傷はいっそう深いものとなった。

アレグザンドラ・ブリスベーンが——そう、十三？　十四？——のとき、ジョン・リチャードがサウスウェスト病院で彼女をレイプした。ナン・ワトキンズは、サンディーの体をきれいにしてやり、自分の口を閉ざした。

それで、二重殺人の動機は？——ブラックリッジとライリーが尋ねた。

おそらくアレグザンドラ——〝e〟がふたつのサンディー——は、ドクター・コーマンに犯されたことを、母親に言えなかった。どうして言える？　母親は前にも彼女を信じようとしなかった。

そこでサンディーは家を出た。名前を変え、髪を染め、ストリッパーになり、整形手術を受けるための金を貯めた。手術を受ける前に、ナッシュヴィルに旅した。**ママ、あたしいまここにいるの！　嘘ばっか**、とアーチなら言うだろう。それでもサンディーの心の中は、昔のままの痛みを抱えたサンディーだった。おそらく彼女は、公衆電話から父親にかけ、昔の恨みを晴らしたのだろう。父親は事実を直視するより自ら死を選んだ。サンディーを苦しめたほかの人たちは？

彼女をレイプしたあの医者がいる。そこで〈マウンテン・ジャーナル〉に手紙を書き、げす野郎の悪行を母親に紙面で告発させようとした。でも、うまくいかなかった。セシリアは……どうしたの？　怖気づいた？　ずっと以前にアスペン・メドウのドクターが、十代の患者をレイプしたと告発する匿名の手紙の送り主に心当たりがあったから？　いずれにしても、セシリアはその手紙をわたしに転送する以外、なにもしなかった。

そこでサンディーは、ジョン・リチャード・コーマンを殺す計画にエネルギーを注ぎ込んだ。ラナは答弁の取引に応じ、こう証言している。レインボウ・メンズクラブに入る現金の洗浄を行うため、ジョン・リチャード・コーマンを仲間に引き入れたのは、サンディーの口添えがあったからだ、と。ジョン・リチャードが立場を利用し、上前をはねずにいられなくなることを、サンディーは見抜いていた。警官が言うように、「人は変わらない。ごまかす術がうまくなるだけだ」

人は人をわかっているつもりでいて、たしかにわかっている場合もある。

ジョン・リチャードは、サンディーの誘惑に勝てなかった。ストリッパーとして経験を積んだサンディーに、コートニー・マキューアンが太刀打ちできなかったのも無理はない。サンディーは見事だった。なによりすごかったのは、彼女が過去を忘れなかったことだ。

計画を実行に移すまでに一ヵ月あった。嫌疑がよそへ向くような材料を集め、そのあいだもはすっぱな女の役を演じつづけていたから、まさかなにか企んでいるなんて誰も疑わなかった。

あんたのママ、自分の身を守るのにどうしてるの？　彼女はアーチに尋ねた。**へえぇ、リボルバー？　それでどこにしまってる？**

あの美人のコートニー・マキューアンは、あのピンクのテニスボールをどこにしまってるの？　ゴルフ・ショップで時間潰しをしてるあいだに、テニス・ショップに顔を出して尋ねたのだろう。**へえ、その缶、見せてもらっていい？**

アルバート・カーの追悼昼食会で、テッド・ヴィカリオスはアーチをキッチンでひと目見て、孫の父親はげす野郎だと知った。二人の少年は瓜二つだ。わたしでさえアーチと見間違えたぐらいだ。テッドは駐車場でジョン・リチャードを詰問した。そこへ、わたしの三八口径をバッグに忍ばせたサンディーが戻ってきた。ははぁ、もう一人、罪をなすりつけられる人間が現れた！　犯行現場に残してくるのに、テッドのものは手に入らなかった。でも、口論の内容はわかっていた。ジョン・リチャードが父親だと思われる子供のこと。そこで彼女は「ちょっと待っててね、ハニー」とかなんとか言って、わたしのヴァンに急いで取りに戻った。わたしの料理バサミでジョン・リチャードの髪を切れば、誰かがDNA鑑定のために持ち去ったと思われるだろう。

これで嫌疑がかかる人間は充分に揃った、とサンディーに思わせたのは、テッドとジョン・リチャードの口論だったろう。ジンジャーとテッド・ヴィカリオスは、ジョン・リチャードに激怒している。髪を切り取る以外にも、ジンジャーのものに見える真珠を現場に残した。それから、嫉妬深いので有名なコートニー・マキューアンと切っても切れないのが、ピンクのテニスボールだ。

　ほかがすべて失敗しても、ジョン・リチャードには、彼がひどく蔑んでいた元妻がいる。彼女は銃を持っているし、簡単に盗み出せる。

　セシリア・ブリスベーン殺しはどう見てるんですか？　ライリーが尋ねた。

　セシリアの家に行き、彼女を絞殺し、彼女の車で湖まで死体を運ぶ。お茶の子さいさい。ほんの思いつきだったのかもしれない。**なにもしてくれなくてありがと、ママ。**

　どうしても説明がつかないのが、すべてのはじまりであるあの朝、ラウンドハウスでわたしが襲われた事件だ。げす野郎の仕業ではないと思う。

　残るはただ一人。コートニー・マキューアン。わたしに人生をめちゃめちゃにされたと思い込んでいる。でも、彼女を責めるつもりはない。ジョン・リチャードがいつものことで、欲望のままに行動した責任をとろうとしなかっただけのこと。勝手気ままに暮らす自由を得たかっただけだ。そこで、二人が駄目になったのはわたしのせいだと、コートニーを言いくるめた。そこで彼女は人を雇った。報酬を払う現場を、マーラが目撃している。でも、立証はできない。

　わたしがイベントを行うたび、ロジャー・マニスがうろついて条例違反を指摘するのを、コートニーは見ていた。わたしの料理を腐らせ、わたしを襲ったのはロジャー・マニスだと確信をもって言えないのが辛い。それでも、彼は食物が腐敗する温度や環境に詳しいし、コンプレッサーの扱い方も知っている。普通の人はそこまで思いつかないものだ。わたしを突き飛ばし、うなじに空手チョップを食らわした人物の姿かたちは、ユーライア・ヒープ似の細身の体形に一致する。

この一件はどうすればいいの？　直感だけで彼を失職させることはできない。ジョン・リチャード亡きいま、ロジャー・マニスが第二のげす野郎になるのだろうか？　シャーロック・ホームズと、宿敵にして悪の天才、モリアーティ教授のようなもの？　コートニーもロジャーも口を割らないだろうが、それで終わりにしたくはない。今度ロジャー・マニスが仕事の邪魔をしたら、警察に通報する。あたらしい仕事が入ったのだ。ブルースター・モトリーの友人がわたしの料理を食べて気に入り、事務所に来て朝食と昼食を作ってくれと依頼してきたのだ。ロジャー・マニスなんて怖くない。覚悟はできている。今度わたしを傷つけようものなら、けっして逃げられない。

いろいろあったけど、よいことも起こりはじめている。

サンディー・ブリスベーンが炎に身を投じた翌日、わたしはジンジャー・ヴィカリオスに電話して、お孫さんの父親はジョン・リチャードではないかと思っているのですが、と告げた。**子供二人を会わせてみませんか。**ジンジャーはわっと泣き出した。十四歳のオーガスタス・ヴィカリオス――愛称ガス――は、兄がいるのを知ったらどんなに喜ぶか。

タリタは遺言以外に、二つのことを両親に言い残していた。もしゴルディ・コーマンが現れてガスに会いたいと言ったら、それを許してあげてほしい。ただし、その前に手紙を渡すこと。その日の午後、ジンジャー・ヴィカリオスを訪れ、その手紙と写真を渡された。タリタと、アーチにそっくりの男の子の、生まれたときから十代にいたるまでの写真。涙なくしては見られない。

わたしはようやく、わたし宛のタリタの手紙を読んだ。

親愛なるゴルディ、

あなたがこの手紙を受け取るとしたら、そのときわたしは死んでいる……考えたくもないけれど！　でも、あなたに知っておいてほしいの。ガスとアーチは腹違いの兄弟です。二人が似ているとは想像できないけど、でもきっと似ているのでしょう。ドクター・コーマンと関係があったことは、誰にも言っていません。わたしは恋に落ちたのだと思う、でも、心配しないで。彼はそうじゃなかった。大事なことは、あなたとドクター・コーマンとアーチが幸せな家族でいてくれること。わたし抜きで、ガス抜きで。

ああ、ゴルディ、わたしが姿を消したのは、あなたたちへのわたしからの贈り物だったということを、どうかわかってほしいの。あなたたちが離婚したと聞き、この手紙を認《したた》め、遺言と一緒に遺すことにしました。あなたがガスのことを知った場合に、開封されるように。彼があなたの重荷になることを、わたしは望んでいません。ただ、あの子にわたしの両親以外の家族をもたせてやりたい。教会で活動していた両親の前途は、彼の出現で葬られてしまいました。

わたしはよいことをしようと努めてきました。よいことをたくさん。ほんとうよ。でも、それがほんとうによいことだったのか、確信がもてません。でも、すばらしい息子を授かりました。あなたが、彼を愛する気持ちになってくれることをねがっています。

タリタ・ヴィカリオス

クッキング・ママの鎮魂歌
レシピ

顔に直撃ストロベリー・クリームパイ(I)

(24人分)

パイ生地

刻んだヘーゼルナッツ	カップ1
無塩バター	225グラム やわらかくしておく
万能小麦粉	カップ2

フライパンをとろ火にかけて刻んだヘーゼルナッツを入れ、ナッツの香りが立ち、ほんのりきつね色になるまで炒る。ペーパータオルに空けて冷ます。

オーブンを175度に予熱しておく。ガラス製のパイ焼き皿にバターを塗る。

ヘーゼルナッツと無塩バターと小麦粉をよく混ぜ合わせ、パイ焼き皿に均等に敷く。オーブンに入れて20〜30分、ほんのりきつね色になるまで焼く。ラックに空けて完全に冷ます。

—— (1) ——

本文226頁

トッピング

新鮮なイチゴ	680グラム ヘタを取っておく
砂糖	カップ2
コーンスターチ	大さじ2
水	カップ1

①イチゴをジャガイモ潰し器で潰す。この状態でカップ2あればいい。
②砂糖とコーンスターチを混ぜる。
③鍋に①と②と水を入れて中火にかけ、砂糖が溶けるまで掻き混ぜ、強火にして沸騰させる（中身はとても熱くなるので跳ね飛ばないように注意）。沸騰したら掻き混ぜながら1分、煮詰まったら火からおろし（半透明な状態）、耐熱製のボウルに移して完全に冷ます。

—— (2) ——

フィリング

クリームチーズ	225グラム
粉砂糖	カップ1 2度ふるいにかける
バニラエッセンス	小さじ2
ホイップクリーム	よく冷やしたものをカップ2と½

①クリームチーズと粉砂糖、バニラエッセンスをよく混ぜ合わせる。
②別のボウルにホイップクリームを入れ、やわらかな山ができるまで攪拌する（攪拌しすぎてかたくならないように注意）。これを①に加える。

冷めたパイ生地にフィリングを入れて広げる。この上にトッピングを均等に載せてゆく。

冷蔵庫で4時間以上寝かせる。一晩置く場合はラップをかけること。

（注）トッピングが完全に冷めていることが望ましいので、最初にトッピングを作ってからフィリングに取り掛かること。このレシピどおりに作ると、トッピングが1カップ分あまるので、冷蔵して2、3日中に使い切ること。バニラアイスやトーストしたイングリッシュ・マフィンに載せていただくととっても美味。

—— (3) ——

（このカップは米国サイズ。1カップ =240cc）

顔に直撃ストロベリー・クリームパイ(II)

(10〜12人分)

パイ生地

万能小麦粉	カップ2と½
粉砂糖	大さじ1
塩	小さじ1
無塩バター	225グラム

　2センチ角に切って冷やしておく

ラード	カップ¼

　2センチ角に切って冷やしておく

冷水	カップ⅓　ほかに大さじ1〜3
卵の白身1個分	軽く撹拌しておく
砂糖	適宜

①小麦粉、砂糖、塩を大きめのボウルに入れてざっくり混ぜる
②賽の目に切ったバターをまず4個①に入れ、刃の鋭いナイフで切りながら混ぜ込み、パンくずのような状態にする。フードプロセッサーを使う場合は1分ほど撹拌する。残りのバターとラードも同様に混ぜ込んでゆく。混ぜ込む直前まで冷蔵庫で冷やしておくこと。
③冷水を②の表面に振りかけ、ヘラで混ぜてひと塊にする。かたまらない場合はさらに水を振りかける。この塊を4対5に分け、それぞれストックバッグに入れ、上から軽く押さえて丸く伸ばす。完全に冷たくなるまで冷蔵庫で寝かせる。

―― (1) ――

本文361頁

オーブンを220度に予熱しておく。パイを焼くときに使うクッキー用の天板を用意しておく。

冷蔵庫から分量の多い方のパイ生地を取り出してストックバッグの口を開き、袋の上から生地を伸ばして直径25センチの円にする。生地に沿って袋をハサミで切り、上側のビニールをそっと剝がす。これをひっくり返して深めのパイ焼き皿に敷く。もう一方のビニールもそっと剝がす。

—— (2) ——

フィリング
万能小麦粉　　　　カップ½
コーンスターチ　カップ¼
グラニュー糖　　カップ1と½　あるいは　カップ2　イチゴの甘さによって加減する
洗ってヘタを取り半分に切ったイチゴ　　カップ6

①ボウルに小麦粉、コーンスターチ、グラニュー糖を入れて掻き混ぜる。
②大きめのボウルにイチゴを入れ、上から①を振り入れよく混ぜ合わせる。

パイ生地にフィリングを均等に載せる。冷蔵庫から分量の少ない方のパイ生地を取り出し、さっきと同様の手順でフィリングの上に被せる。上下の生地の縁を合わせて閉じ、表面に空気抜きの切り込みを入れる。攪拌した卵の白身を刷毛で表面に塗り、砂糖を振りかける。

オーブンの下の段に入れて20分焼き、パイ焼き皿の下にクッキー用の天板を敷き、オーブンの温度を175度に下げてさらに35～45分、切り込みから中身がグツグツと噴き出すまで焼く。

オーブンから出してラックに空け、完全に冷ます。

バニラ・アイスクリームを添えて供する。

—— (3) ——

（このカップは米国サイズ。1カップ =240cc）

プリマヴェラ・パスタ・サラダ

（4人分）

パスタ　　　225グラム
ワケギ　　　刻んだものカップ¾
大根　　　　刻んだもの　カップ¾
チェリートマト　半分に切ったものカップ2
コリアンダー　　みじんに切ったもの　カップ¾
ヴィネグレット・ソース　　カップ¼　レシピ参照
塩、コショウ　　適宜

パスタを茹でて水気を切り、室温で冷ます。くっつかないようにときどき掻き混ぜる。大きめのボウルにパスタを入れ、上記の刻んだ野菜をすべて加える。ヴィネグレット・ソースを振り入れて軽く混ぜる。塩、コショウで味を調える。冷やして供する。テーブルに出す前5時間以内に作るのがベスト。

本文267頁

ヴィネグレット・ソース	
赤ワインビネガー	カップ¼
ディジョン・マスタード	大さじ1
グラニュー糖	小さじ¾～1
塩	小さじ½
挽きたての黒コショウ	小さじ½
オリーブ油	カップ1

ビネガーとマスタード、砂糖、塩、コショウを混ぜ合わせ、オリーブ油をゆっくりと加えて乳状になるまで攪拌する。サラダには一度攪拌してから混ぜ込むこと。残ったら冷蔵保存。

―― (2) ――

(このカップは米国サイズ。1カップ=240cc)

パーティー・ポークチョップ

（4人分）

2〜3センチの厚さのポークチョップ　　4枚

塩水
水　　　　カップ5
塩　　　　カップ$\frac{1}{4}$
砂糖　　　カップ$\frac{1}{4}$

漬け汁
乾燥タイム　　粉にしたもの　　小さじ1
乾燥ローズマリー　　粉にしたもの　小さじ1
ニンニク　　2片　　潰す
バルサミコ酢　　　大さじ2
オリーブ油　　　　大さじ2

ポークチョップは水で洗ってペーパータオルで水気を拭いておく。

大きめのボウルに水と塩、砂糖を入れ、完全に融けるまで掻き混ぜる。これにポークチョップを入れ、ラップをして一晩冷蔵庫で寝かせる。

塩水を捨て、冷水でポークチョップをすすいでから10分ほど冷水に浸け、水気を拭き取る。

漬け汁の材料をよく混ぜ合わせる。これにポークチョップを1時間ほど漬け込む。そのあいだにパーティー・アップルを作る（レシピはつぎに）。

本文319頁

オーブンを190度に予熱しておく。フライパンを中火にかけ、オリーブ油大さじ2を入れポークチョップを焼く。片面2分ずつ。焼きあがったら天板に載せてオーブンへ。肉に温度計を突き刺し、中の温度が63度になるまで焼く。パーティー・アップルを添えて熱々を供する。

——（2）——

（このカップは米国サイズ。1カップ=240cc）

パーティー・アップル

（4〜6人分）

青リンゴ	6個
無塩バター	115グラム
赤砂糖	カップ½
コニャック	カップ½

①リンゴは皮を剝き、芯を取ってスライスする。フライパンに無塩バター大さじ4とスライスしたリンゴを入れ、弱火にかけて掻き混ぜながら10〜15分、リンゴがやわらかくなるまで炒める。これをボウルに取る。
②フライパンで残りのバターを融かし、赤砂糖を加える。中火で砂糖が融けるまで炒め火からおろす。
③コニャックを②に加えて掻き混ぜ、中火でグツグツいうまで煮込み、掻き混ぜならがさらに4分ほど煮詰める。
④①を③に加え、中火でよく掻き混ぜながら煮る。熱々を供する。

（このカップは米国サイズ。1カップ =240cc）

本文109頁

ストリップショー・ステーキ

（4人分）

225グラムの厚いリブステーキ肉　4枚
塩　小さじ1
乾燥タイム　小さじ1

ステーキ肉1枚に塩と乾燥タイムをそれぞれ小さじ¼ずつ振りかけ、下ごしらえをしておく。

グリルを予熱しておき、ステーキを焼く。お好みの焼き加減で。焼き過ぎに注意。

本文120頁

ホール・エンチラーダ・パイ
（8人分）

牛の挽肉　　　　　450グラム
中ぐらいの大きさのタマネギ　　　1個　みじんに切っておく
ニンニク　　　2片　　　潰しておく
瓶入りのピカンテ・ソース　　　カップ⅓
フリホーレス・レフリートス（メキシコ料理で使う乾燥豆を煮て潰しラードでいためたもの）　1缶（16オンス）
エンチラーダ・ソース　　1缶（10オンス）
ブラック・オリーブ　　　種を抜き、スライスしたもの　カップ1
塩　　　小さじ1
コーンチップ　　　潰したもの　　　カップ6
チェダー・チーズ　　おろしたもの　カップ3

付け合せ
サワークリーム
スライスしたトマト
千切ったアイスバーグ・レタス
スライスしたアボカド

―― (1) ――

本文237頁

オーブンを190度に予熱しておく。23センチ×33センチのガラス製のパイ焼き皿に油を塗っておく。

①フライパンを中火にかけ、挽肉とタマネギ、ニンニクを入れ、挽肉が茶色になり、タマネギがやわらかくなるまで炒める。
②弱火に落とし、ピカンテ・ソースとフリホーレス・レフリートスとエンチラーダ・ソース、オリーブ、塩を加える。掻き混ぜながらグツグツいうまで煮込み、火からおろす。
③ガラス製のパイ焼き皿にコーンチップをカップ1だけ敷き詰め、②を半量載せる。この上にコーンチップをカップ1と半量のチェダー・チーズを載せる。②の残りを載せ、その上にコーンチップの残りを載せ、さらに残りのチェダー・チーズを載せる。
④オーブンに入れて30〜40分、中央がブツブツ煮えたら出来上がり。付け合せを添えて熱々を供する。

—— (2) ——

(このカップは米国サイズ。1カップ =240cc)

虫の知らせのブランチ・ロール

（24 個分）

砂糖　　　小さじ1
お湯　　　カップ¼
ドライ・イースト　　1パック
無塩バター　　　115グラム　室温でやわらかくする
蜂蜜　　　　　　カップ½
レモンの皮　　みじんに切ったもの　大さじ1
オレンジの皮　みじんに切ったもの　大さじ1
オレンジ・エッセンス　　小さじ2
塩　　小さじ½
レモンジュース　　大さじ1
大きめの卵　　　6個（3個は白身と黄身を別々にしておく）
牛乳　　　カップ½　40度ぐらいに温めておく
小麦のグルテン　　　大さじ1
パン用小麦粉　　　カップ5〜6
ビタースウィート・オレンジ・マーマレード　カップ½　ほかに大さじ2

①大きめのボウルに砂糖、お湯、ドライ・イーストを入れて混ぜ、10分ほど発酵させる。
②別のボウルでバターを5分ほど、クリーミーになるまで攪拌する。蜂蜜を加えて掻き混ぜる。レモンとオレンジの皮、オレンジ・エッセンス、塩、レモンジュースを加え、よく混ぜ合わせる。

—— (1) ——

本文235頁

③卵の白身3個分を器に入れ、ラップをして冷蔵庫で寝かせる。
④卵の黄身3個分と残りの卵3個を、何度かに分けて②に加え、よく攪拌する。①と牛乳を加え、完全に混ざるまでゆっくりと攪拌する。
⑤グルテンと小麦粉を混ぜる。これを1カップずつ④に混ぜ込み、よく捏ねてパン生地を作る。手にくっつかなくなったら、小麦粉を敷いたまな板の上で力を入れて10分ほど捏ねる。
⑥油を塗った大きめのボウルに⑤を入れ、布巾をかけて隙間風の入らない暖かな場所に置き、倍に膨らむまで1時間から1時間半発酵させる。
⑦発酵が終わったら叩いてガスを抜き、まな板の上に10分ほど置く。これを24等分する。マフィン焼き器にバターを塗っておく。
⑧等分にしたパン生地をそれぞれ10センチの円に伸ばし、縁を1センチほど残して、真ん中にマーマレードを小さじ1載せる。パン生地を円筒形に丸め、両端を摘んで下に折り返し丸型のロールパンを作り、マフィン焼き器のカップに1個ずつ入れる。パイ生地が乾燥しないように、作業中もボウルに布巾をかけておく。マフィン焼き器に並べ終わったら布巾をかけ、倍の大きさに膨らむまで1時間ほど発酵させる。
⑨オーブンを175度に予熱しておく。
⑩冷蔵庫から卵の白身を取り出して泡立てる。これをロールパンの表面に刷毛で塗る。
⑪オーブンに入れ、キツネ色になって膨らみ、叩くと乾いた音がするまで15分ほど焼き、ラックに空けて冷ます。

—— (2) ——

(このカップは米国サイズ。1カップ =240cc)

ゴルディのナット・ハウス・クッキー

（72個分）

湯剝きしたアーモンド　カップ1と½
　トーストして冷ましておく
重曹　小さじ½
塩　小さじ½
ケーキ用小麦粉　カップ1と¼
万能小麦粉　カップ1
無塩バター　225グラム　室温で
　やわらかくしておく
粉砂糖　ふるったものをカップ2と⅔
大きめの卵　1個
バニラエッセンス　小さじ1

①アーモンドと重曹、塩、2種の小麦粉を混ぜ合わせる
②大きめのボウルでバターを5分ほど、クリーミーになるまで攪拌し、砂糖を加えてさらに5分ほど攪拌する。卵とバニラエッセンスを加えて混ぜ合わせる。攪拌しすぎないこと。
③②を3等分し、それぞれフリーザーバッグに入れ、棒状に丸める。袋を閉じ、フリーザーで一晩寝かせる。
④オーブンを175度に予熱しておく。

―― (1) ――

本文122頁

⑤フリーザーからクッキー生地を取り出し、袋から出してまな板の上に置く。凍ったままの状態で、それぞれ24等分する。クッキー用の天板の上にクッキーシートを敷き、クッキー生地12個分を並べ、掌で押して平らにし、オーブンに入れ、クッキーの縁が黄金色になるまで10分ほど焼く。途中で天板の前後を入れ替える（生地が凍っているうちにオーブンに入れたほうが、均等に焼け、食感もいい）。オーブンの大きさにもよるが、一度に天板2枚分を焼く。焼きあがったらラックに空けて冷ます。

―― (2) ――

（このカップは米国サイズ。1カップ =240cc）

手錠《ハンドカフ》形のクロワッサン

(8人分)

クロワッサン　4個　たて半分に切っておく
マヨネーズ　カップ1
アーティチョークの酢漬け　1瓶　水気を切ってみじんに切っておく
ほぐしたカニの身　カップ1
パルメザン・チーズ　おろしたもの　カップ⅓
グルニエール・チーズ　おろしたもの　カップ⅓
ワケギ　4本、みじんに切っておく

上にかけるもの
無塩バター　大さじ2　融かしておく
ニンニク　1片　潰しておく
生パン粉　カップ1
パセリ　みじんに切ったもの　大さじ2
乾燥ローズマリー　潰したもの　小さじ¼
乾燥タイム　小さじ¼
乾燥オレガノ　小さじ¼
乾燥マジョラム　小さじ¼

—— (1) ——

本文230頁

オーブンを175度に予熱しておく。

天板にクッキーシートを敷き、半分に切ったクロワッサンを並べる。上記のマヨネーズからワケギまで6種の材料を混ぜ合わせ、クロワッサンの上に載せる。

フライパンを弱火にかけ、バターを融かし、ニンニクを透明になるまで炒める。残りの材料を加えてカリカリになるまで炒め、クロワッサンの上にかける。

オーブンで15〜20分、火がよく通るまで焼く。

—— (2) ——

(このカップは米国サイズ。1カップ=240cc)

トゥルーディの地中海風チキン

（4人前）

ソース
オリーブ油　　　　カップ½
中ぐらいの大きさのタマネギ　　3個
　薄くスライスしておく
ニンニク　　　6片　　潰しておく
トマトジュース　　　カップ2
シェリー酒　　　　　カップ½
塩　　小さじ1
パプリカ　　　小さじ¾

鶏の胸肉　　骨と皮を取り除いたもの　4枚
万能小麦粉　　カップ½

まずソースを作る。
フライパンにオリーブ油カップ¼をいれて中火にかけ、グツグツいいはじめたらタマネギのスライスを加え掻き混ぜながら弱火で1分、ニンニクを加え、タマネギが透明になるまでよく炒める。トマトジュースとシェリー酒、塩小さじ½、パプリカ小さじ½を加え、グツグツいうまで煮込む。蓋をして弱火で煮詰め、そのあいだに鶏肉の下ごしらえをする。

——（1）——

本文242頁

鶏の胸肉を水ですすぎ、ペーパータオルで水気をよく拭き取る。長さ50センチほどのラップを広げた上に胸肉を並べる。おなじ長さのラップをこの上に広げる。ラップの上から麺棒で叩いて、胸肉が1センチの厚さになるまで伸ばす。

バットに小麦粉と残りの塩とパプリカを入れて混ぜ合わせ、胸肉にこれをまぶす。

オーブンを175度に予熱しておく。ガラス製の焼き皿に油を敷いておく。

別のフライパンに残りのオリーブ油を入れて中火にかけグツグツいいはじめたら、胸肉を並べ、片面3分ずつ焼く。これをガラス製の焼き皿に移す。先に作っておいたソースを上からかけ、オーブンに入れ、肉の中に火が通るまで20分ほど焼く。熱々を供する。

—— (2) ——

(このカップは米国サイズ。1カップ =240cc)

ダブルショット・チョコレートケーキ
（16人分）

無塩バター　　　300グラム
ビタースウィート・チョコレート　粉々に割っておく（お勧めはゴディヴァのダーク）
グラニュー糖　　　　カップ¾　300グラム
ココア　　　大さじ2（お勧めはハーシーズ・プレミアム・ヨーロッパスタイル）
大きめの卵　　8個
バニラエッセンス　　　小さじ1
粉砂糖　　　　適宜
甘いホイップクリームかバニラアイスクリーム
――（1）――

本文18頁

オーブンを175度に予熱しておく。

直径25センチ厚さ4センチの丸型ケーキ用焼き皿にバターを塗る。クッキーシートを焼き皿の大きさに切って敷き、バターを塗っておく。

焼き肉皿に2.5センチの深さまでお湯を張り、天板に載せてオーブンに入れる。

バターとチョコレートを湯煎して融かし、粗熱をとる。グラニュー糖とココアをまぜて二度ふるいにかけたものをこれに加えて混ぜ合わせる。ここに泡立てた卵とバニラエッセンス加えよく掻き混ぜる。これをケーキ用焼き皿に流し込み、これをオーブンに入れてある焼き皿にそっと載せる。まわりがわずかに縮み、中心に楊枝を刺しても中身がつかないようになるまで、40〜50分焼く。ラックに空けて15分ほど冷まし、クッキーシートを剝ぎ取ってさらに冷ます。

テーブルに出す前に、27〜30センチのケーキ用のステンシルを上に載せ、粉砂糖を振りかけて模様を描く。ステンシルを取って出来上がり。

甘いホイップクリームかバニラアイスクリームを添えて供する。

—— (2) ——

(このカップは米国サイズ。1カップ =240cc)

ブラウニー・ポイント

（大きいのだと16個、小さいのだと32個分）

無塩バター　　　大さじ12
甘みを加えていないチョコレート　　180グラム　砕いておく
ココア　　大さじ1（お勧めはハーシーズ・プレミアム・ヨーロッパスタイル）
ケーキ用小麦粉　　　カップ1と¼
ベーキングパウダー　　小さじ¾
塩　　　　小さじ¼
大きめの卵　　　4個
砂糖　　　　カップ2と¼
バニラエッセンス　　　小さじ2
ペカン　　　刻んだものをカップ1と½　　軽くトーストして冷ましておく

—— (1) ——

本文56頁

オーブンを175度に予熱しておく。23センチ×33センチの金属製の焼き皿にバターを塗っておく。

①バターとチョコレートを湯煎して融かし、冷ましておく。
②ココアと小麦粉、ベーキングパウダー、塩を混ぜ、ふるいにかける。
③卵をよく掻き混ぜ、砂糖を少しずつ加える。バニラエッセンスと①を加え、よく混ぜ合わせる。ここに②を振り入れてよく掻き混ぜる。16等分あるいは32等分して焼き皿に並べ、ペカンを表面に振りかける。

オーブンで25〜30分、真ん中に楊枝を刺して中身がほんの少しつくぐらいまで焼く。ラックに空けて冷ます。

—— (2) ——

(このカップは米国サイズ。1カップ =240cc)

訳者あとがき

本国アメリカでは一九九〇年にはじまったクッキング・ママ・シリーズ、ほぼ年一冊のペースで書き継がれ、本書で十二冊を数えます。日本で一冊目『クッキング・ママは名探偵』が出たのが一九九四年ですから、こちらもすでに十一年が過ぎました。ここまで付き合ってくださった読者のみなさんにあらためて感謝いたします。みなさんの声援があったからこそつづけてこられたのですから。

と、あらたまった書き出しになったのは、ゴルディが本書で人生にひとつの区切りをつけたからです。五年の結婚生活のあいだ暴力をふるいつづけ、離婚してからも彼女の生活に影を落としつづけてきた〝げす野郎〟ことジョン・リチャード・コーマンが、二発の銃弾によって命を落とします。死体を発見するのが（いつものように）ゴルディ。しかも彼女が護身用（つまり、げす野郎に対抗するため）に持っていた拳銃が、どういうわけか殺人現場で発見されてしまいます。警察は当然のことながら、ゴルディを最重要容疑者とみなします。なにしろ彼女には、げす野郎の暴力に耐えて怯えて、警察に何度も被害届を出した過去があるのですから。

本書でゴルディに「彼の胸には邪悪なものが棲み付いているにちがいない」と言わせるジョン・リチャード・コーマンは、飛びぬけたハンサムで魅力的な産婦人科医です。おなじく彼の元妻で、ゴルディの親友でもあるマーラの調査では、いまつきあっている恋人が五十四人目だとか。たしかに、だれもがうっとりするほど素敵な男を恋人に、あるいは夫にもつことは、虚栄心を満たしてくれます。ほかの女たちから嫉妬と羨望の眼差しを注がれれば、いやな気持ちはしないどころか、えらくいい気分のものです。

でも、ジョン・リチャードは、自分勝手で冷酷で、しかも女に暴力をふるうことをなんとも思わないひどい男、正真正銘のげす野郎です。だから天罰が下りました。四十八番目だか四十九番目だかの恋人を殴り、第一級暴行と証人買収の罪で起訴され、二年の実刑判決を受けました。そのあたりのいきさつは『クッキング・ママの依頼人』をお読みください。

ところが、人を魅了する才能に長けているジョン・リチャードは〝模範囚〟となり、刑期を五ヵ月弱務めただけで仮釈放され……でも、シャバにでてすぐにできた新しい恋人に利用され、刑務所に逆戻り。加重暴行と保護観察条件違反で四年の実刑判決を受けました。どこまでも悪運の強いげす野郎、心臓発作を起こした看守に心肺蘇生術を施して命を救い、減刑になります。看守本人と、彼がかかっていた心臓病専門医と、看守の家族が州知事に嘆願書を送ったおかげです。でも、これがかえって仇《あだ》になったというか、出所してわずか一ヵ月半後に殺されることになるのですから。

いちばんかわいそうなのはアーチです。不仲な両親の板挟みとなり、情緒不安定でカウンセリングを受けていたこともある、感受性の強い男の子。ママに暴力をふるうのは許せないけど、パパは世界にただひとりだけ、そう思ういじらしい男の子です。父親の死は、アーチを打ちのめします。ゴルディの拳銃が現場に落ちていたこともあり、彼女に不信感を募らせ、心を閉ざしてしまいます。犯人を捜し出さないかぎり、息子との関係を修復できない。ゴルディの必死の調査がはじまります。すると出てくる、出てくる、げす野郎の悪行の数々。彼の死によって〝パンドラの箱〟が開かれたのです。その一方で、ゴルディは過去の呪縛《じゆばく》から解き放たれました。

　ゴルディが二年前に再婚した相手、大きな体と大きな心でゴルディを包みこんでくれるトム・シュルツ。郡警察殺人課でピカイチと言われるシュルツ刑事が、本書の冒頭では、せっかく逮捕した犯人が裁判で無罪になりすっかり落ち込んでいますが、げす野郎の死で動揺するゴルディとアーチをその懐《ふところ》に受け止め、励まし、力づけるあいだに自分も癒されてゆきます。家族とはそういうものなのですね。

　トムと結婚できた幸運を、ゴルディはこんな言葉で語っています。「宇宙にはカルマのバランスが存在するというヒンドゥーの教えは正しいのかもしれない。つまり、悪いことの後にはよいことがある。わたし流に解釈すると、その悪いことが悪ければ悪いほど、つぎにくるよいことはますますよくなる」人生つねに前向きなゴルディらしい、すてきな言葉だと思いませんか。

ところで、クッキング・ママの愛読者は、あれっ、と思われたことでしょう。本書からレシピが巻末にまとめてつくようになりました。原著に倣《なら》っての変更ですが、このほうが話の流れがそこなわれないし、実際に料理を作ってみるときにも便利ですよね。

それから、表紙のイラストの描き手が代わりました。個性的でカラフルで、とっても印象的なイラストで本シリーズを飾ってくださった植村範子さんが、ご自身のご都合で降りられ、今回からは新しい方にお願いすることになりました。

植村さん、十一枚の素敵なイラストを、ほんとうにありがとうございました。新しい表紙の絵を描いてくださっているのはニューヨーク在住のイラストレーター、アナベル・ジャスミン・ベロイさんです。

ゴルディの人生が大きく変わったように、表紙も変わったクッキング・ママ・シリーズをこれからもどうぞよろしく！

秋の気配が感じられる、二〇〇五年八月末

加藤洋子

集英社文庫の海外作品

推理&ミステリー

クッキング・ママの供述書

ダイアン・デヴィッドソン　加藤洋子 訳

ISBN 4-08-760443-8

ロッキーの山間の町に大異変。超がつく大金持ちがやってきて、大邸宅を買いまくり、高級車が飛ぶように売れだした。当然、ケータリングを頼むパーティの需要が増し、ゴルディは至福の境地。だが、世の中それほど甘くはない。息子のアーチの級友に、大金持ちの子息が増え、すっかり価値観が変わる始末。その上、またもや殺人事件が！

国際謀略サスペンス

ナイロビの蜂〈上下〉

ジョン・ル・カレ　加賀山卓朗 訳

英国外交官の妻テッサが、咽喉を切られ、全裸死体で発見されたとの知らせが入った。熱心に救援活動をしていた妻に何が起こったのか？ ナイロビを舞台に展開するル・カレの謀略巨編。

『ブラザーフッド』

カン・ジェギュ　ノベライズ　上之二郎

ISBN4-08-760461-6

朝鮮戦争に巻き込まれていく兄弟。弟を除隊させる為、危険な任務につく兄。しかし、弟とは対立し、婚約者まで失って…。チャン・ドンゴン、ウォンビン主演映画ノベライズ、写真多数。

集英社文庫の海外作品

アメリア・ジョーンズの冒険

ドロシー・ギルマン　柳沢由実子 訳

ISBN4-08-760365-2

アメリアは遺産で店を買った。そこの古い楽器にはさまっていた紙切れには、「彼らがもうじきわたしを殺しに来る……」の文字が。対人恐怖症のアメリア、楽器の持ち主の謎を追う。

古城の迷路

ドロシー・ギルマン　柳沢由実子 訳

ISBN4-08-760374-1

ペストで両親を亡くした16歳の少年ペリン。途方に暮れて修道士を訪ね、彼の勧めで古城に辿り着く。そこには年老いた魔術師が住んでいて、彼にこれからの生きる道を説いた……。

テイル館の謎

ドロシー・ギルマン　柳沢由実子 訳

ISBN4-08-760395-4

不幸な飛行機事故で、不眠症と情緒不安定に悩まされているアンドリュー。父親に命じられて、マサチューセッツ州のテイル館へ出かけたが、廃屋のはずの館に数人の人影が見えて……。

メリッサの旅

ドロシー・ギルマン　柳沢由実子 訳

ISBN4-08-760404-7

2年間の結婚生活に終止符を打ち、精神科医の勧めでヨーロッパへの旅に出たメリッサ。船上で不思議な男に、1冊の本をマヨルカ島へ届けるように頼まれる。だが、次々と事件が！

キャノン姉妹の一年

ドロシー・ギルマン　柳沢由実子 訳

ISBN4-08-760454-3

ニューヨークの派手な社交生活を捨て、トレイシーは、全寮制の学校にいる妹のティナを迎えにいった。叔父が死に、二人に湖畔の家を遺してくれたのだ。父母の死後、別々に暮らしていた姉妹は、知る人のいない２月の湖畔の家で一緒に暮らし始める。けれど、姉妹は知恵を出し合い、少しずつ田舎の質素な生活に踏み出していく……。

伯爵夫人は万華鏡

ドロシー・ギルマン　柳沢由実子 訳

ISBN4-08-760416-0

手のひらにその人物の物をのせると、過去、未来をあてる伯爵夫人。今はアメリカの東海岸で一人住まい。町の警部補に頼られ、またもやカルト集団の事件を相談されるが……。

バックスキンの少女

ドロシー・ギルマン　柳沢由実子 訳

ISBN4-08-760423-3

インディアンに両親を殺され、兄をさらわれたレベッカ。５年後、兄は戻ってきたが、中身はインディアンのまま。16歳になったレベッカに縁談話がもちあがり、兄妹は町を脱出した！

集英社文庫

クッキング・ママの鎮魂歌《ちんこんか》

2005年9月25日　第1刷

定価はカバーに表示してあります。

著　者　ダイアン・デヴィッドソン

訳　者　加《か》藤《とう》洋《よう》子《こ》

発行者　山下秀樹

発行所　株式会社 集英社

〒101-8050　東京都千代田区一ツ橋2—5—10
(3230) 6094 (編集)
電話　03 (3230) 6393 (販売)
(3230) 6080 (制作)

印　刷　中央精版印刷株式会社　株式会社美松堂
製　本　中央精版印刷株式会社

ISBN4-08-760495-0 C0197